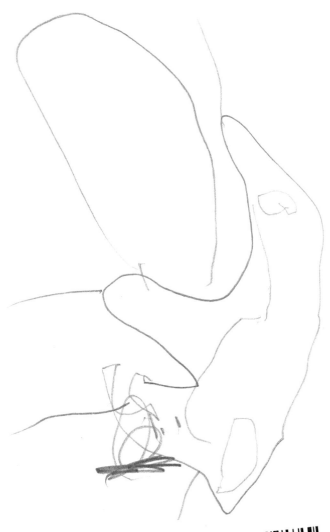

D1720483

АГЕНТ ПО SEX

Владимир Колычев

Подсадная ТЕТКА

Москва
«ЭКСМО»
2005

УДК 82-3
ББК 84(2Рос-Рус)6-4
  К 60

Оформление художника *С. Ляха*

Колычев В. Г.

К 60   Подсадная тетка: Роман. — М.: Изд-во Эксмо,
2005. — 384 с.

ISBN 5-699-09166-1

Капитан Лариса Черкашина — оперативник со стажем. На ее счету
десятки пойманных преступников. И задания ей поручают особые. Она
ходит по переулкам Арбата и хочет нарваться на маньяка. Одета дразня-
ще — вся в красном. Но встречные мужчины проходят мимо. Лариса не
расстраивается — ей нужен только один. Оперативникам известно, что
маньяк, обитающий в этом районе, охотится за женщинами в красной
одежде. Уже есть несколько жертв. И вот Лариса слышит за своей спиной
вкрадчивые шаги...

УДК 82-3
ББК 84(2Рос-Рус)6-4

ISBN 5-699-09166-1   © ООО «Издательство «Эксмо», 2005

ЧАСТЬ ПЕРВАЯ

Пролог

Когда столица была перенесена из Москвы в Петербург, на берега Невы отправился и мастеровой люд.

В XVIII веке в Таганской слободе селились купцы и мещане. Между Семеновской улицей и Таганскими воротами выстроился целый квартал из лавок и двухэтажных домов. В самом начале Таганской улицы на месте старого деревянного храма выросла церковь Воскресения Словущего. Неподалеку — Чертов переулок. Странное соседство — бог и сатана.

Для богатого купца и заводчика Баташева церковь была что кость в горле. Для своей усадьбы он хапнул несколько участков, поглотил шесть переулков и тупиков. Но при всем своем могуществе он не в состоянии был выкупить церковную землю. Поэтому и вклинились в территорию его усадьбы церковные участки с храмами и крошечными домиками причта. Роскошь в соседстве со скромностью бросалась в глаза. Видел это и знаменитый князь Вяземский. «Здесь чудо —

барские палаты. С гербом, где вписан знатный род. Вблизи на курьих ножках хаты и с огурцами огород»...

В Чертовом переулке, неподалеку от керамической фабрики, жили три брата-близнеца — Тихон, Иван и Панкрат Точилины. Отец их когда-то принадлежал к купеческому сословию, но после смерти жены запил горькую, дела сначала пошатнулись, а затем и вовсе развалились. Отец пережил мать всего на пять лет. В наследство своим сыновьям он оставил долги и старый бревенчатый деревянный дом. Братья с четырнадцати лет работали приказчиками у богатого купца Павла Баулова, некогда водившего дружбу с отцом.

Купец был строгий, работы всегда невпроворот. Братья трудились не покладая рук, а получали мало — едва хватало на жизнь. Но на хозяина они не роптали, поскольку тот помог им рассчитаться с отцовскими долгами и оставить за собой отчий дом.

Братья росли крепкими и здоровыми. Рослые, дюжие в плечах, в руках богатырская сила. Не зря в кулачных боях им не было равных. Зачинщиком всех драк был Панкрат. Его буйный нрав не очень нравился купцу Баулову. В противовес ему Иван и Тихон обладали спокойным, покладистым характером. Хозяин в них души не чаял, и можно сказать, что ради них сквозь пальцы смотрел на проделки задиристого братца. Мало того, он всерьез прочил отдать за Тихона свою старшую дочь, а за Ивана — младшую.

Рано или поздно Тихон мог унаследовать дело купца Баулова. Но такая перспектива его не вдохновляла. Он влюбился в дочь титулярного советника Лопахина. Красавица Катерина вскружила голову не только ему, но и его братьям.

Ей было уже пятнадцать лет. В те времена девушки выходили замуж с четырнадцати лет. Ее отец уже присматривал ей выгодного жениха. В последнее время к ним в дом зачастил немолодой уже франт. Лощеные усики, цилиндр, гибкая тросточка, золотые часы, модный лорнет. Приталенный фрак призван был подчеркнуть мужественность его фигуры. Но Точилины знали, что этого дутого «атлета» соплей можно перешибить. Впрочем, в делах сердечных он мог превзойти братьев и взять Катерину в жены.

Перед лицом сей опасности братья решились на отчаянный шаг. И явились к отцу Катерины с поклоном. Их предложение привело титулярного советника в полное замешательство. Шутка ли, все три брата просили руки его дочери. Все трое!

— С ума вы, что ли, сошли, милейшие? — потрясенно спросил он. — Полноте, разве ж это допустимо!

— А вы спросите у своей Катерины, кого пожалует она своим вниманием, тот и станет ее мужем, — смущенно проговорил Тихон.

— Помилуйте, голубчики!.. Впрочем, извольте...

Лопахин скрылся в доме. Ждать его пришлось долго, не менее часа. Он появился вместе со своей дочерью.

Эта юная обольстительница стоила того, чтобы ее воспевали в стихах. Но поскольку ни Тихон, ни Иван, ни Панкрат не смыслили в поэзии, они просто смотрели на девушку и так же просто, без лирических изысков, восхищались ее красотой.

Великая французская революция внесла в европейскую моду дух свободы. Дамы отбросили пудреные парики и фижмы. В моду вошли античные туники — открытые, легкие, стянутые под грудью полупрозрачные платья. И хотя этот изящный костюм не очень-то подходил к суровому климату России, петербургские и московские модницы не отвергали его. Именно в таком платье и вышла к братьям очаровательная Катерина. И без того красивую шею украшала жемчужная нить, на руках длинные белоснежные перчатки. Дорогой наряд для дочери мелкого чиновника. Но, видимо, отец души не чаял в своей дочери и баловал юную модницу как мог.

Но Точилиным было все равно, как одета Катерина. Их волновала ее природная красота. Белокурые локоны, большие голубые глаза, пухлые губки... Зато Катерине было небезразлично, в чем предстали перед ней братья. Симпатичные, пышущие здоровьем молодые люди, но как одеты. Рубахи из грубой ткани, штаны, заправленные в сапоги. Низшее сословие... Нет, не о таких женихах она мечтала.

Катерина смотрела на братьев с плохо скрываемой иронией. Веер она держала на груди, что на языке московских кокеток означало «сдержанность». Но братья не понимали этот язык, хотя и без того можно было догадаться, что надеяться им не на что... Катерина порывалась что-то сказать, но не решилась. Заговорил отец:

— Друзья мои, право же, вы поставили нас перед сложным выбором... — В его голосе можно было уловить насмешку. — Кто-то из вас должен стать мужем Катерины, остальные братьями... Но как быть, если вы все нравитесь ей...

Братья взбодрились, порозовели — верный признак того, что слово чиновника принято за чистую монету.

А Лопахин продолжал. Он расписал братьев в самых светлых тонах, но в эту бочку меда добавил ложку дегтя. Оказывается, есть у них один маленький недостаток — полное отсутствие денежных средств на содержание семьи. И тут же последовало жесткое условие — Екатерина выйдет замуж за того из братьев, кто первым за три года сможет разбогатеть и стать миллионщиком. Миллион рублей — сумма невероятно огромная, поистине астрономическая. Неудивительно, что братья приуныли. А чиновник их обнадеживал. Он клятвенно заверил, что до назначенного срока его дочь замуж ни за кого не выйдет. Так что дерзайте, господа!..

Домой братья возвратились как в воду опущенные. Первым заговорил Панкрат.

— Ходят слухи, — сказал он, — что у купца Баташева при дворе свой монетный двор.

Слухов об этом богатейшем на Руси человеке ходило много, один страшнее другого. Помимо множества заводов, Баташев обладал обширными землями в Нижегородской, Тамбовской и Владимирской губерниях с превосходным строевым лесом. Но при этом слыл человеком алчным и даже покровительствовал разбойникам, которых укрывал в своих лесах, — небезвозмездно, разумеется. Он свято верил в свою безнаказанность, но вел себя далеко не свято. Устраивал дикие оргии, ради забавы пытал людей, распинал их на кресте, сбрасывал в шахты. В свое время даже сама Екатерина Великая не могла сладить с ним, может быть, потому, что руки до него не доходили, может, еще почему.

Баташев был баснословно богат. И неудивительно, что людская молва приписывала ему тайный монетный двор, где он чеканил золотые монеты в обход государственной казны. Слухи на пустом месте не рождаются, возможно, что-то и в самом деле было. Но нетрудно было догадаться, что сия тайна хранится за семью печатями, и Панкрат скорее сломает себе шею, чем доберется до нее.

Иван и Тихон уговаривали брата как могли, требовали отказаться от гиблой затеи. И Панкрат внял их доводам, успокоился. Но, как оказалось, это было только видимостью.

Началось с того, что Панкрат стал по ночам уходить из дома. Возвращался только под утро. А однажды вернулся домой избитый в кровь, оборванный, измотанный. Но страшно довольный. Он выложил на стол три золотых слитка весом по четверть пуда каждый.

— Где ты это взял? — схватился за голову Тихон. — Неужели Баташева ограбил?

— А разве он никого никогда не грабил?

— Значит, у него...

— Э-э, браты, а ну будет сопли распускать! — нахмурился Панкрат. — Что случилось, то случилось. Золото мое, и никому я его не отдам...

— Отдашь! — сжал кулаки Иван.

— Кому, вам с Тихоном?.. Вы только скажите, и мы поделим золото по-братски... Но ведь я же ради уговора старался, чтобы на Катерине жениться... Золотишко пущу в рост, через три года стану миллионщиком. И вас не обижу, обещаю... Да, я понимаю, вам без Катерины свет не мил. Но мы же не можем жениться на ней втроем...

— Не можем, — покачал головой Тихон. — И не будем... Катерина играется с нами, неужто непонятно? Они с отцом нарочно морочат нам головы...

Тихон уже понял, что Катерина недоступна. Любовь у нее не в почете, ей с отцом нужны только деньги. И даже если достать ей звезду с неба, любви все равно не будет.

Красавицу Лопахину он по-прежнему любил. Но все реже представлял ее в своих мечтах и все чаще посматривал на хозяйскую дочь. Катерина стройная, грациозная. Анфиса — пухленькая, отнюдь не кисейная барышня. Но личико у нее милое, щечки румяные, глазки, как бирюзовые бусинки. Характер мягкий, покладистый. Чем не жена в будущем? Ей всего тринадцать лет, но года через два-три можно брать замуж, если выдадут... Иван присматривался к Евдокии, которую прочил ему в жены купец Баулов. И только один Панкрат парил в облаках. Но это был полет демона, а не ангела...

— Ты отдашь это золото, — сказал Тихон. — Вернее, вернешь обратно...

— Кому, Баташеву?! — возмущенно вскричал Панкрат. — Да ты, верно, спятил, братец!

— Тогда и я спятил! — надвинулся на него Иван.

— Да что же вы такое делаете? Мыслимо ли это — вернуть золото обратно? Да я сколько лиха испытал, пока до него добрался. Чуть не прибили меня Баташева люди...

Дом купца-миллионщика охранялся со всех сторон. Но Панкрат сумел найти способ попадать во двор незаметно. Он выискал укромное место возле конюшен и наблюдал за барским дворцом. Он ловил удачу, которая однажды явилась к нему в образе трех человек. Люди как люди, ничего подозрительного в них не было, разве только то, что в дом купца Баташева они шли ночью и никто их не задерживал. Ни челядь, ни дворяне. Панкрат почему-то решил, что это были те самые тамбовские разбойники, слухи о которых будоражили воображение. Люди собирались войти во дворец со стороны черного хода. Но там их поджидал Панкрат...

Панкрат считал, что его вело само провидение. Но Тихон был уверен, что брата бес попутал. А там, где бес, там счастья не видать... Напрасно Панкрат убеждал братьев, они все-таки сумели настоять на том, чтобы он вернул украденное золото. Но этому не суждено было случиться.

Слитки собирались вернуть следующей ночью, но еще до этого за братьями прибыл квартальный надзиратель с солдатами.

Панкрат всерьез считал, что те ограбленные им люди были разбойниками, а золото они везли для тайного монетного двора. А если так, то Баташев не стал бы обращаться за помощью к полицейским, чтобы не навлечь на себя подозрения.

Но, видимо, Баташев думал иначе. Поэтому пропажу разыскивала полиция, а поскольку сыскные взялись за это дело со всей присущей им ретивостью, то скоро Точилины попали в поле их зрения. По Таганской слободе ходили слухи не только про Баташева, но и про трех братьев, которые стремились разбогатеть, чтобы жениться на дочери титулярного советника Лопахина. Поэтому полицейские нагрянули в дом к братьям с обыском. И нашли золотые слитки, добытые преступным путем.

Панкрат взял всю вину на себя. Но и Тихон с Иваном не отпирались. Виноваты-де и они тоже. Надо было остановить брата, а они этого не сделали. Следствие было сняло с них обвинение, но вмешался сам Баташев и добавил жару. Панкрат был обвинен в ограблении, а Иван с Тихоном в соучастии. На суде с братьями не церемонились — Панкрата приговорили к двадцати, а его братьев к десяти годам каторги.

В недавно отстроенной Таганской тюрьме братьям было терпимо. Настоящие невзгоды начались, когда их погнали по Московско-Сибирскому тракту, который назывался еще и по-другому — Великим кандальным путем. Долгие пешие переходы в цепях под присмотром надзирателей и осуждающие взгляды прохожих, нудные сидения в зловонных пересыльных тюрьмах. В конце концов братья добрались до Иркутска, откуда были отправлены на каторжные рудники.

Нерчинский завод. Нелюдский острог. Серебряно-свинцовые рудники. В камере холодно, темно, на полу нечистоты — невыносимая вонь. А рудники — это каждодневное путешествие в ад. Вместо еды — свинячье пойло. И без того изможденные братья чувствовали, что тают. как свечи. Они могли продержаться самое большее год-два, а потом смерть.

Братья встали перед выбором — смерть или борьба за жизнь. Если второе, то они должны были бежать с рудников. Сибирь — суровый край, бескрайняя тайга, лютые морозы. Но в лесах водятся звери, в реках рыба. Будет трудно, думали они. Зато появится шанс выжить...

В подземных шахтах работал уголовный люд. Убийцы, разбойники, грабители. Всем хотелось на волю. А охрана слабая. Откуда-то просочился слух, что комендант срочно запросил солдат для усиления. Панкрат решил, что бежать нужно немедленно.

Лес вплотную подходил к шахтам. И горы совсем рядом. Но беглецам нужна была провизия, а чтобы собрать хотя бы мизерный запас сухарей, требовалось много времени. Но Панкрат решил обойтись без довольствия. Главное — свобода, а затем все остальное. Он развил бурную деятельность — подбил на побег братьев и остальных каторжан, работавших в шахте. Смог раздобыть инструмент, чтобы снять с себя и со всех кандальные оковы...

Нет ничего страшнее русского бунта. Надзиратели и солдаты, охранявшие шахту, смогли убедиться в этом на собственной шкуре. Некоторые из них сложили голову, пытаясь остановить рвущихся к свободе каторжан, остальные обратились в бегство. Особенно буйствовал Панкрат. Он захватил два ружья с запасом снарядов, Иван смог взять один трофей, Тихону не досталось ничего. Но все же на каждого брата пришлось по ружью.

Панкрат был предводителем бунта. Он и возглавил ватагу беглецов. Лес, горы, в которых можно было затеряться. Солдат братья не боялись, но всерьез опасались кочевых бурятов, которые почему-то считали каторжников своими заклятыми врагами.

С одним таким отрядом столкнулись беглые. Если

бы не ружья, каторжникам пришлось бы туго. Но огнестрельное оружие взяло верх над луками-стрелами. Кочевники были обращены в бегство. Но и каторжан полегло немало. Братья Панкрат, Иван и Тихон уцелели и могли продолжать путь...

Шли беглецы на запад нехожеными местами, по звериным тропам. После очередной стычки с бурятами из всей ватаги осталось только восемь человек. Зато все при оружии, на трофейных лошадках, в меховых одеждах кочевников. Один беглец умер от ран, другого задрал медведь. Но братья были живы и упорно продолжали путь. В конце концов они ушли от своих преследователей и затерялись в тайге.

Однажды они остановились на ночлег возле небольшой спокойной речушки. Утром Тихон отправился к воде умыться, зачерпнул водицы, а вместе с ней и песочку. Каково же было его удивление, когда в этом песке он обнаружил крупицы самородного золота.

Сибирская земля была богата на золотые месторождения. Но драгоценный металл доставался тяжким трудом. Нужно было перемыть горы породы, чтобы добыть хотя бы пару фунтов. Еще сложнее было добывать золото в рудниках.

А здесь открытое месторождение. Золотые самородки на каждом шагу. Только в первый день ошалевшие от счастья беглецы смогли найти с дюжину самородков величиной с голубиное яйцо.

— Я отсюда не уйду! — заявил Панкрат. — Пока не соберу все золото, не уйду!

Он был не одинок в своем желании. Золото валялось под ногами, и нужно было быть глупцом, чтобы отказаться от него.

Но если бы и нашелся кто-то, кто хотел бы продолжить путь в одиночку, его бы просто-напросто не отпустили. Никто не должен был унести с собой тайну необычно богатого месторождения. Разве что только в могилу...

Местность была богата не только на золото. Здесь в изобилии водилась лесная живность и рыба. С ружьями охотились на крупного зверя, дичь били из луков, рыбу просто накалывали на остро заточенные палки. Вместо чая — хвойный отвар, первейшее средство от цинги. Со временем срубили избушку, сложили печь. Словом, быт наладился. И работа тоже спорилась.

Сначала было легко, потому что самородки сами просились в руки. Когда верховое золото иссякло, пришлось лезть в землю. Но никто не роптал, потому как все работали на себя, добровольно...

Без малого два года разрабатывали месторождение. Золото еще оставалось, но Панкрат засобирался в дорогу. Он все еще помнил о том условии, которое поставил перед ним Лопахин. В течение трех лет он должен был стать миллионщиком. И стал им. Только свой пай золота он мог продать больше чем за миллион рублей.

Братья пытались отговорить его. Не мог Панкрат так просто прибыть к Лопахину и поставить его в известность о своем состоянии. Он беглый каторжник, и не приведи господь попасть в лапы полиции. Но Панкрат все же рискнул. Иван и Тихон не могли оставить его одного, поэтому также отправились с ним. На прииске оставались их товарищи — Влас, Федор и Харитон. Судя по всему, в скором времени они тоже собирались отправиться в обжитые края. Панкрату это не нравилось. В день перед отъездом он бродил по дому мрачнее тучи. И нет-нет да посматривал многозначительно на своих братьев. Но те делали вид, что не понимают его намеков.

А ночью Иван и Тихон проснулись от громких вскриков. Влас корчился в предсмертных муках, Федор замертво лежал на полу с проломленной головой.

А Панкрат добивал ножом истерзанного Харитона. Разумеется, братья потребовали объяснений. И Панкрат их дал. Оказывается, бывшие убийцы и разбойники вспомнили свое темное прошлое и решили сгубить братьев, чтобы присвоить себе их золото. Но Панкрата врасплох застать они не смогли... Говорил он убедительно. Но братья ему не верили. Они понимали, что Панкрат сам первый напал на их товарищей. Он свел их в могилу, чтобы никто, кроме него, Ивана и Тихона, не знал, где находится все еще богатый на золото прииск.

Иван и Тихон злились на Панкрата, но не убивать же его — родной брат все-таки. Поэтому пришлось смириться с грехом, который он взял не только на свою, но и на их души...

Обратный путь был долгим — до Москвы тысячи верст. Трудным, потому что братьям пришлось везти с собой все добытое золото. И опасным, ведь они были беглыми каторжниками. Но им везло, они без приключений добрались до Тобольска, там продали немного золотишка, приоделись, за мзду справили фальшивые документы. И продолжили путь...

В Москве братья продали несколько фунтов золота, за большие деньги приобрели фальшивые дворянские грамоты, справили одежду, подобающую их новому званию, бороды заменили пышными бакенбардами.

Чертова переулка в Москве уже не было. Теперь переулок стал называться... Дурным. Было шило, стало мыло. Впрочем, кроме названия, не изменилось ничего. Больших пожаров за три года не случилось, поэтому все дома стояли на месте. И дом братьев Точилиных тоже стоял. Но жили в нем другие люди.

Братья купили большой бревенчатый дом близ Таганской площади, собрали в погреб все свое золото. Начистили свои перья и отправились к Лопахину, уже отставному титулярному советнику. Он по-прежнему жил в своем доме.

Бывший чиновник оторопел, когда увидел трех представительных молодых господ, внешне очень похожих друг на друга.

— Сударь, надеюсь, вы узнаете нас? — свысока спросил Панкрат.

До Лопахина не сразу, но все же дошло, что перед ним стоят братья Точилины.

— Помилуйте, господа, как же так! Ходили слухи, что вы осуждены на вечную каторгу...

— Да, сударь, случилась такая оказия, осудили нас, — кивнул Панкрат. — Но спустя год приговор отменили. Мы разбогатели и вернулись в Москву...

— Разбогатели? Похвально, похвально...

— Как же наш уговор?

— Ах, уговор... — замялся Лопахин.

— Уж не хотите ли вы сказать, милостивый государь, что Екатерина Андреевна вышла замуж...

— Э-э, ну как бы вам это сказать... — еще сильней смутился бывший чиновник.

— Как есть, так и говорите. Мы готовы принять любую правду...

— Тогда и от вас, господа, я жду правды. Позвольте поинтересоваться, каким образом вы смогли разбогатеть?

— О! Это долгая и, скажу вам, не очень интересная история.

— Хорошо, историю мы можем опустить. Но как вы представите доказательства своего богатства?

— У нас есть золото. В слитках. Очень много золота...

— Уж не те ли это слитки, которые, помнится, пропали у господина Баташева? — ехидно спросил Лопахин.

— Шутить изволите? — усмехнулся Панкрат. — Нет, уверяю вас, это совершенно другое золото. И можете не сомневаться, то золото оно значительно превосходит по количеству. Значительно превосходит.... Пожалуй, вы самолично можете в этом убедиться...

Глаза Лопахина алчно блестели.

— Ну что ж, раз вы настаиваете...

— Но прежде чем открыть вам свою тайну, мы должны знать, что наш договор по-прежнему в силе...

— Ну что вы, господа! Все остается в силе. Екатерина Андреевна сейчас в отъезде, но завтра будет...

— Она замужем?

— Да, была, — удрученно вздохнул бывший чиновник.

— Но как же так!

— Каюсь, каюсь! Но вы и сами должны понимать, что я мог думать, когда узнал, куда вас сослали. Откуда ж нам было знать, что вы вернетесь при богатстве... Екатерина Андреевна сейчас вдова. Да-с, такое, понимаете ли, дело... Но в замужестве она была недолго. Сразу после свадьбы ее супруг штабс-капитан Велесов был отправлен в заграничную армию и погиб в сражении под Аустерлицем. Надеюсь, вы слышали об этом ужасном поражении?..

— Слышали, — соврал Панкрат. — Но более всего интересно нам слышать про Екатерину Андреевну...

— Я же говорю, Екатерина Андреевна осталась вдовой, траур по мужу закончился, и она снова может выйти замуж... За любого из вас... Если пожелаете...

— Пожелаем, — кивнул Панкрат.

— Вы обещали представить мне доказательства вашего богатства, — напомнил Лопахин.

— Прежде мы должны увидеть Екатерину Андреевну! — отрезал Панкрат.

— Ну что ж, раз вы настаиваете, тогда завтра любезнейше прошу пожаловать к нам в гости. Екатерина Андреевна будет дома и с удовольствием примет вас...

На обратном пути братья заехали к своему бывшему хозяину. Купец Баулов искренне поверил в их сказку об отмене приговора. Про свои богатства они говорить не стали, но тот и сам догадался, что денег у них куры не клюют. И, разумеется, показал им своих дочерей.

Из неуклюжей симпатичной пышечки Анфиса превратилась в красивую и стройную девушку. Тихон только увидел ее и понял, что пропал. И Анфиса нет-нет да бросала на него пылкие взгляды. Словом, между ними проскочила искра, которая сожгла остатки былых его чувств к Катерине. Иван же влюбился в Евдокию, которая была всего на год моложе своей сестры. Купец Баулов сказал, что у его дочерей есть женихи, но дал понять, что совсем не прочь отвадить их, чтобы уступить место Ивану и Тихону. А они дали ему понять, что будут только рады породниться с ним.

А Панкрату по-прежнему нужна была Катерина. И братья его не отговаривали. Вместе с ним на следующий день прибыли к Лопахину, где их ждала его красавица-дочь.

Катерина стала еще красивее. Более женственная и менее манерная, чем прежде. Но все те же лукавинки во взгляде. И алчный огонек, как у отца. Но влюбленный Панкрат видел только достоинства и совершенно не замечал недостатков. Он просил ее руки и сердца. Катерина сказала, что готова принять его предложение, но последнее слово оставила за отцом. А тот, прежде чем дать свое родительское благословение, хотел взглянуть на обещанные богатства.

Панкрат привез бывшего чиновника в дом, где жил с братьями. Вместе с ним спустился в погреб.

Андрей Данилович Лопахин с жадностью взирал на сложенные штабелями золотые слитки. Трясущимися руками он взял один слиток. Золото не совсем чистое, но все равно один такой слиток можно сторговать рублей за пятьсот, а их тут не одна сотня...

Но ведь Катерина никакая не вдова... И ее муж штабс-капитан Велесов жив-здоров, чего и тестю своему желает. А Лопахин желает ему добра и процветания. Чтобы жил с его дочерью долго и счастливо. Да и сама Катерина думает о том же, потому и согласилась послужить приманкой для бестолковых братьев. На их месте Андрей Данилович ни в жизнь не согласился бы открыть кому-либо свои сокровища...

В тот же вечер по прибытии домой хитроумный Лопахин собрал тайный семейный совет, где рассказал об увиденном. И он, и Катерина, и зять, который никогда не воевал в Европах, — все загорелись желанием завладеть сокровищами. Андрей Данилович нисколько не верил в то, что братья Точилины чисты перед законом, поэтому предложил сдать их полиции. Но зять его отговорил. Связаться с полицией — это значит своими руками передать золото в государственную казну. Он предложил другой план...

За деньги Велесов нанял двух лиходеев, которые согласились помочь ему в кровавом деле. И следующей ночью вместе с ними и своим алчным тестем наведался в гости к Точилиным. Злодеи застали братьев врасплох и, не давая им опомниться, обрушились на них всей своей силой.

Умирая от колотых ран, Панкрат Точилин мертвой хваткой вцепился в шею наемника и задушил его насмерть. Иван серьезно покалечил второго, но Велесов хладнокровно заколол его ударом в спину. И добил наемника, чтобы замести следы.

Злодеи убили двух братьев. Но третьего не оказалось дома. Бог с ним, подумал тогда Лопахин, лишь бы золото было на месте. Но, увы, в погребе, кроме крыс, ничего не было. Сокровища как в воду канули...

Тихон тайком забрал Анфису из отцовского дома и всю ночь напролет катался с ней по городу в собственном экипаже. Вернулся домой он только под утро и застал страшную картину. Братья в лужах крови, рядом, тоже мертвые, их убийцы. Он был ошеломлен. Услышав шорох за своей спиной, он понял, что это смерть пришла за ним, чтобы воссоединить его с братьями. Но у него есть Анфиса, он не хотел ее терять... Тихон стремительно бросился в соседнюю комнату. На ходу бросил взгляд назад. Увидел страшные оскаленные лица Лопахина и незнакомого ему мужчины. Один с топором, другой с палашом. И еще неизвестно, сколько людей за их спинами... Он успел захлопнуть за собой дверь, закрыть ее на задвижку. Из дома он выбрался через окно.

Он не мог оставаться в городе. Но и без Анфисы уехать не мог. Прямым ходом отправился к ней, уже по-настоящему похитил ее из отчего дома и вместе с ней выехал из Москвы.

Они отправились в Тобольск, где братья на пути в Москву схоронили часть золота. Тихон извлек из тайника золото, обратил его в деньги. Там же он женился на Анфисе, взял ее фамилию. Через несколько лет вместе с ней вернулся в Москву. Открыл свое торговое дело. Детей семеро по лавкам, довольство и достаток. В Отечественную войну сгорел дом тестя, и Тихон построил на его месте новый — большой, в два этажа, из камня...

Тихон жил богато. Но если бы и приперла нужда, он бы, пожалуй, не тронул спрятанное золото. Проклято оно. На нем кровь его братьев. И еще трех каторжников, которых порешил безумный Панкрат...

Глава первая

За дежурным столиком медсестры сидела и листала дамский журнал молоденькая симпатичная девушка в отглаженной и накрахмаленной белой шапочке. Лариса подошла к ней, поздоровалась, представилась:

— Капитан милиции Черкашина...

— Да, чем могу помочь?

Медсестра смотрела на нее с сомнением. Похоже, она не могла поверить, что красивая блондинка может служить в милиции.

— Сегодня ночью к вам поступила женщина, в отношении которой были совершены насильственные действия...

Лариса не любила казенный язык, но на людей он производил впечатление.

— А-а, есть такая... Рената ее зовут... — Девушка быстро пробежала по списку больных. — Вот, Данилова Рената Сергеевна.

— Имя вы назвали быстрее... — заметила Лариса.

— Да я ее знаю. Ну, лично не знакома. Но мы живем в соседних домах в Товарищеском переулке. Я ее несколько раз видела...

— Когда в последний раз?

— Это что еще такое? — удивленно уставилась на нее сестра. — Вы что, в свидетели записать меня хотите?

— В свидетели чего?

— Как это чего? Преступления!.. Ренату же изнасиловали... Вы еще обвините меня в этом, совсем здорово будет.

— Успокойтесь, никто вас ни в чем обвинять не собирается...

— Знаю я вас... А вы точно из милиции?

— Вам еще раз показать удостоверение?

— Да уж, удостоверение. Его в любом подземном переходе можно купить...

В любом подземном переходе милицейские корочки не купишь. Но, в сущности, девушка права. Есть места, где можно разжиться высококачественной фальшивкой.

— Удостоверение подлинное. Я тоже...

— Не похожи вы на капитана милиции... Ну да ладно...

— Мне нужно поговорить с потерпевшей.

— Боюсь, что это невозможно. Больную нельзя тревожить. К тому же она еще не вышла из шокового состояния...

Ларисе не нравился тон, которым с ней разговаривала медсестра. Похоже, ее не воспринимали всерьез.

— А если я буду настаивать? — строго спросила она.

— Приходите завтра.

— Завтра может быть поздно. Не для Ренаты, нет. Для кого-то другого... Например, для вас...

— Вы мне угрожаете? — вскинулась девушка.

— Не я вам угрожаю, а маньяк, который напал на Ренату. Его нужно остановить, иначе... Есть предположение, что в городе объявился серийный маньяк. Всего две недели — и уже четыре трупа. Рената могла стать пятым...

— Да, да, она говорила, что ее пытались убить...

— Вот видите, насколько все серьезно.

— Серьезно... Но как вы его остановите?

— Пока не знаю. Но надеюсь, что Рената подскажет, как...

— У вас ничего не получится... Ну, я не имею в виду всю милицию...

— Вы имеете в виду лично меня? — усмехнулась Лариса.

— Ну а если так?

У нее создавалось впечатление, что медсестра нарочно хочет уколоть ее. Из антипатии.

— Будьте любезны, позовите дежурного врача! — оборвала она самовлюбленную особу.

Дежурным врачом оказался молодой человек приятной наружности. Лариса внушила ему симпатию. Медсестра закусила губу, глядя на его цветущую улыбку. Сейчас она жалела, что сразу не пропустила ее к больной.

Врач разрешил ей пройти в палату и поговорить с Ренатой. Это была девушка лет двадцати. Выглядела она неважно. Бледное лицо, потухший взгляд, синие мешки под глазами, слипшиеся волосы, местами лопнувшие губы.

Сейчас перед Ларисой лежала страдающая, изможденная молодая женщина. А еще вчера вечером она крутилась перед зеркалом, наводила красоту, с волнением думала о мужчинах. А сейчас если она и думала о них, то, скорее всего, с ненавистью. Ведь один из них изнасиловал ее и пытался убить...

Было раннее утро, соседки по палате еще спали. Рената же лежала с открытыми глазами и тупо смотрела в потолок. Она никак не отреагировала на появление Ларисы. И лишь когда узнала, кто к ней пожаловал, в глазах мелькнул слабенький интерес.

Лариса подсела к ней, взяла за руку.

— Не переживай, мы обязательно возьмем этого ублюдка, — пообещала она.

В данном случае для общения лучше всего подходило сердечное «ты». Рената должна была видеть в ней не сотрудника милиции, а такую же женщину, которая также может пострадать от насильников. Лариса вела себя так, как будто у них одна беда на двоих. По щеке Ренаты скатилась слеза.

— А ведь он замуж мне предлагал, — сказала и всхлипнула она.

— Кто?

— Миша. Мой парень... А я сказала, что подумаю... Дура, надо было сразу соглашаться...

— Как это произошло? — спросила он.

— Произошло... — снова всхлипнула Рената. — Мы с Мишей были в «ночнике», сидели в баре, тянули коктейли. А тут этот кретин... Вы знаете, есть идиоты скрытые, а этот явный. Да на него только глянешь, сразу поймешь, что с головой у него не все в порядке... Так вот, он подошел к нам, представляете, обнял меня за талию и громко, но якобы на ушко сказал, что ему понравилось со мной и он готов заплатить еще триста долларов, чтобы повторить...

— Что повторить?

— Вы не поняли. А Миша понял. Потому что он имел дело с проститутками и знает, сколько они берут за ночь...

— Так этот кретин принял тебя за проститутку? Может, он тебя с кем-то спутал?

— Нет, он вел себя так, как будто у него со мной в самом деле что-то было... Он нарочно это сделал...

— Зачем?

— А затем, чтобы приколоться. Есть такие уроды, которых хлебом не корми, дай только людям напакостить. Этот из них... От него коньяком еще пахло... У него же на лбу было написано, что он дебил! А Миша этого не понял... Он решил, что я в самом деле подрабатываю на панели...

— Был скандал?

— Еще какой! Миша как раненый вскочил со своего места, рванул на выход. Я за ним, а его и след простыл...

— А этот, который кретин?

— Так он сразу ушел. Как только сказал гадость, так и ушел... Я когда Мишу не нашла, снова в клуб вернулась. И этого сумасшедшего видела. Он к другой паре приставал. Так парень чуть в морду ему не дал. Охранники подскочили, развели их, а жаль, надо было мозги ему на место вправить... И как таких идиотов в ночные клубы пускают... Его потом охранники под руки выводили, я видела. Я хотела ему в морду вцепиться, да мне не дали...

— Значит, говоришь, он к другой паре приставал.

— Приставал.

— Выходит, что на тебя выбор пал случайно.

— Ну, конечно! Ему все равно было, кому голову морочить. Лишь бы только людям пакостить...

— Итак, Миша твой ушел, а этого идиота вышибли из клуба...

— Еще б мозги ему вышибли, козлу!.. Я тоже потом ушла. Села в такси и к Мише домой поехала...

— Одна?

— Ну а с кем же еще. Я и таксист. Нормальный мужик, между прочим, попался. Не приставал. Подвез к дому, взял деньги и уехал. А я к Мише домой пошла. Захожу в подъезд, а лифт не работает. Поздно уже было, люди все спят. А у него в подъезде лестница на квартирные площадки напрямую не выходит. Там и днем ни одной живой души, а ночью и подавно. В общем, я по лестнице пошла, слышу, кто-то меня догоняет. Оборачиваюсь, смотрю, какой-то мужик в маске. Я и пикнуть не успела, как он на меня набросился. Кулаком в лицо мне двинул, я упала, а он на меня. Одной рукой рот закрывает, чтобы я не кричала, а второй... Я как назло в юбке была, без колгот... Да он все равно бы свое дело сделал. Он же как бык сильный...

— Может, это Миша был? — на всякий случай спросила Лариса.

— Да нет, что вы! Миша невысокий, у него метр шестьдесят пять, а этот минимум на голову выше. И калибр покрупней... Ну, вы меня понимаете... Нет, это не Миша был. Да и зачем ему меня насиловать?

— Ну, мотив у него в принципе был. В порыве ревности мужчины, бывает, сходят с ума...

— Но в росте же они не прибавляют. И во всем остальном... У этого такой аппарат, ужас. У меня внутри все разворочено... Не хочу об этом вспоминать...

— Рената, я тебя отлично понимаю. Но ты должна понять, что нам необходимо остановить преступника...

За один месяц в Москве, в разных районах, были изнасилованы и убиты четыре женщины. Экспертиза установила, что убийца обладал крупным «прибором». Он не просто насиловал свои жертвы, он рвал их изнутри на части. Собственно, по одному этому признаку все четыре убийства были объединены в одно дело. Были еще и другие признаки. Убийца действовал всегда один. Он насиловал. Затем убивал. Ножом. И почему-то всегда бил в спину, под левую лопатку. Трупы преступник оставлял на месте преступления. И еще, все потерпевшие были довольно красивыми женщинами в возрасте от девятнадцати до двадцати семи лет.

— Насколько я знаю, тебя пытались убить?

— Да, да, он хотел меня убить! — с ужасом вспомнила Рената.

— Может, тебе показалось?

— Нет, нет, я видела, как он доставал нож...

— Может, он просто угрожал тебе, чтобы ты боялась обратиться в милицию...

— Нет, я точно знаю, что он собирался меня убить. Он был в маске, но я видела его глаза. Это глаза убийцы! Холодные, пустые...

Ренату затрясло. Лариса снова взяла ее за руку, чтобы хоть как-то успокоить.

— Он достал нож, стал переворачивать на живот...

Теперь у Ларисы не было сомнений в том, что Рената стала жертвой того самого маньяка-убийцы. Ведь он собирался убить ее ударом в спину. Но почему не убил?

— Я сама не знаю, как это у меня вышло. Я случайно ударила его пальцем в глаз... Может, это сам бог направил мою руку?..

— Вполне возможно, — кивнула Лариса.

— Он даже нож выронил. А на меня как нашло! Я когда из-под него выбиралась, еще коленкой в пах ему заехала. Он аж взвыл... Я вырвалась от него, бегом по лестнице вверх, на седьмой этаж, где Миша живет. Думала, что этот выродок преследовать меня будет, а нет, он за мной не побежал...

— Рената, могу тебя поздравить, тебе крупно повезло. Обычно этот урод убивает свои жертвы, но ты сумела выжить...

— Лучше бы он меня убил, — горько вздохнула девушка.

— Что за вздор?

— Не вздор... И зачем я только к Мише домой пошла? Он мне дверь открывает, а у меня по ногам все течет. Как вспомню, так тошно... Я ему кричу, что меня изнасиловали, а он в лицо мне смеется. И еще спрашивает, за сколько баксов дала себя трахнуть. Я говорю ему, что мне помощь нужна, а он дверь перед самым носом закрыл... Я уже не помню, как на улице оказалась, иду, качаюсь. А когда совсем невмоготу стало, я прямо на землю и села. Хорошо, машина милицейская мимо проезжала. Меня сначала в отделение повезли — думали, что я пьяная. А когда я сказала, что со мной сделали, «Скорую» вызвали...

— Понятно. А как ты думаешь, Рената, почему маньяк напал именно на тебя?

— Не знаю, — пожала плечами девушка. — Может, потому что я одна была...

— Ты говорила про таксиста, который тебя подвозил. Может, это он был?

— Да нет, он же подвез меня и уехал.

— Но ведь он мог вернуться... Ты же говорила, что человек в маске догонял тебя, а не поджидал...

— Да, конечно, он мог вернуться.

— Ты не запомнила, во что был одет таксист и тот человек, который на тебя напал?

— А его можно назвать человеком?.. — горько усмехнулась Рената. — Таксист просто был одет. Джинсы, рубашка... клетчатая, кажется. Не свежая... И пахло от него, э-э, мягко, что ли. Не знаю, какой одеколон, но то, что дешевый, это точно. И еще запах плохого табака. В машине табаком очень пахло. Таксист курил много... А от маньяка табаком не пахло. От него мускатным орехом пахло. Я так думаю, он этим запахом перегар перебивал...

— Зачем?

— Я откуда знаю? Может, понравиться мне хотел...

— А может, он запах табака хотел перебить? И запах дешевого одеколона...

— Так вы считаете, что это все же таксист был?

— А ты-то как сама думаешь?

— Ну, вообще-то, парень здоровый был. По росту подходит. А все остальное... Я же сексом с ним в машине не занималась, сравнивать не с чем...

— Номер машины ты, конечно, не запомнила?

— Только две цифры.

— Какие?

— «Девять» и «семь»... Да, это всего лишь принадлежность к Москве, я знаю...

— Ну хоть это, — улыбнулась Лариса.

— Да, будете хотя бы знать, что таксист не из Подмосковья или еще откуда-то там...

— Марка машины?

— Ну, это я вам точно скажу. «Жигули» девяносто девятой модели. Цвет... Цвет, по-моему, красный... Да, красный...

— Так, теперь давай определимся, таксист это был, как ты говоришь, или все же частник, бомбила.

— Да, скорей всего, бомбила, — кивнула Рената. — Огоньков на крыше у него не было, радиостанции тоже... Мобильник был. Но это сейчас у каждого... Да, вспомнила, ему по телефону звонили. Он сказал, что завтра, то есть сегодня, он тещу будет сажать на поезд...

— Кому он это сказал?

— Ну, я так поняла, что ему приятель звонил, просил его о чем-то, а он сказал, что в это время будет занят, тещу проводить, говорит, надо. И так с насмешечкой...

— Куда теща уезжает?

— Не знаю.

— Когда?

— Ну, он сказал, что поезд будет в четыре часа дня...

— Какой вокзал?

— Да сказал, что Белорусский... Ждет не дождется, когда теща уедет...

— Описать этого тещененавистника можешь?

— Ну, говорю же, здоровый парень. Одет — сказала как. Лицо... Нос у него крупный. Большой такой нос. Волосы короткие, это я точно заметила. Прическа денег стоит, а тут обрился, и полгода трава не расти... Все, больше ничего не помню... Да, еще печатка золотая у него на пальце. Такая большая...

— Я смотрю, все у него большое, — усмехнулась Лариса.

— Ну, насчет всего я не знаю, не выясняла... Да он и не в моем вкусе. Я ухоженных мальчиков люблю, а этот грубый какой-то... Кстати, печатка у него не золотая. Просто под золото. И цепь на шее тоже не золотая. Хотя кто его знает...

— Цепь толстая?

— Ну, приличная. Я ее видела, когда он ко мне повернулся, когда спрашивал, куда ехать. Такая цепь, если золотая, больших денег стоит. Нет, скорее подделка...

У Ларисы были все основания подозревать этого парня. Все жертвы были изнасилованы и убиты ночью. А он бомбил по ночам. И ездил по всему городу — потому география убийств такая обширная. Схема действий несложная — везет жертву домой, по пути сворачивает в лесопарк, а там уже никто не в силах его остановить. Женщин он предусмотрительно вытаскивает из машины, чтобы не испачкать салон. Трупы оставляет на месте и с чувством исполненного долга едет домой, где его ждут жена и теща...

Известно, что далеко не все мужчины обожают своих тещ. А кто-то их люто ненавидит. Как знать, может быть, именно ненависть к теще и сорвала с парня крышу. Пока она у него в гостях, он срывает зло на несчастных женщинах. Этим и можно объяснить, что убийства начались не так давно...

Лариса поговорила с Ренатой, тепло с ней попрощалась и вышла из палаты. Надо ехать в управление делиться с начальством и коллегами добытой информацией и своими догадками... По пути она встретила дежурную медсестру. И услышала от нее вслед ехидное «Чао!Чао!». Лариса сделала вид, что не услышала.

Прежде всего нужно было найти таксиста. А то добытая информация о нем в самом скором времени могла безнадежно устареть. Поэтому сразу после совещания в кабинете Званцевой вместе с двумя оперативниками Лариса отправилась на Белорусский вокзал.

— Ларис, а ты не пробовала писать диссертацию? — в пути с подвохом спросил ее Сурьмин. — Тема классная — теща как источник тяжких преступлений. Можно еще проще, теща — заклятый враг человечества... Вон Артем может подбросить тебе материал. К нему когда теща в гости приезжает, Званцева у него каждый день оружие проверяет, вдруг патронов недосчитается...

— Званцева сама чья-то теща, — усмехнулась Лариса. — А ты ее заклятым врагом человечества величаешь. Смотри, как бы у нее самой патронов не поубавилось...

На стоянке перед вокзалом стояли две красные «девятки», одна из которых могла принадлежать подозреваемому. Возможно, разыскиваемый таксист еще даже не подъехал. А может, его вообще здесь не будет. Он же должен помнить, что Рената слышала его разговор про вокзал. А поскольку жертва осталась жива, то у него появилось опасение нарваться на засаду.

И все же таксист подъехал. Вернее, человек, по приметам похожий на него. Парень лет двадцати пяти, крупный нос типа «шнобель», бритая голова, на пальце печатка, на шее псевдозолотая цепь, шорты-бриджи, желтая футболка, «девятка» красного цвета. И, главное, с ним была пожилая женщина, по возрасту годившаяся ему в тещи. Крупная напористая тетка лет пятидесяти. В руках небольшая сумочка. Походка, как у фрекен Бок из «Карлсона». А зятек как Малыш из того же мультика. Загрузился под завязку и бежит за ней трусцой. На лице выражение полного смирения. Что ж, пар он вчера спустил — нет в нем больше злости. Но это лишь до поры до времени. Сейчас он проводит свою тещу, завтра-послезавтра его снова швырнет на тропу кровавой охоты.

Поезд «Москва — Калининград», седьмой вагон. Зять и теща крепко обнялись, ну прямо как родные. Лариса стояла неподалеку. И слушала их разговор. Ничего необычного. Выяснилось, что парня зовут Олегом, у него есть жена, сыну три месяца, крохотная комната в коммуналке. Теща звала их в Калининград, в свою, как она выразилась, шикарную трехкомнатную квартиру, но парень ни в какую... Самый обыкновенный разговор. Но было бы наивно полагать, что Олег начнет каяться перед тещей в своих грехах...

У Ларисы было желание задержать парня, допросить его. А еще лучше, обыскать машину, чтобы найти в ней маску и нож.

Но задержать парня она не могла. Он легко и просто открестится от предъявленного обвинения. Во всяком случае, если он сам во всем не признается, доказать его вину будет невозможно. А он же не идиот, чтобы признаваться... А вот машина... Сурьмин мог бы осмотреть ее, пока Олег сажал тещу на поезд. Но, во-первых, стоянка охраняемая — возьмут за гриву, попробуй докажи потом, что ты не лошадь. А во-вторых, доказательства, добытые незаконным путем, таковыми не являются...

Задерживать парня не было смысла. И с осмотром машины можно повременить. Если Олег — балбес, он будет возить с собой улики и дальше. Если не глупец, то маску и нож он прячет в каком-нибудь тайнике. Но, похоже, он совсем не дурак. Рената говорила, что вчера на нем были джинсы и клетчатая рубашка. Сегодня же — шорты и футболка. Возможно, вчерашнюю одежду он просто уничтожил, как опасную для себя улику. Если так, то голыми руками его не возьмешь. Но для борьбы с маньяками есть старый проверенный способ. И Лариса собиралась прибегнуть к нему в самое ближайшее время...

Глава вторая

Первой жертвой маньяка была красивая полноватая брюнетка. Второй — стройная блондинка со смазливым личиком. Третья — снова брюнетка с крупным бюстом. Четвертая — длинноногая красавица с огненно-рыжими волосами. Рената была шатенкой. И одевались все по-разному. Кто был в брюках, кто в платье, кто в юбке. И цветовая гамма одежды у всех разная... Словом, не было единого признака, по которому маньяк выбирал свои жертвы. Поэтому Лариса не усердствовала в выборе одежды. Никаких ультракоротких юбочек или шортиков. Просто белые облегающие брючки, футболка, из-под которой выпирают необремененные бюстгальтером груди. Поверх белая спортивная курточка. Все-таки август месяц, по ночам совсем не жарко...

За Олегом следили уже два дня. Ничего особенного. Днем работа, а вечером до полуночи подработка на маршрутах ночного города. Никаких эксцессов. Значит, нужно было провоцировать события. Поэтому Лариса сегодня в роли подсадной утки...

Олег возвращался домой в первом часу ночи. Сейчас поставит машину в гараж и к жене под бочок. Ехать до дома оставалось совсем немного, когда в свете фар высветилась девушка с вытянутой рукой. Высокая, стройная, фигурка супер, вокруг роятся жаркие флюиды обаяния. Олег просто не мог не остановиться...

— Мне на Рязанский проспект, не подбросите? — заискивающе спросила Лариса.

— Подбрасывают, когда по пути. А я таксую.

— И какая у вас такса?

— Для тебя, красавица, белая и пушистая. Двести рублей. Нормально?

Любой другой бомбила содрал бы с нее все пятьсот. Но этот не любой. Этот — предполагаемый маньяк. Разницу в триста рублей он оставляет Ларисе в качестве подарка. Бойтесь данайцев, дары приносящих...

— Лучше не бывает! — просияла Лариса и нырнула в машину.

— Что-то поздновато домой едете, — заметил Олег.

— Да нет, я из дома. Друг позвонил, сказал, что я ему очень нужна...

Рената тоже ехала к другу. Уж ни спонтанная ли ревность толкнула Олега бежать вслед за ней?

— Как это нужна? — потрясенно уставился на нее парень.

— А тебе что, женщина не бывает нужна?

— Бывает...

— Вот видишь, и Женьке моему сегодня приспичило. Приезжай, говорит, побалуемся...

— И ты вот так, едешь к нему, среди ночи, чтобы...

— Ну да, чтобы перепихнуться, а что тут такого? — с искренним недоумением посмотрела на него Лариса.

От волнения у парня пересохло горло.

— И ты к нему едешь? — выдавил он.

— Как видишь!

— Ночью?.. Твой Женька — урод. А ты... Ты просто чокнутая...

— Ты меня не оскорбляй, понял! — вскинулась Лариса.

— Ну, извини... Не, ну это бардак! У него зачесалось среди ночи, а ты к нему как угорелая... У тебя хоть гордость есть?

— Есть гордость. А если у меня у самой чешется?.. Или у тебя есть другие варианты?

Лариса обволокла парня истомленным взглядом.

— Какие варианты? — сглатывая ком в горле, спросил он.

— Ну, а разве я тебе не нравлюсь?

— Нравишься.

— И ты вроде парень ничего...

— Да у меня жена, вообще-то...

— А-а, ну если жена, тогда все. Едем к Женьке...

— Вообще-то, жена не узнает... — хватаясь за ускользающую возможность, пробормотал Олег.

— Да ладно, что во мне такого, чтобы из-за меня жене изменять? Ты на меня не заморачивайся, не надо...

— А если надо?

Лариса сделала вид, что ничего не услышала. Она сама настроила парня на волнующее приключение. Сама же включила заднюю скорость. Она спровоцировала ситуацию, теперь осталось ждать развития событий. Если Олег полезет к ней с грязными намерениями, то можно будет брать его за жабры. И машину можно будет досмотреть на законных основаниях. А там и маска может найтись, и нож...

— Твой Женька — козел, — продолжал Олег. — Если ему так охота, то он сам должен был за тобой приехать...

— Я и сама доберусь, — пожала плечами Лариса. — Не сахарная, не растаю...

— Это ты-то не сахарная? Да ты супер! Твой Женька на руках тебя носить должен...

— Так он и носит! Есть такая поза в «Кама Сутре», когда партнершу на руках держат... Я бы тебе показала, да мне Женька больше нравится. Да и жена у тебя...

— Да фиг с ней, с женой!

— Вау! Ну и заявочки у вас, молодой человек! — фыркнула Лариса. — Может, тебе и наплевать на свою жену, а мне — нет!.. Я до Женьки с Лешкой встречалась, ну сам понимаешь, в каком смысле. Так у него жена была. Выследила нас. Да ладно жена. Теща его на меня наехала. А она у него баба здоровая, ну прямо как танк педальный... У тебя-то теща есть?

— Ну а то... Так она в Калининграде живет. Теща у меня мировая. Я на нее не жалуюсь... Слушай, а может, ты права. Чего мне на грех нарываться? У женщин особый нюх на измену. Еще почувствует жена...

— Вот, вот, и теща из Калининграда нагрянет. Тогда и тебе достанется...

— Да скорее жене достанется, чем мне. Теща у меня простая. Скажет, с кем не бывает. И на жену наедет за то, что слона из мухи делает...

— Это я-то муха? — Лариса сделала обиженный вид.

— Нет, ты не муха. Ты — стрекоза. Лето красное пропела, оглянуться не успела...

— Ой-ой-ой! Какие мы правильные!..

— Ну, не то чтобы правильные. Но на первых встречных не бросаемся....

Только что Олег волновался, как мальчик перед первым свиданием, а тут — на тебе, нашло на него. Идейным вдруг стал. На Ларису он уже смотрел с плохо скрытым презрением. Как будто она шлюха какая-то подзаборная... Уж ни теща ли его вдохновила?

— А тебе никто и не предлагает на меня бросаться, — обиженно надула она губки.

— Не предлагаешь, но намекаешь...

— Больно нужно!

Лариса сделала вид, что смотрит в боковое окно. На самом же деле она наблюдала за Олегом. От него сейчас можно было ждать всего, что угодно. Но ничего не произошло. Парень молчал всю дорогу. Привез ее по указанному адресу, забрал двести рублей и собирался отчалить. Но Лариса попросила его немного подождать:

— Если через пять минут меня не будет, уезжай...

— Если обратно, то пятьсот рублей! — заявил Олег.

— Хорошо... Может, лучше десять минут подождешь? А то я лифтом не пользуюсь, пока до девятого этажа доберусь...

— Ну ты даешь, на девятый этаж пешком.

— Я однажды в лифте застряла, так после этого только пешком.

Похоже, он снова отбросил в сторону свои, возможно, дутые моральные принципы. В глазах вожделение... Лариса нарочно выбрала дом той же серии, в которой жил друг Ренаты. И про лифт намеренно сказала. Пусть парень знает, что сейчас она будет подниматься по пустующей темной лестнице...

Лариса поднималась и прислушивалась к тишине — не гонится ли за ней Олег. Она добралась до девятого этажа, но, увы, погони не наблюдалось.

Несолоно хлебавши она спустилась вниз. Олег уже собирался уезжать, когда она села к нему в машину.

— Еще бы немного, и я бы тю-тю!.. Что, нету твоего Женьки?

— Да нет, дома он, — расстроенно мотнула головой Лариса. — Да жена из командировки только что вернулась...

— Так ты ж говорила, что с женатиками не водишься?

— Откуда ж я знала, что он женат... Вот козел!

— А я тебе что говорил!.. У меня недавно случай был. Мимо ночного клуба ехал, смотрю, девчонка, вся на измене, короче. Чего, спрашиваю, случилось? С парнем, говорит, поссорилась. И знаешь, куда она ехала? К этому самому парню и ехала...

— Зачем?

— Да мириться... Говорю же, нет у вас, у баб, гордости. Одна мириться ночью едет, другая на палку чая среди ночи мчится...

— Палка чая... Ты бы за базаром следил, — огрызнулась Лариса.

— Да ладно тебе, что было, то было...

— Не было ничего... А у той девчонки было что-нибудь?

— В смысле?

— Ну ты же говорил, что она с парнем мириться ехала. Помирилась? Или тоже от ворот поворот?

— Да я откуда ж знаю? — пожал плечами Олег. — Она ушла, а я постоял немного и уехал...

— Где постоял?

— Во дворе дома, где ж еще. Покурить в тишине захотелось...

— Долго курил?

— Да минуты три, а что? Странная ты какая-то...

— Ты тоже странный, — усмехнулась Лариса. — Я сама тебе на шею вешалась, а ты не въезжаешь...

— А тебя не поймешь, то ли ты сама на шею вешаешься, то ли лапшу на уши вешаешь. Знаю, была у меня одна штучка. Сама под меня залезла, а потом сказала, что я ее изнасиловал. Полштуки баксов отдал, чтобы не заявила... И с тобой тоже что-то нечисто. Может, ты подставная, откуда я знаю...

— Боишься, что тебя как лоха разведут? — усмехнулась Лариса.

— Кто ж этого не боится!

— А ты завези меня в лесок, изнасилуй и убей...

— Ты чо, шизанутая? — очумело вытаращился на нее Олег.

— Да я пошутила...

— Дура ты. И шутки у тебя дурацкие...

Всю дорогу Олег молчал. Лариса не лезла к нему с разговорами. Поняла, что остается без улова. О чем стало известно группе сопровождения. Именно поэтому на выезде с МКАД Олега остановили на посту ГИБДД. Дэпээсники четко знали свой сценарий.

— Катаемся? — как бы подозрительно покосился на Ларису гаишник. — Сколько за час берешь?

— Что?! — взвилась она. — Да как ты смеешь, козел!

— Кто козел?!. А ну из машины оба!

Машину досматривали с особой тщательностью.

Олег искренне верил, что виной всему Ларисин язык. И невдомек, что гаишники искали маску и нож, которым были убиты четыре женщины. Но, увы, ни того ни другого. Его и самого обыскали, тоже пусто.

Лариса вернулась в машину. Обидно было осознавать, что столько сил ушло впустую. Судя по всему, Олег никакой не маньяк. А если и есть за ним что-то, то попробуй до него достучись. Разве что воспользоваться включить импровизацию....

— Да не расстраивайся ты, — пожалел ее Олег. — Менты сейчас злые. Люди седьмые сны досматривают, а у них служба...

— Ты тоже вроде как на работе. Ты ж не хамишь...

— Да я как-то не привык женщинам хамить. Не мой стиль...

— А ту девушку, про которую ты говорил, как ее зовут?

— Да не помню... Хотя нет... Рената, кажется... Слушай, а чего тебе так интересно?

— Мою подругу тоже Ренатой зовут. Она позапозавчера с парнем своим поругалась. Из «ночника» поехала к нему домой, одна, между прочим. Ее какой-то парень на красной «девятке» подвозил...

Лариса назвала адрес, по которому проживал друг Ренаты Даниловой.

— Зачем ты мне это говоришь? — встревожился Олег.

— Ну так это ж ты ее подвозил! — Лариса со всей силы вонзила в него острый, как шпага, взгляд.

— С чего ты взяла, что это я был? — еще больше забеспокоился парень.

— Знаю. Рената номер твой машины запомнила...

— А-а, а я-то думаю, что-то в тебе не то...

— Ты лучше думай, как на том свете оправдываться будешь?

Лариса ловко вытащила из сумочки малогабаритный пистолет, вдавила ствол в бок парня. Грозно щелкнул взводимый курок.

— Резко не тормози! — хищно прошипела она. — Будет толчок, будет выстрел...

Олег съехал на обочину, плавно остановил машину.

— Ты что же это делаешь? — растерянно спросил он.

— А ты что с моей подругой сделал?

— Да ничего я с ней не делал!

— Это ты ментам расскажешь, если я тебя сейчас не прихлопну... Ты Ренату к дому подвез, а затем за ней пошел. Догнал ее в подъезде, изнасиловал. И убил!

— Я ее не насиловал... И не убивал!

— А я тебе не верю!.. Ладно, не хочешь сознаваться, не надо...

На Олега смотрели пустые, холодные глаза убийцы... До парня дошло, что с ним не шутят.

— Эй, ты чего? — хватая ртом воздух, таращился он на Ларису.

— Мне все равно, признаешься ты или нет, — прошипела она. — Я знаю, что это ты убил Ренату!

— Я ее не убивал!

— А что ты с ней сделал? Просто изнасиловал?

— Да не трогал я ее!

Лариса могла определить по реакции человека, виновен он или нет. Сейчас ее внутренний детектор лжи показывал, что парень действительно не причастен к убийству. Но стопроцентной уверенности все же не было. Поэтому она продолжала прессинговать Олега.

— Кто ж тогда ее убил?..

— Не знаю... Или знаю... Хотя точно не скажу...

— Чего ты точно не скажешь?

— А что с Ренатой тогда случилось?

— Я ж говорю тебе, изнасиловали, а затем убили.

— Когда?

— Да когда она к парню своему шла. По лестнице поднималась, а на нее напали... А может, ты скажешь, что это был не ты?

— Да не я это был!

— А кто?

— Да не знаю... Когда Рената в подъезд зашла, за ней мужик пошел...

— Что за мужик?

— Да я откуда знаю? Машина там возле подъезда стояла. Он из нее и вышел...

— Стояла или подъехала вслед за вами?

— Так в том-то и дело, что стояла... Я еще подумал, как бы чего не вышло...

— Что, мужик подозрительный?

— Да нет, в том-то и дело, что не подозрительный. Был бы подозрительный, я бы за ним пошел. А так вроде бы нормальный мужик. В пиджачке такой, с виду положительный...

— Он торопился?

— Да нет, не торопился. Если б он ускорил шаг, я подумал бы, что он за Ренатой гонится. А так нормально все было...

— Почему же тогда ты подумал, как бы чего не вышло?

— Да просто подумал. Девчонка-то она симпатичная. Думаю, застрянет в лифте с этим мужиком, что будет, думаю... Она говорила, что с парнем своим поругалась, к нему ехала. А тут мужик. Отомстит еще парню своему...

— А то, что он изнасилует ее, ты не подумал?

— Да подумал... Даже следом идти хотел...

— Так почему же не пошел?

— Да, думаю, пойду, а ничего не будет, сам тогда себя на смех подниму... Да и вообще... Я чего за сигарету взялся? Предчувствие было... Так Ренату не только изнасиловали, еще и убили, говоришь... Честное слово, я здесь ни при чем!

— Как мужчина обратно возвращался, не видел?

— Нет. Врать не буду, не видел. Я ж недолго стоял, выкурил сигарету и поехал...

— Марку машины запомнил?

— Само собой. «Десятка», цвет серебристый... Я даже номер запомнил...

— С чего бы это?

— Да говорю же — предчувствие было. Ну, на всякий случай номер запомнил. Для очистки совести, так сказать. Оно ж вон как все вышло... Только первую букву я не запомнил. А так номер триста восемьдесят восемь, буквы «т» и «у». Московский номер, девяносто семь... Ты бы пушку убрала, а то пальнешь ненароком...

Лариса спрятала пистолет. Теперь она должна казаться Олегу легкой добычей. Но тот даже не дернулся в ее сторону.

— Так ты веришь мне, что это не я убил твою Ренату? — робко спросил он.

— Я-то верю... А ментов ты в этом убедишь?

— Ментов?! — еще больше разволновался он.

— Странно, разве они к тебе не приходили?

— Нет.

— Вот козлы! Я так и знала, что они с расследованием будут тянуть... Ладно, сама во всем разберусь...

Перед тем как уйти, Лариса закрепила под сиденьем машины специальный маячок. Если Олег в чем-то виновен, то после этого разговора он ударится в бега. Что ж, найти его будет нетрудно...

Лариса могла бы представиться, объяснить, кто она такая есть на самом деле. Но ей было стыдно. Сотрудник милиции не должен угрожать подозреваемому пистолетом, не должен разводить его как лоха. Не должен. Но так случилось. Она осознает свою вину и тихонько исчезает...

Глава третья

Вчера Лариса вернулась домой в пятом часу ночи. Это значило, что у нее сегодня было законное право отлынивать от службы до самого полудня. Но уже в половине десятого позвонила Званцева и велела прибыть в управление. По тону ее голоса было понятно, что случилось что-то серьезное.

Званцева сидела в своем кабинете мрачнее тучи.

— Ты с этим, с Копытиным, до скольки ночи каталась? — сухо спросила она.

— До половины третьего, — предчувствуя неладное, сказала Лариса.

— И что?

— Мне кажется, что он не причастен к убийству.

— Мне тоже так кажется... — кивнула Арина Викторовна.

— Вы говорите, но не договариваете, — заметила Лариса.

— Вчера, около часа ночи, была изнасилована и убита гражданка Лисицына. Почерк все тот же...

— Где ее убили?

— Дом в Товарищеском переулке...

— Снова этот чертов переулок, — заметила Лариса.

— Вот именно, чертов, — кивнула Званцева. — Раньше он так и назывался, Чертов переулок. Затем его переименовали в Дурной переулок. Ну а после революции она стал Товарищеским. Но это так, к слову...

— Как все произошло?

Сейчас Ларису меньше всего волновала история московских улиц. Сейчас ей нужно было знать только одно: где и при каких обстоятельствах погибла очередная жертва маньяка.

— Ирина Лисицына погибла в своей квартире.

— Сколько ей лет?

— Двадцать шесть. Была замужем. Разведена. Жила одна, с ребенком... Ребенку всего полтора года. К счастью, малыш остался жив... Ее изнасиловали в ее же квартире. Там же и убили... Преступник ударил ее ножом в спину. Но когда он ушел, она еще была жива. И даже смогла дотянуться до телефона, чтобы позвонить в милицию. К сожалению, она скончалась до прибытия наряда...

— Как же преступник проник к ней в дом?

— Я узнавала, замки все целые, следов взлома не обнаружено...

— Если она не замужем, у нее мог быть ухажер.

— И этот ухажер оказался маньяком... Я уже думала об этом...

— Ухажера можно вычислить.

— Я не думаю, что наш маньяк такой дурак, чтобы крутить с ней любовь. Хотя всяко может быть...

— Может, случайное знакомство?

— Вот ты это и выяснишь... Дело, по всей видимости, нам передадут. Так что давай дуй в ОВД «Таганское», разбирайся на месте... Да, кстати, Товарищеский переулок не зря всплыл. Я тут выяснила, что первая жертва, Антонина Котова, жила в Товарищеском переулке до замужества. Татьяна Карелина жила все время. Родители Валентины Семерик продали свою квартиру в этом переулке и переехали в Медведково в девяносто четвертом. Наталья Голицына тоже жила там до замужества, а потом переехала к мужу. Рената Данилова там жила всегда. Теперь вот и шестая оттуда же... Так что теперь определенно ясно, по какому принципу маньяк выбирает жертвы.

— Принцип ясен. А смысл? Какой смысл насиловать и убивать женщин с одной улицы?..

Лариса знала маньяка, который планомерно и методически уничтожал своих одноклассников. А тут война с целой улицей, вернее, с переулком...

— У маньяков травмированная психика, — в раздумье сказала Званцева. — Комплексы, как правило, закладываются с детства. Могу предложить такую версию. Маньяк жил и рос в Товарищеском переулке. Была первая любовь, оставшаяся неразделенной. Может, была и вторая, третья, но везде фиаско. Неудачи на любовном фронте рождают ненависть, которая переносится на всех женщин Товарищеского переулка... Если бы все жертвы были примерно одного возраста, можно было бы предположить, что маньяк охотится на конкретных женщин...

— С которыми он когда-то был знаком?

— Именно. Но возрастной диапазон составляет девять лет, правильно?

Лариса кивнула. Возраст самой младшей жертвы — девятнадцать, старшей — двадцать семь. Если разложить по полочкам да по возрастающей, то выходит — 19, 21, 22, 23, 26, 27. Случайный набор цифр, никакой закономерности.

— Возможно, мотив убийств нужно искать не в детстве преступника, — задумчиво изрекла Званцева. — Может, маньяк знакомился со своими жертвами, будучи уже взрослым мужчиной. Если так, то что это нам дает?

— То, что маньяк был знаком с теми, кого убивал...

— Если так, то он и сам живет в Товарищеском переулке. Хотя не факт...

— Вы бы впустили к себе в дом случайного человека?

— Разумеется, нет.

— Вот и Лисицына бы не впустила.

— А убийца оказался у нее дома.

— Значит, она его знала. Но это мы еще проверим, уточним. Тут один факт интересный всплыл. Я разговаривала с Копытиным, так он сказал, что после того, как подвез Ренату Данилову к дому, сразу со двора не уехал. Курить захотелось. В общем, он видел, как из машины выходил какой-то мужчина и заходил в подъезд вслед за Ренатой...

— Какая машина?

— Серебристая «десятка»... Судя по всему, это и был убийца.

— Значит, он следил за Даниловой, а когда она зашла в подъезд, отправился вслед за ней...

— Он не следил за ней. Он ее поджидал. Копытин говорил, что его машина уже стояла возле дома, когда они подъехали с Ренатой. Вопрос, кого он ждал — именно ее или просто любую другую женщину?

— Если предположить, что ему нужны женщины с Товарищеского переулка, тогда он ждал конкретно Ренату...

— К тому же, возможно, он был знаком с ней. Поэтому знал про ее роман с Михаилом, был в курсе, где находится его дом...

— Может, любовный треугольник? — спросила Званцева.

Похоже, начальница зафантазировалась. Пена из мыльных опер...

— Ну да, она любит одного, другой убивает ее за это... Если бы все было так просто... Все жертвы были с Товарищеского переулка. Я понимаю, есть любвеобильные мужчины, которые могут любить до десяти женщин сразу. Но я еще не слышала про таких мужчин, которые могли бы любить всех женщин, но только с одной улицы...

— Мы же имеем дело с маньяком. Маньякам свойственно на чем-то зацикливаться...

— Рената знала Михаила более двух месяцев. А убийства начались не далее чем три недели назад. Почему маньяк не начал убивать раньше? Почему он начал не с Ренаты?.. Нет, любовь здесь ни при чем...

— Да, похоже на то... — легко сдалась Званцева. — Любовь, может, здесь и ни при чем. Но тем не менее маньяк охотился на Ренату. Знал, где она может появиться, и ждал ее в засаде... Но ты все равно поговори с Ренатой, вытряси сведения о всех мужчинах, с которыми она когда-либо контактировала, особенно в последнее время. И по другим потерпевшим поработай, опроси родственников, знакомых. Может, все погибшие знали одного и того же мужчину... Но прежде всего займись Ириной Лисицыной. Уж она-то должна была знать маньяка, если впустила его к себе в дом. Опроси родственников, знакомых...

Лариса понимала, что работы будет невпроворот. Но готова была прогнать через сито горы породы, чтобы раздобыть маленькое зернышко истины.

Из управления она отправилась на Таганку. Служебную машину вел Сергей Сурьмин. С Садового кольца он вышел на Народную улицу, вырулил на Таганскую, а оттуда попал в Товарищеский переулок.

Самая обыкновенная улочка старой Москвы. Дома старой, местами еще дореволюционной застройки.

— В этом районе, на Большой Коммунистической, Яузская больница находится, — блеснул познаниями Артем. — Там целое кладбище, где чекисты расстрелянных хоронили...

— Веселенькое местечко, — усмехнулся Сергей.

— Если точнее, то место здесь дурное. Переулок раньше Дурным и назывался. А до этого Чертовым был... Под больницу особняк купца Баташова отдали. Не слыхали о таком?

— Нет.

— Так вот, когда в его покоях делали ремонт, потайной ход нашли, а там кучу костей человеческих. Он же, гад, людей пытал. Садист самый натуральный... До ста лет, паразит, дожил...

— Ага, а отпущения грехов не заработал, — хмыкнул Сергей. — Вот и мается злодейская душа — насильничает и убивает...

Через арочный пролет машина въехала во двор-колодец сталинского дома, первые два этажа которого занимали офисы коммерческих структур. Квартира Ирины Лисицыной находилась на третьем этаже.

Прежде чем наведаться в ОВД «Таганское», Лариса хотела хотя бы побывать в доме, где произошло преступление. Кого-либо застать в квартире убитой она не надеялась.

Но дверь была открыта. Лариса осторожно вошла в квартиру. На полу в прихожей она увидела человеческий силуэт, обведенный мелом. Отсюда к телефону тянулась смертельно раненная Ирина, на этом же месте она и умерла. Труп давно уже в морге. Эксперты тоже закончили свою работу. Квартира, по идее, уже должна была быть опечатана. Но в комнате Лариса увидела молодого человека в штатском и заплаканную женщину преклонных лет.

— Вы к кому? — ретиво вскочил с кресла парень.

Лариса представилась.

— Старший лейтенант милиции Панов, — в свою очередь назвался молодой человек. — Оперуполномоченный уголовного розыска...

Ларисе он обрадовался, как самому родному на земле человеку. Нетрудно было понять, почему.

— Говорят, дело вам передают...

Старлею неудобно было изображать свою радость в присутствии матери погибшей девушки. А так он бы сейчас растягивал рот до ушей. Что ни говори, а это приятно — спихнуть убийство на чужие плечи, неважно, что они женские и хрупкие...

— Похоже на то, — кивнула Лариса и едва уловимым движением головы показала на женщину: — Кто это?

— Мать потерпевшей. Вот до сих пор в чувство привожу...

Старлей бережно взял Ларису под руку и провел на кухню.

— Ребенок где? — присаживаясь, спросила она.

— Его старшая сестра покойной к себе забрала, — закуривая, сказал опер.

— Сестра где живет?

— В Химках. Мать говорит, что потерпевшая туда же переезжать собиралась. Ну не в Химки, рядом. В Куркине себе квартиру присмотрела. Вроде как трехкомнатную...

Лариса обвела взглядом кухню. Серость и бедность.

— Трудно поверить, что у хозяйки были деньги, чтобы купить трехкомнатную квартиру...

— Так это ж на окраине. В Куркине за сто тысяч долларов вполне можно купить классную трехкомнатную квартиру и даже ремонт сделать...

— Откуда у нее сто тысяч долларов?

— Она квартиру эту собиралась продавать. Сто тысяч просила...

— А-а, тогда понятно...

— И нам тоже понятно. Там, где продажа квартир, там криминал...

— Логично, — кивнула Лариса.

— Лисицына через риэлторскую контору квартиру толкала. Толкала, но еще не толкнула. Не успела...

— Квартира на кого оформлена?

— На нее.

— Денег за квартиру она тоже не получила.

— Конечно, нет. Сделки-то не было.

— Какой же тогда смысл ее убивать?

— Так то-то и оно. Из-за квартиры ее убить не могли... Остается ваш вариант...

— То есть серийный маньяк...

— Он самый, — хитровато посмотрел на Ларису старлей.

— Как была убита Лисицына?

— Сначала она была изнасилована.

— Где?

— А прямо в коридоре, на полу. Насильник даже не потрудился пройти в комнату...

— Как он вообще в квартиру попал?

— Судя по всему, потерпевшая сама впустила его. О чем тут же пожалела...

— Итак, ее изнасиловали, а дальше?

— Дальше маньяк перевернул ее на живот. Сейчас я точно не могу сказать, когда это было — в процессе или после того. Эксперты разберутся, дадут заключение... В общем, насильник перевернул жертву на живот и ударил ее ножом...

— Под левую лопатку?

— Совершенно верно. Мне уже говорили, что это почерк маньяка, которым вы занимаетесь. Говорят, это уже пятый труп на его счету...

— Пятый, — кивнула Лариса. — А мог быть и шестой. Одно покушение было неудачным. Потерпевшая чудом избежала смерти...

— Значит, она может дать описание насильника.

— Увы, преступник был маске...

— В нашем случае он был без маски. Иначе бы он не зашел в квартиру...

— Резонно. Соседей по площадке не спрашивали, может, кто-нибудь что-то видел?

— Никто ничего. Убийство произошло примерно в час ночи. Нормальные люди в это время уже спят. Кстати, и потерпевшая тоже, видимо, спала. Пока ее преступник не разбудил. Она ему открывала дверь в халате, под которым была ночная рубашка... Знаете, мне в детстве одно время снился сон. Сплю я, значит, звонок, я просыпаюсь, открываю дверь, а на меня из темноты лестничной площадки наваливается некто. Так и тут, только кошмар наяву был, м-да...

— С матерью потерпевшей можно поговорить?

— Не можно, а нужно! — расцвел старлей.

Он не скрывал, а скорее афишировал свое желание поскорее избавиться от этого дела.

Лариса на скорую руку приготовила кофе, одну чашечку подала женщине. Елена Борисовна на кофе даже не взглянула. Но подсознательно настроилась на доверительную беседу.

Как водится в таких случаях, Лариса принесла свои соболезнования, заверила женщину в том, что преступник будет схвачен и наказан.

— Елена Борисовна, вашу дочь сначала изнасиловали, а затем убили. Как вы думаете, кто бы мог это сделать?

— Ума не приложу, какая сволочь могла это сделать!

— Вы часто общаетесь с дочерью?

— Конечно! Я живу на Комсомольском проспекте, здесь в принципе недалеко. Да и созваниваемся мы каждый день... Созванивались...

Женщина расплакалась.

— Елена Борисовна, насколько я знаю, Лариса была замужем...

— Была. В прошлом году развелась со своим Юркой.

— Что так, отношения не сложились?

— Да какой там отношения! У Ирочки образование. Московская консерватория по классу виолончели! А Юрка... Учился в институте, так его оттуда взашей выгнали. За хулиганство, между прочим. Я все пытаюсь понять, как моя девочка связалась с ним, у них же ничего общего... Да ладно, это уже не имеет значения...

— Вы говорите, что Юрия исключили из института за хулиганство...

— Ну, я точно не знаю, но что-то вроде того. Вообще-то, он буйный, Ирочку не однажды бил. Выпить любит. А уж по девкам — так первый кобель!..

— Ирина и Юрий развелись, но какие-то отношения между ними остались?

— Да какие там отношения... Хотя приходит иногда. На Сашеньку, ну, сына своего, якобы посмотреть. А сам с Ириной на ночь остается. Я ей говорила, ну поимей же ты в конце концов гордость. Эта скотина, говорю, пользуется тобой. А она плакать... Любила она этого паразита. Все нервы ей вымотал, а она все равно его любила. А ему когда хорошо, так он пропадает непонятно где, а как плохо — так к ней бежит греться. И все ночью приходит, чтобы меня здесь случайно не застать. Я если и бывала у Ирочки, то на ночь к себе уезжала...

— Ночью, говорите, приходит... А как вы думаете, Елена Борисовна, Юрий не мог убить Ирину?

— Да от него всего можно ожидать... Только это не он.

— Почему вы так уверены?

— Ирина говорила, что он на весь август к родителям своим уехал. Куда-то в Липецкую область. Он же не москвич. И на Ирочке женился из-за прописки...

— Так он здесь прописан?

Если не знать, что Ирина стала жертвой серийного

маньяка, то ее бывший муж попал бы под подозрение в числе первых. Буйный нрав плюс материальная заинтересованность. Если он прописан в этой квартире, сейчас он мог иметь на нее право. А то, что он сейчас находится в Липецкой области, ни о чем не говорит. Расстояние не такое уж большое. Мог приехать. Убить. И тут же уехать...

— Был прописан. Но я настояла, чтобы его выписали! — заявила Елена Борисовна.

Материальная заинтересованность отпадала. Но ведь Юрий мог убить бывшую жену, ну, например, из ревности. Или просто под горячую руку подвернулась...

Лариса была уверена, что Ирина погибла от руки маньяка. Но все же взяла Юрия на заметку. Выведала у его бывшей тещи все, что ей про него известно. Работает в какой-то торговой фирме, снимает квартиру, образования нет, такой-сякой... Надо будет проверить, где он находился в ночь убийства...

— А кроме Юрия, у Ирины мужчины были? Может, жених был?

— Нет, жениха не было. Это я вам точно говорю!

— Ну, может, просто друг?

— Друзья у нее были. Музыканты... Но после того, как она вышла замуж за Юрия, дружба распалась. Юрий их терпеть не мог... Можно подумать, он кому-то нравился...

— Но был же у нее знакомый, которому она могла открыть дверь среди ночи...

— Она могла впустить к себе в дом только Юрия... Может, все-таки он?.. Вот дура, дура, говорила же ей, чтобы гнала от себя этого мерзавца. Как в воду глядела!

— Ирина работала?

— Нет. У нее же ребенок, какая работа?

Если нет работы, значит, нет и сослуживца, который мог нагрянуть к ней ночью и напроситься на чашечку кофе. Тогда кто же?

— Подруги у Ирины были?

— Были. Но опять же, с появлением Юрия вся дружба, как вода в песок... Они же все девочки с образованием, воспитанные, а он кто — хам с большой дороги...

— А у него друзья были?

— Уж чего-чего, а этого добра навалом! Хотя не знаю, можно ли назвать друзьями собутыльников.

— Ирина с кем-нибудь из его друзей зналась?

— Да что вы! Она и на дух никого из них не переносила!

— Но ведь ее убил мужчина. И она его впустила в дом. Значит, они были настолько знакомы, что она не побоялась открыть ему дверь посреди ночи... Елена Борисовна, вы подумайте хорошо, вспомните, может, дочка говорила вам о каком-нибудь мужчине?

— О каком-нибудь? О каком-нибудь говорила...

— Кто он такой?

— Зовут Николаем. Фамилии не знаю. Знаю только, что с Ириной он познакомился, когда приходил смотреть квартиру...

— Давно это было?

— Нет. Ну, где-то неделю назад. А позавчера Николай пригласил Ирину в ресторан. Она мне звонила, рассказывала...

— Значит, они ходили в ресторан?

— Разве я вам это говорила? Нет, он всего лишь пригласил ее в ресторан, но Ирина — девушка строгих правил. Она не ходит в ресторан с первым встречным...

— Николай настаивал?

— Нет. Но сказал, что в следующий раз, когда он пригласит ее в ресторан, он уже не будет первым встречным... Ирина говорила, что он на нее так смотрел, так смотрел... И лет ему немного. Само большее, тридцать.

Образованный, воспитанный. Машина иностранного производства... Хоть бы у них сложилось... Ой, о чем это я! — в ужасе спохватилась женщина.

И снова расплакалась.

Что-то подсказывало, что Николай имеет к убийству непосредственное отношение. По какой-то ему лишь одному понятной причине он охотится на женщин, живших и проживающих в Товарищеском переулке. Возможно, у него есть полный список потенциальных жертв. Быть может, он до сих пор в поисках. Так или иначе, но он не мог обойти вниманием объявление в газете о продаже квартиры в Товарищеском переулке.

Преступник наводит справки, узнает, что в этой квартире проживает одинокая молодая женщина. Он приходит к ней якобы под предлогом осмотра кварти́ры, знакомится с ней, приглашает в ресторан. Ирина отказывается. Но с прицелом на будущее. Она так рада знакомству с «положительным» мужчиной, что в порыве чувств рассказывает о нем о своей матери. А ночью тот приходит к ней. Возможно, он предварительно позвонил, придумал какой-нибудь уважительный предлог, чтобы попасть к ней. Например, он ехал мимо, остановился, чтобы купить сигарет, но тут на него напали бандиты, избили, отобрали машину... Предлог можно придумать какой угодно. И благоприятное впечатление на потенциальную жертву произвести нетрудно, было бы желание. Николай очаровал Ирину, а затем напросился к ней в гости. Она открыла дверь и...

— Елена Борисовна, вы видели этого Николая? — спросила Лариса.

— Нет...

— Он приходил смотреть квартиру один?

— Нет. С ним была девушка из риэлторской конторы, через которую Ирина квартиру продавала...

— Услугами какой конторы она пользовалась?

— «Жилищный фактор». Достаточно надежная фирма. Моя знакомая пользовалась их услугами и не жалеет...

— А с какой именно девушкой он приходил? — сыпала вопросами Лариса.

— Я не знаю.

— Вы говорили, что у Николая была машина иностранного производства.

— Да, Ирина говорила.

— А какая именно иномарка?

— Ирина говорила, что «Ауди»...

Если верить Олегу Копытину, Ренату изнасиловал человек, у которого были «Жигули» десятой модели. А у этого иномарка... Или на Ренату и на Ирину покушались совершенно разные люди, или преступник имел возможность менять машины как перчатки...

Глава четвертая

Лариса нашла агентство «Жилищный фактор». Центр Москвы, солидный офис, приличный сервис. Она направилась прямо к директору.

Приятной наружности мужчина средних лет ничуть не удивился ее приходу. Видимо, по роду своей деятельности ему не раз приходилось иметь дело с сотрудниками милиции. Там, где жилье, там криминал, где явный, где тайный...

Лариса объяснила ситуацию, попросила найти агента, который занимался продажей квартиры в Товарищеском переулке. Это оказалась полноватая девушка с кучерявыми волосами и веселыми веснушками на носу. Но сама она веселой не казалась. Воплощение деловой сосредоточенности, мисс Серьезность Всех Времен. Звали ее Анной. На вид ей лет девятнадцать-двадцать, но по глазам — все тридцать.

Лариса объяснила ей, что произошло и кого она ищет. Попросила вспомнить человека, с которым неделю назад она посещала квартиру в Товарищеском переулке.

— Да, был мужчина, — вспомнила Анна. — Ему нужна была квартира в этом переулке...

— У вас есть его данные?

— Он пожелал остаться неизвестным.

— Но разве так можно? Вы ведете человека в чужую квартиру, не зная, кто он?

— Так получилось, — потупилась девушка.

— А как его зовут?

— Николай его зовут.

Если она и была красивой, то исключительно внутренне. Внешность же оставляла желать лучшего. Вряд ли Анна избалована вниманием мужчин. Так что этот Николай запросто мог ее обольстить.

— Сколько ему лет?

— Сказал, что тридцать. Хотя можно дать больше.

— Почему?

— А борода у него была. Борода старит...

Борода — это плохо, про себя отметила Лариса. Борода может быть накладной. С ней человек преображается.

— Волосы какого цвета?

— Темно-русые.

— А борода?

— Такая же...

— Вам не показалось, что борода у него ненастоящая?

— Я не знаю.

— Глаза какого цвета?

— Голубые-голубые... Красивые глаза...

— Честно признайтесь, он вам понравился?

— Понравился, — не стала скрывать Анна.

— Ирине Лисицыной он тоже понравился. Что ее и сгубило... Ее убил ваш клиент Николай.

Прежде чем ответить, девушка какое-то время думала. Видимо, перебирала в голове недавние воспоминания, собирала их в мозаику и накладывала на реальность, о которой ей сообщила Лариса. Наконец мотнула головой.

— Нет, он не мог убить...

— Почему вы так думаете?

— У него такой мягкий, проникновенный взгляд...

Лариса знала маньяков с чистыми ангельскими взорами. И в то же время с грязными дьявольскими помыслами... Так что мягкий проникновенный взгляд Николая вовсе не аргумент в его защиту.

— Хотелось бы верить, что это не он убил Ирину, — покачала головой Лариса. — Но пока что мы ищем его. Чтобы узнать правду. И вы, Анна, должны нам помочь.

— Я понимаю, — кивнула девушка.

— Он приглашал Ирину в ресторан. Вам что-нибудь об этом известно?

— Нет, — удивленно и даже чуточку возмущенно повела бровью Анна.

— А вас он никуда не приглашал?

— Нет... Но сказал, что я ему очень нравлюсь...

— Ну, это неудивительно... Еще что он сказал?

— Сказал, что обязательно приударил бы за мной, если бы не был женат...

— О! Да он просто благородный человек!

— Напрасно вы иронизируете. Он в самом деле вел себя очень достойно. И я не могу поверить, что он кого-то убил...

— Не кого-то, а Ирину Лисицыну... Кстати, как я поняла, квартиру он так и не купил.

— Нет. Ему нужна была как минимум трехкомнатная квартира. У него жена, двое детей...

— Зачем же он тогда ходил смотреть однокомнатную квартиру?

— Не знаю. Наверное, просто ради интереса... Он сказал, что квартира ему нужна именно в Товарищеском переулке...

— Почему?

— Говорит, что здесь испокон веков селились его предки.

— Как романтично!

— Романтично, — кивнула Анна.

Похоже, она не уловила иронии.

— У этого переулка богатая история... — продолжала она.

— Знаю. Раньше он назывался Чертовым, затем Дурным...

— И это тоже... Здесь была построена первая в России керамическая фабрика. Здесь выросли знаменитые братья Коровины...

— Очень интересно. Но главная достопримечательность состоит в том, что в этом переулке жили родственники Николая, не правда ли?

— Между прочим, там до сих пор стоит двухэтажный каменный дом, воздвигнутый в начале девятнадцатого века. А построил его купец Баулов. Его потомки жили здесь до революции семнадцатого года...

— Николай один из них?

— А как вы угадали?

— Догадалась.

— А мне он прямо сказал...

— А он не сказал, что его фамилия Баулов?

— Нет, не сказал...

— А не говорил, что хочет вернуть себе этот дом?

— Не вернуть, а купить. Сказал, как разбогатеет, так обязательно купит. Там сейчас фирма какая-то. Видно, что в здание немало денег вложили. Если навскидку, оно около миллиона долларов стоит, ну, это если по рыночной цене...

— А у него таких денег нет?

— Сказал, что нет. Но, возможно, будут...

Лариса не знала, врал человек, представившийся Николаем, или нет. Но в том, что он знал историю Чертова переулка, можно было не сомневаться. Уже одно это наводило на мысль, что Ирину убил именно этот человек.

— Анна, вы-то сами где живете? — на всякий случай спросила Лариса.

— Я в Северном Бутово.

— Николай не предлагал вам встретиться, ну, в неформальной обстановке?

— Нет...

Все правильно, Анна не представляла для него никакого интереса. Разве что с ее помощью можно было подъехать к Ирине Лисицыной. И он подъехал...

— Он спрашивал, кто продает квартиру в Товарищеском переулке?

— Да. Я сказала, что молодая женщина. Он почему-то этому обрадовался...

Еще бы ему не обрадоваться, мысленно отметила Лариса.

— Радость его закончилась для этой женщины летальным исходом, — вслух сказала она. — Нам нужны приметы этого человека. Вы бы могли его описать? А еще лучше — помочь нам составить субъективный портрет...

— Да, конечно... Неужели он в самом деле убийца?

— Вообще, это решает суд, кто убийца, а кто нет. Но, в общем-то, есть все основания считать его убийцей...

— Зачем он убивает?

— Чтобы не оставлять следов. Сначала он насилует,

а потом убивает. Тактика проста. Сначала он знакомится с девушкой, выезжает с ней на природу или напрашивается к ней в гости, а там... Анна, мне нужно знать точно и наверняка, вы поддерживаете с ним связь?

— Нет.

— Если вы хотите что-то скрыть, прежде хорошо подумайте, чем для вас может обернуться встреча с Николаем. Он может изнасиловать вас и убить. Не уверена, что вас устраивает такая перспектива...

— Нет, мы с ним не контактируем, — бледнея, мотнула головой девушка.

— Своего телефона он вам, конечно, не оставлял...

— Нет. Он обещал заехать, чтобы посмотреть другую квартиру, но так и не появился...

— У него машина?

— Да.

— Какая?

— «Ауди».

— Новая, дорогая?

— Я бы не сказала. Устаревшая модель, лет десять машине. Но ход отличный и в салоне порядок... Он сказал, что новую машину будет покупать. Сначала с квартирой разберется...

— С квартирой он уже разобрался... Номер машины не запомнили?

— Нет, не обратила внимания.

— Понятно... Кстати, у вас нет в базе других квартир в Товарищеском переулке?

— Нет...

— А в общей риэлторской базе?

— Пока нет...

— Я вас попрошу, если вдруг появится такая квартира, позвоните мне. — Лариса протянула девушке свою визитку. — И вообще звоните, если вдруг у вас появятся какие-то сведения о Николае...

Они могли бы расстаться. Но Ларисе пришлось забрать Анну с собой. В управлении она должна была поработать над фотороботом подозреваемого.

Субъективный портрет удался. Только все портила густая борода. Оператор «сбрил» бороду и усы.

На следующий день Лариса получила заключение экспертизы выделений, проведенной по простейшему методу АВО. Допускалось, что Ирину Лисицыну изнасиловал тот же мужчина, от чьих действий пострадали пять предыдущих женщин, в том числе и уцелевшая Рената Данилова.

Рената уже выписалась из больницы. Возможно, даже вышла на работу. Лариса позвонила ей на сотовый. Так и есть, она уже вышла с больничного.

Работала Рената в салоне красоты в районе Таганской площади. Лариса договорилась с ней о встрече. И заодно решила подправить свой маникюр.

К салону она подъехала на своем супербайке, но без мотокостюма. Просто женская кожанка «косуха», черные джинсы в стиле хип-хоп, кроссовки в тон.

Рената ее уже ждала.

— Привет! — поприветствовала ее Лариса.

Ей совершенно не хотелось официоза в общении с потерпевшей. Пусть девушка раскрепостится, тогда и разговор легче пойдет.

— Как дела? — усаживаясь за столик, спросила она.

— Как сажа бела... — натянуто улыбнулась Рената.

— Что такое?

— Да Михаил. Не получается у нас ничего...

— Да и ляд с ним! Найдешь себе другого. Ты девушка молодая, красивая, а главное, интересная. Поверь, твой Миша тебя недостоин. Лично б я после таких заявочек с его стороны сама послала бы его куда подальше...

— Я не могу.

— А ты попробуй. Просто приди к нему и скажи все, что ты о нем думаешь. Только так, чтобы его насквозь проняло... Вот увидишь, сам на задних цырлах за тобой побежит...

— Это вам так только кажется...

— Давай без «вы». Мы же не в формальной обстановке...

Прежде чем опустить ногти в горячую ванночку, Лариса достала два портрета Николая — с бородой и без.

— Рената, тебе этот тип случайно не знаком?

— Нет, — внимательно всматриваясь в безбородое лицо, неуверенно мотнула она головой.

— А если подумать?

— Если подумать... Знаешь, этот человек напоминает мне того идиота, который с Мишей нас рассорил...

— В ночном клубе?

— Да. С него все и началось... А кто это?

— Предполагаемый маньяк-убийца. Тот самый, который покушался на тебя...

— А-а... Нет, он не похож на того идиота. У этого взгляд нормальный. А у того... Ну, натуральный даун!

— Глаза — зеркало души. Если человек решил прикинуться идиотом, то и глаза у него будут идиотские. Если он строит из себя умника, то у глаз будет соответствующее выражение...

— Так тот кретин прикидывался, ты это хочешь сказать?

— Все может быть... Ты случайно не запомнила, какого цвета были глаза у того, как ты говоришь, кретина?

— Да вроде бы карие... Да, темно-карие...

— А у этого вроде бы голубые...

— Да, нестыковочка.

— Цвет глаз тоже легко меняется, с помощью линз... Ты не помнишь, как одет был твой идиот?

— Нормально был одет. Клубный пиджак, туфли дорогие, ухоженный такой. Но лицо... Настоящий идиот...

— Или очень хороший актер... Ты говорила, что человек, который на тебя набросился, был в маске, так?

— Так.

— А одет он был во что?

— Пиджак на нем был. Да, пиджак...

Видимо, Рената попадала в прицел маньяка еще задолго до того, как он на нее напал. Он выслеживал ее, поэтому знал, где живет Михаил. Парень серьезно ему мешал, поэтому он пошел ва-банк — прикинулся идиотом и рассорил пару. Это характеризовало его как изобретательного и дерзкого человека.

— Рената, ты говоришь, что этого типа вывели под руки охранники.

— Да.

— Это случилось еще до того, как ты отправилась к Михаилу?

— Да. Я еще у бара посидела, коктейль один выпила. А потом к нему поехала...

— А маньяк отправился к нему раньше. Он знал, что ты поедешь к своему Михаилу, поэтому караулил тебя возле его дома... Пожалуй, я не буду делать маникюр, — покачала головой Лариса. — Руки у тебя дрожат...

Рената снова мысленно пережила тот момент, когда маньяк набросился на нее. Неудивительно, что у нее затряслись руки. В таком состоянии она могла серьезно порезать Ларисе пальцы.

— Ничего, это сейчас пройдет... — пытаясь успокоиться, сказала она.

— Все уже позади... Хотя...

Лариса вспомнила, что маньяк угрожает всем девушкам, которые жили и живут в Чертовом переулке. Рената уцелела, но это не значит, что ей уже ничего не угрожает. Маньяк все еще на свободе. И, возможно, примеряется к недобитой жертве.

— Рената, я тебя прошу, будь осторожна. — Лариса должна была ее предупредить. — Не ходи темными улицами, дома никому не открывай дверь. А если вдруг увидишь этого, — она ткнула пальцем в монтированное лицо, — сразу звони мне...

— Ты... Ты думаешь, что он может снова?.. — в ужасе уставилась на нее Рената.

— Все может быть...

— Я... Я боюсь...

Лариса думала недолго.

— Ты можешь пожить у меня, — предложила она.

Она не может приставить к Ренате круглосуточную охрану. Как не может оградить от посягательств всех других женщин Дурного переулка. А надо бы... Но Ренате она все же может помочь. Пусть живет у нее, под ее защитой.

— А это удобно? — с сомнением посмотрела на нее девушка.

— Я живу одна, квартира небольшая, но места хватит... Только одно условие: никто из твоего окружения не должен знать, что я из милиции. Договорились?

— Договорились.

Было бы здорово, если бы маньяк напал на Ренату в присутствии Ларисы. Он бы и ширинку расстегнуть не успел, как оказался бы в нокауте...

Сама Лариса приманкой быть не могла. Прописка не та... Может, повезет с Ренатой. Не очень это хорошо — подставлять девчонку под удар. Но ведь под присмотром Ларисы она в большей безопасности. А без охраны встреча с маньяком может закончиться для нее плачевно...

Рената успокоилась. Лариса даже решилась закончить маникюр. И не прогадала. Ни единого пореза...

Ларисе нужно было смотаться в управление. Она договорилась с Ренатой, что будет ждать ее у себя дома в восемь часов вечера, и направилась к своему мотоциклу. В холле она встретилась с девушкой, показавшейся ей знакомой. Она вспомнила — это была Катя, медсестра из больницы, где лежала Рената.

Катя тоже узнала Ларису.

— Привет! — небрежно и даже ехидно поздоровалась она.

— Здравствуй, здравствуй, — сверху вниз прошлась по ней взглядом Лариса.

Катя знала, что выглядит очень хорошо. Красивое лицо, стройная фигурка, модный брючный костюм, стильная сумочка. Еще прическу бы подправить да макияж навести, совсем было бы здорово. Видимо, для этого она здесь и появилась.

Хорошая одежда и косметика немалых денег стоят. А медсестра много не зарабатывает. Обручального кольца на левой руке у Кати не было. Мужа нет, но есть состоятельный друг. И вряд ли это тот самый врач, к которому она приревновала Ларису.

— Это что, новая милицейская форма? — окатив ее насмешливым взглядом, язвительно спросила Катя.

— А ты как угадала? Униформа от Нино Ричи, чисто эксклюзивный вариант...

— Ну да, конечно... — хмыкнула сестричка. — А чего ты здесь делаешь? У Ренаты была?

— Была.

— Ясно. Все вынюхиваешь?

Ларисе не нравился этот тон. Но пришлось брать себя в руки. Она должна была предупредить Катю об опасности. Ведь она тоже живет в Товарищеском переулке.

— Нет, не вынюхиваю, — качнула она головой. — Предупреждаю.

— Предупреждают беременность! — блеснула остротой ниже пояса Катя.

— Угадала. От насильников тоже бывают дети...

— Ты что, спишь со своими маньяками?

Это было уже настоящее хамство. Но Лариса снова стерпела.

— Я не про себя, про тебя...

— А я здесь при чем?

— Видишь ли в чем дело... — начала было она, но Катя ее перебила:

— Не хочу ничего видеть. И вообще, некогда мне тут с тобой лясы точить... И вообще, не люблю ментов!

Она презрительно фыркнула и, виляя бедрами, прошла в зал. Лариса пожала плечами и вышла из салона.

Глава пятая

Человек с фоторобота, похоже, был причастен и к убийству Лицисыной, и к изнасилованию Даниловой, поэтому у подполковника Званцевой даже не возникло сомнения, подавать его в розыск или нет...

Прошло три дня. В разных районах Москвы было задержано четверо мужчин, похожих на разыскиваемого преступника. Но, увы, сходство было лишь приблизительным — ни Рената, ни Анна не опознали в нем знакомого им человека. Да и с алиби у них все было в полном порядке.

Лариса не сидела сложа руки. Вместе со своими помощниками она активно опрашивала родных и близких прежних жертв маньяка. Выяснилось, что Татьяна Карелина была знакома с мужчиной, похожим на че-

ловека с фоторобота. Знакомство мимолетное. Но закончилось оно трагически. Труп Татьяны был найден в
Тропаревском лесопарке. Ее убили, но прежде изнасиловали. Случилось это ночью. Как он попала в этот лесопарк? Теперь Лариса была уверена, что привез ее туда
маньяк, который подло воспользовался знакомством с
ней. Это была его вторая жертва.

Антонина Котова, Валентина Семерик и Наталья
Голицына знакомства с этим человеком не водили. Но
это по уверению их родных и близких.

Были установлены все владельцы машин с номер-
ным знаком «388 гу». Среди них нашлись три серебрис-
тые «десятки». Но ни один владелец не подходил под
описание подозреваемого. Да и алиби было у всех.
С «Ауди» было гораздо трудней. Если бы были извест-
ны хотя бы две цифры номера, а так никто не знал даже
принадлежность к региону.

Работа велась по всем направлениям, но маньяк
оставался неуловимым.

Рената так боялась этого выродка, что первые два
дня безвылазно просидела у Ларисы дома. Потом чувство опасности притупилось, и она исчезала на целые
сутки.

Однажды она заявилась домой поздно вечером.
Глаза горят, рот до ушей, восторгу полная тележка. Похоже, она была немножко подшофе.

— Ларка, ты чудо! — воскликнула она.

Лариса и сама только что вернулась с работы. На-
строения — ноль целых две капли десятых. Так вдруг
захотелось, чтобы Рената провалилась сквозь землю.
Хотя бы до утра.

— Ларка, ты представляешь, я была сегодня у
Мишки! — сияла она. — Ты не поверишь, но я послала
его далеко-далеко, как ты и советовала...

— Так ему и надо...

Лучше бы она·помирилась со своим Мишкой, мысленно сказала она себе. Тогда бы жила сейчас у него... Хотя у него тоже небезопасно. Маньяк знает его адрес. Но ведь не рискнет же он напасть на женщину в присутствии мужчины...

— Я сказала все, что про него думаю. Я его послала!

— С чем тебя и поздравляю, — устало вздохнула она.

— Ну и что ты думаешь? Я от него ухожу, а он за мной! И как та побитая собачка мне в глаза заглядывает... Просит... Нет, умоляет, чтобы я вернулась!

— А ты?

— Что я?.. Я согласилась... А что, парень он справный. Тараканы в голове, ну а у кого их сейчас нет. К тому же я теперь знаю, как с ним нужно. Он по-хорошему не понимает, с ним надо по-плохому, а это я умею!.. Кстати, Мишка машину обещал купить...

— Тебе?

— Да нет, не такой уж он богач. Хотя, может, когда-нибудь и мне подарит... А пока что себе новый «Ниссан» берет, классная тачка. Не хуже, чем у этого, с которым Катька была...

Ларисе на миг показалось, что извилины в ее голове превратились вдруг в струны, а кто-то провел по ним смычком. Мелодия вышла резкая, скрипучая...

— Катька?! Та медсестра?..

— Ну да... Не любит она тебя почему-то...

— Знаю.

— А со мной вроде ничего. Я ее сегодня видела. Она из супермаркета выходила, в машину садилась. Вся из себя деловая до колик в печенках... А машина — супер. Ничего, у Мишки не хуже будет...

— Чья эта машина, ее?

— Да нет! С мужиком она каким-то была...

— Ты его видела?

— Он из машины не выходил. И стекла тонированные...

— А машина какая?

— «Вольво».

— Точно «Вольво»? Может, «Ауди»?

Предполагаемый убийца пользовался двумя машинами. «Ауди» устаревшей модели и относительно недорогой серебристой «десяткой».

— Да ну что я, совсем дура? Нет, это была «Вольво», точно «Вольво». На вид совсем новая. Темно-синий цвет, класс!

Если маньяк человек богатый, то у него есть возможность сменить автомобиль. Но вряд ли он стал бы брать новую иномарку, если у него в планах избавиться от машины... Но перед глазами у Ларисы по-прежнему горела красная лампочка тревоги. Свет становился все ярче.

— Катя тебя видела? — спросила она.

— А как же! Мы даже поговорили с ней... Это ей хотелось поговорить со мной. Деловая такая, нос до потолка. Я же с Мишкой на простой «девятке» подъехала, а у нее «Вольво», да еще какой... Хочешь знать, как она со своим новым другом познакомилась?

Лариса очень хотела это знать.

— Предки Катькины квартиру свою решили сдать. Квартира у них приличная, район престижный, в общем, за штуку в месяц можно сдавать. А в Подмосковье можно снять такую баксов за двести. Представляешь, какая разница? Восемьсот баксов! У Катькиных родителей с деньгами проблемы. Да и у кого их сейчас нет.

— Так что, сдали они свою квартиру?

— Ага, не успели объявление дать, как этот дядя нарисовался. Все, говорит, беру, не торгуясь... Катька говорит, что они теперь там вместе жить будут. Прикинь, предки съезжают, а Катька остается...

— Когда они съезжают?

— Да они уже съехали. Катька говорит, что сегодня утром шмотки собрали и тю-тю, в Щелково куда-то. А она осталась. Ей, говорит, завтра на работу, ей такие дали на фиг не нужны. Говорит, что поругалась с предками. Ничего, сегодня ее утешат... Мужик, говорит, классный. Цветы, шампанское, все такое. И симпатичный...

— Старый, молодой?

— Да лет тридцать...

И маньяку предположительно тридцать. И жертв он своих находил по объявлению — история с Ириной Лисициной тому пример...

— Хорошо, если ее утешат, а если упокоят?.. Ты не знаешь, где она живет?

— Знаю, в соседнем доме.

Еще Рената сказала, что приехала к Ларисе за вещами. Внизу ее в машине ждал Миша. Он мог отвезти их к Катиному дому. Лариса не отказалась от предложения и через пятьдесят минут была на месте.

Уже стемнело. Во дворе старого трехэтажного дома фонарей раз, два — и обчелся. И те горят едва-едва. Но в данном случае темнота была на руку Ларисе.

В квартиру можно было попасть через дверь. Это был самый правильный и, главное, законный путь. Но Лариса остановила взгляд на пожарной лестнице.

Темно-синий «Вольво», о котором говорила Рената, находился во дворе. Значит, его хозяин сейчас в гостях у Кати. Или Катя гостит у него... Впрочем, без разницы...

В трех окнах квартиры свет не горел. Но Рената сказала, что гостиная комната выходит на улицу, со двора окна не видно. Может быть, там горел свет. Горел, чтобы затем переместиться в спальню. А та уже ждет гостей. Не зря же Катя открыла окно, чтобы проветрить комнату. А может, это сделал ее ухажер...

Лариса отправила Ренату домой. Свидетели антизаконного поступка ей не нужны. Вместе с ней исчез и Михаил.

Во дворе никого не было. И в окнах никого. Но это может быть временное затишье. Время еще не позднее, десять минут одиннадцатого. В любой момент из подъезда или из подворотни мог вынырнуть жилец. Впрочем, Лариса не медлила. Она с прыжка дотянулась до пожарной лестницы, далее подъем переворотом. Ей понадобилось несколько секунд, чтобы подняться на третий этаж. Легкости и быстроте, с которой она двигалась по узкому бордюру, мог позавидовать сам Человек-паук. В окно она вползла бесшумной змейкой...

Лариса ртутной струйкой стекла на пол, затихла, прислушалась. Тишина. Принюхалась... Больше всего она боялась уловить запах собаки. Но в доме пахло только кошкой. А вот и она. Вынырнула из темноты, с довольным мурлыканьем протерла свой бок о ее лицо. Гордо виляя задом, вышла из комнаты. Явно не для того, чтобы доложить хозяйке о появлении незваного гостя. Это собаки радеют об интересах своих владельцев, а кошкам все по барабану...

В комнате темно и пусто. На кухне то же самое. Зато в гостиной тихо играет музыка и тусклый мягкий свет. Лариса бесшумно прошла через коридор, осторожно заглянула в комнату. И увидела мужчину, а с ним и Катю. Они сидели на диване за столиком. Ужин при свечах. На экране телевизора крутился музыкальный клип. Интимная идиллия. Никакого насилия. Но ведь еще, как говорится, не вечер.

Мужчина нежно обнимал Катю, что-то шептал ей на ушко. Девушка таяла в его объятиях. Глаза полузакрыты, на губах блаженная улыбка. Одной рукой он прижимал ее к себе, второй оглаживал ее бедро. Ну что же, не запрещено законом. Катя натурально балдела от его прикосновений.

Лариса могла рассмотреть мужчину. Из-за тусклого света трудно было понять, какого цвета у него волосы — или черные, или темно-русые. Но было видно, что он ухаживает за ними. Модельная стрижка, стильная укладка. Лицо симпатичное. В меру большие глаза, точеный нос с горбинкой, хищные ноздри, тонкие губы и волевой подбородок. Интересный мужчина. Но Лариса не собиралась в него влюбляться. Ее сейчас занимало только его сходство с предполагаемым убийцей. Общего мало... Неужели прокол?

Маньяка особо интересовали квартиры в Товарищеском переулке. А Катя говорила, что этот тип прибыл по объявлению быстрее всех. И сразу постарался завязать с ней знакомство. Для чего? Для того, чтобы остаться с ней наедине в укромном месте. Что, собственно, и произошло. Если это маньяк, то сейчас ему ничего не мешает атаковать Катю и сделать свое черное дело...

И он в конце концов набросился на нее. Но сделал это мягко, нежно. Катя с призывным стоном легла на диван, позволила стянуть с себя трусики... Ларисе было ужасно стыдно. Но извращенкой она себя не считала. Она наблюдала за совокуплением из чисто оперативной необходимости... В руках у мужчины в любой момент мог появиться нож...

Но пока что он пользовался совсем другим оружием. Катя стонала под его натиском. Но если она и могла сейчас умереть, то лишь только от наслаждения...

Однажды Лариса наблюдала подобную сцену в каком-то эротическом фильме. Двое занимаются сексом, а третья подсматривает и отчаянно догоняет их с помощью правой руки. Возможно, такие случаи имели место и в реальной жизни. Но лично у Ларисы не было желания повторить развратную сценку. И вообще, она умела держать свои чувства в узде...

В конце концов мужчина дошел до финала, мощный рывок вперед, бурный восторг победы. Минута молчания... Сейчас самое время выхватывать нож...

Мужчина резко вскочил на ноги. Но Лариса не увидела ножа в его руке. И свою партнершу он не стал переворачивать на живот, чтобы загнать стальной клинок под левую лопатку.

С Кати его сорвал вой автомобильной сигнализации. Он как был голышом, так и рванул прочь из комнаты. На всех парах. Лариса не ожидала от него такой прыти. Но все же успела шмыгнуть в дверь третьей комнаты. Только, увы, это ее не спасло. По идее, чтобы выглянуть во двор и посмотреть на свою машину, мужчина должен был зайти в спальню. Так и ближе, и дверь открыта, и окно нараспашку. Но он почему-то выбрал детскую...

Лариса успела спрятаться за дверью. Он подскочил к окну, отдернул штору, быстро глянул вниз. И почти сразу же взял обратный курс. Теперь он шел неторопливо. Взялся за дверь, чтобы закрыть ее за собой. Но как будто сам бес дернул его заглянуть за нее. Разумеется, он обнаружил Ларису. Ошеломленно уставился на нее.

— Ты кто такая?

— Мудя закрой, а потом спрашивай! — поморщилась она.

Ее душила досада. Попала, что называется, как кура в ощип.

— Катя, принеси мне, пожалуйста, брюки! Здесь такое!..

Вот Кати сейчас здесь и не хватало... Ларисе оставалось сейчас только одно — ноги в руки и наутек. Если перед ней маньяк, то он уже не решится напасть на Катю. А если все же нападет, то далеко не уйдет. Лариса его из-под земли достанет... Катю ей почему-то не было жаль. Может быть, потому что сейчас впору было жалеть саму себя. Да и Катя стерва еще та...

— Извините, мне некогда!

Лариса ловко нырнула под его руку, обогнула дверь и выплеснулась в коридор. Но мужчина все же умудрился схватить ее за руку.

— Стой! Ты куда?

Ну и зачем он это сделал?.. Лариса ударила его не сильно. И не опасно. Но очень больно. Но мужчина только взвыл от боли, но руки не отпустил. Хватка у него железная. А тут еще и Катя. В чем мать родила, в руках мужские брюки.

— Стоять! — истерично взвизгнула она.

И тут же в коридоре зажегся свет.

— А-а, это ты! — Она узнала Ларису. Это крах...

Мужчина корчился от боли, но продолжал держать Ларису за руку. Можно было ударить его еще раз, посильней. Но это уже лишнее. Катя знает, кто она такая, заявит в милицию, начнутся разборки. Незаконное проникновение в жилище — дело подсудное. Вот если бы мужик оказался маньяком. Но, увы, доказательств на этот счет никаких, а домыслы не котируются.

— Что ты себе позволяешь? — визжала Катя.

Ее совершенно не смущала собственная нагота. Зато ухажеру своему подала брюки.

— Если ты из милиции, то это не значит, что тебе можно врываться ко мне домой!

— Я не из милиции, — покачала головой Лариса.

— Кого ты лечишь?

— Я — агент межгалактической полиции!

— Чего?

— В твоей квартире скрывается гиперсексуальный

маньяк с Черной планеты Троглодитской звездной системы...

— Что ты несешь?

— Там все троглодиты. И один такой троглодит бродит по твоей квартире...

Лариса несла чушь. Но вид у нее при этом был настолько серьезный, что Катя в какой-то момент даже повелась.

— Какие троглодиты? Что за бред? — растерянно смотрела она на Ларису.

— Может, это я? — насмешливо спросил мужчина.

— Вам, наверное, нравится держаться за меня? — спросила Лариса и резким движением высвободила свою руку.

— Так это я — троглодит? — переспросил он.

— Нет... Дело в том, что сегодня полуторная фаза шестой Луны...

— Какой Луны?

— Шестой. На Черной планете восемь Лун... В общем, сегодня гиперсексманьяк невидим и... Возможно, он сейчас, как та муха, кружит над нами и слушает, о чем мы говорим...

— Не мы, а ты говоришь! — уточнила Катя. — Бредятину ты несешь, в которую лично я не верю!

— А напрасно! — заявил ее ухажер.

Он передернулся всем телом, как будто в него сверху загнали трубку гастроэндоскопа, а снизу — клизму. Лицо перекосилось, глаза выползли на лоб, рот в форме кривой баранки. И голос утробный, если не сказать, загробный.

— Я и есть маньяк-троглодит! — чревовещал он. — Его дух вселился в меня! Берегитесь!.. Уфф!..

Он облегченно выдохнул воздух, с благодарностью воздел к небу глаза. Глаза вернулись на место, губы распрямились, а затем изогнулись в веселой улыбке.

— Представляете, в меня проник дух троглодита! — сообщил он. — Но я от него избавился... Сгинь, нечистая, сгинь!

Для большего эффекта он замахал руками, как бы отгоняя от себя злой дух.

С чувством юмора у него все в порядке, отметила про себя Лариса. Она подала идею, а он подхватил ее на лету и развил в образе. Мысленные аплодисменты... А вот Катя... Она пришла в самый настоящий ужас. И ожесточенно замахала руками, всерьез отгоняя от себя невидимого маньяка.

Пришлось ее успокаивать и объяснять, что это была шутка, не более того.

В конце концов Катя успокоилась.

— Вы оба сумасшедшие! — заключила она. — В дурдоме вам самое место!

— Да, пожалуй, ты права, — кивнула Лариса. — Дурдом так дурдом. Ну я пошла!

Она направилась к выходу.

— Эй, погоди! — остановил ее мужчина. — Ты так и не сказала, зачем приходила.

— А это была не я, это была ваша галлюцинация. Вы себе в шампанское ничего не мешали?

— Может, хватит придуриваться? — взбеленилась Катя. — Как по асфальту по ушам ездишь! Хоть иногда тормози, да... Если ты сейчас уйдешь, я вызову милицию! Тебя найдут и привлекут!

— Какие мы умные! — разворачиваясь к ней, насмешливо и восхищенно повела бровью Лариса.

— Умные, не умные, а знаем, как ты сюда попала. Через окно... Что ты здесь забыла?

— Ты когда спишь, себя контролируешь? То-то же... Я тоже сейчас сплю. А моя голограмма ходит, где ей вздумается...

— Хватит! — зажмуривая глаза, взвизгнула Катя. — Хватит городить чушь!.. Ты подсматривала за нами?

— Нет.

— Как это нет, когда да!.. Я знаю, ты сама маньячка! Маньяков ловишь и сама маньячкой стала. Это как у психиатров, они все немного сумасшедшие...

— А ты в самом деле ловишь маньяков? — спросил мужчина.

— Истинные джентльмены сначала представляются, — подсказала Лариса.

— Иван. Иван Сергеевич. Можно без отчества. Так это вы и есть та самая Лариса, которая охотится на маньяков? Катя мне про вас рассказывала...

— С такими охотницами маньяков только больше будет. — Катя презрительно выпятила нижнюю губу.

— Лариса, расценивайте это как комплимент! — улыбнулся Иван. — Катерина хотела сказать, что вы очень красивая и мужчины сходят по вас с ума. А маньяки — они все сумасшедшие...

— Откуда вы знаете, что они сумасшедшие?

На самом деле, если верить статистике, по-настоящему больных людей среди маньяков только пятнадцать процентов. Но Лариса, хоть убей, не верила в эту статистику. Почти все они сумасшедшие, только стадии психической деградации разные. Да и не люди они, эти сволочи....

— «Маньяк» происходит от «мании». А мания — это уже шизофрения...

— Вы врач?

— Нет. Просто читаю много... А ведь вы и в самом деле очень красивая! — Иван не сводил с нее восхищенных глаз.

Но Лариса отнюдь не таяла под его взглядом.

— А-а, знаю! Тебе Рената сказала, что у меня такой мужчина! — зло протянула Катя. — Что, завидно стало?

— Не думала я, что ты такая дура, — осуждающе покачала головой Лариса.

— Что же ты здесь тогда делаешь?

— Да так, мимо проходила, дай, думаю, зайду...

— А ты и вправду меня за дуру держишь. Думаешь, я не понимаю... — Катя взяла истерическую ноту, но тут же осеклась. И ошеломленно посмотрела на своего ухажера. — Неужели... Ты что, маньяк?

— Да, — не растерялся тот. — Троглодит с Черной планеты...

— Я серьезно... Мне же Рената говорила, что здесь рядом женщину убили. Говорят, что маньяк...

Наконец-то до этой пустышки дошло, что страшная правда жизни могла вломиться и в ее дверь.

— Кстати, та женщина давала объявление о продаже квартиры, — подсказала Лариса.

— Так и мы тоже давали объявление... — вспомнила Катя.

И с ужасом посмотрела на Ивана. Но тот безмятежно улыбался.

— Браво! Браво! Ловко же вы меня разоблачили!

— Напрасно смеетесь, — покачала головой Лариса. — На самом деле все очень серьезно...

— Никто не сомневается. Но я не маньяк, мне бояться нечего... Вы что, в самом деле решили, что я маньяк?.. Вы в каждом квартиросъемщике видите маньяка? Так в Москве таких тысячи, десятки тысяч...

— В этом переулке квартиросъемщиков не так уж и много...

Лариса ни в чем не могла обвинить этого мужчину. Устраивать допрос в ее положении было глупо. Поэтому она и собиралась уходить. Но Иван сам вызвал ее на разговор о маньяках, а она всего лишь откликнулась на него. Было очень интересно поговорить с ним на эту тему, прощупать его изнутри. Сейчас она смотрела на него пристальным, пытливым взглядом. Ей нужно было знать, что творится у него на душе. Если он маньяк, то его гнилая суть должна просочиться наружу. Но пока никаких признаков. Шутливый тон давался ему не без усилия. Но в его положении это естественно. Разве будешь чувствовать себя в своей тарелке, когда на тебя возводят напраслину?..

— При чем здесь этот переулок? — удивился он.

— Все-то вам нужно знать, — ушла от прямого ответа Лариса.

— А ты не понимаешь, да? — Катя метнула в своего ухажера свирепый взгляд. — Рената тоже с нашей улицы. И эта женщина, которая... Слушай, ты, а ну признавайся!

Иван взял паузу, манерно вздохнул, с театральным пафосом ткнул себя в грудь.

— Да, я признаюсь! Я в самом деле маньяк... Дело в том, что я не могу жить с одной женщиной больше трех дней. Мне постоянно требуется обновление. Так и живу — сегодня одна, послезавтра другая... И эта другая кажется мне единственной и постоянной, но только до тех пор, пока... Катя, я обещал тебе, что мы с тобой будем жить долго и счастливо, но... Извини, но у нас ничего не выйдет, я это уже понял...

Катя потрясенно хлопала глазами и возмущенно хватала ртом воздух.

— Вам нужна новая женщина? — поторопила его Лариса.

— Да, мне нужна новая женщина, — театрально уронил он голову на грудь.

— А что вы делаете с теми, кто вам уже надоел?

— Я их бросаю.

— Лучше бы ты меня убил! — зло, сквозь зубы процедила Катя.

— Вот видите, — обращаясь к Ларисе, развел руками ее ухажер. — Для кого-то это хуже смерти... Вот и получается, что я маньяк...

Если Иван и был маньяком, то стреляным — на мякине его не проведешь. Но, скорее всего, он совсем не тот, за кого приняла его Лариса. Да и портретного сходства с фотороботом убийцы нет... Разве что габариты у него соответствующие. Высокий рост, размах в плечах.

Но все же сомнения оставались. И у Ларисы была возможность или развеять их, или, напротив, укрепить. Но не тащить же Ивана на экспертизу выделений. Он просто не согласится. Даже если ни в чем не виновен... А если попробовать с Катей? Ведь она же была с ним в контакте. Так просто она не согласится. При ее-то характере... Но можно усложнить процедуру.

— Поверьте, мне очень жаль всех, кого я бросаю...

— И всем прощаете, да?.. А они прощают вас, вы не задумывались? Катя, ты простишь его, если он тебя бросит?

— Ни за что! — снова сквозь зубы процедила она.

— Для вас, мужиков, нет ничего святого. — Лариса разозлилась. — Женщины для вас, как игрушки... Ну чего смотришь на меня? Думаешь, поигрался — и все? Нет, дорогой мой, за все нужно платить...

— Вот-вот, — буркнула Катя. — Деньги за квартиру ему не верну. Пусть еще за два месяца заплатит...

— И все? — разочарованно посмотрел на нее Иван.

— Нет, не все, — покачала головой Лариса. — Ты на ней женишься!

— Что?!

Наконец-то он понял, что с ним не шутят. Изменился в лице.

— Что слышал... Мужик ты состоятельный. Неженатый... Или женатый?

— Это не имеет значения!

— Имеет, имеет...

Лариса одобрительно подмигнула Кате, взяла со столика барсетку, в которой находились документы Ивана. Да, это была наглость. Но что поделать?

— Ты не имеешь права! — возмутился он.

И вырвал барсетку из рук Ларисы. Но паспорт остался у нее. Ловкость рук...

— Так, Садков Иван Сергеевич... — прочитала Лариса.

— Да что же ты такое вытворяешь?

Иван попытался вырвать у нее паспорт, но почему-то вдруг растянулся на полу.

— Осторожнее, Иван Сергеевич, — усмехнулась Лариса. — Пол скользкий...

Похоже, он даже не понял, что это Лариса сбила его с ног. Есть такой приемчик, когда жертве кажется, что он просто споткнулся...

Лариса демонстративно сверила взглядом фотографию в паспорте с оригиналом. Полное сходство. Но мало общего с фотороботом маньяка.

Затем она заглянула на страничку, где указывалось семейное положение. Никаких записей и штампов.

— Жены нет... Детей тоже...

Лариса догадалась, о чем сейчас Иван жалел больше всего. О том, что не позволил ей удрать. Теперь вот расхлебывай...

В паспорте имелась отметка о регистрации по месту жительства.

— Гончарная улица, город Москва... — вслух прочитала она. — Это же совсем рядом, а мы квартиру снимаем. Зачем?

— Не для себя. Для фирмы...

— И что у вас за фирма?

— Послушайте, девушка, что вы себе позволяете? —

поморщился Иван. — Даже то, что вы служите в милиции, не дает вам право врываться в чужую квартиру и устраивать допрос. У вас есть санкции?

— А вас можно в чем-то обвинить?

— В том то и дело, что ни в чем...

— Ну уж нет! Вы обвиняетесь в кобелизме.

— В Уголовном кодексе нет такой статьи, — усмехнулся Иван.

— Зато она есть в Кодексе воинствующей феминистки!

— Это что еще за дичь?

— А узнаете, дорогой Иван Сергеевич...

— Может, хватит?

Он взял себя в руки, попытался свести разговор к шутке. Но из этого ничего не вышло. Лариса измывалась над ним до тех пор, пока он не схватился за голову и не убрался из дома. Паспорт ему она отдала. Но адрес запомнила...

Глава шестая

— Ну и что мне теперь делать? — зло спросила Катя. — С ним было хорошо, а теперь что?

— Ты же сама поняла, что он тебя бросил...

— Еще не бросил. Он сказал, что с одной женщиной может быть три дня. А у нас только сегодня все началось...

— Зачем же ты его прогнала? — усмехнулась Лариса.

— Я прогнала? — возмутилась Катя. — А разве не ты наехала на него? Феминистка хренова!

— Ну иди догони его, скажи, что ты согласна пожить с ним еще три дня...

— У меня что, гордости нет?

— Есть, конечно... Ты вообще классная девушка.

То, что дерзкая, так это мне и нравится... И вообще, я за женскую солидарность...

— Я так и поняла, — фыркнула Катя.

— Знаешь, почему я прогнала этого?.. А потому что он заигрывать со мной начал. Или ты не заметила?

— Да заметила...

— Ты мне хоть и не подруга, но за тебя обидно. Да и вообще, не нравятся мне такие кобели — с одной слез и сразу на другую...

— Вот-вот!

— Хотя мужик он, похоже, богатый...

— Так в том-то и дело! — с досады Катя закусила губу.

— Почему ты должна его терять? Девчонка ты интересная, красивая. Ему за радость на тебе жениться....

— Не женится.

— А это мы еще посмотрим!.. Мы его заставим на тебе жениться?

— Как?

— Да очень просто. Есть один старый испытанный способ.

— Беременность?

— Ага, на самой начальной стадии...

— Я на контрацепции, ничего не получится.

— Ты не поняла, я совсем о другом. Мы пишем заявление в милицию, проводим экспертизу. И ставим Ивана перед фактом. Или он женится на тебе, или в тюрьму...

Лариса мысленно отвесила себе подзатыльник. Какой ужас! На какое дело она подбивает девчонку!..

— Ты это серьезно? — оторопело спросила Катя.

— А почему нет?

— А зачем он мне такой? Женится на мне, а сам по бабам будет гулять...

— Великолепно! Мы заставим его заключить с тобой
брачный контракт. За каждую измену он будет обязан
выплатить тебе, ну, скажем, двадцать тысяч долларов...

— А это идея! — вдохновилась Катя.

— Так в чем же дело? С заявлением я тебе помогу,
с экспертизой тоже...

Она предложила, а Катя должна была отказаться. Но
она не отказалась. Корысть заела. Значит, такая она хорошая... Но и с себя Лариса вины не снимала...

Она помогла Кате написать заявление. Свозила ее
в судебно-медицинскую лабораторию. На душе было
мерзко... Но а вдруг овчинка будет стоить выделки?

Результаты экспертизы были готовы через сутки.
Вывод был неутешительный. Разыскиваемый преступник и гражданин Садков не идентичны. Говоря иначе,
Иван не насиловал, а значит, и не убивал женщин, по-
павших в список жертв маньяка. Выходит, Лариса зря
старалась. А какой был экспромт...

Хорошо еще, что она легко отделалась. Было бы куда
хуже, если бы Катя накатала заявление на нее, а не на
своего ухажера...

Лариса собиралась домой, когда позвонила Катя.

— Нам нужно встретиться, — холодно сказала она.

Что ж, у нее еще есть возможность подвести Ларису под монастырь. Лишь бы она ею не воспользовалась.

— Да, конечно... Где?

Встретились они в небольшой кафешке на Таганке. Катя была очень взволнована. Снова враждебные
взгляды...

— Я хочу забрать заявление, — резко сказала она.

Заявление было у Ларисы в кармане. Она и не собиралась давать ему ход.

— Почему? — для порядка спросила она.

— Потому что Иван меня не насиловал.

— Абсолютно верно, — кивнула Лариса. — Экспертиза установила, что насильственных действий с его стороны не было...

— Так получается, я его оговорила? — испугалась Катя.

— А разве нет?

— Но так это ты ж меня заставила!

— Я тебя не заставляла. Я просто хотела проверить тебя на вшивость...

Лариса достала сложенный вчетверо лист бумаги, протянула его Кате.

— Считай, что ничего не было.

— Слушай, что ты за человек? — поморщилась Катя. — Я тебя терпеть не могу, а ведусь на твои заморочки как последняя дура...

— Ты меня любишь. И уважаешь. Только почему-то хочешь это скрыть от самой себя!

— Да уж... Зачем ты впутала меня в эту историю?

— Я тебя никуда не впутывала. Я просто хотела тебе помочь...

— Не старайся, на этот раз ты меня не проведешь. Это позавчера на меня что-то нашло. А сегодня я другая... Слушай, а может, ты меня загипнотизировала?

— А что, похоже?

— Похоже... Я это дурацкое заявление написала. Иван ахинею какую-то понес... Он не маньяк, поняла! И женщин как перчатки не меняет. И меня бросать не собирался. Это ты заставила его городить какую-то чушь... Я знаю, вас в милиции учат всяким штучкам...

— Нас много чему учат, — сердобольно посмотрела на Катю Лариса. — Но я тебя не гипнотизировала. Я просто хотела тебе помочь.

— Снова придуриваешься?.. Помочь она мне хотела... Думаешь, я не знаю, зачем ты меня на экспертизу потащила. Я же медик, должна была сразу догадаться. А ты мне все извилины тогда закупорила...

— Я так поняла, что Иван все-таки подъехал к тебе, повинился?

— Да, — самодовольно улыбнулась Катя. — Представь себе, подъехал. Сказал, что никакой он не маньяк. Ну, в смысле, женщин как перчатки не меняет. Это ты на него так подействовала, что он белиберду понес...

— Про заявление ты ему ничего не сказала?

— Что я, дура?

— Не знаю... Если хочешь, можешь сообщить ему о результатах экспертизы. Для него все закончилось хорошо. Все подозрения с него сняты...

— Это, конечно, хорошо, что подозрения сняты. Но я ему ничего говорить не буду. И ты, если можешь, ему ничего не говори...

Катя виновато отвела в сторону взгляд. Она боялась потерять Ивана, а это и случится, если он узнает про ее заявление об изнасиловании. Подло это. И с ее стороны. И со стороны Ларисы. Но у одной мотив — корысть, а у другой — служебная необходимость.

— Можешь не сомневаться, я ему ничего не скажу, слово даю... Я слышала, что твои родители в Щелково уехали.

— Уехали. У них там родня, квартиру им помогли снять хорошую...

— А свою сдали Садкову?

— Да. Он сказал, что мы будем жить там вместе...

— Прямо так сразу и сказал, с ходу?

— Не надо думать о нем плохо. И обо мне тоже. Он же сказал, что мы можем жить по разным комнатам...

— Это было еще до моего э-э... незаконного появления?

— До того.

— Но у него же есть квартира. На Гончарной улице, кажется...

— Я тогда этого не знала...

— Ты не знала, но потом выяснилось, что вашу квартиру он снял не для себя, а для фирмы...

— Да, к ним на фирму иностранцы часто приезжают. Гостиница дорого обходится. Квартира дешевле...

— Квартира у вас неплохая, место хорошее. Но хороший ремонт бы не помешал...

— Да, Иван тоже так сказал. Ремонт, говорит, не помешал бы...

— Сказать-то сказал, а кто будет делать?

— Он сделает. Сказал, что за свой счет сделает... А я поживу у него, на Гончарной.

— Он тебе нравится?

— Легла бы я под него, если б не нравился... В общем, я так тебе скажу: мужик он мировой, и терять его я не хочу...

— У него своя фирма или он на кого-то работает?

Казалось бы, Лариса должна была утратить интерес к Садкову. На человека с фоторобота он похож не был. Это раз. Второе: экспертиза не подтвердила его причастность к убийствам. А то, что он снял квартиру в Товарищеском переулке и попутно соблазнил Катю, так это стечение обстоятельств. В Москве ежедневно сдаются сотни квартир и соблазняются тысячи женщин... Но все же интерес к Садкову не ослабевал. Что-то подсказывало ей, что не все с ним чисто...

— Фирма у него своя, но на паях с родным братом.

— У него есть родной брат? — оживилась Лариса.

— Есть, а что?

— Да так, ничего...

Не здесь ли зарыта собака?.. Что, если братья работали в паре? Один подыскивал жертв, а второй их насиловал и убивал... Полный абсурд. Маньяки насилуют и убивают, чтобы получать удовольствие. А какое удовольствие мог получать Иван? Может, ему нравилось наблюдать за мучениями жертвы? Но в случае с Ренатой маньяк был один, никто за ними не наблюдал. И в квартире у Лисицыной был только один человек. Присутствия постороннего наблюдателя эксперты не обнаружили...

Может быть, перед братьями стоит цель уничтожить всех женщин Дурного переулка? Одному это нужно из каких-то идиотских соображений, а второй извлекает из этого удовольствие... Это уже абсурд в квадрате...

— Значит, у них с братом один бизнес. Чем занимается их фирма?

— Иван говорил, что они занимаются поставками пищевого оборудования из-за границы. Сказал, что дела идут очень хорошо...

— Охотно верю.

— Кстати, ты ошибаешься, если думаешь, что Иван снял квартиру с плохим умыслом. Их офис находится в нашем Товарищеском переулке. И квартиру он снял там же, чтобы далеко не ходить. Так что умысел чисто практический...

— А где у них офис?

— Вряд ли ты слышала про дом купца Баулова, — едва заметно усмехнулась Катя.

— Слышала. В том-то и дело, что слышала... Так офис у них в этом доме?

— В этом.

Про дом купца Баулова слышала от Анны, агента по недвижимости, которая привела предполагаемого убийцу в квартиру Ирины Лисицыной. Он-то и говорил ей про этот особняк. Мол, здесь жили его далекие предки... Маньяк собирался купить дом, а Иван с братом им владели. Случайная это взаимосвязь или нет? Возможно, что нет.

— Ты брата его видела?

— Нет. Но Иван сказал, что обязательно нас познакомит.

— Как его зовут?

— Тихон, а что? У меня такое чувство, что ты меня допрашиваешь.

— Зачем мне тебя допрашивать? Твоего Ивана я ни в чем не подозреваю...

— Зачем тогда спрашиваешь про него?

— Не про него. Про его брата... Тихон, говоришь, его зовут. Старомодное какое-то имя...

— Иван сейчас тоже не в моде... Он сказал, что это их мать так назвала. В память о давних предках...

— Их предки случайно не имеют отношения к купцу Баулову?

— Да, Иван что-то говорил...

И Николай говорил о том же... Все-таки не зря Лариса искала в Иване какой-то изъян. Если бы не это, она бы не узнала про его брата, который, возможно... А что, если Тихон и есть тот самый маньяк-убийца?

— А этот Тихон молодой, женатый? — с лукавинкой во взгляде спросила Лариса.

— Зачем тебе это? — усмехнулась Катя.

— Ну, я сейчас одна, друга у меня нет...

— Понятно... Хочешь, чтобы я тебя с ним познакомила?

— Ну, если тебе удобно...

Лариса — капитан милиции и не имеет права своим поведением дискредитировать высокое звание российского офицера. Но прежде всего она — суперспецагент без страха и упрека. И ради того, чтобы добыть ценную информацию о подозреваемом, она готова вступить с ним в тесный контакт. А потом, как это было в случае с Катей, отправиться в судебно-медицинскую лабораторию... Хотя, конечно, лучше обойтись без *этого*...

— Не знаю, не знаю... — пожала плечами Катя. — Как я могу вас познакомить, если сама его не знаю... Да и вообще...

Лариса холодно попрощалась с Катей. Тихон и без того никуда от нее не денется...

Глава седьмая

Домой Лариса вернулась поздно вечером. До двух часов ночи ковырялась в Интернете. Немного сна, а утром снова на службу.

Первым делом она отправилась к Званцевой.

— Вот с повинной головой к вам пришла, — с порога заявила она. И рассказала о проникновении в чужое жилище, о незаконной проверке документов и о несанкционированной судебно-медицинской экспертизе.

— Жаль, что вся твоя энергия в песок ушла. Судя по экспертизе, Иван Садков не маньяк...

— Но у него еще брат есть. Тихон Садков. Что, если это он беспредельничает?

— Так ты Ивана же с Кати сняла.

— Но Иван и Тихон — братья... Ладно, я могу допустить, что Иван Садков снял квартиру в Товарищеском переулке — можно списать на простое совпадение. Катя — красивая девушка, и он мог ею соблазниться, тут все тоже объяснимо. Но есть одно совпадение с разыскиваемым нами Николаем. Тот рассказывал о своем дальнем родстве с купцом Бауловым. Иван Садков говорил то же самое. Но поскольку он не похож на Николая, то я подумала на его брата. Ведь он тоже состоит в дальнем родстве с Бауловым...

— Кто такой купец Баулов?

— Я смотрела в Интернете. Информации о нем кот наплакал. Двухэтажный каменный особняк был построен то ли в тринадцатом, то ли в четырнадцатом году девятнадцатого века. Построил его купец Баулов, живший в одно время с известным заводчиком Иваном Баташевым...

— Мне это имя ни о чем не говорит.

— Да и я ничего о нем не знала, пока Товарищеский переулок у нас не высветился... А Иван Баташев — личность, должна сказать вам, интересная. Одни источники утверждают, что он был человеком доброго нрава. И что усадьбу на Таганке он построил для своей дочери Дарьи. Другие считают его исчадием ада, а Дарья была ему не дочерью, а внучкой. В общем, темный лес... Известно одно, что особняк Баташева имеет целую сеть подземных ходов. Один тоннель тянулся до самой Яузы, и по нему можно было проехать на конном экипаже. В других тоннелях якобы замурованы скелеты людей, которых он пытал...

— Прямо средневековый фашизм какой-то.

— Какой средневековый? Начало девятнадцатого века. Времена Пушкина, просвещенный век...

— Этот, как его, Баташев имеет отношение к нашему делу?

— Нет, — покачала головой Лариса. — Разве что его усадьба в свое время выходила на Чертов, то бишь на Товарищеский, переулок...

— И что?

— Да ничего... — пожала она плечами. — Если не считать бредовую версию Сергея Сурьмина. Мол, восстал мятежный дух купца Баташева и бродит по Товарищескому переулку в поисках жертв...

— Извини, Лариса, но в штате нашего отдела не предусмотрена команда охотников за привидениями. И оборудования соответствующего нет, — иронично посмотрела на нее Званцева.

— Да и мятежного духа купца Баташева тоже нет, —

ей в тон сказала Лариса. — Зато есть мятежный дух братьев. Что-то в них нечисто...

— Поясни.

— Купец Баулов жил в Чертовом переулке, а они вроде как его потомки. И сейчас в этом же переулке гибнут женщины. Должна быть какая-то взаимосвязь между этим родством и убийствами...

— Давай договоримся, то, что ты сейчас мне сказала, останется только между нами. Больше никому не говори, а то, не ровен час, психушку вызовут... Ладно, шучу, до психушки дело вряд ли дойдет. Но людей мы насмешим...

— И все же какая-то связь есть, — не сдавалась Лариса.

— Возможно... Надо бы взять в разработку этих братовьев. Но с чем мы придем к судье или прокурору? С байками о кровной мести?..

— Почему именно о мести? — внутренне всколыхнулась Лариса.

— Ну не знаю, — пожала плечами Арина Викторовна. — Просто подумала, что эти братья могут мстить за кого-то...

— Мстить?! За кого? И кому? Тем девушкам, которые сейчас гибнут?.. За что им можно мстить?

— А ты это у прокурора спроси!.. Он тебе точно санкцию выпишет, сама понимаешь, куда...

— В Кащенко меня не отправят, — улыбнулась Лариса.

Она же работала с маньяками, а их на убийства и просто изнасилования толкают такие мотивы, что порой даже психиатры диву даются. Сумасшедшие преступники, и подходы к ним соответствующие... И все же даже на фоне всего этого ее версия могла показаться патологически фантастической...

— Но санкцию на разработку тебе точно не видать как собственных ушей. Реальных доказательств вины этих братьев у тебя нет. Одни мистические предположения...

— Предположение надо проверить. Я этим и займусь. Для начала познакомлюсь с Тихоном. Не думаю, что с этим возникнет проблема...

— Чтобы у тебя да с этим проблема... В общем, можешь охмурять своего Тихона. Только учти, разрешение неофициальное...

— Учитываю, — по-лисьи хитро улыбнулась Лариса. — Как учитываю и то, что я и сама не всегда бываю официальной...

— Не знаю, как сегодня, но завтрашняя ночь у тебя точно будет официальной, — с доброй иронией посмотрела на нее Званцева. — Завтра у тебя выход в подлунный мир...

— Что там такое? — буднично спросила она.

Если бы Лариса занималась только одним маньяком, нацеленным на Чертов переулок! Но помимо этого у нее в производстве было еще несколько менее значимых дел. Плюс к тому ночная охота на ведьм — основа основ работы их отдела. Даже если вдруг когда-нибудь Лариса займет место Званцевой — если, конечно, это не случится в глубокой старости, — она все равно будет вызывать огонь маньяков на себя. Охотников ее уровня в отделе — раз, два, и обчелся, каждый на особом счету...

— Операция «Красная блондинка», — пояснила Арина Викторовна.

Лариса знала, что в центре Москвы объявился какой-то придурок, чье внимание привлекали блондинки в красном. Орудовал он в темное время суток. Искал и находил женщин по своему вкусу. Он не насиловал их и тем более не убивал. Просто срывал с них одежду красного цвета — не важно, что это — блузка или платье. У одной жертвы вдобавок ко всему обнаружилось красное белье — так он раздел ее догола.

Зачем он это делал, неизвестно. Зато понятно, что подоплека действий сексуального характера. И заниматься придурком должен был отдел по пресечению половых преступлений. Ловить его решили на живца. Званцева решила задействовать Ларису. Так что сегодня у нее выход...

— Кстати, как насчет того, чтобы поработать без подстраховки? — спросила начальник.

Почти все «уточки» в отделе работали под прикрытием. Девушка выманивает на себя насильника, а оперативники из группы поддержки берут его за жабры. Но Ларисе в посторонней помощи нуждалась не особо. С маньяками она всегда справлялась сама. Поэтому и была на особом счету... Но все равно брала подстраховку. Мало ли что...

— Легко!

«Красный фетишист» далеко не самый страшный зверь из тех, с кем ей приходилось расправляться в одиночку. Заарканит она и этого. Лишь бы только он вышел на нее...

После разговора с начальством Лариса отправилась к себе в кабинет. Ей нужно было побыть немного одной, сосредоточиться, составить план действий на ближайшее время. Перво-наперво она должна была решить, как и под каким предлогом ей подъехать к Тихону Садкову. Но все решилось само собой.

Все началось с того, что ей позвонила Катя.

— Привет, — как-то вяло поздоровалась она. — У меня к тебе дело...

— Я очень внимательно слушаю.

— Ты, кажется, хотела познакомиться с Тихоном.

— Только о том и мечтаю.

— Тогда считай, что твоя мечта сбылась. Тихон тоже хочет познакомиться с тобой. Это Иван рассказал ему, какая ты у нас красивая.

— Если я красивая, то не у вас, а у самой себя...

— Не придирайся к словам... В общем, Тихон хочет с тобой встретиться...

— Когда и где?

С Тихоном Лариса встретилась в тот же день в небольшом уютном ресторанчике у Третьяковки.

Внешне он был очень похож на Ивана Садкова. Такой же высокий, крепкий на вид, в лице заметное сходство. Только у Ивана черты лица какие-то размытые, а у этого — более четкие. И выглядит он помоложе. Лет двадцать семь — двадцать восемь. Темно-каштановые волосы, модная прическа в классическом стиле. Шелковая водолазка, элегантный клубный пиджак кремового цвета. Руки ухоженные — мужской маникюр, скромный на вид, но совсем не простой перстень с бирюзовым камушком под цвет зеленовато-серых глаз...

Мужчина производил приятное впечатление, и Лариса прониклась к нему симпатией. Пожалуй, она бы легла под него без особого внутреннего сопротивления. Но, похоже, необходимость в этом отпадала. Судя по всему, Иван и Тихон Садковы — близнецы. А раз так, то у них должна быть одна группа крови. И все прочее тоже похоже. И нет смысла брать его выделения на экспертизу, потому что результат будет такой же, как в случае с Иваном...

Тихон вел себя как настоящий джентльмен. Поднялся из-за столика навстречу Ларисе, взял ее за руку и не отпустил, пока она не села в кресло.

— Мне Иван рассказывал про вас, — натянуто улыбнулся он.

— И что он про меня рассказывал?

— А вы угадайте!

— Да тут и гадать нечего. Что можно сказать про женщину, которая посреди ночи лезет в чужую квартиру через окно.

— Но вы же милиционер... Иван говорил, что вы охотитесь за маньяками?

— Что-то вроде того.

— Неужели Иван похож на маньяка?

— Если бы в милиции никогда не ошибались, то преступники давно бы уже исчезли как класс...

Лариса понимала, зачем она нужна Тихону. А вместе с ним Ивану. Если они все же причастны к убийствам женщин из Товарищеского переулка, то им просто необходимо знать, что к чему. А Лариса могла бы им сообщать о ходе расследования и, в случае чего, предупредить об опасности. Только она не собирается переходить на их сторону. Так что напрасно братья затеяли эту игру: она не станет открывать им свои карты.

— Да, наверное, вы правы, — кивнул Тихон.

— Вы спросили, почему Иван похож на маньяка? Но с таким же успехом вы могли бы спросить о себе. Вы же с Иваном очень похожи. Вы близнецы?

— Да. И притом однояйцевые...

Лариса насторожилась. Возможно, Тихон неспроста обратил внимание на природу его с Иваном родства. Близнецы бывают одно- и двухяйцевые. В первом случае они абсолютно идентичны по своей молекулярно-генетической структуре, а во втором — у них могут быть разные группы крови... Тихон мог догадаться, что Лариса обратила внимание на это уточнение.

— Близнецы бывают еще и трехяйцевые, — сказал Тихон.

— Трехяйцевые — это когда минимум три брата-близнеца, — заметила Лариса.

— Совершенно верно. Но у нас другой случай. Нас три брата, и все из одной яйцеклетки...

— Три брата?! — не смогла она скрыть своего удивления.

Вот это новость!

— Да, представьте себе, три брата! И все три близнецы!

«Но я знаю только двух братьев. Иван и Тихон Садковы. А оказывается, у них есть еще и третий брат».

— Его зовут Панкрат...

— И он похож и на вас, и на Ивана?

— Похож. Но только внешне... Видите ли в чем дело, Панкрат в детстве из коляски выпал. И упал на голову в самом прямом смысле этого слова...

— Он что, ненормальный?

— В общем-то, да...

— И в чем эта ненормальность выражается?

— В сущности, Панкрат совершенно безобидный человек.

— Чем он занимается?

— А ничем. Старинные монеты собирает. Знали бы вы, Лариса, какая у него коллекция, любой нумизмат позавидует... Он только этим и занимается...

— И что, нигде не работает?

— Он же ни к чему не способен. Я бы его даже на фирму к нам сторожем не взял. Да ему и не нужно. Благодаря нам он ни в чем не нуждается... Кстати, вы старинными монетами не увлекаетесь? А то бы я мог свозить вас к Панкрату. Могли бы посмотреть на его коллекцию...

Маньяком в семье Садковых мог быть третий брат. Тем более что Панкрат больной на голову. Но если он и его братья произошли из одной яйцеклетки, то молекулярно-генетический анализ не уличит его в расследуемом преступлении... Но все равно, надо бы взглянуть на этого Панкрата.

— Старинные монеты меня как раз интересуют...

Дабы не заострять внимания на своем интересе к предстоящему знакомству, Лариса решила сменить тему:

— Я так понимаю, ваш брат Панкрат бизнесом не занимается?

— Увы. Нет способностей, мягко говоря...

— А у вас, судя по всему, способности есть.

— Само собой. Иначе бы мы просто не добились того, чем можем сейчас гордиться.

— Чем занимается ваша фирма, если не секрет?

— Да какой тут может быть секрет? Тем более от вас... Мы занимаемся пищевым оборудованием. Импорт и свое собственное производство. У нас три своих завода...

— Где, в Москве?

— Нет, в ближнем Подмосковье. А в Москве у нас офис. В Товарищеском переулке. В бывшем особняке купца Баулова...

Для Ларисы это было не новостью, но поводом перевести разговор в нужное ей русло.

— Купец Баулов?! Не слышала о таком.

— О нем мало кто слышал. Но был такой купец, был... Кстати, в какой-то степени он наш предок...

Лариса очень хотела это услышать. И услышала... Но возникал вопрос — зачем Тихон открывается перед ней? Может, ему и нечего скрывать от нее? Возможно, он ни в чем не виноват — ни он, ни его братья...

— В какой степени?

— Ну, как вам это объяснить?.. Короче говоря, ровно двести лет назад в Чертовом переулке жили три брата-близнеца. Одного звали Иваном, другого Тихоном, третьего — Панкратом...

— А вашего третьего брата зовут Панкрат... — вслух подумала Лариса.

— Вы правильно уловили ход моей мысли.

— Так эти три брата были вашими предками?

— Да, именно так.

— Вот что значит гены...

— Да, да, гены... Представляете, братья Точилины появились на свет в конце XVIII века, а примерно через двести лет после этого родились мы...

— Братья Точилины, говорите? Не Бауловы?

— Нет, не Бауловы. Видите ли, изначально наш род происходит от Точилиных. Видимо, наши еще более далекие предки ножи точили, а может, и мечи... Может, вам это неинтересно слушать?

— Ну, почему неинтересно? Интересно...

— Вообще-то да, история очень интересная. Хотя и неправдоподобная. Возможно, и не было никаких братьев Точилиных. Но семейная-то легенда есть.... Жили в Чертовом переулке три брата — Иван, Тихон и Панкрат. Долго ли, коротко ли, полюбили они втроем одну девушку. А ее отец возьми да скажи, что замуж она выйдет за самого богатого из братьев. Принялись братья богатство искать, да все втроем на каторге оказались.

— Разбойничали, что ли?

— Что-то вроде того. Короче говоря, был такой знатный заводчик и миллионер Баташев...

— Знаю, знаю. На месте его особняка сейчас больница...

— А что под особняком, знаете?

— Есть сведения, что там целая система подземных ходов и сооружений.

— Вы — осведомленный человек.

— Да вот с недавних пор интересуюсь историей московских улиц. Вынуждена этим заниматься. Хотя и не без удовольствия для себя...

— Вы совершенно правы, под усадьбой Баташева были целые подземные палаты...

— Где пытали и убивали людей.

— Да, было и это, — кивнул Тихон. — Но там еще существовал и тайный монетный двор.

— Это все из области легенд.

— Не буду спорить... Так вот, братья Точилины захватили часть баташевского золота. Но это не принесло им счастья. Их отправили на каторгу. Слышали про Нерчинские рудники в Забайкалье? Туда потом декабристов ссылали. Так вот, с каторги братья сбежали...

— Лихие у вас были предки, — заметила Лариса.

— Да уж... Значит, сбежали братья с каторги. А потом в Москву вернулись. И не с пустыми руками. Золота они много с собой привезли. Очень много золота...

— И где они его взяли?

— Если верить легенде, в сибирской земле им открылось богатое самородное месторождение. К труду и невзгодам они были привычные, так что золото добывалось в больших количествах...

— Золото общее было?

— Общее.

— Кто ж тогда женился на той девушке, которую все любили?

— Панкрат должен был жениться. Братья так решили. Иван и Тихон запали на дочерей купца Баулова...

— Выходит, на них они и женились.

— Один женился. Тихон. А Иван и Панкрат погибли... Дело-то как было: Панкрат свататься к невесте пошел, по глупости показал ее отцу, где золото находится. Ну а тот злодеев на братьев навел, чтобы клад силой отобрать. Ивана и Панкрата убили, а Тихон спасся. Кстати, золото так и не нашли. Исчезло оно...

— Может, Тихон прихватил?

— Нет, братья золото перепрятали еще до того, как на них напали... А Тихон из Москвы уехал. И дочь купца

Баулова с собой увез. Через время они вернулись, уже муж и жена. Был Тихон Точилиным, а стал Бауловым. Фамилию жены взял. Беглый же он был, а тут хоть какая-то легализация. Да и не трогали его сыскные. Может, взятку кому-то дал, может, и не одну... В общем, он дело своего тестя унаследовал, дом каменный в два этажа отгрохал...

— Дела, значит, хорошо шли. Может, он то сибирское золотишко в ход пустил?

— Кто его знает, — пожал плечами Тихон. — Может, и пустил... Род наш от Тихона Точилина идет. Потомки сначала Бауловыми были, потом разветвления пошли. Наша бабушка еще Бауловой была. Наша мать замуж вышла, фамилию нашего отца взяла, поэтому мы уже Садковы, а не Бауловы... Бабушка когда узнала, что у нашей матери тройня родилась, велела ей — назови, говорит, ребят Иваном, Тихоном и Панкратом. Так нас и назвали... Ивану еще хорошо, Иванов и сейчас много. А Тихон и Панкрат... Нас иногда за братков даже принимают...

— С чего бы это?

— А браткам иногда клички по фамилиям дают. Если Тихонов, то Тихон, если Панкратов, то Панкрат. А чтобы кого-то по-настоящему так звали... В общем, не очень удобные у нас имена...

— Ничего, бывает и хуже. У моей бабушки подруга была. Так ее знаешь как звали? Даздрасперма. Что в переводе означает — Да Здравствует Первое Мая. Кстати, Даздрасперма эта первого мая и померла. Семьдесят пять лет ей тогда было. Ровесница революции. Живет сейчас, наверное, в загробном коммунизме...

— Да мы, в общем-то, на имена не жалуемся... Братья Точилины приказчиками у купца Баулова служили. По коммерческой части знатоками числились. Потом

Тихон сам купцом был. В общем, мы тоже, получается, по купеческой линии пошли. Фирма вот своя...

— С офисом в родовом имении, — подсказала Лариса.

— Вот именно. Кстати, когда мы этот дом выкупали, даже свое родство с купцом Бауловым доказывали...

— Что, и право наследования доказали?

— Нет, это в нашей стране доказать нереально. Да и не помогает... Но дом выкупили. А то, что родство доказали, так нам из-за этого навстречу пошли. На этот дом еще две структуры претендовали...

— А может, структуры эти просто отказались от своих притязаний? Как узнали, что за сделкой Тихон и Панкрат стоят. Решили, что вы братки, и на попятную...

— Шутить изволите? — улыбнулся Тихон.

— Шучу, конечно... Кстати, мне бы хотелось взглянуть на ваш офис. На памятник культуры, так сказать...

— А это всегда пожалуйста. Только предупреждаю вас сразу: внутренняя обстановка нашего офиса не соответствует стилю ампир девятнадцатого века...

Из головы Ларисы все не выходил маньяк, который рассказывал маклеру Анне о своем родстве с купцом Бауловым. Он мог соврать... А может, он сделал это нарочно? Для того, чтобы подставить братьев Садковых... Зачем ему это нужно?

— Тихон, у меня к вам один маленький вопрос. У вас есть враги? — спросила она.

Лариса по собственному горькому опыту знала, как просто подставить человека и как легко преступники идут на это.

— Враги?! В каком смысле?

— А в таком, чтобы желать вам смерти.

— Как видите, я обхожусь без телохранителей... Хотя враги у всех есть... А что вам до них?

— Да просто подумала, что любой бизнес в нашей стране — дело опасное.

— И не говорите... Но у нас бизнес не самый опасный. Хотя проблем хватает. Но я же не думаю, что вам интересны наши, так сказать, производственные проблемы...

— Нет, мне больше интересна коллекция вашего брата. Хотелось бы на нее взглянуть.

— Запросто. Завтра после обеда я весь в вашем распоряжении. Сначала офис наш посмотрим, затем к брату поедем, посмотрим на его коллекцию...

— Завтра не получится. А послезавтра вы меня ждите... Кстати, мне и сейчас некогда. Еще полчаса, и мне нужно будет уйти. Дела, дела... А послезавтра я свободна, как птица...

Она и сегодня была свободна. Мало того, могла гулять всю ночь до самого утра, поскольку завтра на службу она выходит только вечером. Но Тихон еще не заслужил того, чтобы она засиживалась с ним в ресторане до поздней ночи. О том, чтобы залеживаться до утра, и речи быть не могло...

Глава восьмая

Поклонник женщин в красном охотился за одеждой. В принципе ему было все равно, кого раздевать — красивую женщину или нет, старую или молодую. Сексапильность также ничего не значила. Так что не было необходимости щеголять в ультракороткой юбке и вилять задницей. Поэтому Лариса могла позволить себе скромный брючный костюм. Она отлично держалась на босоножках с самой высокой шпилькой. Но ей больше нравилось ходить в удобных туфлях с низким каб-

луком. И, к счастью, Званцева раздобыла для нее именно такую обувь. Так что Лариса могла бродить по ноч-
ным московским улочкам хоть до утра.

Преступник охотился в пределах Садового кольца,
но в разных местах. Поэтому на Ларису он мог напасть
как на Старом Арбате, так и на Чистых прудах. Но она
все же выбрала Арбат. Ходила, праздно шатаясь, по
оживленным и не очень улочкам и мечтала поскорее
нарваться на неприятность. Заглянула в кафе на чашечку капуччино, посидела, отдохнула. И снова на арбат-
ские улочки.

Но с ней ничего не приключалась. До тех пор, пока
она не оказалась в Кривоарбатском переулке. Она спокойно шла по тротуару, огибая спящие машины, и вдруг
услышала шорох шагов позади. Обернулась и увидела
парня лет двадцати.

Уличный фонарь светил ярко, поэтому она смогла
его рассмотреть. Парень высокий, в плечах не очень,
но видно, что сила в нем есть. Длинные патлатые волосы, рубаха-балахон, широкие спортивные штаны,
кроссовки, за спиной рюкзачок.

Он с интересом посмотрел на повернувшуюся к
нему Ларису. И вдруг его глаза полезли из орбит. Его
затрясло, залихорадило. Лариса даже решила, что он
упадет сейчас в обморок.

— Эй, парень, что с тобой?

К своему разочарованию, она поняла, что молодой
человек и не думал на нее нападать.

— А-а... — задом попятился он.

— Ты что, припадочный? — спросила она, делая
шаг к нему.

— Уйди... — пробормотал он. — Чур тебя, чур!

— Слушай, ты что, сумасшедший? — спросила Лариса.

— А с тобой не только с ума сойдешь... Откуда ты взялась?

Глаза его вернулись на прежние орбиты, лихорадка прошла. Но вид у него все равно был очень испуганный.

— Из милиции.

— А-а, так я тебе и поверил!

Лариса предъявила удостоверение.

— Точно из милиции...

Ей показалось, что из его груди вырвался вздох облегчения.

— Зовут тебя как? — спросила она.

— Дима.

— Так что же ты, Дима, от меня, как тот заяц, бегаешь? Неужели я такая страшная?

— Ага, — кивнул он.

— Ты случайно мухоморами не балуешься?

— Я не знаю, — пожал плечами Дима. — Грибы не хаваю, колеса не глотаю. А насчет глюков... Я не знаю, глючило меня тогда или нет, но я тебя не один видел...

— Меня?! Где?

— Да это, Вшивая горка где. Так Таганский холм называется...

— А что ты там делал? — заинтересованно спросила Лариса.

— Так мы это, подземелья исследовали...

— Ты что, диггер?

— Ага.

— А что на Швивой горке делал?

— На Вшивой, — поправил ее Дима.

— Сам ты вшивый. А правильно — Швивая горка... Что ты там делал? Подземелья купца Баташева исследовал?

Про эти подземелья Лариса спросила только потому, что про другие просто не знала.

— А чего там исследовать? — пожал плечами диггер. — Все замуровано. Хотя есть один ход... Но там жуть такая, никто туда не лезет... Не, мы к Баташеву не суемся. Это ваще мелкая примочка, там есть такие завороты...

— А именно?

— На Тагане целый подземный город, чтоб ты знала.

— Ага, сталинские бункеры...

— И сталинского хватает. А подземный город этот староверы строили. Они там, считай, двести лет жили, поняла? Их при царе гноили, так они под землю ушли. А это, монастыри, как с Кремлем сообщались, опять же через подземку. Так что под этой горкой все пахано-перепахано...

— А в подземном городе я живу, да?

— Да нет, ты там не живешь. Но мы там бабу видели. Молодую такую, красивую. На тебя жуть похожа. И в красном платье...

— У меня брючный костюм.

— Да? Вообще-то, да... И не дикая ты...

— Это почему я дикой должна быть?

— Ну так, которая там была, она ж дикая. Мы идем, да, а она перед нами как нарисуется. Это, из-за поворота выплывает. Платье — как та кровь красная. И свет тоже красный. Смотрит на нас, смотрит, а потом ка-ак засмеется... Я потом, когда домой пришел, к зеркалу сразу ломанулся, думал, что поседел от страха... Короче, я когда тебя счас увидел, сразу подумал, что это тот призрак за мной пришел...

— Призрак?! Так то призрак был?

— Так понятное ж дело... Не, вообще-то, на тебя та девка не похожа. Ты покрасивей будешь. И вообще, ты нормальная... А у той крейзи, стопудово... Да и платье старинное. Еще капор был. Но он то появлялся, то исчезал. Когда капор исчезал, волосы были видны. Пышные такие волосы, как у тебя...

Лариса с показным прискорбием приподняла брови. Вечно ее за кого-то принимают. То проститутка, похожая на нее. То еще кто-то. А теперь вот привидение... Бред какой-то.

— В общем, жути эта копша навела.

— Какая еще копша?

— Ну да, так это, кладовых духов называют.

— Кладовых духов?!

— Ну да, под землей знаешь сколько нечистых кладов спрятано. Это когда клады на зарок ставят. А к ним покойников приставляют, чтобы они эти клады охраняли. Вот и маются их души... Не веришь? А давай со мной под землю спустимся. Сразу я тебе такую встречу не обещаю, но на десятом разу ты точно нарвешься... Вообще-то, кладовики все спокойные. Так маякнут синевой перед глазами — и пшик, исчезают. А эта как бешеная... Я когда тебя увидел, так чуть не гикнулся со страху. Думал, все, кранты...

— Молитву зачем читал? — спросила Лариса.

— Так это, молитва в нашем деле первое дело. Кладовики ее боятся... Вообще-то, кладовые духи являются, чтобы клад тебе открыть. Ну, это в поверье так. А на самом деле ну его на фиг. Я знаю пацанов, которые после кладовика клады начинали искать. Никто ничего не находил. А у одного крыша натурально поехала. Он счас в Кащенко отпаривается...

— Да, веселые у вас трудовые будни, — усмехнулась Лариса.

— Да какие будни? Будни у нас в универе. Я на физмате учусь. А пласты по выходным пашу. Чисто для души... А может, ты не из милиции?

— А откуда? Из преисподней?.. Ладно, еще раз корочки покажу...

Лариса вновь продемонстрировала свое удостоверение.

— Я тебе свой документ показала, теперь ты давай сюда свой паспорт, — велела она.

— Зачем?

— А вдруг ты маньяк?

— А у меня это что, в паспорте записано?

— Не кривляйся!

— А почему ты про маньяка спросила? Ты что, маньяков ловишь?

— Может быть.

— Но я не маньяк, я диггер. Хотя кое-кто считает, что это одно и то же...

— А это не так?

— Ну, в принципе да. Я знаю диггеров, у которых развита агрофобия...

— Агрофобия?! Это страх перед сельхозработами? — усмехнулась Лариса. — Теперь я понимаю, зачем диггеры под землю лезут — чтобы их на картошку не гнали, да?

— Вот-вот!.. — развеселился Дима. — А вообще, агрофобия — это боязнь открытого пространства. Клаустрофобия наоборот... Но это все мелочи. Есть настоящие сумасшедшие. Я про одного такого слышал. Он сейчас как раз Вшивую горку перепахивает... Шальной какой-то. Говорят, он уже не один год там что-то роет. Я так думаю, клад ищет... Как будто клады так просто в руки даются, ха! Если клад нечистый, его ни в жизнь не найдешь. Он же сам под землей гулять будет, чтобы в руки тебе не даться. Сегодня в одном месте, завтра в другом. А если он еще и на покойника поставлен, то пока за него не отомстишь, вообще близко к нему не подойдешь. А если подойдешь, то кладовик кирдык сделает и даже фамилию не спросит. По мне так лучше бы этих кладов вообще не было. Под землей спокойней было бы...

— А там неспокойно?

— Ха! В том-то и дело, что чересчур спокойно. Ну, если там вода не шумит или электропоезд из метро. Гробовая тишина. Жуть... А если еще привидения...

— Ладно, привидения. Живых людей боятся надо... Документы свои ты мне так и не показал, — напомнила Лариса.

Дима кивнул и полез в карман за паспортом, с театрально торжественным видом вручил его Ларисе.

— Так, Дмитрий Евгеньевич Савицкий... — вслух прочла она. — Место регистрации — город Москва, Хорошевское шоссе... Так ты не в Кривоарбатском переулке живешь?

— Как видите.

— А здесь что делаешь?

— По Арбату гулял. Сюда вот свернул...

— Зачем?

— Тихо здесь, спокойно. Укромные уголки опять же... — изобразил он виноватый вид.

— Отлить захотел?

— Я этого не говорил! — в притворном испуге выставился на нее Дима. — И вообще, ты меня за руку... э-э... в общем, ты меня не брала...

— А ну пошел отсюда!

Дима не заставил себя долго ждать и без лишних слов растворился в темноте.

Лариса продолжила свое ночное патрулирование. Но маньяк не торопился нападать на нее.

Она уже собралась сворачивать удочки, когда услышала за спиной подозрительный шорох. Обернулась и увидела невысокого, коренастого мужика. Как тот бык, он надвигался на нее. Голова низко опущена, поэтому лица не видно. Лариса поняла, что это и есть маньяк, за которым она охотилась.

Она не растерялась, ловко отскочила назад. На ходу швырнула маньяку красную косынку. Он схватил ее на лету, прижал к себе, как замполит полковое знамя. И даже зарычал, как собака, у которой хотят отобрать сахарную кость. Но, видимо, для полного удовлетворения одной косынки было мало, поэтому он снова ринулся на Ларису.

На этот раз она бросила ему красную туфлю. Но вместе с пяткой. Сильный удар в живот сложил маньяка пополам, добавочный по загривку опрокинул его на землю. Осталось только примерить на нем наручники и вызвать наряд...

Домой она вернулась поздно. Проснулась в двенадцатом часу дня. Отметилась в управлении. И отправилась в гости к братьям Садковым.

В офисе фирмы она надеялась застать двух братьев. Так оно и оказалось. Иван и Тихон уже ждали ее и, едва она появилась, вышли ей навстречу...

Снаружи купеческий особняк выглядел как памятник истории. Геральдические композиции, лепной декор в стиле ампир, колоннады, арочные окна. Зато внутри хайтек вперемешку с классическим модерном.

— Ну, как вам у нас нравится? — поднимаясь на второй этаж, не без гордости спросил Иван.

Как-никак он был генеральным директором.

— Замечательно! — весело посмотрела на него Лариса. — Отличный получился коктейль. Еще бы немного французского рококо и русской водки, вообще было бы здорово.

— Шутку понял, — кивнул Иван. — И принял.

— Еще бы на грудь по пять капель принять, — улыбнулся Тихон.

— А что, запросто! Сегодня у меня никаких дел, ехать никуда не надо. Только домой. Но это только через три часа. Так что можно по чуть-чуть...

— Как это никуда не ехать? — удивленно посмотрел на брата Тихон. — А к Панкрату?

— А это вы, молодые и красивые, без меня, — натянуто улыбнулся Иван. — Ну так что, по пять капель на дорожку? — спросил он.

— Нет, — покачал головой Тихон. — Напьюсь, к дамам начну приставать...

— Шутит он, — сказал Иван. — Он у нас вообще не пьет.

— А к дамам пристает? — задорно спросила Лариса.

— Бывает...

Для приличия Тихон организовал маленькую экскурсию по офису. Показал свой и брата кабинет, зимний сад под стеклянной крышей.

— Богато живете, — заметила Лариса.

— Офис — лицо фирмы, так что мы просто обязаны держаться на уровне...

— Хорошо держитесь... Только вот старинного духа здесь не хватает.

— Не хватает, — кивнул Тихон. — Да мы и не стремились к старине. Лично меня современность больше устраивает...

— А привидения не достают?

— Привидения?! Откуда здесь привидения?

— Ну мало ли что? Сколько людей в этом доме умирало...

— У нас не Англия, у нас души умерших с миром покоятся, а не шастают по родовым замкам...

— А вдруг ваш предок свое золото в подвале этого дома спрятал? — спросила Лариса. — Вы же говорили, что не знаете, куда исчезло золото...

Тихон ответил не сразу.

— Вы думаете, до нас это золото не искали? Еще как искали. Все подвалы паханы-перепаханы. Я вообще удивляюсь, как дом на фундаменте удержался... Лариса, а почему вы сначала спросили про привидения, потом про клад?

— Ну мало ли что, может, ваш пращур клад заговорил. Заклятие на него наложил. И кладовика приставил...

— Какого кладовика?

— Духа кладового. Когда клады заговаривают, к нему дух покойного приставляют...

— Мракобесие, — улыбнулся Тихон. — Средние века... Кстати, за такие разговоры вас бы на костре инквизиции сожгли...

— Не сожгли бы. Я бы на метле улетела... Ну что, мы едем к вашему брату?

Тихон галантно распахнул дверь своего «Гелендвагена», помог забраться в салон, сам сел за руль.

В народе такие машины называются «бешеными кирпичами». Но Тихон ехал на удивление медленно. Выехал на Садовое кольцо, степенно свернул на проспект Мира. Машин на дорогах было много, но до пробок дело не доходило. Тихон мог ехать и побыстрей. Но он даже никого не обгонял. Может, не зря его Тихоном назвали...

Панкрат жил на Ярославском шоссе в районе Бабушкинского кладбища. Высотный дом образца восьмидесятых, заплеванный подъезд, лифт с запахом мочи. Но квартирка у брата была ничего. Три комнаты, евроремонт, современная мебель, техника. Зато сам Панкрат казался жителем пещеры из каменного века. Грязная футболка с надписью «СССР», трико с пузырями на коленях. Патлатые волосы, впалые щеки, под глазами синева. Неосмысленный, блуждающий взгляд.

Панкрат молча открыл дверь, едва взглянул на Ларису и быстрым мелким шагом направился в комнату.

— Братец, а где твое здравствуйте? — остановил его Тихон.

— Здрасьти!

— Может, кофе предложишь?

— Кофе предложу! — кивнул Панкрат.

Но даже не подумал отправиться на кухню, чтобы приготовить кофе. Он зашел в комнату-кабинет, с вожделением сел за стол, где лежало несколько толстых нумизматических альбомов. Один из таких альбомов был раскрыт, Панкрат с ходу взял пинцет и загнал в маленький файл старинную монетку. Глаза восторженно блестят, пальцы трясутся.

— Может, расскажешь, что там у тебя? — спросил Тихон.

— Расскажу... — тупо откликнулся Панкрат.

— Так рассказывай!

— Чего рассказывать? Хорошая монета!

— Все, больше ничего от него не добьешься, — покачал головой Тихон. И спросил у Ларисы: — Хочешь на альбомы взглянуть?

— Можно.

Тихон взял один альбом, раскрыл его, чтобы показать Ларисе. Она успела увидеть несколько монет, но рассмотреть их не смогла: Панкрат резко вскочил с места, сграбастал альбом, закрыл, прижал к груди. Безумные глаза навыкате, подбородок трясется, зубы оскалены.

— Панкрат, ну так нельзя, — с укоризной посмотрел на него Тихон. — Вот смотри, что я тебе принес!

Он вытащил из кармана старинную монетку, протянул брату. Панкрат радостно заурчал, отложил в сторону альбом, схватил монетку, положил ее на стол. Рука потянулась к лупе... Так дрессировщик укрощает взбунтовавшуюся зверушку: кусочек сахару — и никакого конфликта.

В какой-то миг Ларисе показалось, что она оказалась в эпицентре какой-то хитроумной мистификации. Что-то здесь было не так... Безумному человеку ни до кого нет дела, весь смысл жизни заключен в старинных монетах. В принципе так могло быть. Но тогда Панкрату не было бы никакого дела до той обстановки, которая его окружала. С равным успехом он мог жить в роскошном дворце и каменной пещере. И везде было бы грязно и неуютно. А в его квартире чисто и комфортно. Несоответствие. Впрочем, состоятельные братья могли нанять горничную, которая и содержала дом в надлежащей чистоте... И все равно что-то здесь не так...

Волосы у Панкрата засалены, одежда грязная. И запах не очень приятный, но это не натуральное амбре немытого тела. Лариса уловила в этом запахе примесь какой-то химии. Как будто Панкрат нарочно обмазался чем-то, чтобы дурно пахнуть. А через этот неприятный запах слабо пробивается аромат дорогого мужского одеколона. Какого именно, она не знала. Но запах знакомый. И такое ощущение, что ее обоняние познакомилось с ним сегодня...

— И это все, чем он занимается? — показывая на альбомы, спросила Лариса.

— Увы, — грустно кивнул Тихон. — Это все, чем он занимается. И все, чем он интересуется в этой жизни...

— А где он берет монеты?

— Покупает. У них там свой круг таких же сумасшедших коллекционеров. Потом, есть специальные каталоги, Интернет. А еще мы с Иваном иногда возим его на специализированный рынок...

— Откуда у него деньги?

— Как откуда? Мы с Иваном даем.

— И не жалко?

— Чего жалко? Денег?!. Во-первых, для родного брата ничего не жалко. А во-вторых, у Панкрата потрясающий нюх на истинные раритеты. Его коллекция уже сейчас стоит в несколько раз больше, чем в нее вложено. Вы, наверное, слышали, что вкладывать деньги в старину сейчас даже выгодней, чем в недвижимость...

— Что-то слышала, — кивнула она. — Только никогда этим не занималась...

— Ничего, вы еще молоды, у вас все еще впереди, — улыбнулся Тихон.

— Да, возможно, я займусь этим. На пару с Панкратом... Кстати, если у него такая коллекция, то он — богатый жених. А он возьмет меня замуж?

— Замуж?! Вас?!. Вы шутите? — опешил Тихон. — Зачем вам это?

— Сама не знаю. Вы, наверное, слышали про любовь с первого взгляда?

Лариса вплотную приблизилась к Панкрату, бедром прижалась к его плечу. Она почувствовала, как по его телу пробежала дрожь. Но при этом он сам сидел с безучастным видом и тупо рассматривал дареную монетку.

— Панкрат, возьмешь меня замуж?

Ее рука мягко легла на его шею, пальцы влезли в волосы... Ба! А волосы то неживые. Как говорится, парик, батенька, парик... Больная голова не самая лучшая почва для волос, Панкрат мог банально облысеть, отсюда и парик. Но Лариса снова учуяла подвох...

— У-у-у, — замотал головой полоумный.

И резко повел плечом, сбрасывая ее руку.

— Не хочешь?.. Ну и не надо... — обиженно вздохнула она.

С виноватой улыбкой посмотрела на Тихона.

— Извини.

— За что?

— Что к братцу твоему пристаю.

— Ты же не всерьез?

— В том-то и дело, что нет. Такое ощущение, что над юродивым измывалась. В сущности, так оно и есть... А я всего лишь взбодрить его хотела. Жалко парня...

— Всем его жалко, — сокрушенно кивнул Тихон. — Но вы его так больше не взбадривайте, это бесполезно. Он не реагирует на женщин. Ни на кого не реагирует. Ему только монеты нужны, и все...

— Так не бывает.

— Бывает...

— Тогда у вашего брата в самом деле очень тяжелый случай...

— Увы, увы...

— А вы реагируете на женщин? — игриво улыбнулась Лариса.

— Еще как! — расцвел Тихон.

— А кто-то обещал сводить меня в ресторан...

— Да, конечно!

— Может, лучше в «ночное»? Пошумим, повеселимся...

— Как вам будет угодно.

— Тихон, а давай без «вы».

— Давай! — охотно согласился.

— Что, прямо сейчас давать?

— Да я не в том смысле, — смутился Тихон.

— А я в том!

Лариса должна была заморочить ему голову и разгорячить его кровь. С клиентом легче работать, когда он тепленький...

— Ты думаешь, если я в милиции работаю, то вся такая деловая? Между прочим, у меня сегодня отгул. И погоны на меня сегодня не давят. Так что можно будет оторваться по полной... Ну что, едем в «ночное»?

— Да хоть сейчас! — расплылся в улыбке Тихон.

— Нет, сейчас рано. Шестой час только... А поехали к тебе в офис!

— Зачем?

— Как зачем? Твой братец Иванушка выпить предлагал...

— Так можно в ночном клубе выпить...

— Там мы тоже оттопыримся. Но начать я хочу с твоим братцем... Кстати, он тоже должен поехать с нами в «ночник».

— Зачем?

— Чтобы веселее было. Будет здорово, если он Катюху с собой прихватит... Представляешь, эта дуреха меня за что-то невзлюбила. А мне она нравится... Ну что, барин, вели кучеру запрягать лошадей!

Тихон и сам был кучером. Коней он в повозку запряг, но погонять не спешил. Опять его «кирпич» медленно плелся по московским улицам. И Лариса уже знала, почему...

Глава девятая

Когда они приехали в офис, Иван был уже на месте. Все втроем они уединились в комнате отдыха, на которую выходили оба кабинета. Все как положено — домашний кинотеатр, мягкая кожаная мебель, бар.

— Здорово здесь у вас! — опускаясь в кресло, протянула Лариса.

— Не жалуемся, — кивнул Иван.

— Тогда наливай!

Пятьдесят капель «Реми Мартина» приятно согрели кровь. Лариса хотела надеяться, что в коньяке отсутствовали посторонние примеси.

— Нет, в самом деле у вас здесь здорово. Даже уходить никуда неохота...

— А зачем уходить? Здесь можно посидеть...

— Но мы собрались в ночной клуб, — объяснил Тихон.

— Так в чем проблема? Пойдем!

— Иван, а плесни-ка еще!.. Дорогой, а ты чего? — с удивлением посмотрела она на Тихона, который накрыл рукой свою рюмку.

— Мне хватит, — покачал он головой.

— Иван, а ты?

— Да я запросто!

— Вот это по-купечески! Вот это я понимаю!.. Иван, а ты цыган организовать можешь?

— Цыган?!

— Ну да, чтобы с песнями, с танцами. Э-эх, запевай, ромалы!

— Да можно! — кивнул Иван.

— Тогда в клуб я еду с тобой! Будем петь, плясать... Хорошо мне с вами, весело!

— Ну так все втроем и поедем! — с оглядкой на брата сказал Иван.

— Втроем нельзя. Люди такие, у них одни скабрезности на уме. Еще подумают про нас невесть что... Нет, Катюху надо брать!.. Или Тихона оставлять... Тихон, ты меня, конечно, извини, но если ты сейчас не выпьешь, значит, ты меня не уважаешь. А если ты меня не уважаешь, никуда я с тобой не поеду...

Тихон косо посмотрел на брата, с досадой — на Ларису. Налил себе коньяку и выпил.

— Ну вот, теперь я вижу, что ты настоящий купец... — подбодрила его Лариса.

— У нас в роду все купцы, — самодовольно улыбнулся Иван. — Дед наш и после революции торговал, пока не посадили. Теперь вот мы торгуем...

— А золото почему не ищете? — как бы невзначай спросила Лариса.

— Золото?! — опешил Иван. — Какое золото?

— А которое из Сибири в Москву ваши предки привезли.

— Так это же всего лишь легенда!

— Легенды на пустом месте не рождаются.

— Возможно... Но нам это золото без надобности.

— Быть такого не может!

— Ну, вообще-то, мы бы от золота не отказались. Но разве ж его найдешь! Его уже давно ищут, и все без толку...

— Наверное, ваш пращур клад этот заговорил.

— Как это заговорил?

— А заклятье наложил. И на покойника поставил...

— Про заклятье ты мне уже говорила. А как это на покойника поставить? — изображая удивление, посмотрел на нее Тихон.

— А это значит — сделать так, чтобы покойник клад охранял. Пока за него не отомстишь, клад не откроется...

Теперь уже Тихон был удивлен по-настоящему:

— Лариса, откуда ты это знаешь?

— А знаю. В Интернете вычитала...

Про кладовиков-покойников она узнала от диггера Димы. Не в меру болтливый парень рассказывал интересные, но неправдоподобные вещи. После разговора с ним Лариса покопалась в Интернете, нашла кое-какую информацию по этой теме. Жаль только, что про сам клад братьев Точилиных никаких упоминаний...

— Чепуха на кислом молоке. Сказки бабы Груши...

— История знает примеры. Например, в Казани, в центре города, озеро есть. Там татарский хан сто пятьдесят бочек золота спрятал. Так эти бочки до сих пор вытащить не могут. Одну, правда, достали, так удержать не могли. Упала та бочка в воду — и все, обратно ее не вернули. Потому что бочки по дну гуляют...

— Всего лишь легенда.

— Может, и легенда, — не стала спорить Лариса. — Но красивая...

— Красивая, — натянуто улыбнулся Тихон.

Он был чем-то взволнован, да так, что его изнутри колотило. Может, ревность к Ивану. Может, что-то другое.

— Может, и ваш пращур заговорил клад. Как раз на покойника его и поставил...

— На какого покойника?

— Не знаю... Да, кстати, хотела спросить. Та девушка, из-за которой весь этот сыр-бор начался, как долго она прожила?

— Недолго прожила, — покачал головой Тихон. — После того как братьев из-за нее убили, она через год в родах умерла...

— А когда уцелевший брат в Москву вернулся? Уже после ее смерти?

— Да... Но ты не забывай, Лариса, все это легенда, не более того. Может, Катерины вообще не было...

— Катерины?!

— Ну да, ту девушку Катериной звали.

— А я знаю другую девушку, которую так же зовут.

— Это ты про Катю? — спросил Иван.

— А еще я знаю трех братьев, которых зовут как звали тех братьев из позапрошлого века...

— Да, бывают в жизни совпадения...

— Вот и я о том же... Дас ист фантастиш, да и только... Ладно, закроем тему, а то, я смотрю, вы скисли...

— Ну, не скисли... Но, в общем-то, ты правильно заметила, нас эта тема уже давно не вдохновляет, — сказал Тихон. — Раньше интересно было. Раньше — это было тогда, когда мы были маленькими и верили в сказки. А сейчас романтики нет, осталась только прагматика...

Иван созвонился с Катей. Велел ей ехать в клуб, куда и они отправлялись.

В ночном клубе было шумно. Но людская суета вперемешку с музыкой не раздражала, а, наоборот, взбадривала. Ларису подхлестывало предчувствие того, что она стоит на пороге какого-то открытия...

Иван и Тихон поначалу вели себя скованно. Относительно молодые, но уже степенные мужи терялись в круговороте молодежной тусни. Им бы в ресторане спокойно посидеть, а Лариса с ходу затащила их прямо на танцпол. Вокруг все дергаются как заводные, веселятся, всем на все наплевать. В конце концов и братья растормозились. Чему в немалой степени способствовало обилие оголенных девичьих спин и животиков, а также туго затянутых в джинсу женских попок. Все горячее, все в движении...

Катя не заставила себя долго ждать.

— Привет!

Она премило поцеловала Ларису в щечку, потянулась к Тихону, но вспомнила, что это не какой-то дискотечный перец, с которым можно вольничать сколько угодно. Но Тихон не позволил ей отстраниться, поймал за талию, притянул к себе, сам поцеловал ее в щеку.

Ивана она поцеловала в губы. Сначала нежно обвила его руками за шею, прижалась к нему... Все было красиво. И сама Катя была выше всяких похвал. Но Иван почему-то не растаял от этого поцелуя. И как-то виновато посмотрел на Ларису. Как будто он не должен был целоваться с Катей...

Все бы ничего, но Катя перехватила этот взгляд. Подозрительно покосилась на Ларису. Но ничего не сказала.

А Тихон разошелся и вел себя так же разнузданно, как безусые юнцы из танцевальной тусни. Те беззастенчиво лапали своих девчонок, и Тихон набрался смелости — обнял за талию Ларису, привлек к себе. Она же не подражала никому. Но руку с талии не убрала. Она ж не лесбиянка, чтобы ее коробило от мужских прикосновений... Зато покоробило Ивана. Он так посмотрел на Тихона, что Лариса испугалась за них обоих — как бы они не поубивали друг друга из-за нее. Катя перехватила и этот взгляд. И реакция последовала незамедлительно.

— Пошли поговорим! — требовательно предложила она.

— А нужно? — спросила Лариса.

Чего-чего, а дамских разборок она хотела меньше всего.

— Нужно!

Лариса умоляюще посмотрела на Ивана. Может, он догадается, куда его подружка пытается ее утащить, может, вмешается, удержит Катю... Но Иван, как назло, был занят — разговаривал с кем-то по мобильнику. Тихон же ничего не понял.

— Вы куда? — спросил он.

— В дамскую комнату, — пояснила Катя. — Можно?

— Ну что за вопрос!

Катя шла с высоко поднятой головой. Едва они зашли в туалетную комнату, развернулась к Ларисе лицом, вперила в нее вызывающе хищный взгляд.

— Ты чего себе позволяешь? — гневно зашипела она.

— Кать, ты же взрослая девочка, — усмехнулась Лариса. — А ведешь себя, как сопля из десятого «В»...

— Ах да, мы же из милиции! Нравоучения сейчас будем читать!.. Да мне плевать, откуда ты! Если не прекратишь пялиться на Ивана, я за себя не ручаюсь. Так накостыляю!.. Да, да, у меня между прочим, синий пояс по тэквондо...

— Завидую...

— Ха, завидует она! — хмыкнула Катя так весело, что аж горючие слезы навернулись на глаза. — Это тебе все завидуют... И ненавидят!.. Признайся, сколько мужиков у таких, как я, увела?

— У тебя уводить я никого не собираюсь. А то, что твой Иван пялится на меня, так это ты с ним разбирайся... И мой тебе совет: не волнуйся. Ничего такого нет, тебе все мерещится. Я же считаюсь девушкой Тихона, вот Иван ко мне и присматривается, хорошая я или не очень...

— Красивая ты, Лариска. И язык у тебя подвешен, — с нескрываемой завистью смотрела на нее Катя. — Я как тебя в первый раз увидела, поняла, что мне такой не быть... Не люблю я тебя... А то, что Иван к тебе присматривается, так это не для брата. Для себя... Ты ему еще тогда понравилась, когда мы тебя у меня на квартире спалили. После того он больше про тебя думал, чем про меня...

— Да не расстраивайся ты, Кать. Ты посмотри на меня. Да, я стройная, красивая. Но мне уже двадцать четыре, а замуж никто не берет. Боятся меня мужчины. Тянутся, тянутся, а потом руки отдергивают — обжечься боятся. Знаешь, сколько раз так было — заигрывают со мной, а женятся на моих подругах...

— Врешь ты все! — недоверчиво посмотрела на нее Катя.

— Да нет, честное слово...

— Слушай, может, не надо со мной, как с той сиротой казанской. Баюкаешь меня, жалеешь, сказки рассказываешь, а сама только и думаешь, как Ивана урвать...

— Катя, ты не права, — с упреком покачала головой Лариса.

— Короче, я тебя предупредила! Хоть раз глянешь на Ивана, пеняй на себя!

Из дамской комнаты они выходили порознь. Впереди Катя, позади Лариса. А прямо по курсу двигался противник. Первым на неприятность нарвался флагман.

Компашка из четырех парней и двух размалеванных девиц. Впереди шел конопатый верзила со смешной походкой — казалось, он сейчас выпрыгнет из штанов. Но выражение лица у него совсем не смешное. Стеклянные глаза, рот гипотенузой. Катя хотела пройти мимо, но тот перегородил ей путь рукой.

— Стоять! — нахраписто протянул он.

— Грабли убери! — потребовала Катя.

— Ты чо, сука, у кого ты грабли увидела? — зашипела на нее девица.

Лариса с ходу поняла, что вся компашка хорошо обдолблена. Неважно, чем они догонялись — травкой, героином, кокаином. Важно, что эти люди воспринимали действительность неадекватно и реагировали на нее агрессивно.

Самым действенным средством отрезвления была охрана. Но, как назло, вышибал поблизости не наблюдалось. Девушка из обслуги оценила ситуацию и побежала, судя по всему, за охранниками.

Бегала она, может быть, и быстро, но события развивались еще быстрей.

— Ты чо, коза, уху ела? — взвизгнул патлатый недомерок.

И ударил Катю ладонью по щеке. Но та не осталась в долгу. И ударила его в ответ.

Самое страшное для медведя — это лесные пчелы. Небольшие тучки надвигаются на мишку со всех сторон. Грозно, шумно, неотвратимо... Примерно та же картина наблюдалась сейчас. Наркоши окружили Катю со всех сторон. Воздух вибрировал от излучаемой ими агрессии. Сейчас они будут жалить — не просто больно, а убойно.

— А ну пошли на ... — крикнула Лариса.

Чтобы спасти Катю, был только один выход — перевести огонь на себя. Для этого хватило одного грубого выражения. А, скорее всего, эти недоделки другого языка и не понимали.

— Ты кого послала? — резко развернулся к Ларисе конопатый верзила.

— Ни фига себе заявочки! — рассвирепела его подружка.

— Гаси ее, суку! — заорал патлатый недомерок.

Катю он бил раскрытой ладонью, в Ларису же бросил крепко сжатый кулак. Он метил ей прямо в нос...

Этот тип явно не принадлежал к числу джентльменов. И уж точно не был тонким ценителем женской красоты. Или его воспитывали вдалеке от цивилизации, или это наркотик выпрямил его мозговые извилины.

В тот момент когда вражеский кулак вышел на финишную прямую, Лариса успела заметить, что удар готовится нанести и верзила. И остальные наркоши всерьез жаждут ее крови. Они будут бить жестоко, беспощадно... Значит, и она имеет право их не жалеть...

Кулак прошуршал над ее ухом. Лариса перехватила руку и резким наработанным движением взяла ее на излом. Послышался хруст ломаемой кости и дикий вопль. Вдобавок ко всему она подставила недомерка под удар верзилы, и тяжелый кулак чуть не снес ему голову.

Верзилу Лариса обработала ногами. Жаль, поблизости не было голливудского кинооператора с камерой, а то бы у него имелась великолепная возможность снять красивые кадры. Одной ногой Лариса нанесла

три молниеносных удара — колено, пах, шея. Верзила
даже не понял, что произошло. На пол он падал, как
мешок с дерьмом.

А бой продолжался. Уход от удара, прыжок с разво-
ротом — пятка стыкуется с вражьим затылком. Еще
один глубокий нокаут. Блок, удар — костяшки до боли
сжатого кулака вгрызаются в переносицу четвертого
наркомана. Из глаз фонтанируют искры. Его подруги
догадываются, какой приход он получил. Видимо, им и
самим захотелось догнаться. Поэтому и ринулись на
Ларису... Одной кулаком в лоб, второй. Пусть кайфуют...

Но на этом не закончилось. Подбежавший вышибала не понял, что произошло, и попытался ухватить
Ларису за ворот. Бить она его не стала. Просто приста-
вила вытянутую ногу к его шее.

— Спокойно, милиция!

— А-а, так бы сразу и сказала! — вытаращился на
нее охранник.

Лариса убрала ногу. Надменным взглядом обвела
поверженных злодеев.

— Наркоманы у вас в клубе, — сказала она. — Не-
порядок.

— Недоглядели! — чуть ли не в струнку вытянулся
перед ней вышибала.

— Может, сами наркотиками торгуем?

— Да ни в жизнь!

— Ладно, живите. Сложите этот хлам в кучу и вы-
зовите наряд милиции. А мы с подругой пойдем отдыхать...

Лариса взяла под ручку ошалевшую от изумления
Катю и повела ее в зал.

— Как это у тебя получилось? — потрясенно спросила она.

— Сама не знаю...

— Да ладно тебе... Ты же профи... А Иван тогда думал, что ты его случайно ударила...

Они вернулись в зал. Но застали за столиком только Тихона. Он был чем-то взволнован.

— Что вы так долго? — едва скрывая свое раздражение, спросил он.

— А что-то случилось? — догадалась Лариса.

— Случилось... Панкрат звонил...

— Панкрат?!. А он что, еще и звонить может?

— Может, а что здесь такого?

— Да нет, ничего. Просто мне показалось, что ваш Панкрат совершенно ни на что не способен.

— Выходит, что кое-что он может. В общем, он сейчас звонил. Сказал, что ему плохо, жить не хочется... В прошлый раз после такого звонка он вены себе вскрыл. А до этого из окна пытался выброситься...

— Ужас какой... Твоему брату угрожает опасность, а ты здесь, почему?

— Я бы поехал, да вас надо было дождаться... Да ладно, Иван сам во всем разберется.

— Будем на это надеяться...

Катя была даже рада тому, что Ивана нет. Теперь у него не было возможности пялиться на Ларису. Но без кавалера ей было скучно. И, чтобы развеять тоску, она топталась на танцполе. Да и Лариса не засиживалась за столиком. Зато Тихон сиднем сидел на месте. И когда Лариса уходила, хватался за сотовый. Видимо, разговор не предназначался для ее ушей...

В конце концов Катя выдохлась, но вместо того, чтобы охладиться за столиком, потянула Ларису в дамскую комнату. На танцполе много не поговоришь: убойные музыкальные ритмы заглушали все звуки. Зато вне зала тишина и спокойствие. И наркоманов уже не видать...

— Кать, ты веришь, что Панкрат может наложить на себя руки? — спросила Лариса.

— Какой Панкрат? Я вообще не понимаю, о каком Панкрате идет речь...

— У Ивана с Тихоном есть третий брат.

— Да? Только сейчас об этом узнаю. Не понимаю, почему ты про него знаешь, а я нет?

— Потому что меня к нему сегодня возили.

— Зачем?

— Да вот я думаю... Ты случайно не говорила Ивану о своем заявлении?

— Я что, дура? — побледнела Катя.

— И про экспертизу тоже ничего не говорила?

— Я пока что в своем уме...

У Ларисы складывалось впечатление, что Тихон нарочно показал ей Панкрата, дабы она побыстрей сняла подозрения с их семьи. Как будто он знал, что у Ивана уже взяты пробы для экспертизы, которая признала его невиновность. А значит, Тихон и Панкрат тоже не причастны к изнасилованиям и тем более убийствам... Хотя, возможно, он и не знал про экспертизу. Может, он думал, что Лариса только собирается ее провести. И пробы она снимет с него сама... Ха! Размечтался!..

— А правда, почему мне Иван про Панкрата не рассказал? — спросила Катя.

— Стесняется. Дело в том, что у Панкрата с головой не все в порядке. Говорят, в детстве из коляски без парашюта прыгал...

— Он что, ненормальный?

— Что-то вроде того. Одно увлечение — древние монеты коллекционировать...

— Да? Иван тоже монеты коллекционирует. Наверное, это у них в крови...

— И большая у него коллекция?

— Да, он позавчера мне альбомы свои показывал.
А сегодня я сама их хотела посмотреть. А они исчезли... Я так поняла, что Иван их с собой забрал...

— Откуда забрал?

— Из дому, откуда ж еще... А разве я тебе не сказала, что мы уже у него дома живем... Я так думаю, что он
свои монеты на работу унес. Жить без них не может...
Знаешь, у него одна монета есть, вернее, медальон, его
еще при Константине Первом печатали. Ну, это который Константинополь основал. Так вот...

Катя не договорила: зазвонил телефон. Она прило-
жила трубку к уху.

— Да... Все нормально?.. Хорошо... Ладно... Целую... — Рот до ушей, в глазах блаженный восторг. Она
зачехлила мобильник, радостно сообщила: — Иван
звонил! Сказал, что все нормально!

— Где он сейчас?

— Дома... У меня дома, в смысле, у моих родителей.
Это ж теперь как бы его квартира, он же ее снял...
Он сказал, чтобы я к нему туда ехала, в Товарищеский
переулок. Он очень меня ждет!

— Понимаю... Ну тогда до встречи!

Катя порывисто подалась вперед, как будто хотела
поцеловать Ларису на прощание. Но передумала. Всего
лишь помахала ей ручкой.

Лариса вернулась к Тихону. Он был хмурый-хму-
рый.

— Катя уже уехала? — угрюмо спросил он.

— А ты откуда знаешь, что она должна была уехать?

— Так Иван звонил. Сказал, что с Панкратом все в
порядке...

— А что с ним было?

— Депрессия.

— И чем Иван его утешил?

— Монету ему подарил. Царский империал тысяча восемьсот девяносто седьмого года...

— Ты ж дарил ему сегодня монету, — напомнила Лариса.

— Дарил. Но, видно, ему показалось мало...

— А Иван тоже коллекционирует монеты?

— Иван?! Коллекционирует монеты?! С чего ты взяла? — фальшиво удивился Тихон.

— Да он мне сам говорил, — соврала Лариса.

Ей не хотелось выдавать Катю.

— Когда?

— А когда в любви признавался.

— В любви?!

— Да. Он признавался мне в любви... к Кате. Он любит Катю... А может, притворяется, как ты думаешь?

— Зачем ему притворяться? — Тихон с подозрением смотрел на Ларису.

Неужели он считает ее полной дурой, если всерьез рассчитывал обвести ее вокруг пальца?

— Ну, мало ли что... Ведь Катина квартира снималась неспроста, верно?

— Катина квартира? А-а, это!.. Да, нам нужна была квартира для иностранцев...

— Возможно, это всего лишь предлог. Как объяснить, что квартиру Иван снял сразу после того, как была убита Ирина Лисицына?

В зале было шумно, и Ларисе приходилось докрикиваться до Тихона:

— Шумно здесь, может, пошли к тебе в машину?

Тихон не возражал. Но к своему джипу шел как в воду опущенный. Похоже, его пугал предстоящий разговор.

Глава десятая

В машине Тихон заговорил первым.

— Ты говорила про какую-то Ирину Лисицыну, — напомнил он. — Кто она такая?

— А ты не знаешь? — Лариса смотрела на него в упор проницательным взглядом.

— Нет, не знаю.

Голос его дрогнул.

— Ладно, я подскажу. Ирина Лисицына была последней жертвой маньяка, за которым я охочусь...

Лариса собиралась открыть свои карты. В надежде, что Тихону будет нечем крыть ее козырь.

— Мы-то с Иваном здесь при чем?

Он нервно отвел в сторону глаза. Не по себе мужику. И горячо оттого, что шапка горит...

— А давай без ля-ля? — хищно сверкнула она взглядом. — Думаешь, я не знаю, зачем ты искал со мной встречи? Знаю. Меня тебе Иван навязал...

— Да, он говорил про тебя. Сказал, что ты очень красивая...

— Это далеко не самое главное. Давай начистоту. Иван прекрасно понял, что его подозревают в убийстве Ирины Лисицыной. А вместе с ним и тебя. Вы поняли, что вас обложили флажками, и заметались. За меня вот зацепились. Чтобы запутать меня... Только просчитались вы, братья-кролики, меня с толку не собьешь...

— Лариса, ты меня извини, но я не понимаю, что ты говоришь... Какой маньяк?..

— Маньяк-убийца, на счету которого пять трупов. Маньяк, у которого с тобой и с твоим братом есть кое-что общее. Например, родство с купцом Бауловым...

— Может, объяснишь? — разволновался Тихон.

— Охотно. Маньяка предположительно зовут Николай. Он — потомок купца Баулова...

— Ерунда какая-то.

— Нет, дорогой мой, это не ерунда. Это факт!

— Какой еще, к черту, факт!

— Факт, на котором строится предположение... На квартиру Кати Брусникиной твой брат вышел по объявлению. Он очень надеялся, что там живет симпатичная девушка, с которой можно завязать знакомство. Так оно и оказалось. Мало того, девушку звали еще и Катей... Катя, Катерина. Красавица из Чертова переулка. Если ее убить, то братья Точилины будут отомщены. И тогда откроется клад...

— Лариса, ты что-то не то говоришь, — сошел с лица Тихон. — Какой еще клад?

— Клад братьев Точилиных. Тот, который вы так упорно ищете... Скажи, ты веришь, что клад когда-нибудь откроется?

— Я уже ни во что не верю.

— Знаешь, мне тоже кажется, что ты в самом деле в это не веришь. Вы с Иваном люди прагматичные, а вот ваш братец Панкрат... Хотела бы я взглянуть на вашего шибанутого брата...

— Ты ж его сегодня видела.

— Нет, сегодня я видела Ивана... Тихон, ты же умный человек, ты же должен был знать, что в милиции работают неглупые люди. И копают там глубоко...

Лариса пока не имела конкретных данных о том, из какого теста вылеплены братья Садковы. Но она знала кое-что другое. На то и била...

— Мы выяснили, что вас было трое братьев — Иван, Тихон и Панкрат. Вы все родились в один час. Но вы с Иваном — близнецы, а вот Панкрат на вас не похож, он вылупился из другой яйцеклетки...

Тихона затрясло. Такое бывает с людьми, когда они узнают, что их тайное стало вдруг явным.

— Вы с Иваном знали, что попали под подозрение, — продолжала жать на него Лариса. — И понимали, что рано или поздно вас могут подвергнуть генетической экспертизе, чтобы сверить вас с человеком, на счету которого уже пять убийств плюс одно неудачное покушение. Возможно, вы с Иваном не причастны к убийствам, и экспертиза может это подтвердить. Но ведь под прицел попадает и ваш третий брат. А вы знаете, что именно он убивал женщин из Товарищеского переулка...

— Это неправда, — пролепетал Тихон.

— В том-то и дело, что правда. Очень страшная правда... Ты возил меня к Панкрату, вместо которого был Иван. Между прочим, он очень хорошо играл свою роль. Но недостаточно убедительно. И эти монеты, которые Иван же и коллекционирует, могли бы что-нибудь поумней придумать. Например, Панкрат мог коллекционировать фотографии убитых им женщин...

— Он никого не убивал, — пробормотал Тихон.

— Хорошо, пусть экспертиза это докажет. Где сейчас настоящий Панкрат?

— В своей квартире, где мы уже сегодня были.

— Нет его там, мои люди уже проверили... — соврала Лариса. — Неубедительно играешь, Тихон. Очень неубедительно. Мне даже обидно, что вы пытаетесь обвести меня вокруг пальца, как ту идиотку... Кончились игры, господин Садков. Начинаются статьи уголовного кодекса. Мы найдем вашего брата, а вы с Иваном будете арестованы вместе с ним как соучастники...

Тихон понял, что его загнали в угол. Отчаяние толкает человека на безрассудные поступки, и он мог напасть на Ларису. Поэтому она была начеку. И внимательно отслеживала его движения. Пусть только дернется...

Но Тихон в отчаянии положил голову на руль, обхватывая ее руками.

— Так было и тогда... — надрывно выдавил он.

— Что было и когда?

— Тогда, в начале уже позапрошлого века. Бабушка говорила, что это Панкрат навлек на Ивана беду. Он тогда украл эти слитки, из-за которых они все попали на каторгу...

— А сейчас буйствует нынешний Панкрат, так?

— Да, именно так.

— А тот Панкрат, он тоже внешне не был похож на своих братьев?

— Этого я не знаю.

— А нынешний?

— Да, он отличается от нас с Иваном. Даже по группе крови...

— Соображаете, Тихон Сергеевич. Только не сообразили, что эту вашу тайну не так уж и трудно раскрыть. Достаточно навести справки о братьях Садковых, опросить ваших родителей, учителей в школе...

— Да, понимаю, по-дурацки все вышло. Не надо было этот дурацкий спектакль устраивать...

— Но ведь был же спектакль? Был... Где сейчас находится Панкрат Садков?

— Не скажу.

— На вашем месте я бы не упрямилась! — нахмурила брови Лариса.

— Я все понимаю, — твердо сказал Тихон.

И с непоколебимым достоинством во взгляде посмотрел на Ларису. Он совсем не был похож на того растерянного и расхлябанного человека, каким был несколько секунд назад. Он собрался, сосредоточился.

— Я знаю, что мой брат — преступник. Знаю, что

он достоин самого сурового наказания. Знаю, что я им страшно недоволен. Но я его не предам!

— Вы уже его предали. Вы признали его вину...

— Рано или поздно вы бы все равно узнали правду... Просто это случилось рано...

— А вы хотели, чтобы это случилось поздно?

— Да, хотели, поэтому и устроили этот спектакль... Лариса, вы должны знать, что ради брата мы готовы на все. Если надо, мы сядем в тюрьму вместе с ним.

— Сядете, — кивнула Лариса. — Пока он не будет задержан, пока он не возьмет на себя всю вину без остатка, вы будете находиться под стражей...

— Вы арестуете меня сейчас? — без надрыва спросил Тихон.

— И вас, и вашего брата. Кстати, а где Иван? Куда он уехал?

— Я же говорил вам, что ему позвонил Панкрат.

— Тот, который собирался вскрыть себе вены? — усмехнулась она.

— Нет, тот, который режет вены нам, — усмехнулся и Тихон.

— Зачем он звонил?

— Он сказал, что нашел клад.

— Даже так!

— А когда к нему подъехал Иван, он сказал, что мы его не так поняли. Клад он еще не нашел, но обязательно найдет его в самое ближайшее время... Впрочем, он всегда так говорит. Скоро пятнадцать лет будет, как он это говорит, только клада все нет. К тому же, как мне кажется, он был пьян, когда звонил...

— Он много пьет?

— Случается. Но он не алкоголик.

— У него другая зависимость, так? Вы занимаетесь бизнесом, а он ищет клад. А если найдет, как вы его поделите?

— Разумеется, по-братски. Но большая часть достанется Панкрату. Он же считай всю жизнь потратил на это дело...

— Вы говорите, что Иван к нему подъехал, а куда, по какому адресу, не подскажете?

— Я же вам сказал, что Панкрата я не предам. Да, он убийца, да, для меня он как кость в горле, но он мой брат. Этим сказано все.

— Значит, Иван сейчас у брата. Куда же тогда отправилась Катя?

Лариса спросила и почувствовала, как начали холодеть кончики пальцев. И почему она не задала этот вопрос раньше?

— Ну, я так думаю, что Иван сделал Панкрату пальчиком, — Тихон красноречиво покрутил пальцем у виска. — А потом поехал к себе домой. И Катю к себе позвал...

— Да, Катя говорила, что она живет с Иваном. Значит, она должна была отправиться к нему домой, на Гончарную. Но она же сказала, что едет к себе домой, в Товарищеский переулок. Там ее ждет Иван...

— Ну не знаю, — пожал плечами Тихон.

— Я заметила, что у вас с Иваном похожие голоса. А у Панкрата какой голос?

— Голоса у нас у всех похожи...

Несколько секунд Тихон сидел как заледеневший.

— А это не Панкрат мне звонил... — наконец выдавил он. — Он же знает про Катю... Он в самом деле мстит той Катерине...

— Ремень с брюк сними и дай сюда! — потребовала Лариса.

— Зачем?

— Без ремня штаны падают. Если вдруг решишь убежать, далеко не уйдешь...

— Да я и не собираюсь бежать... Но если надо...

Тихон снял поясной ремень, протянул его Ларисе. Она же налетела на него, как ураган. Он и опомниться не успел, как был втиснут в проход между двумя передними сиденьями со связанными за спиной руками. В это трудно было поверить, но это было так — хрупкая на вид девчонка играючи, как дитя, спеленала крепкого мужика. Но ведь Лариса девчонка необыкновенная. Хотя и у нее не все получается... Как же она могла прозевать момент и отпустить Катю к Ивану, которым запросто мог оказаться Панкрат? Но, может быть, еще не поздно все исправить?

— Вы имеете право хранить молчание, — усаживаясь за руль, сказала она Тихону. И тут же добавила: — Но лучше не молчать.

Бешеный «кирпич» сорвался с места, как будто его вышвырнули из катапульты. Ночь, на дорогах свободно. Маршрут движения известен. Так что минут через десять она будет возле Катиного дома. А как туда забраться, она знает.

— Катину квартиру кто решил снять? — спросила она. — Ты, Иван или Панкрат?

— Договаривался Панкрат.

— А почему в ней оказался Иван?

— Да потому что Панкрат — дурак. Он только строит из себя великого умника, а на самом деле он — неудачник... Мы поняли, что его в этой квартире накроют, поэтому Иван пошел вместо него. А Панкрата мы заперли в подвале, чтобы он больше не буйствовал...

— В каком подвале?

— Да есть одно место. Зря спрашиваешь, его там сейчас нет. Он сломал все замки и снова удрал в свой подземный город...

— Подземный город?

— Да, в подземельях Таганского холма скрывается целый город.

— Город староверов?

— И это тоже...

— После того как он убил Ирину Лисицыну, вы пытались его остановить, так я поняла?

— Да.

— Почему не остановили раньше?

— Мы не знали, чем он занимается. Мы думали, что он в своих подземельях пропадает, а он, оказывается, женщин убивал...

— А как про Ирину Лисицыну узнали?

— Панкрат и рассказал.

— Вот просто так взял и рассказал, такой-де я плохой, женщин убиваю?

— Скорее проболтался, чем рассказал. Сказал, что в самое ближайшее время ему откроется клад. Иван спросил, откуда такая уверенность, а он сказал, что отомстил за смерть наших предков. Сказал, что на этот раз он нашел именно ту девку. Сказал, что и дом тот стоит на том месте, где когда-то Катерина Лопахина с отцом жила. Все, дескать, совпадает. А глаза безумные... Мы с Иваном за грудки его взяли да всю правду вытряхнули. Оказывается, это было не первое его убийство...

— Значит, по мнению вашего сумасшедшего братца, Ирина Лисицына воплощала собой Катерину Лопахину? Зачем же он тогда к Кате Брусникиной подъехал? Что, не открылся клад?

— Нет, не открылся. А Панкрат совсем умом тронулся. Он снова нашел объявление, где квартира в нашем переулке снималась. Уже и позвонить успел, но Иван его вовремя засек... Панкрата мы под замок посадили, а Иван по объявлению отправился...

— Зачем? Он мог бы вообще не ходить.

— Ну мы же понимали, что в милиции не идиоты работают. Одну девушку через объявление убили, а тут еще один примерно такой же случай. Стали бы выяснять, кто Брусникиным звонил, вышли бы на Панкрата. Или бы на всех нас троих разом вышли. Гибли женщины из Товарищеского переулка, а тут наша семейная легенда, родство с купцом Бауловым опять же. Так оно, по сути, и вышло. Панкрат махал языком, как метлой... В общем, мы решили, пусть милиция выходит на кого-нибудь из нас, на меня или на Ивана. И вместо Панкрата решили подставить кого-то из нас...

— В надежде, что экспертиза вычеркнет вас из списка подозреваемых?

— Именно. Мы же понимали, что Панкрат наследил...

— Твой братец — мразь и подонок. Он убил пять — пять! — женщин...

— Я знаю... Он сумасшедший. Он помешался на этом дурацком кладе...

— Ладно, он мстит женщинам из Чертова переулка. Ладно, он их убивает... Но зачем насиловать? Он говорил, зачем?

— Говорил. Он сказал, что Катерина Лопахина должна была принадлежать Панкрату Точилину. Но он даже не смог попробовать ее на вкус...

— Значит, ваш Панкрат сначала своих жертв на вкус пробует, а потом им мстит?.. Ваша семейная легенда — это всего лишь повод. Ваш брат — типичный оголтелый маньяк! Таких на месте расстреливать надо...

Лариса вытащила из сумочки небольшой плоский пистолет, загнала патрон в патронник... Она совсем не кровожадная, но при этом всерьез считала, что с маньяками-убийцами нужно бороться по законам военного времени. Расстрел на месте, и никакого судебного процесса. Они же все сумасшедшие, и каждого второго из них суд отправляет на принудительное лечение. Хорошо, если в психушке их накачают аминозином и превратят в безобидные растения. А если нет, если спустя какое-то время они выйдут на свободу с тем же гнусным желанием насиловать и убивать? Да так оно зачастую и случается...

Лариса на полной скорости въехала во двор дома. Выскочила из машины, кошкой запрыгнула на пожарную лестницу, поднялась на третий этаж, как эквилибрист по канату, по узкому бордюру добралась до окна.

В прошлый раз окно было распахнуто настежь, а сейчас — закрыто. Но Лариса еще заранее приготовила специальную пилочку из обычного на вид маникюрного набора, которая в таких случаях превращалась в стеклорез. Только вот не было у нее присосок, с помощью которых можно было бы бесшумно вытащить наружу вырезанное стекло. Поэтому она попросту протолкнула выставленное стекло внутрь. И под звон битого стекла влетела в комнату, а оттуда через коридор в гостиную...

В тот раз она застала Катю в обществе Ивана. Стол, цветы и полное взаимопонимание. Но сейчас атмосфера праздника отсутствовала напрочь. Катя лежала на полу лицом вниз, а на ней восседал мужик — копия с фоторобота. В руках он держал длинный нож, который он собирался всадить ей в спину.

Но маньяк увидел Ларису, и планы его резко изменились. Он обладал отменной реакцией и сноровкой — Лариса смутно уловила момент, когда он без всякого размаха метнул в нее свой нож. Бросок был на редкость точным, и если бы она не увернулась, клинок бы разворотил ей грудную клетку.

Лариса побоялась задеть Катю, поэтому стрелять не стала. И Панкрат этим воспользовался.

Он вскочил со своей жертвы и с воплем кинулся на Ларису:

— Убью гадину!

Она выстрелила, но маньяк каким-то непостижимым образом успел вильнуть в сторону. И все равно пуля зацепила плечо. Только Панкрата это не остановило. И он сумел сгрести Ларису в охапку и вынести в коридор. Но его триумф был временным.

Лариса ударила Панкрата ладонями по ушам. Это был один из ее коронных ударов. Маньяк взревел. Но сознания не потерял.

Он отпустил Ларису и резко подался в сторону. Она попыталась удержать его за руку, но тот обладал недюжинной силой и смог избавиться от захвата. Но в тот же миг она двинула ему ногой в спину между лопаток. Панкрат получил ускорение, как шар после удара кием. Но если бы он ударился о бортик, а то влетел бы точно в лузу — то есть в дверной проем детской. Пронесся через всю комнату, затормозил у выставленного окна.

И снова он показал невиданную прыть. Несмотря на свои внушительные габариты, он, как ртутная масса, вытек из окна. Ларисе не хватило каких-то двух-трех долей секунды, чтобы схватить его за ногу.

Зато она видела, как он падал. Падение было неудачным. В полете Панкрат пытался сгруппироваться, и кое-что из этого вышло. Он упал на ноги, припадая на руки. Но удар о землю был очень силен. Маньяк сломал обе ноги и с воем покатился по земле. От его воплей должна была проснуться вся Таганка. Теперь его можно было брать голыми руками.

Лариса могла бы спуститься вниз по пожарной лестнице. Но надо было бы глянуть, что там с Катей.

Катя уже сидела на полу и очумело смотрела куда-то перед собой. Ларису она видела, но как бы не замечала. Ничего, рано или поздно она оправится от шока. Но в любом случае жить будет.

— Я сейчас, — на ходу бросила Лариса.

Она еще с прошлого раза знала, в каком порядке и как отпираются замки. Чтобы открыть дверь, ей понадобилось три-четыре секунды. По лестнице вниз она неслась как ураган.

А внизу ее ждал удар ниже пояса. Хоть и в переносном смысле, но все равно у Ларисы возникло ощущение, что у нее из-под ног выдернули почву...

Пока она спускалась вниз, Панкрат сумел добраться до «Гелендвагена», залезть внутрь и угнать машину. Тихон помочь ему не мог. Значит... Да, маньяк перехитрил Ларису. Он только сделал вид, что у него сломаны ноги.

Преступник помигал ей габаритными огнями и скрылся в ночи. Лариса выбежала на улицу вслед за машиной. Но что дальше? Мотоцикла у нее нет. И одолжить машину не у кого. Оставалось только связаться с начальством и доложить ситуацию.

Глава одиннадцатая

Операция «Перехват» результатов не дала. Преступник скрылся сам и увез с собой одного брата. Другого — Ивана — тоже нигде не было. Его искали всю ночь, но тщетно...

А утром Лариса вместе со своими помощниками наведалась в офис фирмы «Садко». И каково же было ее удивление, когда она обнаружила там Ивана и Тихона.

— Мы от правосудия не скрываемся, — тускло сказал Тихон.

Одной рукой он показал на кресло. Присаживайтесь, мол. Руку он оставил вытянутой и еще приложил к ней вторую. Можно надевать наручники...

— Не к спеху, — покачала головой Лариса. — Позволите присесть?

— Да, конечно, я же показал...

— Вы показали мне на место просителя, — холодно заметила она.

И по-хозяйски уверенным движением вывела Тихона из-за директорского стола и заняла его кресло. Сергей взял его под локоток и подвел к дивану. Артем же ввел в кабинет Ивана. Братьев посадили вместе. Пока что не на тюремную скамью...

— Ну и где Панкрат? — спросила Лариса.

Она обращалась к обоим.

— Не знаем, — пожал плечами первый.

— Так, тогда начнем с самого начала. — Лариса выжидающе посмотрела на Тихона. — Как Панкрат смог завести машину?

— Был запасной ключ, — подтвердил он ее догадку.

— Как Панкрат о нем узнал? Вы подсказали?

— Да.

— Зачем?

— Я же говорил, что Панкрат — мой брат. И как бы я к нему ни относился, я все равно буду ему помогать.

— А как вы к нему относитесь?

— Как к шилу в заднице, — усмехнулся Иван. — Но Тихон прав, выдавать брата мы не станем.

— Вам нужны неприятности?

— Пришла беда — отворяй ворота... Можете нас арестовать, если есть основания, мы не против.

— Основания есть, — кивнула Лариса. — Вы, Иван Сергеевич, вчера позвонили гражданке Брусникиной и позвали ее к себе. А там ее ждал преступник. Да будет вам известно, Катя была жестоко изнасилована. И едва не погибла...

— Я никуда не звонил. Панкрат сам ее вызвал, у нас похожие голоса...

— Получается, он вас подставил. И вы после этого его укрываете... Между прочим, в Уголовном кодексе есть соответствующая статья.

— Только не надо нас пугать, — уныло сказал Иван. — Мы знаем, что наш брат — отъявленный негодяй. Прекрасно понимаем, что он заслуживает самого сурового наказания. Но... Нет, мы его не сдадим. И не просите...

— Это упрямство с вашей стороны. Опасное для вас упрямство... А может, вы боитесь, что ваш братец выдаст вас? Может, вы вместе с ним искали и убивали девушек из Товарищеского переулка?

— Нет, мы даже идеи ему не подавали, — покачал головой Тихон. — Он все сам делал, без нас. Но вы вправе подозревать нас во всех смертных грехах.

Он смотрел на Ларису без всякой злости, без вызова. Он был совершено спокоен. Но за этим спокойствием прятался страх. Конечно же, он не хотел садиться в тюрьму. И все равно упорствовал.

— Вчера вы говорили, что золото вас не интересует. Вы с Иваном занимаетесь бизнесом, а клад ищет Панкрат. Но когда Панкрат позвонил вам, сказал про золото, вы сразу помчались к нему...

— К нему поехал только я, — уточнил Иван. — Золота никакого не было. Был только Панкрат. Он сказал, что золота нет. Но сказал, что уже видел дух Катерины. Значит, клад уже совсем близко. Надо, говорит, принести еще одну жертву, и тогда клад откроется...

— Бред.

— Так разве ж я ему не то же самое сказал?.. Я пытался его отговорить, а он... Не знаю, какую гадость он мне в сок подмешал. Я даже не помню, как заснул...

— А может, вы поехали с ним? И ждали его во дворе, когда он насиловал Катю. А когда он выпал из окна, вы помогли ему забраться в машину Тихона и сами сели за руль, так было?

— Нет, я спал. Если захотеть, в моей крови можно обнаружить снотворное...

— Нет, Иван Панкрату не помогал. Он сам забрался в машину, — сказал Тихон. — Он еще хвастался, что вас обдурил...

— А то, что Катю изнасиловал, не хвастался? Или жалел, что не убил?

— Представьте себе, что не жалел, — мрачно усмехнулся Тихон. — Катя ему теперь без надобности...

— Конечно, без надобности. Сейчас он будет думать только о том, чтобы задницу свою спасти...

— Он всегда об этом думает, — покачал головой Иван. — Но это нисколько не мешает ему убивать...

— Кого он собирается убить на этот раз?

— Вас.

— Не поняла.

— Вас, Лариса, он собирается убить, — повторил Тихон.

— Что за дурацкие шутки?

— Это не шутки. По крайней мере, Панкрат шутить не намерен...

— Теперь он собирается мстить мне?

— Вам. Но не за то, что вы сорвали его планы. Он будет мстить вам за братьев Точилиных...

— Час от часу не легче... Я-то в чем перед ним провинилась?

— Панкрат знал про вас, но не видел вас в лицо. А вчера увидел. Он утверждает, что вы очень похожи на тот дух, который прячет клад...

— Вот оно как!

Ларисе угрожали смертью, а ей почему-то было весело.

— Ваш брат точно сумасшедший...

— Мы знаем, — кивнул Иван. — Но ничего с ним поделать не можем... А то, что вы похожи на ту женщину, чей дух Панкрат видел под землей, это правда. Вернее, это его собственная правда. А то, во что он верит, для него свято... Если он захотел вас убить, то обязательно постарается это сделать...

— Отлично. Значит, нужно срочно принять меры безопасности, — решила Лариса. И многозначительно посмотрела на своих помощников. — Я не уверена, что этот твердолобый ублюдок отрекся от Кати Брусникиной, поэтому ее срочно нужно взять под охрану. А что касается меня... О себе я сама позабочусь.

Это даже хорошо, что Панкрат открыл охоту на ее собственную персону. Раз так, она охотно станет живцом. Тем более что ей не привыкать к тому, чтобы из жертвы вмиг превращаться в охотника.

— Мне кажется, что вы не верите нам, — предостерегающе посмотрел на нее Тихон. — А напрасно...

— Я вам верю. Меня однажды уже приняли за копшу, которая охраняет клад братьев Точилиных...

— Кто?

— Это не важно. Важно, что под землей в самом деле бродит дух женщины в красном... Да, братцы-кролики, заморочили вы мою светлую головушку, я уже во всю эту чертовщину начинаю верить...

— Это в самом деле чертовщина, — подтвердил Тихон. — Я знаю, в нее невозможно поверить. И нормальные люди не верят. Но только до тех пор, пока не спустятся под землю...

— Вы спускались?

— Разумеется... Нам было по пятнадцать лет, когда

бабушка рассказала про трех братьев и про их клад. Мы излазили все таганские подземелья...

— Но клад так и не нашли, — добавил Иван. — И со временем отказались от этой затеи. Ушли в бизнес. А вот Панкрат не унимался. Он был одержим кладом. Чем это закончилось, вы знаете...

— Пять убийств. И две кандидатки в покойницы, включая меня...

— Лариса, вы напрасно иронизируете. Панкрат знает, что с вами так просто не справиться. Но если он чего-то очень захочет, его не остановить. Он будет искать способ, как застать вас врасплох. Он ударит в тот момент, когда вы этого не ждете. И так ударит... Я буду очень рад, если вы справитесь с ним...

— А если нет?

— Я не хочу, чтобы с вами что-то случилось. Поэтому предупреждаю вас: не относитесь к Панкрату свысока. Ваша беспечность может дорого вам обойтись...

Положение и впрямь серьезное. Озверелый маньяк на свободе. Он вне закона, и ему закрыт путь в общество. Но есть общество подземное, и, возможно, он там свой человек.

Средства массовой информации частенько поднимали тему о московских подземельях, пугали людей крысами размерами с большую собаку. Но газеты и журналы лишь приоткрывали занавес таинственности. А в глубь тайны проникали лишь редкие смельчаки и подобные Панкрату люди, одержимые дьяволом. Подземный мир в самом деле существует. И, возможно, он не менее глубок, чем Мировой океан. Может быть, исследовать его так же сложно, как и глубины Бермудского треугольника. Кто знает, может, это и есть своего рода аномальная зона, где полным-полно необъяснимых и загадочных явлений. Если этот мир существует, то, скорее всего, Панкрат в нем чувствует себя как рыба в воде.

Если он прячется в этих чертовых глубинах, то поймать его будет трудно или вообще невозможно. Зато он сам может выходить из подземелья, когда ему вздумается, и, как оборотень, охотиться на людей...

Больше всего на свете Панкрата волновала тайна исчезнувшего клада. Золотая лихорадка вещь опасная, она лишает человека разума. Ее вирус может поразить каждого. В том числе и саму Ларису. И она уже в какой-то степени попала под его власть. Ей было интересно заняться поисками пропавшего золота, над которым витает дух Катерины Лопахиной. Но у нее сильный иммунитет. Поэтому она не забывает о своем служебном долге — сначала розыск преступника, а потом уже все остальное, в том числе и привидения.

Она готова была стать приманкой для Панкрата. Если он хочет ее убить, пусть пытается это сделать, она не против. Но пусть приманкой послужат и его братья. Пусть они остаются на свободе, но под негласным наблюдением. Игры с открытым забралом отменяются. Лариса не сомневалась, что прокурор даст санкцию на скрытное наблюдение и соответствующие мероприятия. Слишком много крови пролил маньяк, чтобы с кем-то из-за него церемониться...

Следствие вскрыло все подноготную братьев Садковых, подняло адреса родных, близких, просто знакомых. Панкрата искали по всем этим адресам, но, увы, его нигде не было.

Иван и Тихон Садковы называли адреса, по которым мог находиться их брат. И делали они это с легким сердцем, потому что знали — там его нет.

Но Лариса и без них знала, где прячется Панкрат. Но чтобы достать его из подземелья, требовался бывалый диггер. А где ж его взять?

Впрочем, Лариса недолго ломала голову над этим вопросом. На ум сразу пришел диггер Дима. Домашний адрес ей был известен, и она отправилась к нему.

Дима жил на Хорошевском шоссе в старом сталинском доме. Оказалось, что родители были на даче все лето, включая и бабье. Так что дома Дима был один.

Лариса нажала на клавишу звонка. Дверь открылась, не прошло и пяти секунд. Сначала послышался густой зычный голос:

— Прошу, мисс!

А потом показался и сам Дима. Свежий, румяный, в стильном спортивном костюме. И глаза по пять копеек.

— А-а, это вы! — ошарашенно протянул он.

— Да, это я, твоя копша... — усмехнулась Лариса.

— Ну да, конечно, — робко улыбнулся он. — Скажете тоже...

— Кстати, в прошлый раз ты был посмелей. На «ты» со мной общался. А сейчас выкаешь...

— Так тогда шок был...

— А сейчас?

— Сейчас нормально... Да вы проходите, чего на пороге...

— Ждешь кого-то? — переступая порог, спросила Лариса.

— Ну, вообще-то, да...

— А чего ты разволновался? Появится твоя мисс, скажешь, что я из милиции...

— Да это ладно. Как-нибудь разберемся...

Квартира была довольно большой. Непривычная для современных домов планировка, высокие потолки. Широкий коридор, просторные комнаты с арочными окнами. Стертые полы, несвежие обои, старая мебель. Почему-то пахло чуланом и старыми книгами.

Дима провел Ларису в свою комнату. Там уже был накрыт столик — шампанское, фрукты, конфеты. Он точно готовился к романтическому свиданию.

— Как насчет дегустации? — спросил он.

— А как же твоя мисс?

— А кто не успел, тот опоздал...

— Виноватой-то я останусь.

— А разбираться буду я.

— Угомонись. Я к тебе не шампанское пить пришла, — усаживаясь в продавленное кресло, сказала она.

— Ну а почему бы не совместить приятное с полезным? — Он смотрел на нее обезоруживающе наивным взглядом.

— А мы и будем совмещать приятное с полезным. Ты будешь рассказывать про свои подземелья. Я знаю, тебе это приятно. А мне будет полезно тебя послушать.

— А вопросами секса не интересуетесь?

Его взгляд оставался таким же наивным.

— Дима, а ты нахал! — усмехнулась Лариса.

— Да я чо, я ничо...

— Про секс ты моему голографическому двойнику расскажешь, ладно?

— Какому двойнику?!. А, этой, которая копша... Да с ней разве поговоришь...

— А почему нет?

— Да от нее волосы дыбом встают.

— Дима, не забывай, я на сексуальных маньяках специализируюсь. Можешь пострадать...

— Спасибо, что напомнили... А подземелья вам зачем?

— Здрасьте, а кто говорил, что у вас под землей маньяков полным-полно.

— Ну не полным-полно. Да и не сексуальные маньяки...

— А какие?

— Да просто шизанутые. Ну вроде меня. Нормальный человек под землю не полезет. Значит, я ненормальный...

— Ты самокритику для своей мисс прибереги... Ты мне вот что скажи: кто, кроме тебя, видел ту страшно красивую девушку в красном...

— Во-во, страшно красивую. Страшную и красивую... Кто ее видел? Я видел. Пацаны видели...

— Кто именно?

— Ну, Лешка Крапивин и Генка Усольцев, а что?

— Кто они такие?

— Кореша мои, мы с ними вместе на физмате учимся...

— Понятно. А еще кто-нибудь видел?

— Нас только трое было. Разве что привидение какое-нибудь из-за угла выглянуло да увидело...

— Меня интересуют живые люди. Кто еще мог видеть эту красотку?

— Не, в тот раз, когда она появилась, только мы могли ее видеть. А вообще, народ говорит, что черт ее один видел...

— Какой еще черт?

— Да я говорил вам про мужика, который всю Вшивую горку изрыл. Говорят, он там клад какой-то ищет. А еще говорят, когда он эту бабу увидел, так там все вокруг того места изрыл. Пусто...

Уж не Панкрат ли это, мысленно спросила себя Лариса. Запросто.

— Может, и сейчас роет?

— А фиг его знает! Если батарейки не кончились, то роет...

— А где именно?

— Где именно... — хмыкнул Дима. — Если б то дом был, я б вам сказал, первый подъезд там, седьмой этаж, квартира такая-то. А это подземелье. Там все так напутано, черт ногу сломает... Говорят, что это было в подземном городе староверов. Где именно, не знаю...

— Провести туда нас сможешь?

— Туда лучше не соваться.

— Почему?

— Да как бы вам это сказать... Там под землей все не так, как у нас. Ну, в принципе все так, но не всегда. Есть нормальные места, да. Там все на карту нанесено, если башка на плечах есть, то не заблудишься, а кто-то и с закрытыми глазами вдоль и поперек может пройти. А есть места, где все не по-людски. Сегодня вход есть, а завтра завален, а послезавтра, глядишь, он в другом месте появится. Да и внутри абракадабра. Сегодня одна схема, завтра другая. Различия небольшие, а есть. А страшно как! Вы когда-нибудь в темной-претемной комнате находились?

— Бывало.

— Так вот, представьте себе, что эта комната еще и герметична, а кто-то втихаря воздух туда закачивает. Темно, в ушах звенит, так еще кто-то на все клапаны давит. И такое ощущение, что по углам гоблины сидят и прикалываются, глядя на тебя... В таких местах и крыша поехать может...

— А привидения?

— Привидения бывают редко, но бывают. Как будто газ синюшный из-под земли выходит. И это — фигура человечья. Один раз черт с рогами нарисовался. Ты, блин, шуметь начинаешь, в ладоши там хлопать, а все равно ничего не слышно — гробовая тишина. А еще привидение само завыть может. Лично я не слышал, но рассказывали...

— А привидения видел или тоже рассказывали?

— Обижаешь, начальник. Лично я четыре штуки за свою жизнь видел... Правда, два непопадания...

— Как это?

— Да бывает так. Ты видишь, а никто другой не видит. Это уже глюки...

— Но копша в красном точно была?

— Была, все ж пацаны видели...

— Где вы ее видели?

— А сейчас скажу... Мы сначала по коллектору шли, потом там старинный водоотвод был, ниже спустились, ход пошел, который от Андрониева монастыря тянется. Вот там мы ее и видели... Вау! Жуть!

— А тот мужик, про которого ты говоришь, привидение видел в районе подземного города?

— Да вроде, точно не скажу. Как мне говорят, так и я вам говорю...

— Кто говорит?

— Энтузиастов много, не только ж я один.

— И многих ты таких энтузиастов знаешь?

— Да знаю кое-кого...

— Скажи, а в этом подземном городе жить можно?

— В смысле жить? Как бомжи в подвалах живут?

— Что-то в этом роде.

— Да жить-то там можно. А нужно? Темнотища там, под ногами жуть липкая, но местами сухо, тепло. Староверы же город свой для жилья и строили. Там для воздуха отводы были, ну, чтобы полной грудью дышать. Почти все осыпалось — от времени, метро опять же, сваи там сверху вбивают. Но места есть, где можно хавиру поставить. А если еще и электричество провести, то ваще...

— А что, даже электричество подвести можно?

— Можно, если на подземные кабеля есть выход. Но это трудно. Рыть много надо, а потом провод тянуть. Да и кому это нужно?

— Может, кому-то и нужно... А ты случайно про такую подземную, э-э, хавиру ничего не слышал?

— Не-а, — мотнул головой Дима, — не слышал...

— Но под землей часто бываешь?

— Да уже два года стажа. Чуть ли не каждые выходные там...

— Так ты считай профи?

— Ну, можно сказать, что так, — Дима гордо выпятил грудь.

— А на экскурсию сводить меня не можешь?

— Куда? Под пласты? — слегка стушевался он.

— А что, слабо?

— Да чего слабо, не слабо... — Парень озадаченно потер щеку. — Просто завтра у меня занятия в институте...

— Не переживай, от занятий тебя освободят на законном основании...

— Ну, если так... А куда вам конкретно нужно?

— Мне нужна Вшивая горка, а если точней, то все ходы-выходы в районе Товарищеского переулка...

— А-а, там, где усадьба Баташева?

— Вот-вот... А про особняк купца Баулова ты случайно ничего не слышал?

— Не-а, не слыхал...

— Ну так что, берешь меня в поход?

— Да я-то с удовольствием. Только это, я Вшивую горку не так хорошо знаю. Я больше по другим местам спец. И карты этого района у меня нет...

— А что, еще и карты есть?

— Да, есть... Там это, все подземелья в кадастры разные занести пытаются, карты там составляют. А чепуха все это, и половины всех мест на картах нет... А-а, ладно, была не была! — отчаянно махнул рукой Дима.

— Мне кажется, что ты чего-то боишься, — усмехнулась Лариса.

— Боюсь?!. Да нет, не боюсь...

— Может, копша тебя пугает?

— Да уж ладно... А вы с оружием будете?

— И с оружием, и с помощниками. Прошу тебя, тему секса не поднимай. Они люди нервные...

— Учтем...

Лариса договорилась завтра же отправиться в подземелье. И ушла аккурат перед самым появлением девы, которую ждал Дима.

Глава двенадцатая

Сбор новоявленных диггеров был назначен у станции метро «Таганская». Лариса еще с вечера обзвонила своих помощников, назначила форму одежды — армейский или милицейский камуфляж, резиновые сапоги, фонарик, аптечка. Сухпай — это само собой.

Отличился Артем Волохов. Он приволок с собой самую настоящую шахтерскую каску. Сергей Сурьмин чуть не умер от зависти. Но его сердце растаяло, когда Артем торжественно водрузил сей убор на голову Ларисы.

— Вот это по-мужски! — одобрительно хлопнул он по плечу Артема. — А где этот жук, спелеолог хренов?

Дима непростительно опаздывал. Но наконец появился. Бледный вид, под глазом синяк. Одет он был по последней диггерской моде. Спецовка а-ля Стаханов, халат-пиджак с огромным воротом, широченные штаны, чуть ли не целиком скрывающие обувь. Два фонаря — один электрический, другой под глазом. Лариса всерьез опасалась, что в таком виде его в метро не пропустят.

— Дима, что с глазом? — спросила она.

— За любовь пострадал, — вздохнул он.

— За какую любовь?

— За любовь к тебе... Тебя моя подруга видела, когда ты из дома выходила...

— Странно, я ее не видела, а она видела.

— А ты знаешь какой у нее нюх, о-о! Она тебя по запаху твоих духов вычислила. В подъезд заходит, откуда ты выходила, а там твой запах, в квартиру заходит, а там то же самое...

— Тяжелая, видать, рука у твоей бабы? — усмехнулся Артем.

— Да есть немного... Лариса, ты бы это, зашла ко мне сегодня.

— Зачем? — развеселился Сергей. — Одного фингала что, мало?

— Так это, и одного много... Лариса, ты бы объяснила моей Ритке, что ты по служебной необходимости приходила...

— Ладно, уговорил... Ну что, в путь?

Лариса почему-то думала, что Дима поведет их в метро, там в шахте может быть какой-нибудь тайный ход... Но все оказалось более прозаично. И менее приятно.

Дима нашел канализационный люк с надписью «Московская городская управа», уверенно сдвинул его в сторону.

— Прошу!

— А вонища-то! — поморщился Сергей.

— Ну, диггерской ложкой не только щи хлебают, — ухмыльнулся Дима.

— По лбу бы тебя этот ложкой... Эх, жизнь моя жистянка...

Дима первым спустился вниз по вмурованным в стену скобам. Вслед за ним на дно длинной сводчатой шахты спустились и все остальные. Под ногами у Ларисы захлюпала зловонная жижа. Хорошо, что нечистоты едва достигали щиколотки, а сапоги были выше колена.

— Не нравится мне все это, — недовольно прогундел Сурьмин.

— Да все нормально будет, — успокоил его Дима.

Скоро низкая канализационная шахта пошла дальше, а путешественники через узкий переход просочились в ливневку. Здесь было поуже, пониже, зато не было вони.

— Сюда в дождь лучше не соваться, — пояснил Дима. — Утонуть можно...

— Ну спасибо тебе, друг, — проворчал Сергей. — Других ходов ты что, не знаешь?

— Да знаю и другие...

Как показалось Ларисе, Дима сказал об этом не очень уверенно.

— Так, а сейчас придется немного проползти...

Лариса и не заметила бы этот лаз, прошла бы мимо... Да, лучше бы она прошла мимо. Пятнадцать минут в кромешной темноте вниз по наклонной да еще ползком и неизвестно куда — это показалось ей вечностью. Но в конце концов проход расширился, и они вышли в довольно просторный штрек — высота в полтора человеческих роста, ширина — бричка может проехать. Стены обложены замшелым камнем. Сыро. И темно — хоть глаз выколи. Но выручали мощные фонари.

— Это что такое? — спросила Лариса. — Уж не Баташева ли потайной выход, по которому он на коляске гонял?

Ей вдруг послышался топот копыт, звон железа и перестук колес.

— Мне кажется, что мимо нас конный экипаж проехал, — сказала она.

— Это слуховые галлюцинации, — важно заметил Дима. — С новичками это случается...

— Правильно говоришь, такое только с новичками

и случается, — ухарски усмехнулся Сурьмин. — Я вот не новичок, поэтому ничего не слышу...

Но Дима пропустил его слова мимо ушей.

— Понимаете, в чем дело. Здесь нету времени. Вернее, оно есть, но в одном зафиксированном состоянии. Когда-то здесь, возможно, ездили на конных повозках, и эхо до сих пор не погасло...

Насчет эха Лариса не знала, но в остальном она была с ним согласна. Действительно, в этой шахте время как бы и в самом деле остановилось. Такое впечатление, что сейчас из-за поворота выскочит конный экипаж, и что будет, если кучер не сможет осадить свою тройку?..

— Ты не ответил на вопрос, что это за тоннель?

— Ну, я думаю, что это потайной ход от Андрониева монастыря. Хотя кто его знает... Говорю же, карты нет...

— Может, все-таки баташевское подземелье?

— Да точно не могу сказать, — замялся Дима. — Вот если бы Лешка Крапивин был, он бы точно сказал, он по этим местам больший спец...

— А ты, вообще, хоть что-нибудь знаешь?.. — начал было Сергей.

Но Лариса его осадила:

— Да хватит тебе... В этом месте ты привидение в красном видел?

— Да где-то здесь, — кивнул Дима. — Чуть дальше пройти надо...

— А как в подземный город попасть?

— Да я вам не советую туда лезть.

— Да ладно тебе, не советуешь. Скажи лучше, что не знаешь, как туда попасть, — снова съехидничал Сурьмин.

— Да и нет никакого города, — добавил Артем.

— А вот и есть... Староверы в этих городах прятались... Да и не только староверы. Слышали про такого
графа Шереметева? Так вот он был фанатом строитель-
ства. Останкино там построил, Кусково, да. Так вот,
говорят, он еще с подземными городами экспериментировал. Чисто для эксперимента подземные города
строил да крепостными своими заселял. Так, по мелочи, тыщу-полторы под землю, и все дела. И плевать,
что на погибель, у него этих крепостных душ аж сорок
тысяч было... А люди-то, говорят, выживали. Мало
того, до сих пор живут...

— Ну, это уже басни.

— Да нет, это не басни, — глухим, тягучим голосом
проговорил Дима. — Это быль... А Сталин, думаете, не
экспериментировал? Говорят, когда война была, здесь
целый город отгрохали, чисто диверсионно-подрывная
база. Ну, это если фашисты в Москву войдут, так их
из-под земли доставать будут...

— Так диверсанты там до сих пор живут? — наиг-
ранно удивился Сурьмин. — А мы-то думаем, кто это
дома и метро в Москве взрывает. А это подземные пар-
тизаны. Неужто некому им сказать, что война закончилась...

— Да ладно, шутки шутками, а народ верит, что
под землей люди живут... Хотя, конечно, это больше
миф, чем правда...

— А что правда?

— А то, что по катакомбам Железный человек ходит.
У него жезл такой, так он им по стенам бьет, поэтому
когда он идет, за ним обвал за обвалом. Короче, если
слышишь звон железа, надо срочно делать ноги, а то
кранты...

— Еще что расскажешь?

— Еще Двуликая есть. Ну, это баба такая. С одной
стороны красивая-красивая, а с другой — древняя ста-

руха. Если ты заблудился, тебе Двуликая может явиться. Если красна девица, то тебе считай повезло — выведет. А если бабка старая объявится — тогда сливай
воду и склеивай ласты...

— А может, вы тогда эту Двуликую в красном видели? — спросила Лариса.

— Не, Двуликая в красном не ходит... Да и вообще,
нет никакой Двуликой. Это сказки для салаг...

— Так это мы, по-твоему, салаги? — вскинулся Сурьмин. — Лапшой покормить нас вздумал, да? Ладно, за-
помним...

— Ну что ты все время к человеку пристаешь? —
снова одернула его Лариса.

— А чего он тут понты кидает? Пусть лучше покажет, где Панкрат может прятаться...

— Да я не знаю, где и кто может прятаться. Тут же
все так напутано...

— Вот и веди нас по этой паутине.

— К подземному городу староверов, — подсказала
Лариса.

— Ладно, поведу, — отчаянно махнул рукой парень. — Только учтите, там опасно...

— Ну да, Железный Дровосек с топором, подземные жители, — хмыкнул Сурьмин.

Они шли по штреку, пока Дима не завернул в какой-
то узкий подземный тоннель. Идти приходилось, со-
гнувшись. Хорошо хоть не ползком. И все равно Сурьмин возмущался.

А Ларисе нравилось это путешествие. Тяжело и
жутковато. Но в этом-то и кайф.

Но самый настоящий кайф начался, когда Дима
понуро сообщил, что они заблудились.

— Я не знаю, куда идти дальше... Я не знаю, куда
идти вообще...

— Бляха, знаток хренов!.. — разбушевался Сергей.

Досталось и Ларисе: — Говорил же, надо было со спецами из ФСБ договариваться. У них там такие асы, этому придурку и не снилось...

— Сам ты придурок! — не выдержал Дима.

— Кто придурок?! — вскипел Сурьмин.

Пришлось успокаивать обоих.

— Куда ж ты нас завел, Сусанин ты Иван? — насмешливо спросила Лариса.

— Да я ж говорю, я этот район плохо знаю...

— Сдается мне, что ты и все остальные районы знаешь так же. Нахватался по верхам и пальцы веером. Правильно сказал Сергей — понтов у тебя больше, чем дела...

Дима облажался по полной программе. Но тем не менее он хоть как-то мог ориентироваться под землей. Так что фонарь ему в руки, и вперед...

Действительно, казалось, что под землей царит вечность. Но стрелки часов исправно двигались вперед. Прошел второй час, третий. А незадачливые поисковики все блуждали по черным глухим лабиринтам. Им не везло. Идут в одну сторону — тупик,. в другую — обвал, в третью — решетка. В конце концов Дима не выдержал, обессиленно опустился на землю.

— Все, больше не могу! — выдохнул он.

— Загнанных лошадей пристреливают, не правда ли? — для убедительности Сергей клацнул затвором пистолета.

Но парень даже не шелохнулся.

— Хотите, пристрелите, мне уже все равно...

— Оп-ля, что это? — недоуменно протянул Сергей.

Это нужно было видеть. К ним навстречу в слабеющих лучах света приближалась всклокоченная старуха.

— Двуликая! — в панике пробормотал Дима. — Все, хана нам!

А старуха все приближалась. Наконец она подошла совсем близко, остановилась.

Глаза зловеще горят, рот перекошен, длинный нос отбрасывает страшную колыхающуюся тень. Жутковатая картина.

— Ребятки, а у вас бутылочки не найдется? — на удивление мирным голосом спросила старуха.

И сразу все стало на свои места... Оказывается, старуха-то земная. И забрела она в эти места, чтобы пополнить свою дневную коллекцию стеклотары. Значит, вход в подземелье или, вернее, выход где-то рядом.

Вся толпа устремилась на выход. Никогда Лариса не думала, что дневной свет может быть так прекрасен.

Вечность и Панкрат остались под землей. А город жил своей жизнью. И времени прошло не так уж и много. Была половина третьего. Хотя казалось, что их носило по подземным лабиринтам целую неделю.

Дима сразу воспрянул духом. Всю хандру как рукой сняло.

— Ну что, с боевым крещением вас! — весело улыбнулся он.

Но это был медок, в который кое-кому очень хотелось подложить ложку дегтя.

— Молчал бы уж, — пренебрежительно фыркнул Сергей. — Бывалый...

— Да любой диггер может заблудиться, — снова сник парень.

— Не знаю, не знаю... Все, свободен!..

Но Дима не собирался уходить.

— Вы же обещали! — просительно посмотрел он на Ларису.

— Что я тебе обещала? — не сразу вспомнила она.

— Ну, подруге моей сказать, откуда вы. Чтобы она не злилась...

Лариса вспомнила, каким героем он вчера был. Хватался за шампанское, подруга ему как бы по барабану. А тут — ну, пожалуйста... Да, в этом парне больше понтов, чем реального мужского характера.

— Хорошо, когда мне к тебе прийти? — прохладно спросила она.

— Ну, когда сможете, тогда и приходите.

— Часиков в семь-восемь устроит?

— Вполне...

Дел у Ларисы было по горло, но она все-таки смогла заглянуть к Диме домой. Правда, не в семь и не восемь часов вечера, а уже в десятом часу. На улице было уже темно.

Дверь открыл Дима.

— Спасибо, что пришли!.. Проходите... Рита!!!

Лариса зашла в квартиру, но разуваться не стала. Сейчас скажет пару слов Рите и обратно. Домой уже пора...

Рита не казалась грозной бой-бабой. Высокая, фигура, как у фотомодели, только лицо слегка подкачало — чересчур большой лоб, слегка приплюснутый нос, взрыхленная фурункулами кожа.

— Так, быстро все объясняю и ухожу. Я — капитан милиции, — Лариса предъявила удостоверение. — И Дима мне был нужен исключительно для консультации...

— А где вы с ним сегодня шлялись? — подозрительно покосилась на нее Рита.

— Осматривали подземные достопримечательности. А если точнее, то ловили преступника...

— А тот, который сегодня приходил, он тоже из ваших?

— А кто сегодня приходил?

— Да мужчина один. Диму спрашивал...

— Он представился?

— Нет.

— Когда это было?

— Ну, часа в два пополудни... Странный он какой-то. Глаза бегают, озирается. Как будто он шпион какой-то... Или преступник...

— Дима, а ты не знаешь, кто это был?

— Не-а, не знаю. Рита говорит, что ему на вид лет тридцать — тридцать пять было, а моим дружбанам едва за двадцать... Да и вообще, мои кореша представляются. Не, это был какой-то левый тип...

Странный гость заинтересовал Ларису, хотя она не могла толком объяснить, почему...

— Может, это клад ко мне приходил, — усмехнулся Дима.

— Клад?!

— Ну да, я же видел ту копшу в красном. Теперь вот клад ко мне явился. Бери меня, я вся твоя... Да шучу я, шучу, а то смотрите на меня как на ненормального...

— А разве клады в гости ходят? — удивленно повела бровью Лариса.

— Еще как ходят... Ну, это если в сказки верить...

— А ты веришь?

— Когда под землей, верю, а так — не очень...

Дима неплохо знал диггерский фольклор. А в остальном он профан. Впрочем, Лариса не стала ему об этом говорить. Зачем опускать парня в глазах любимой девушки.

— Если это был клад, почему мужчина приходил? Его же ведь женщина охраняет?

— Ну так женщина охраняет, а клад может быть мужского рода... Да сказки все это...

— Раньше ты так не говорил. Раньше ты всерьез меня этими сказками грузил... Может, ты и копшу никакую не видал?

— Не, копшу видал, вот вам истинный крест! Да пацаны не дадут соврать...

— Может, все-таки клад к тебе приходил?

— А вы у клада и спросите. Он обещал еще заглянуть...

— Когда?

— Сегодня... Может, вы в самом деле останетесь, а? Вместе его подождем. Не нравится мне все это... У вас вроде бы пистолет был...

— И сейчас есть... Кофе приготовишь?

— Так точно, товарищ капитан!

Прошел час, но странный гость так и не появлялся. Лариса решила, что это было глупостью с ее стороны — дожидаться его. И даже собралась уходить. Но только она поднялась с кресла, как в дверь позвонили.

Рита вздрогнула и прижалась к Диме, как будто в дверь ломилось какое-то жуткое чудовище. Ее напряженность передалась и Ларисе, по спине прополз предательский холодок. Может, это в самом деле ужас на крыльях ночи?

Лариса вытащила из сумочки пистолет, тихонько прошла в ванную, откуда отлично просматривалась прихожая. В темноте комнатки ее не будет видно, зато у нее будет все как на ладони.

Рита осталась в комнате, Дима же пошел открывать дверь. Ему тоже было не по себе.

Лариса слышала звук открываемой двери, затем мужской голос. И притом знакомый.

— Ты Дима Савицкий? — спросил невидимый мужчина.

— Да. А что?

— Поговорить надо.

— Говорите.

— Может, в дом впустишь?.. Да не бойся ты, я не кусаюсь. Я даже денег тебе дам...

— За что деньги?

— За информацию...

— За какую информацию?

— Парень, тебя что, заклинило? Говорю же — нормально все будет. В дом впусти...

Мужчина плечом отодвинул Диму в сторону, зашел в квартиру. В тусклом свете Лариса узрела его физиономию. Да это же Панкрат!!! Она не могла поверить в свою удачу.

Она могла бы арестовать его прямо сейчас. Но ей так хотелось узнать, какая нелегкая привела его к Диме. Может, ему нужна его Рита? Но ведь она не из Товарищеского переулка. К тому же он мог напасть на нее еще тогда, когда приходил к ней днем... Нет, здесь что-то другое.

Панкрат чувствовал себя в гостях, как дома. Деловито прошел в комнату, где оставалась Рита.

— Что вам нужно? — спросил Дима.

— Да вот, говорят, что ты привидение видел.

— Какое приведение?

— Ну, красавицу в платье...

Панкрат прошел в комнату, без приглашения занял кресло. Лариса вышла из своего убежища. В комнату она не заходила, поэтому оставалась невидимой.

Путь к двери надежно перекрыт. Правда, Панкрат мог убежать через окно, как он это сделал в прошлый раз. Но он не успеет. Все под контролем.

— Видел. И что?

— Где ты ее видел?

— Если честно, сам не знаю. Одни говорят, что это был ход из Андроникова монастыря, другие — что это баташевское подземелье...

— Скорее всего, баташевское. Там золото может быть...

— Какое золото?

— А это не твоего ума дело... Кстати, ты хоть понял, что это было за привидение?

— Ну, мы подумали, что это кладовик, — пожал плечами Дима.

Лариса мысленно отвесила ему оплеуху за болтливый язык... Панкрат — сумасшедший. И всерьез может признать в нем своего конкурента. За это и пришибить. Вместе с Ритой...

— Правильно подумали, — кивнул маньяк.

— Да она и подтвердила...

— Кто она?

— Ну это, копша...

— Она что, с вами разговаривала? — несказанно удивился Панкрат.

— А то... И даже клад открыла...

— Что?! — аж подпрыгнул со своего места маньяк. — И где клад?

— Так она это, точное место еще не сказала. Сказала, что сейчас кофе попьет и скажет...

Лариса поняла, куда клонит этот болтун. Но вместо того чтобы разозлиться на него, мысленно его похвалила. Великолепный ход с его стороны.

— Какой еще кофе?

— Ну, я ей чаю предложил. В старину это ж, больше чайком баловались. А кофе это как бы в диковинку было. Поэтому она кофе захотела...

— Что ты несешь, какой кофе?

— Да говорю же, она ко мне пришла, сели мы кофе пить...

— Куда она к тебе пришла? Сюда, домой?

— Ну да...

— Когда это было?

— Да сейчас вот и было. Вот кофе еще не допито...

На журнальном столике стояли три чашечки.

— Так она сейчас где?

— Пописать вышла, однако! — подала голос Лариса.

И медленно вплыла в комнату. Жаль, что на ней не было красного платья. Современные джинсы, обтягивающий свитерок...

Панкрата хватил столбняк, когда он ее увидел. Глаза синус на косинус, рот трапецией.

— Говорят, ты отомстил мне? — шелестящим голосом спросила Лариса.

— Отомстил... — пробормотал он.

— А теперь хочешь, чтобы я показала тебе клад?

— Тебя заставят...

— Кто?

— Дух моего предка!

— Если ты говоришь про дух Тихона Точилина, то его нет. Никто меня не заставлял...

— Потому что я не отомстил... Мать твою, да это же ты!.. Снова ты?

Панкрат узнал Ларису. Глаза тут же стали узкими хищными щелочками, рот сомкнулся в плотную злую линию. Но тут же Панкрат сделал вид, что успокоился. Чтобы Лариса расслабилась и прозевала момент, который он выжидает. Он ждет, когда она зазевается, чтобы проглотить ее. А мужик он здоровый. И резкий. К тому же еще и безумный...

Лариса могла бы наставить на него пистолет, сбить с ног, спеленать его наручниками. Но это она всегда успеет сделать. А пока что с ним можно поговорить на животрепещущие темы. Внутренняя свобода дает простор мыслям, а несвобода загоняет их в клетку...

— Да, это я, живая и во плоти. Лариса Черкашина, но никак не Катерина Лопахина... Кстати, это ты из-за Катерины убивал женщин из Товарищеского переулка?

— Из-за нее!

В глазах Панкрата вспыхнули безумные огоньки. Типичный маньяк.

— Зачем ты убивал?

— А как, по-твоему, я мог отомстить этой чертовой Катерине?

— Ты убил пять девушек. И чего ты добился?

— А ничего!

— Катя Брусникина должна была стать шестой, — напомнила Лариса.

— Даже если бы и стала, ничего бы не изменилось...

— Зачем же ты к ней тогда полез?

— Не твое дело!.. Твое дело умереть! — Глаза Панкрата превратились в два пылающих уголька из адского костра.

— Кто тебе такое сказал?

— Сказали... Никто не сказал! Умри!!!

Его слова переросли в звериный рык. Нож в его руке появился как по мановению волшебства. Панкрат почти без разгона, как барс, прыгнул на Ларису. Мощный прыжок, резкий. Тяжелый, но быстрый.

Лариса увернулась от удара, оказалась за спиной Панкрата. И ударила его локтем в район шейных позвонков. Маньяк мгновенно лишился сознания и, роняя на пол нож, рухнул на пол. Теперь осталось надеть на него наручники. Но их не было. Впрочем, она воспользовалась брючным ремнем задержанного. Раз-два — и готово.

Дима потрясенно смотрел на Ларису. Глаза, как шарики от пинг-понга.

— Я уже думал, что тебе хана! — ошалело протянул он.

Лариса облегченно вздохнула, провела рукой по лбу, как бы смахивая с него испарину. И с чувством исполненного долга села на поверженного маньяка. Только сейчас до нее дошло, что она могла погибнуть в этой схватке.

Глава тринадцатая

Ренате Даниловой помог случай, Катю Брусникину спасла Лариса. Себя она спасла сама. Могла и погибнуть... А ведь Панкрат не сам додумался до того, чтобы убить Ларису. Ему сказали ее убить. Кто сказал, это пока неизвестно.

Убийца был арестован и доставлен в управление. Всю ночь он провел в дежурной части. Утром Званцева велела доставить его к себе в кабинет. Она хотела поговорить с ним до того, как он попадет в руки следователя по особо важным делам из Генеральной прокуратуры. Ларису она также пригласила.

Панкрат Садков вел себя, как смиренная овца, приготовленная к закланию. Он был сломлен, уничтожен. И судя по всему, ему было уже все равно, что с ним будет...

— Гражданин Садков, как вы находили свои жертвы? — после краткой душеспасительной беседы спросила Званцева.

— Очень просто. По телефонной книге. Я искал Товарищеский переулок...

— Да, но вы нападали на женщин, которые жили по другим адресам... Первой вашей жертвой стала Антонина Котова. Она жила в Северном Бутове...

— До замужества она жила в Товарищеском переулке. Я вышел на квартиру ее родителей, а там в это время была она. Я проследил за ней...

Панкрат Садков действовал нагло, но и расчетливо. Он выслеживал свои жертвы с терпением бывалого шпиона. И нападал на них в темных закоулках. А в случае с Ренатой Даниловой он даже устроил маленький спектакль. Правда, убить он ее не смог. Но вместо того, чтобы лечь на дно, он продолжил свой убийственный сериал. Мало того, он потерял осторожность. Плюс ко всему подставил своих братьев...

Званцеву очень интересовало, причастны ли к его деяниям Иван и Тихон Садковы. Панкрат это отрицал.

— Они уже давно потеряли интерес к золоту, — уныло качал он головой. — Их волновал только бизнес. Это я как неприкаянный...

— Когда вам пришла в голову эта дикая идея убивать?

— После того как ко мне явилось видение...

Панкрат красноречиво посмотрел на Ларису.

— Как это ни странно, но это была не галлюцинация. — Она же в свою очередь посмотрела на Званцеву. — Видение в самом деле было. Его наблюдал и Дмитрий Савицкий...

— Это я уже знаю, — кивнула Званцева. — Только вот непонятно, зачем вам, гражданин Садков, был нужен Дмитрий Савицкий?

— Нужен был... — буркнул Панкрат. — Мне Катерина в одном месте явилась, ему в другом... Там, где я ее видел, я целую неделю землю рыл. Как крот. Вообще-то, я привычный, сколько уже земли перекидал. Но все равно обидно было. Я-то думал, что Катерина показала мне, где золото лежит, а она издевалась надо мной.

— И тогда вы решили, что надо ей отомстить, так?

— Так.

— Пять убийств с изнасилованием. Два покушения, тоже с изнасилованиями. А клад так и не открылся.

— Это потому, что не там искал...

— А где нужно было искать?

Панкрат молча показал на Ларису.

— У вас больное воображение, гражданин Садков, — нахмурилась Званцева.

— Думаете? А можно, я ее спрошу, где она живет?

— Это имеет значение?

— Имеет...

— В Алтуфьеве я живу, — соврала Лариса.

— Э-э, двести лет назад этого района не было... — озадачился Панкрат. — А с родителями где жили?

— В районе Коровьего Вала, а что?

Это была абсолютная правда. Родители ее до сих пор жили в самом начале Люсиновской улицы.

— А-а! — засиял от восторга Панкрат. — Именно в этот район и переехала Катерина, когда вышла замуж за своего поручика...

Похоже, он выдумал это на ходу. Откуда он мог знать, куда переехала Катерина после замужества?.. Он подгоняет действительное под желаемое и делает это грубо... Кто ж науськал его на Ларису?

— А у меня двоюродная тетка на Коровьем Валу живет, — фыркнула Званцева. — Может, я тоже заслуживаю мести?

— Да, но вы не похожи на Катерину!

— Я не знаю, что там творится под землей, может, там и в самом деле чертовщины выше крыши. Но я вас уверяю, гражданин Садков, что Лариса Черкашина не имеет к этому никакого отношения...

— Ну как же никакого! — возмутился Панкрат. — Она не только на Катерину похожа. Она сама — Катерина!.. Почему она путается у меня под ногами? Почему она меня арестовала! Да все это для того, чтобы я не нашел золото!..

— Вас арестовали только для того, чтобы вы больше никого не убивали... Да, кстати, вы так и не ответили, зачем вам понадобился Дмитрий Савицкий?

— Неужели вы не поняли? Там, где Катерина ему явилась, там золото могло быть...

— А может, он сам его выкопал? — усмехнулась Званцева.

— Как это выкопал? — смертельно побледнел Панкрат.

Казалось, его вот-вот хватит удар.

— А просто, взял лопату да выкопал, — ответила за начальницу Лариса. — Он же знает про подземных духов-кладовиков, мог сообразить...

— Да нет, этого не может быть! — с безумной уверенностью замотал головой маньяк. — Кто он такой, этот Савицкий? Кто он такой, чтобы клад ему открылся?

— А есть такие клады, которые открываются просто на достойного человека. Может быть, Дмитрий и был таким человеком...

— Да какой он достойный? — презрительно скривился Садков. — Достойный только я! Только мне может открыться этот клад!

— А ваши братья?

— Они... Они тоже достойные... Они очень достойные люди. Они осуждают меня, но не предают. Я знаю, они помогут мне спастись!

— Спастись вы, неуважаемый Панкрат Сергеевич, уже не сможете, — мрачно покачала головой Званцева. — Ни один священник не решится отпустить вам грехи...

— Плевать на священников! Плевать на такое спасение! Мне свобода нужна! И золото!!!

— Да вы еще и богохульник! Нехорошо... А ваш предок, который клад заговаривал, в бога небось верил...

— Ну и что?

— А то, что не откроется вам клад...

— А-а, так он еще не открылся! — обрадовался Панкрат.

Ему изменил разум, но не логика.

— А почему вы считаете, что клад откроется вам? — спросила Званцева. — Вам что, неизвестно точное место, где он находится? Если клад есть, должна быть какая-то карта, какие-то ориентиры...

— Нет ориентиров, — угрюмо мотнул головой Садков. — Есть только устный зарок. Клад откроется другим трем братьям — Ивану, Тихону и Панкрату...

— Когда?

— Вроде бы в начале нового тысячелетия...

— Почему вроде бы?

— А потому что это могут быть домыслы. Легенда из поколения в поколение передавалась. А это как испорченный телефон...

— Вот именно, что испорченный телефон. Может, и не было никакого золота?

— Ну как же не было, если было. Доподлинно известно, что Катерина убила двух братьев — Ивана и Панкрата...

— Сама убила?

— А что, разве этого не могло быть?.. Вот она, новая Катерина, — Садков свирепо посмотрел на Ларису. — Разве такая не может убить?

— Может, — кивнула Званцева. — Например, вас. Через расстрел или повешение. Но поскольку смертная казнь у нас отменена, вам сохранят жизнь... Но не об этом сейчас разговор...

— Не об этом, — подтвердила Лариса. — А о вашей дурацкой легенде.

— Она не дурацкая!

— А я говорю, что дурацкая... Вы утверждаете, что братьев Точилиных убила Катерина, а ваш брат Тихон говорит, что это сделал ее отец и злодеи, которых он нанял.

— Он не мог вам этого сказать...

— Почему?

— Потому что он ничего не знает.

— Вы знаете, а он нет? Так не бывает.

— А вот и бывает! Тихону всегда было наплевать на это золото...

— Я бы так не сказала, — покачала головой Лариса. — Вашим братьям очень нужно золото. Это же миллионы. А какой бизнесмен откажется от миллионов? Иван и Тихон — бизнесмены, белые люди. А вы для них — негр, дешевая рабочая сила...

— Это вы зря! — нахохлился Панкрат.

— Нет, это вы зря их слушались, — хищно сверкнула взглядом Лариса. — А вы их слушались и убивали... Да, Панкрат Сергеевич, да. Это не вы придумали, что нужно мстить женщинам из Товарищеского переулка. Это была идея ваших братьев. Не только вы хотели, чтобы открылось золото, они также были в том заинтересованы. Поэтому они и приказывали вам убивать, помогали вам искать жертвы...

— Это ваши домыслы! — пренебрежительно усмехнулся Панкрат. — Не было ничего такого. Я все делал сам...

При всем своем безумии этот маньяк был настроен решительно. Он не выдаст своих братьев ни при каких обстоятельствах. Даже если это они заставили его убивать, то он все равно будет брать всю вину на себя. И не потому, что за групповой сговор дают больше. А потому, что за своих братьев он готов лечь костьми. Да и Тихон с Иваном стояли за него горой. И осуждали его только на словах, чтобы сбить с толку Ларису. На деле же они были заодно с Панкратом, поэтому и шли на всевозможные ухищрения, чтобы вывести его из-под удара. И он, конечно же, знает, как они рисковали ради него... Нет, как ни старайся, а показаний против своих братьев он не даст...

— А меня, гад, зачем убить хотел? — жестко и хлестко спросила Лариса.

— Вас?!. Тебя?! — всколыхнулся Панкрат. Взгляд его затуманился, на уголках губ выступила пена. — Тебя убить надо! Чтобы клад открылся!

— Это я уже слышала. Но не услышала имени человека, который натравливает тебя на меня... Хочешь, я подскажу тебе, кто этот человек? Это твой брат Тихон.

— Ты меня рассмешила! — совсем невесело сказал Панкрат.

— Мне тоже смешно. Смешно оттого, что вы с братьями такие глупые. Кого вокруг пальца обвести хотели. А убить... Неужели меня так легко убить?..

— Все можно, если очень захотеть...

— И кто же хочет моей смерти?

— Я хочу!

— Скажи лучше, что это Тихон заставил тебя этого захотеть.

— А не скажу!

— И не говори. Я все равно это знаю. Твои братья хотят моей смерти... Они такие же психи, как и ты, если верят, что после моей смерти откроется клад...

Лариса все больше убеждалась, что наводку на нее Панкрат получил от Тихона...

— Это ты правильно сказала, — кивнула Званцева. — Все трое — психи!

Она посмотрела на Панкрата с пренебрежительной насмешкой. Так же пренебрежительно спросила:

— Так все-таки кто убил ваших предков, этих, братьев Точилиных, Катерина или ее отец? — спросила Званцева.

— Катерина! — четко, не задумываясь, ответил Панкрат.

Скорее всего, и не было никакого золота в прошлом. Зато были безумные убийства в настоящем, которые оно породило. В этом Лариса и Званцева были единодушны.

— А знаете, почему я об этом спросила? — сказала Арина Викторовна. — Потому что нет никакого золота. И легенда ваша — липа. А то, что вам нужно отомстить Катерине, так это всего лишь повод, чтобы творить беззакония... Вы маньяк, гражданин Садков. Прирожденный сексуальный маньяк. Если бы вы были гомосексуалистом, вы бы придумали, что ваших предков убил отец Катерины. Тогда бы вы взяли на прицел мужчин из Товарищеского переулка. Тогда бы вы насиловали и убивали их...

— Нет легенды... — хмыкнул Панкрат. — Как же тогда дух Катерины, который я видел под землей?

— А сколько вы тогда выпили? — Званцева посмотрела на него, как врач-психиатр на безнадежного пациента.

— Немного. Совсем немного...

— Тогда какого хрена под землю полезли? Ночью спать полагается, а вы по подземельям шастаете... Кстати, а вы знаете, что под землей трупы встречаются, а там, где трупы, там трупный яд... Та девушка в красном была галлюцинацией! — уверенно заявила Званцева.

— Ее видел не я один! — воскликнул Садков.

— Еще Дмитрий ее видел... — подсказала Лариса.

— Это еще вопрос, может, он вообще ничего не видел...

Званцева впилась в Панкрата разрушительным взглядом.

— Так, гражданин Садков, вы объяснили нам, зачем вам нужен был Дмитрий Савицкий. Но не сказали, откуда вы про него узнали?

Панкрат ответил не сразу. Пока он думал, глаза испуганно бегали из угла в угол. Так бывает с людьми, которые панически боятся ответить неправильно. Но вот ответ готов, Панкрат успокоился. В глазах даже появился оттенок снисхождения.

— Откуда я про него узнал? Так я с пятнадцати лет, считай, живу под землей. Я всю Вшивую горку вдоль и поперек изрыл. И продолжаю рыть...

— Продолжали. До недавних пор, — уточнила Званцева. — И что с этого, что вы под землей живете?

— А то, что у меня знакомых полно среди диггеров. Они мне и сказали про Савицкого. Говорят, парень один был, так он с ума чуть не сошел от страха, когда привидение в красном увидел... Я сразу понял, что это за привидение!

Лариса внимательно смотрела на Панкрата. И могла уверенно сказать, что он врет. Не от диггеров он получил информацию. От кого-то другого...

— Когда? — резко спросила она.

— Что, когда привидение видели?

— Нет, когда врать перестанете?.. Хотите, расскажу, как было дело?

Настал момент истины. В голосе Ларисы зазвучали торжественные нотки:

— Вы, гражданин Садков, не просто маньяк. Вы еще и шизофреник, легко поддающийся чужому влиянию. Не было никакого призрака в красном. Была только ваша галлюцинация, о которой вы рассказали братьям. Тогда вам просто внушили, что это был призрак Катерины Лопахиной. Тогда из вас сделали убийцу и насильника. А когда появилась я, ваши братья внушили вам, что призрак в красном похож на меня и что меня нужно убить. Затем они подсунули мне Дмитрия Савицкого, чтобы заморочить мне голову. И затем направили вас к нему, когда я находилась у него в гостях. Ваши братья надеялись, что вы убьете меня, когда я попытаюсь вас задержать...

Лариса точно не знала, в какой последовательности происходили события. Может быть, сначала был Савицкий со своими сказками, а потом уже Панкрату была дана установка на убийство, может, как-то иначе. Но от перестановки мест слагаемых сумма не менялась. Ларису хотели убить. И это должен был сделать Панкрат...

Иван и Тихон Садковы такие же ненормальные, как и Панкрат. Слишком много глупостей они совершили, пытаясь замести следы. Напортачили, облажались. Теперь будут отвечать перед законом...

Но напрасно Лариса пыталась вывести Панкрата на чистую воду. Маньяк твердо стоял на своем — к убийствам его братья не имеют никакого отношения, а во всем виновен только он сам.

Так ничего от него не добившись, Званцева вызвала конвой и отправила Панкрата в камеру.

— Упертый, гад. Ничего, и не таких ломали, — с досадой посмотрела она ему вслед.

— А если не сломается? — спросила Лариса.

— Все равно будем брать его братцев за жабры. Это они заварили кашу, они... Ты собрала на них досье?

— Да. Вроде ничего особенного нет. Родились в Москве, учились в школе. Волохов нашел их школьные характеристики, да и с их бывшим классным поговорил. К Ивану и Тихону претензий нет. Отличники, активисты, все такое прочее. А вот Панкрат многим насолил. Троечник, вспыльчивый, неуравновешенный... Похоже, у него с детства не все в порядке с головой...

— Заметно, — кивнула Званцева. — А в армии служили?

— Служили. В одной части. Мотострелковые войска. С командованием не связывались, но в военкомате смотрели учетно-послужные карточки. Иван и Тихон уволились старшими сержантами, а Панкрат — рядовым...

— Вот тебе раз, не доверили Панкрату командовать людьми. Видно, служил замечательно...

— Что ни день, то замечание, — усмехнулась Лариса.

— Это, знаешь, как в той поговорке: было у отца три сына, двое нормальных, а третий кладоискатель. Только у нас все трое ненормальные... После службы что?

— Да ничего особенного. Иван и Тихон работали на пищекомбинате, сначала просто рабочими, затем до мастеров доросли. Кстати, они заочно в институте учились...

— А Панкрат?

— Панкрат нигде не работал.

— Землю рыл?

— Этот факт нигде не отмечен. Но, судя по всему, да... Иван и Тихон дело свое открыли, бизнес в гору двигали, а Панкрат под горой клад искал...

— А братья руководили им и наставляли... Золото, легенда... Какой умный человек будет верить в эту чушь? Если б у них карта сокровищ была или свитки там пергаментные...

— Какие свитки? — улыбнулась Лариса. — В начале позапрошлого века вовсю на бумаге писали...

— Тем более! Не так уж и давно это было, должен был сохраниться какой-нибудь письменный документ, подтверждающий легенду. А ничего не было. Только какой-то устный зарок...

— К тому же, что это за зарок такой, никто толком и не знает. Скорее всего, и не было никакого зарока...

— Зато есть пять трупов, с ним связанных... Убийца задержан, вину свою не отрицает, а если изменит показания, экспертиза его к стенке прижмет. Все это хорошо. Только вот братья его покоя не дают. Им сейчас самое место на нарах... Если Панкрат их не сдаст, попробуем действовать через Савицкого. Расколем парня — докажем причастность Садковых к убийствам. Тогда они от нас никуда не денутся...

Званцева еще не знала, что Дмитрий Савицкий преподнес им настоящий сюрприз. Оказалось, что ни в каком университете он не учится и числится актером при каком-то погорелом театре. Допросить его не удалось, поскольку он вылетел за границу — якобы на отдых. Вместе со своей подругой. Осталось только догадываться, на какие средства мелкий актеришка смог отправиться в тур по Европе на целый месяц...

С Панкратом тоже было не все гладко. Братья наняли для него дорогих адвокатов, под их влиянием он начисто изменил показания. Оказывается, он вообще ни в чем не виновен, а братья у него — ангелы во плоти. Но судмедэкспертиза поставила его на место. Посредством сложного молекулярно-генетического анализа через ДНК было установлено, что это он насиловал и убивал девушек. От такого заключения не отвертишься. Панкрата направили для обследования в специальный психиатрический стационар.

Досталось и его братьям. Ивана и Тихона взяли под стражу. Уже на законном основании была проведена экспертиза выделений, которая подтвердила, что прямого контакта с жертвами своего брата они не имели. Панкрат показания против них не давал. Сами они ни в чем не признавались. Савицкий исчез. Словом, судья не нашел достаточных оснований для содержания их под стражей. Так что по истечении двух суток их выпустили на свободу...

Глава четырнадцатая

Дима вернулся из турпоездки. Но его появление нисколько не волновало следователя, который занимался Панкратом Садковым. Да и незачем лезть в дебри, когда вина подследственного полностью установлена, материалы готовы для передачи в суд. Как должностное лицо, Лариса следователя понимала. Но как женщина, она должна была обличить организатора чудовищных убийств. Не только ради торжества справедливости, но и для того, чтобы предотвратить новые преступления.

Именно поэтому она и отправилась к Савицкому в гости.

Дима был дома. Дверь открыл сразу после первого звонка.

— Вау! Какие люди! — чуть ли не завизжал он от восторга.

Ларисе сразу показалось, что он не в себе. Или под газом, или в кумаре.

Лариса перенесла ногу через порог, но Дима вдруг стал закрывать дверь. Пришлось его оттолкнуть.

— Ты чего пихаешься? — как маленький захныкал Дима.

— Без ноги не хотела остаться, только и всего...

— Как ты можешь остаться без ноги? — снова развеселился он.

Резкая смена настроений, ужимки... Да, у него точно не все дома. И в переносном смысле. И в прямом — поскольку дома он и в самом деле был один.

— Очень просто. Ты бы мог прищемить мне дверью ногу...

— А ну дай-ка сюда!

Он упал перед Ларисой на колени, обхватил ее ногу, прижался к ней, как пиявка.

— Ты что делаешь?

Она с трудом совладала с искушением треснуть его кулаком по темечку.

Дима задрал вверх голову, впился в нее ошалелым взглядом.

— А ты как живая!

— Я и так живая!

— И с тобой можно заняться сексом?

— Можно, но не всем.

— А мне?

— А ты что, особенный?

— Конечно! Сколько раз ты приходила ко мне. Сейчас подсчитаю: раз, два... три... четыре... Сейчас пятый... Да ты хочешь меня! Потому и ходишь!..

Лариса двумя пальцами ткнула его в шею, нажала на болевые точки и оторвала его от пола, поставила на ноги.

— Пусти, больно! — снова захныкал он.

В глазах безумный страх... Одно из двух — или он сошел с ума, или изображает из себя великого драматического артиста.

— Ты хочешь меня убить?

Надо признать, что играл он неплохо.

— Да, да, я знаю, ты хочешь меня убить!.. Но за что? Это же не я тебя убивал!.. Я и не хотел тебя убивать. Да я даже и не думал!.. О! Я тебя люблю, я тебя обожаю! А ты хочешь меня убить! Опомнись, заблудшая душа!!!

— Может, хватит клоунаду разводить? — поморщилась Лариса. — Я знаю, что ты актер, а не студент...

— Я?! Актер?! — пафосно удивился Дима. И в том же тоне сам себе и ответил: — Да, я актер! И горжусь этим!.. Ты думаешь, я играю?! Нет!!! Это не игра! С тех пор как я увидел тебя, мое сердце не знает покоя!..

Театр абсурда продолжался, но Лариса знала спо-

соб, как досрочно опустить занавес. Две хлесткие по-
щечины должны были привести парня в чувство. Он и
в самом деле успокоился. И какое-то время изумленно
смотрел на Ларису. Такое впечатление, будто его только что вырвали из забытья и он приходит в себя...

— Ты кто? — наконец спросил он.

— Капитан милиции Черкашина.

— А как ты здесь оказалась?

— Ты меня сам сюда впустил...

— Ты хочешь заняться со мной сексом?.. Извини, у
меня проблемы с потенцией!

— Заклинило тебя на сексе, что ли?

— Да нет, какой заклинило. Как раз наоборот. Говорю же, с потенцией проблемы...

— И давно?

— Да уже вторую неделю. Ритка потому и ушла от
меня...

— Когда?

— Да как приехали, так и ушла... Ну чего ты сто-
ишь, говорю же — секса не будет!

Ларисе очень не нравился его блуждающий безумный взгляд.

— Дима, секс меня не интересует. Меня интересу-
ешь ты...

— Да не трогал я твой клад!

— Мой клад?! За кого ты меня принимаешь?

— А-а, думаешь, я не знаю, кто ты! Ты та сучка из
подземелья!.. Ой, что я такое говорю! — Дима в ужасе
бухнулся перед Ларисой на колени и в мольбе простер
к ней руки. — Только не убивай!

Пришлось ей снова приводить его в чувство. Все
тем же способом.

— Дима, я из милиции. Вот удостоверение!..

— А помню, помню, — кивнул парень. — Ты Лариса. Ты еще того придурка Панкрата замела...

Его глаза смотрели в никуда.

— Дима, зачем ты мне врал, что ты учишься на физмате?

— А я всегда хотел учиться на физмате. А стал актером. А что, нельзя?

— Зачем ты мне врал, что видел девушку в красном?

— А разве я ее не видел? Видел... У тебя тогда такой костюмчик был.

— Дима, ты часто наркотой балуешься?

— Так, по мелочи... Но если ты хочешь, я дам... Сейчас, сейчас...

Он суетливо полез в ящик стола, вытащил оттуда небольшой пакетик.

— Это марихуана. Классная травка, отвечаю! Из Голландии прихватил!

Лариса потрясенно уставилась на человека, который собственными руками протягивал ей «статью» уголовного кодекса.

Савицкий не мог заиграться настолько, чтобы угощать сотрудника милиции заграничной травкой... Но если он не валяет дурака, тогда что? Может, обкурился?

Но ведь он вез марихуану аж из самой Голландии. Если так, то он по-настоящему сумасшедший. Ни один нормальный человек не решится на такой риск...

Выходит, у Димы реально поехала крыша.

— Косячок забить? — угодливо заглядывая ей в глаза, спросил он.

— Ты хоть соображаешь, что я могу тебя арестовать?

— Арестуй!!! Только не убивай!..

— Дима, что случилось? Что с тобой?.. Ты же не отдаешь себе отчет в том, что происходит!

Дима не просто посмотрел на Ларису, он воткнулся

в нее взглядом. Но смотрел не в глаза, а куда-то далеко за них. Лицо медленно разглаживалось, на губах нервная улыбка. В конце концов он весело расхохотался.

— А мне по барабану, что происходит! — заявил он.

Только веселье это было какое-то надрывное, истерическое.

— Дима...

— Отстань!!! — заорал он на Ларису.

— Дима, ты играешь с огнем!

— Ты чо, не поняла?.. Вставай, проклятьем заклейменный, весь мир голодных и рабов! — громко запел он. — Кипит наш разум возмущенный...

Разум его не просто кипел. Сумасшедший пар, казалось, срывал с него скальп.

— Это есть наш последний и решительный бой!.. — с пеной у рта горланил Савицкий.

На этом песня оборвалась. Дима с воем схватился за голову, будто бы пытаясь вернуть сорванный шифер на место. Он скулил как подстреленная собака и в конвульсиях сучил ногами по полу. Лариса уже понимала, что это не притворство. И вызвала «Скорую».

Диму отвезли в больницу. А на следующий день Лариса узнала, что он скончался.

В тот же день Лариса встретилась с судмедэкспертом, который проводил вскрытие.

— Я слышал, что это вы вчера вызвали «Скорую» для пострадавшего, — пытливо посмотрел на нее грузный мужчина в годах.

Он страдал одышкой, поэтому его слова перемежались тяжелыми вдохами-выдохами.

— Да, я, — кивнула Лариса.

— Мне бы хотелось знать, как вел себя этот парень.

— Слышали про бред наяву? Так вот с ним было то же самое.

— Так, так, психомоторное возбуждение...

— Спутанное сознание, страх перед смертью, — продолжила Лариса.

— Галлюцинации?

— Скорее всего, да. Он принимал меня за привидение...

— Ясно. Что ж, налицо все признаки токсического психоза...

— Это по моей картинке. А по результатам вскрытия?

— Результаты вскрытия... Печень у него совсем плохая. Мелкокапельная жировая и вакуольная дистрофия...

— Это могла быть передозировка наркотиками?

— А у вас есть основания предполагать, что потерпевший употреблял наркотики?

— Да, у него была марихуана...

— Марихуана?.. Нет, марихуана вряд ли... Я уже говорил, печень у него плохая. Состояние так называемого мутного набухания. А это характерно для отравления металлоорганическими соединениями. И его поведение... Дело в том, что психотические явления — это уже признак отравления маталлоорганикой. Такое впечатление, что в течение месяца парня регулярно чем-то подтравливали...

— А чем именно?

— По мозгам больше всего свинец бьет. Возможно, это был тетраэтилсвинец. Утверждать пока не буду. В общем, я взял образцы тканей, так что экспертиза покажет...

— А как его могли подтравливать?

— Да очень просто. Если каждый день наносить раствор, ну, допустим, на край стакана, то эффект гарантирован. Можно столовую ложку раствором смачивать. Можно просто в то же пиво капать. Да мало чего... Кстати, знаете, от чего умер потерпевший? Сердце отказало... Сердце у него не совсем здоровое, а отравление вызвало развитие коллапса, что и повлекло за собой смерть. Короче говоря, его смерть можно было бы списать на проблемы с сердцем. Тогда никакого уголовного дела, убийца вне подозрений. Но тут без уголовного дела не обойтись. Пострадавшего убили, это я вам говорю. Так что ищите убийцу...

Из судмедэкспертизы Лариса отправилась в управление и сразу на доклад к Званцевой. Арина Викторовна выслушала ее, не перебивая.

— И кто мог его отравить? — спросила она таким тоном, как будто совершенно точно знала ответ.

— Я думаю, его подруга Рита, — выдвинула свою гипотезу Лариса.

— А если копнуть глубже?

— Тогда нарисуются братья Садковы. Савицкий для них сейчас что кость в горле...

— Правильно. Савицкий мог много про них интересного рассказать. Как они следили за тобой, как его самого к тебе подсылали, чтобы он тебе сказку про призрак в красном рассказал...

— Зачем нужна была эта сказка? — в глубоком раздумье спросила Лариса.

— Ну как зачем? Чтобы голову тебе заморочить. Чтобы ты поверила в существование призрака, чтобы ты помешалась на нем...

— Но на нем помешался сам Дима... Он уже сам поверил в то, что видел этот призрак. Когда я к нему пришла, он принял меня за дух Катерины Лопахиной... Может, этот дух в самом деле существует?

— Скажи еще, что и Савицкого он отравил, — усмехнулась Званцева.

— Профессионально, между прочим, сработано.

— Правильно, мешал Савицкий Садковым, вот его

и убрали... Кто будет заниматься его делом? — спросила Званцева.

— Не знаю, — пожала плечами Лариса. — Наверное, местное ОВД. Да и когда еще уголовное дело возбудят...

— Пускай они там сами возбуждаются. Мы это дело на себя брать не будем, у нас и своего геморроя хватает. Но Риту искать будем. Ты этим и займешься.

Приказы начальства не обсуждаются. К тому же Ларисе и самой было интересно пообщаться с Ритой.

Прежде всего она навела о ней справки через турагентство, услугами которого пользовался Дима. Ведь Рита, как выяснилось, ездила за границу вместе с ним. Лариса получила паспортные и анкетные данные на эту девушку. Фамилия, имя, отчество, год рождения, адрес, номер телефона...

Проживала Рита в районе Гольяново, вблизи Щелковского шоссе. Лариса на своем супербайке подъехала к дому, зашла в подъезд. Она минут десять жала на клавишу звонка, но никто не открывал. С мобильного телефона она позвонила на домашний номер. Тишина.

Несолоно хлебавши Лариса спустилась во двор. А там... Она не могла поверить глазам. Два здоровенных парня в кожаных косухах и пиратских косынках на голове не спеша, но быстро и ловко скручивали колесо с ее мотоцикла.

— Это что еще такое? — возмущенно протянула она.

Она думала, что с появлением хозяина эти великовозрастные юнцы бросятся наутек. Но не тут-то было. От занятия своего они оторвались. Но с видимой неохотой и без всякой суеты.

— Так бы сразу и сказала, что это твоя машина, — зевая, с ленцой изрек байкер.

— Ага, а то ваще разбрасывают тачки где ни попадя, — презрительно хмыкнул второй.

Как ни в чем не бывало ребятки повернулись к Ларисе спиной и направились к своим байкам, стоявшим неподалеку.

— Эй, а вам не кажется, что милиция в другой стороне? — спросила она.

— Чего?! — разворачиваясь к ней, взревел байкер с мощным торсом.

— Ты не о том базаришь, чувиха! — И его дружок также с разворота перешел на понты.

— Только попробуй ментам капнуть, коза! — пер на нее буром байкер.

Лариса дождалась, когда он подойдет поближе. И огорошила его:

— Я сама — мент!

Но, видимо, ребята ей не поверили.

— Ты кого грузишь, дура? — взревел один.

— Тебе чо, жить надоело? — взвыл второй.

— Вы задержаны, господа воры! — мило улыбнулась им Лариса.

Если б им было известно, что означает эта улыбка, они бы уже бежали без оглядки. Но ребята ничего не знали. И повели себя опрометчиво.

Один из них ударил ногой по ее мотоциклу, пытаясь его опрокинуть. Но Лариса удержала свой супербайк руками, а ногой заехала нахалу в ухо. Ему же было сказано, что он задержан. Не поверил. А жаль...

Второй байкер прыгнул на Ларису в попытке сгрести ее в охапку. Но поймал руками пустоту. И тут же почва ушла у него из-под ног, зато лицо стремительно пошло на стыковку с асфальтом...

К сожалению, у Ларисы была всего одна пара наручников. Пришлось приковать молодцов друг другу.

Теперь они имели бледный вид. У одного распухшее ухо и колокольный звон в голове, у второго шишка на лбу и на лице.

— Ну что, в отдел вас доставить? — спросила Лариса.

— Не надо, — умоляюще посмотрел на нее один.

— У меня сестра маленького родила, — всхлипнул второй. — Мне в тюрьму нельзя...

Лариса достала из кармана небольшую фотографию Риты Белогоровой, которую она одолжила в турагентстве.

— Угадаете, как ее зовут, возможно, отпущу. Возможно!

— Так это ж Ритка! — расцвел один.

— Откуда ты ее знаешь?

— Здрасьте, мы ж с ней в одном доме живем.

— Ну ты точно балбес...

— Я не балбес, я Рома...

— Балбес ты, Рома. Рома балбес. Разве возле своего дома байки раздевают?

— Да я вообще в первый раз! Просто колесо позарез было нужно... Я ж потом бы вернул... Честное слово, это в первый и последний раз!

— Верится с трудом... Где сейчас Рита, не знаешь?

— Так это, она ж куда-то уехала. За границу, что ли...

— Она уже должна была приехать.

— Тогда не знаю. Может, Серега в курсах? Серега, где Ритка, не знаешь?

— Так она вчера вечером куда-то уехала.

— Вчера вечером? Куда? С кем?

— Да с пацаном одним...

— Кто такой?

— Да не знаю я. Он не из наших...

— Ты говоришь, уехала, на чем?

— Да на машине, понятное дело...

— Какая машина?

— Да я бы не сказал, что чересчур крутая. Но в принципе тачка не хилая. «Фольксваген Пассат», черный металлик, вся такая полированная — блестит, как новая. Только не новая. Лет десять... Но, в общем-то, лично я бы от такой лайбы не отказался...

— Будет тебе лайба. В «столыпинском» вагоне по матушке России за казенный счет...

— Э-э, так вы же обещали.

— Ничего я не обещала. Но была близка к тому... Как пацана того зовут, с которым она уехала?

— Да вроде бы Валера.

— Ну вот, а говоришь — не знаешь...

— Да я и не знаю. Просто слышал, как Ритка с ним разговаривала.

— И о чем они говорили, если не секрет?

— Да, вообще-то, я как могила... Но если очень нужно...

Лариса нутром чувствовала, что Валера на черном «Фольксвагене» имеет к убийству Савицкого если не прямое, то хотя бы косвенное отношение.

— Нужно.

— Да в принципе ничего особенного не было. Я как-то раз видел, как она из машины выходила, а пацан ей вслед, типа, помни, что этил — яд. А она в ответ, типа, Валера, я знаю... Только я не пойму. При чем здесь этил? Его ж в бензин добавляют, а у него турбодизель. Да и вообще, этилированный бензин уже запрещен...

— А знаешь, почему запрещен?

— Так это, свинца в нем много, народ травится...

— За экологию оценка «отлично», — улыбнулась Лариса. — Теперь будем ставить оценку за вниматель-ность. Какой госномер у «Фольксвагена»? Три минуты на размышление...

— Да зачем три минуты? Цифры я влет запомнил. Три «шестерки». И буквы приметные. Первая «ха», а две другие — «у» и «я»...

— Забавная комбинация. Такую трудно не запо-мнить...

— Видать, у пацана завязки с гаишниками, если они ему такую хрень отчебучили. А может, пару сотен баксов на лапу кому дал. Только лично б я такую байду на свою тачку и за бесплатно бы не повесил...

— Так ты у нас хороший мальчик, сатане не поклоняешься, матом не ругаешься...

— Ну, насчет мата — оно бывает. А сатанизмом мы с Ромкой не увлекаемся...

— Ну и молодцы! Оставляете мне свои координаты и свободны... Да, кстати, когда разговор про этил был?

— Так это, еще до того, как Ритка за границу поехала...

Лариса отпускала байкеров скрепя сердце. Этим дятлам самое место на нарах. Но ведь если бы не они, когда б она получила информацию о таинственном Валере... А он все-таки причастен к убийству Савицкого...

Глава пятнадцатая

Байкер не наврал. Владельца «Фольксвагена» под указанным номером действительно звали Валерием.

— Фамилия Долгоносов, — докладывал Артем Волохов. — Отчество Михайлович, двадцать пять лет от роду, дважды судим...

— Героическая личность, — заметила Лариса.

— Первый раз залетел по малолетке за кражу. Только вышел — и снова залет. На этот раз грабеж. В общей сложности шесть лет за решеткой. Последние два года на свободе. Род занятий пока не установлен...

— Зато машина установлена. Если это тот самый Валерий, которого мы ищем, то машину свою он официально на себя зарегистрировал. Значит, от правосудия не скрывается...

— Интересно, как он за два года четырнадцать тысяч долларов заработал? Именно столько стоил его автомобиль на момент покупки... Надо бы пробить, как в тюрьме он себя вел, в смысле, какой у него статус. Если из блатных да с авторитетом, то, может, его воры смотрящим по какому-нибудь району поставили...

— За Ритой его смотреть поставили... Надо его самого пробивать. Берем Сурьмина и едем к нему домой.

— А повод? У нас же ни дела, ни санкций...

— А мы что, просто побеседовать с ним не можем?

Валерий Долгоносов жил в Зеленограде. Возле подъезда его дома стоял «Фольксваген» цвета черный металлик. Машина подержанная, но выглядела она для своего возраста превосходно. Видно, хозяин холил ее и лелеял.

— Дома наш дружок, — решил Сурьмин.

И механически сунул руку под куртку — проверил, на месте ли пистолет. Все правильно, с уголовниками нужно держать ухо востро.

Лариса и ее напарники поднялись на седьмой этаж. Захламленная лестничная площадка, закоптелый потолок, разбитая лампочка. Доступ в квартиру Долгоносова закрывала добротная бронированная дверь с сейфовым замком. Волохов нажал на клавишу звонка.

Вызванивать хозяина квартиры пришлось минуты три. Наконец послышался шум открываемых замков. Дверь приоткрылась, выглянула заспанная физиономия Долгоносова. Покатый лоб, тяжелые надбровные дуги, маленькие хищные глазки.

— Чего так рано? — пренебрежительно посмотрел он на Волохова. — Я ж на восемь вечера заказывал...

— Кого ты заказывал? — подозрительно спросил тот.

— Понятно кого, по вызову, — рассеянно глянул на Ларису Долгоносов.

— Ошибся, дружок, — покачал головой Сурьмин. — Мы тебе не из эскорта...

Парень снова посмотрел на Ларису, на этот раз более внимательно. Обвел взглядом ее помощников.

— Да вы из ментовки!

Глаза радостно заблестели, рот растянулся до ушей. Можно было подумать, что нет для него большего кайфа на свете, чем общение с представителями родной милиции. Лариса так и подумала. И эта мысль отняла у нее драгоценную секунду, которой Долгоносову хватило, чтобы захлопнуть дверь.

— Хрен возьмете, суки! — донеслось уже из-за закрытой двери.

Лариса осталась с носом, но это ничуть ее не расстроило. Своим поведением Долгоносов показал, что есть за ним какой-то грех. Можно было даже догадаться, какой. Дело в том, что Рита так и не появилась дома. Как уехала позавчера с Валерой, так ни слуху ни духу. Она могла находиться у него дома. Но это вряд ли. Если б она гостила у Долгоносова, он бы не стал вызывать на дом девочку по вызову. Разве что они практиковали извращенную любовь, типа «один плюс два». Но это маловероятно...

— Гражданин Долгоносов, открывайте! — грозно потребовал Артем. — Мы предлагаем вам явку с повинной!

— Хрена вам, а не явка!

— Напрасно! Вы бы могли смягчить свою участь!

Это предложение Долгоносов оставил без комментариев.

— Что делать будем? — тихо спросил Сурьмин.

Ларисе была знакома планировка домов этой серии. Поэтому она знала, что квартира у Валеры двухкомнатная, все три окна выходят на одну сторону дома.

— Ты остаешься со мной, а ты, Артем, дуй вниз, вдруг он себе крылья отрастил...

— Ну, если есть травка из Чуйской долины, то запросто... — уже на ходу бросил Волохов.

Лариса решила вызвать наряд милиции. Пусть и нет никакого уголовного дела в отношении Долгоносова, но есть факт исчезновения Маргариты Белогоровой, а также основания считать, что он к этому причастен. Плюс его подозрительное поведение...

Наряд она вызвала. Но Долгоносов выбросил белый флаг еще до его появления. Он открыл дверь, кивком головы попросил Ларису и Сергея зайти в дом.

В этом приглашении мог заключаться какой-то подвох, поэтому Лариса держала ушки на макушке. Но ничего не случилось. В квартире, кроме хозяина, никого не было. Долгоносов зашел в гостиную, сел в мягкое кресло и смиренно протянул сомкнутые руки.

— Учтите, это явка с повинной, — обреченно вздохнул он.

— Суд обязательно это учтет, — защелкивая на его руках браслеты, предложил Сурьмин.

— Это было убийство по неосторожности...

Лариса испытывала примерно такое чувство, какое может испытывать рыбак, поймавший на крючок без наживки огромную щуку.

— Боюсь, что мы не можем поверить вам, — сказала она. — Пока вы не расскажете нам, как все произошло...

— Да что произошло, — пожал плечами Долгоносов. — Мы это, на поляну выехали, да. Ритка сказала мне колбаски нарезать, да. Мы это, колбаску поджарить хотели. Ну, хавать хотелось. Короче, я достал финку, да, а Ритка веселая такая... Честно признаюсь, мы косячок с ней замутили. Так она прыгать начала, да, песни там петь, ну и, короче, сама на нож напоролась...

— Что ты там про этил говорил?

— Про какой этил?

— Этил — яд.

— Я такое говорил?

— А разве нет? Ты это говорил еще до того, как Риту в загрантур отправил вместе с Димой Савицким...

— Кому я это говорил?

— Ей и говорил. Есть люди, которые это слышали.

— Ну, а если и говорил, то что?

— Этил содержит тетраэтилсвинец.

— Ну и чо? — Долгоносов с вызовом посмотрел на Ларису.

За этим вызовом скрывалось беспокойство.

— А то, что Дмитрий Савицкий умер от отравления свинцом.

— Да я этого Диму знать не знаю, — ухмыльнулся уголовник.

— Совсем не знаешь?

— Ну, знать-то знаю. Козел он, в натуре...

— А чего такая нелюбовь?

— Так он это, с Риткой мутил. А у меня к ней чувство...

— Так, может, ты ее из-за ревности убил? — спросила, как ужалила, Лариса.

— Ни фига, это убийство по неосторожности!

— А может, и ревность ни при чем? Может, от нее нужно было избавиться как от опасного свидетеля? Мало того, что она Савицкого отравила, так она еще и знает, кому именно он мешал...

— А кому он мешал? — настороженно покосился на нее преступник.

— Вот это бы я и хотела у тебя спросить.

— А чего меня спрашивать? Я ничего не знаю...

— Может, все-таки знаешь?

— Я вообще не въезжаю, о чем ты счас говоришь...

— Ладно, поехали покажешь, куда труп спрятал, — поднимаясь с места, поманил его за собой Сурьмин.

— Какой еще труп? — изумленно уставился на него Валера.

Ну вот, началось!

— Труп Маргариты Белогоровой...

— Не знаю такой!

— А вот это ты зря, — Лариса метнула в него предостерегающий взгляд. — Маргариту Белогорову ты знаешь, это факт. Последний раз тебя видели вместе с ней. Свидетели, будь уверен, есть. К тому же труп рано или поздно найдут... Так что ты принял правильное решение — чистосердечно во всем признаться. А будешь юлить, накрутишь себе срок. И убийство по неосторожности не пройдет, это я тебе как профессиональный юрист говорю... Да, кстати, свое признание ты наговорил на диктофон...

— Да ладно, я ж пошутил, — вымученно улыбнулся Долгоносов. — Поехали за трупом. Если его еще не нашли...

Ехать далеко не пришлось. Труп Риты Белогоровой был обнаружен на лесной поляне в нескольких километрах от Зеленограда. Поваленное бревно, кострище, куча листьев, под которыми и было погребено женское тело... Лариса немедленно созвонилась с начальством — пусть организуют выезд следственно-оперативной группы.

Рита была убита ножом. Точный удар в сердце.

— А говоришь, убийство по неосторожности... — скептически посмотрела на Долгоносова Лариса.

— А что, нет?

— Удар хорошо поставленный. Я бы сказала, профессиональный...

— Зачем ты убил Белогорову?..

— Это убийство по неосторожности, неужели непонятно?

— Кто тебя в этом убедил?

— Я сам знаю, что это так!

— Почему же ты так испугался, когда мы к тебе пришли?

— Так это, на тюрьму не очень-то охота.

— На замок от нас закрылся...

— Так это ж — первая реакция, да. Потом я одумался, решил, что нужно сдаваться...

— Одумался? Может, кто-то помог?.. Кому ты звонил, Долгоносов? Кому сообщил о нашем приходе?

— Никому я не звонил.

— Врешь... Покровителю своему ты звонил. Советовался с ним, как быть. Что он тебе сказал?

— Ничего он не говорил.

— Говорил. Сказал, чтобы брал убийство на себя. Сказал, что на зоне тебе создадут условия или что-то в этом роде. Денег тебе пообещали за молчание. Заверил, что адвокаты переквалифицируют заказное убийство на убийство по неосторожности...

— Какое заказное убийство?

— Я же говорила тебе, за что ты Риту убил. Твои хозяева избавились от нее как от исполнителя и опасного свидетеля... Заметь, Валера, сначала Рита убивает Савицкого как отработанный элемент. Затем ты убиваешь Риту как опасного свидетеля. Угадай, как поступят с тобой?

— Не, меня не тронут, — ухмыльнулся убийца.

— Почему?

— Да потому...

— Ты что, ценный кадр? Для кого?

— Ни для кого... Говорю же, Риту я убил по неосторожности. Нож неправильно держал, а она под кайфом была...

— Ты тоже был под кайфом. Экспертиза это подтвердит.

— Ну и что?

— А то, что не получится неосторожного убийства. Самое меньшее, будет убийство из ревности. А при твоем уголовном стаже — это лет десять, не меньше. А если мы докажем заказной характер убийства... А мы обязательно это докажем...

— Слышь, может, хватит меня на пушку брать? — ухмыльнулся Долгоносов. — Тебе говорят, что я случайно Ритку убил, значит, так и было. Так что отвянь, а...

— А если я тебе скажу, что знаю человека, который тебе Белогорову заказал? — вкрадчиво спросила Лариса.

— Да не знаешь ты ничего. Потому что никто мне никого не заказывал... Все, достала ты меня. Больше без адвоката слова не скажу...

Убийца демонстративно зевнул и остекленевшим взглядом уставился в небо.

К Ларисе подошел Артем. В глазах восторг.

— Смотри, что мы в кармане у покойной нашли!

Он протянул ей визитную карточку. Садков Тихон Сергеевич, реквизиты фирмы, телефоны...

— Что и требовалось доказать, — улыбнулась Лариса.

Сама по себе эта визитка ничего не значила. Она всего лишь выводила следствие на Тихона Садкова. Но находка была бесценной, если знать, чью волю исполнял ныне покойный Дмитрий Савицкий.

— Тихон Сергеевич Садков, тебе это имя о чем-нибудь говорит? — спросил у Долгоносова Сурьмин.

— Говорит, — невозмутимо спокойно ответил тот. — Я у него работал...

— Работал?! — Лариса не смогла сдержать удивления. — Кем?

— Так это, у них склад за городом, в районе Мытищ. Так это, я там сменным сторожем работал. Нормальная работа, сутки дежуришь, три отдыхаешь, и зарплата пять тысяч рублей...

— Я заметила, что квартира у тебя приличная. Только за ремонт тысяч десять-пятнадцать отдал...

— Ну, что-то около того.

— И сама квартира стоит не мало.

— Семьдесят штук...

— Плюс мебель. Плюс машина. А откинулся ты когда?

— Ну давно уже, два года как...

— Как же ты за два года на квартиру и на машину скопил?

— Так это мое личное дело.

— Не знаю, не знаю, у следствия обязательно появятся вопросы. Да и налоговая служба заинтересуется....

— Да хрен с ним, семь бед — один ответ...

— Я пока что про одну беду знаю.

— А я тебе про вторую намекну. Чем сторожа живут, знаешь?

— Хочешь сказать, что со склада приворовываешь?

— Я тебе этого не говорил, — осклабился Долгоносов.

— Как же тебя на склад такого хорошего взяли? У тебя ж две судимости, и обе за кражи...

— А я их скрыл.

— Врешь.

— Да зачем мне врать?

— А чтобы свою преступную связь с братьями Садковыми скрыть.

— О чем это ты?

— Признайся, что ты не только сторожем у Садковых работал?

— Ладно, признаюсь... Я еще дворником по совместительству работал. Ну, территория большая, убрать там что-то нужно, подмести...

Долгоносов просто издевался над Ларисой. Да и она была собой недовольна. Как-то неудачно сложился допрос, не смогла она вложить в свои вопросы пробивную силу. Впрочем, Долгоносов не из тех, кого можно развести на пальцах. Он стреляный воробей и знает, когда с ним говорят языком фактов, а когда языком догадок. Догадками его не прошибешь... Ничего, рано или поздно у Ларисы появятся факты, тогда она будет говорить с ним по-другому.

Глава шестнадцатая

Лариса нисколько не сомневалась в том, что за убийством Дмитрия Савицкого стоят братья Садковы. И Белогорова, которая его отравила, и Долгоносов, который ею руководил, — все каким-то образом были связаны с ними.

Только вот по-прежнему не было неотразимых доказательств для судьи. То, что в кармане покойной отравительницы была найдена визитка Тихона Садкова, ни о чем не говорило. Как и то, что Долгоносов работал у него сторожем. Он-то, кстати, и мог дать эту визитку Рите — во всяком случае, на это будут бить адвокаты. Вот если Долгоносов признается под протокол, что Риту его заставили убить Садковы или кто-то из них, тогда можно бежать в суд или в прокуратуру за санкцией на арест. Но убийца молчал.

Долгоносов упорно отстаивал свою версию убийства по неосторожности. Знакомство с Дмитрием Савицким он отрицал. Ну, это можно было проверить, знакомы они были или нет. Для этого Лариса и направилась к матери Савицкого...

В доме траур. Гробовая тишина, занавешенные зеркала, свеча перед иконами. Только самого покойника не было. Экспертиза подтвердила, что Дима умер от отравления тетраэтилсвинцом. Это было чистой воды убийство, а криминальные трупы лежат в морге подолгу. Родственники еще не получали его тело для захоронения.

Мать Дмитрия была убита горем. Но в истерике не билась, белугой не выла. И с готовностью откликнулась на просьбу Ларисы поговорить о покойном сыне.

— Мне когда сказали, что девушка какая-то пришла, сразу подумала, что это Рита... — сказала женщина и платком смахнула с глаз набежавшую слезу. — А это, оказывается, из милиции...

— Капитан Черкашина, — представилась Лариса.

— Такая молодая, а уже капитан. Заслуг, наверное, много?

— В общем-то, даром хлеб не едим... Ирина Тимофеевна, а вы хорошо знали Риту?

— Ну, я бы не сказала, что хорошо. Но, в общемто, сын меня с ней знакомил. Мне она понравилась. Спокойная такая, покладистая... Но разве это сейчас имеет значение, какой она была?

— Значение имеет то, при каких обстоятельствах они познакомились, — сказала Лариса.

— Ну как парни с девушками знакомятся, так и они познакомились...

— Парни с девушками знакомятся по-разному, бывает, сами, а бывает, их кто-то знакомит...

— Нет, Дима с Ритой сам познакомился.

— Может, их познакомил вот этот парень?

Лариса достала и показала женщине фотографию Тихона Садкова.

— Нет, я его не знаю, — покачала головой Ирина Тимофеевна.

— Может, вы знаете этих людей?

На этот раз она предъявила фотографии Тихона Садкова и его брата Ивана. И снова услышала «нет».

— Скажите мне, Диму действительно убили? — навзрыд спросила несчастная женщина. — Или это все-таки несчастный случай?

— Это было убийство, — кивнула Лариса. — Преступник устанавливается...

Лариса не стала называть убийцу. Ни к чему это.

— Не может быть, не может быть... За что его убили? За что? Он же никого не обижал в этой жизни...

— Ваш сын был актером, это правда? — продолжила допрос Лариса.

— Правда, — вздохнула мать. — Мечтал стать великим актером...

— Дмитрий говорил, что, помимо всего, увлекается диггерством...

— Простите, чем?

— Диггеры — это люди, которые исследуют подземелья...

— Какие подземелья?

— Подземелья Москвы и не только... В общем, ваш сын часто спускался под землю?

Вопрос был некорректным, если учитывать, что в самом скором времени прах Дмитрия предадут земле.

— Я не понимаю, о чем вы говорите, — покачала головой Ирина Тимофеевна. — У Дмитрия никогда не было таких увлечений...

У Ларисы не оставалось сомнений в том, что Дмитрий Савицкий плясал под чью-то дудку. Сам под землю не спускался, но как живописал подземелья Таганского холма! И диггерским байкам его научил кто-то. Только вот в подземных переходах он был не силен, поэтому и заблудился тогда, когда водил Ларису искать Панкрата Садкова. А то, что он знал, как спуститься в подземелье, это объяснимо. У человека, на которого он работал, была целая ночь, чтобы объяснить ему на словах и на практике, как попасть в подземный лабиринт. Но этого времени не хватило, чтобы сделать Диму первоклассным диггером...

Лариса попросила у матери Савицкого все записные книжки и тетради, которыми мог пользоваться ее сын. Может, промелькнет имя или телефон Долгоносова или кого-нибудь из братьев Садковых... Она уже собралась уходить, когда в дверь позвонили.

В гости к Савицким пришел молодой человек. По долгу службы Лариса не могла обойти его вниманием. Надо сказать, что этот парень был интересен и с чисто женской точки зрения. Высокий, подтянутый, белозубая улыбка, жесткие густые волосы в стильной молодежной прическе. Черты лица крупноватые и даже простоватые, но это его совершенно не портило. Пожалуй, наоборот, создавало особый мужской шарм.

— Здравствуйте, Ирина Тимофеевна, — поздоровался он. — А где Димка?

— Нету Димки! — всхлипнула бедная женщина. — Нету его больше!

Парень глянул в глубь прихожей, заметил занавешенное зеркало. Побледнел, глаза застлало горькое удивление.

— Что такое? — дрогнувшим голосом спросил он.

— Нету Димы, Даниил! Нету больше Димы!!!

Ирина Тимофеевна разрыдалась и закрыла лицо руками. Появившийся муж неприветливо посмотрел на гостя, обнял жену за плечи и повел в комнату.

Лариса вышла из тени. И сразу же попала в прицел жгучих глаз.

— А вы, наверное, Рита? — растерянно спросил парень.

— Наверное, — кивнула она.

Ей не хотелось говорить, кто она такая.

— А что с Димкой?

— Умер Дима... — скорбно вздохнула Лариса.

— Как это умер?

— А как люди умирают. Живет себе человек, а потом раз — и нет его.

— Так Димка ж еще совсем молодой. Ему ж двадцать четыре года всего...

— Говорят, что его отравили.

— Отравили?! Кто?

— Пока неизвестно... Ладно, вы меня извините, мне уже пора...

— Да мне, в общем-то, тоже надо идти. Я вижу, что здесь сейчас не до меня...

Они вместе вышли на улицу.

— Вас подвезти? — показывая на свою машину, спросил он.

Это был новенький джип «БМВ» черного цвета.

— У меня машина той же марки, — грустно улыбнулась она, показывая на свой мотоцикл.

— Оп-ля! Так это ваш байк! Круто! — восторженно отозвался он.

— Не жалуюсь. И в подвозчиках не нуждаюсь...

— Но я не могу вас так просто отпустить! — всполошился Даниил.

— Это еще почему?

На самом же деле ей и самой не хотелось, чтобы он ее отпускал... Она пыталась оправдаться перед собой тем, что ею движет исключительно оперативный интерес. Видимо, этот парень — друг покойного Димы, а значит, через него она может узнать о нем кое-что интересное. Но куда больше он интересовал ее просто как мужчина... Одна ее подруга назвала бы этого парня просто и скромно — знойный мачо. И Лариса бы, пожалуй, с ней согласилась.

Как таковых мачо она не любила. Самодовольные эгоисты, надутые индюки... Но ей казалось, что Даниил был не из таких... Может, не зря говорят, что любовь слепа?.. Какая, к черту, любовь?.. Лариса с трудом удержалась от желания впрыгнуть в седло своего супербайка и дать газу. Она знала свою неукротимую натуру, благодаря которой могла умчаться прочь от этого красавчика только лишь из собственной зловредности.

— Я не мог поговорить с Димкиными родителями, может, вы мне объясните, что с ним случилось?

— Объясню, — кивнула она.

Даниил распахнул перед ней дверь своего джипа, и она полезла в машину, хотя зловредность хватала ее за шкирку и тянула к мотоциклу.

Парень усадил ее в машину, сам сел за руль. Достал пачку «Парламента», в задумчивости вытащил сигарету. И спохватился лишь тогда, когда в руке щелкнула зажигалка.

— Рита, извините, я не спросил, а вы курите?

— Нет.

Даниил стал вкладывать сигарету обратно в пачку.

— А вы джентльмен... — улыбнулась Лариса.

— Да? Пожалуй, я не буду отказываться от этого звания...

— А курить вы можете. Я спокойно переношу дым...

Он снова сунул сигарету в рот, зажег ее.

— Я вообще-то бросаю, но когда очень волнуюсь, не могу не курить... Так от чего умер Дима?

— Отравление тетраэтилсвинцом.

— Что это еще за ерунда?

— Если б это была ерунда, от нее бы не умирали... Третраэтилсвинец — это металлоорганическое соединение, используемое в качестве антидетонатора для низкооктановых сортов бензина, — выдала она заученный текст.

— Ого! Как от зубов...

— Что от зубов?

— Говоришь, как от зубов отскакивает. Да и... Ноги у тебя тоже от зубов...

— М-да, сильный комплимент. Сам бы Шекспир от зависти помер...

— Грубо, да? Зато реально... И вообще, не знал, что у Димки такая подружка. Был бы он жив, я бы тебя у него отбил...

— Димы больше нет...

— Да уж, да уж... А он что, этилированный бензин нюхал?

— Вряд ли... А ты ему кто, друг?

— Если точней, то друг детства. Правда, он на два года младше меня. Но мы в одной школе учились, в одной студии занимались...

— В какой студии?

— В театральной. Димка потом в «Щуку» поступил. А я...

— Что ты?

— Да я в армию загремел. А когда вышел, уже не до театра было...

— Из армии не выходят, из армии увольняются.

— А-а, одно и то же. У нас в части такая дедовщина была, что зона с ворами отдыхает...

В голосе Даниила вспыхнули, но тут же погасли приблатненные нотки...

— Я потом после армии дело свое открыл. Вторчерметом занялся. Такой фарт пошел, что только держись.

Не поверишь, за три года несколько миллионов сделал. В долларовом эквиваленте, разумеется. Только понимаешь, в этом деле что главное — вовремя уйти, а то киллер задвинет. У меня ума хватило уйти... Поверить не могу, сижу тут перед тобой, наизнанку выворачиваюсь. Видать, крепко ты меня прижала...

— Я тебя не прижимала.

— Обаяние у тебя мощное, килотонна как минимум. Можно даже сказать, что в тротиловом эквиваленте.

— Тогда я, наверное, выйду из машины, а то взорвусь...

— Так это ж образно.

— Ты что, поэт?

— Нет, я продюсер.

— Чего?

Лариса почувствовала укол разочарования. Даниил держал марку, пока не опустился до глупого и бессовестного вранья. Знает она этих продюсеров. Морочат девчонкам голову звездными перспективами, пользуются ими, а потом выбрасывают за ненадобностью. Сколько девушек прокололось на таких вот лжепродюсерах.

— Ни чего, а кто. Продюсер я. По части кино...

— А-а, понятно, — ехидно усмехнулась Лариса. — Какой фильм нынче снимаем? Я случайно на главную роль не подхожу?

— Увы, на главные роли мы берем известных актеров.

— А на роль второго плана?

— На роли второго плана подбираем очень известных актеров... Видишь ли, я вкладываю реальные деньги в реальное кино и рассчитываю на реальный доход. Хвастать не буду, но мой первый фильм принес мне двести тысяч долларов чистой прибыли. Для России это супер! Я тебе честно признаюсь — красавица ты редкостная. Но это не значит, что я готов предложить тебе роль... Да я даже Димке в роли отказал!

— Почему?

— Да потому что, между нами девочками говоря, нет в нем актерской харизмы. То есть не было...

Лариса могла с этим не согласиться. По ней, так Дима был отличным актером. Вон как здорово прикинулся диггером, а как про привидение в красном заливал....

— Да и типаж не тот, который был мне нужен...

— Жестоко по отношению к другу.

— Да я знаю... Я ж почему к нему сегодня пришел? Роль хотел предложить...

— Что, совесть замучила? Или типаж нашелся?

— И то и другое... Впрочем, какое это уже имеет значение? Димки больше нет... Так ты говоришь, он траэтилсвинцом отравился?

— Тетраэтилсвинцом, — поправила его Лариса.

— Так он что, бензин нюхал?

— Нет, этим он не занимался. Его подруга отравила...

— Зачем?

— Видно, решила, что Дима неудачник, а зачем ей такой? Вот если б ты его на роль взял в свой фильм, она бы его, может, и не отравила...

— Да я-то здесь ни при чем... — Даниил настороженно смотрел на нее.

— Ну, это как сказать. Возможно, его подруга и тебя отравить хочет.

— За то, что я его в свой фильм не взял?

— А хотя бы за это...

— Про какую подругу ты говоришь?

— Рита ее зовут...

Лариса впилась в него морозным пронизывающим взглядом. Он занервничал, полез за сигаретой.

— Так Рита ж это ты...

— А тебе что, страшно?

— Да не знаю... Какая-то ты не такая...

— А какая?

— Теплая была. А сейчас как лед... Ты случайно не киллер?

Даниил бодрился, но было видно, что чувствует он себя крайне неуютно.

— Во-первых, я не Рита... Зовут меня Лариса, звание — капитан...

— Капитан чего?

— Милиции... А что, не похоже?

Взгляд ее смягчился. Даниил облегченно вздохнул.

— Ну ты даешь!.. А я смотрю, вроде бы обыкновенная девчонка, ну красивая, да. Как роза. Но с шипами...

— За киллера меня принял?

— Да был грех... У меня в новом фильме как раз эпизод есть, там девушка-киллер...

— Как про меня писано?

— А что? Если ты и в фильме так сыграешь, как сейчас, то суперкласс будет...

— И зачем ты это сказал? — разочарованно пожала плечами Лариса. — Я уже решила, что ты все-таки не станешь меня ролью соблазнять, это так примитивно. А ты...

— Но я же серьезно! Да и роль маленькая...

— А меня маленькая роль не устраивает.

— Ну вот, уже торговаться начала, — покровительственно улыбнулся Даниил.

— Даже не думала... Ты мне больше про роль не говори, ладно? А то я совсем к тебе интерес потеряю...

— А про что хочешь, чтобы я с тобой говорил? Про Димку?

— И про него тоже.

— Так его что, в самом деле убили?

— А зачем я, думаешь, к его родителям приходила?.. Кстати, будешь у них, не говори, что Диму Рита убила. У нас пока нет стопроцентной уверенности, что это ее рук дело...

— Так она что, не признается?

— Если признается, то на божьем суде. Ее тоже убили...

— Ни фига себе закруточка! Да тут детективным сериалом попахивает!

— Угадал, тут целый сериал, только в режиме реального времени. И запутано все до чертиков...

— Ну да, если сначала Димку приговорили, затем его подругу... Кто-то конкретно воду мутит... Надеюсь, что я вне подозрений?

— Кто его знает...

— Да ладно тебе! — вымученно улыбнулся Даниил. — Если б ты на меня думала, так бы Ритой для меня и оставалась. А ты призналась, что из милиции...

— А может, я официально хочу тебя допросить?

— Да, тогда допрашивай! Все, что знаю, все про Димку расскажу.

— Когда ты в последний раз виделся с ним?

— Месяца три назад. Он на меня обиделся, а у меня дела, дела...

— А про Риту откуда знаешь?

Предположительно, Дима познакомился с Белогоровой два месяца назад. Судя по всему, она и навязала ему смертельно опасную игру... Знать ее Даниил не мог, иначе бы он не перепутал ее с Ларисой. Хотя он мог слышать о ней от Димы, но ведь они уже три месяца как не общаются... Какой же будет ответ?

— Так это просто. У нас общий друг есть. Он тоже сейчас весь в делах, занятой. Но с Димкой нет-нет да пересекается. Мы с ним как-то встречались, он мне про Димку рассказал. Говорит, нормально все, девчонка у него новая, Ритка зовут. Симпатичная, говорит, девчонка...

— А фамилия как?

Лариса вспомнила про друзей, о которых говорил Савицкий. С ними он якобы видел привидение, похожее на Ларису.

— Гарькавый, а что?

— А кто такие Лешка Крапивин и Генка Усольцев?

— Даже не слышал о таких.

Скорее всего, это были вымышленные персонажи. Ни Крапивина не было, ни Усольцева, ни кладового духа... Хотя сам клад существует. Во всяком случае, в сознании определенных личностей. Которые и развели этот сыр-бор с убийствами и хитроумными изворотами. Вряд ли Даниил имеет к ним какое-то отношение. Он просто друг Дмитрия Савицкого. И к тому же очень интересный мужчина.

— И еще один вопрос. Среди ваших общих знакомых не было этих людей?

Лариса показала ему фотографии Долгоносова и Садковых.

— Нет, я таких не знаю, — в раздумье покачал головой Даниил.

— А фамилия Долгоносов вам о чем-нибудь говорит?

— Нет...

— А Садков?

— Тоже нет.

— Ну все, тогда вопросов у меня больше нет. Не буду вас задерживать...

Это говорила не она, а ее собственная зловредность.

— А если я хочу вас задержать? — задорно улыбнулся он.

— Ну, если у вас есть санкция прокурора, даже арестовать меня можете.

— А сам я санкцию выписать не могу?

— Не знаю...— пожала она плечами. — Ладно, мне пора!

Лариса вышла из машины, оседлала свой байк, натянула шлем. Мотор заурчал тихо, но грозно. Машина стрелой вылетела со двора. Вслед за ней устремился и джип.

Лариса ехала быстро, но Даниил не отставал. При этом ему приходилось притеснять и подрезать попутные машины. А так до аварии недалеко... Так продолжалось, пока они не выехали на брусчатку Баррикадной. Лариса остановилась. Во-первых, не хотелось и дальше создавать аварийные ситуации. А во-вторых... А не слишком ли быстро она бежит?..

Даниил остановился рядом, с приветливой улыбкой вышел из машины.

— Я забыл вам кое-что сказать...

— Да?

— Я вспомнил, что однажды видел этого человека, которого вы мне показывали...

— Какого именно?

Пришлось снова вынимать фотографии. Даниил показал на снимок Тихона Садкова.

— И где вы его видели?

— Да он с Димкой о чем-то разговаривал.

— Где?

— В районе Беговой. Они возле машины стояли, о чем-то разговаривали. Я просто мимо проезжал...

— Когда это было?

— Ну, точно не помню. Но уже после того, как мы с Димкой разругались...

— Спасибо, вы мне очень помогли!.. Прошу вас, не надо меня преследовать...

— Ваша просьба принимается. Но только в нагрузку с вашим телефоном...

Лариса не возражала. И продиктовала свой номер. Но Даниил не отпустил ее до тех пор, пока не позвонил на ее мобильник и не убедился, что его звонок достиг адресата.

— Я знаю один чудный ресторанчик, где на ужин подают настоящий суши...

— А что, суши бывают ненастоящими?

— Девяносто девять случаев из ста — бессовестная подделка. Настоящий суши готовят из свежей рыбы. Кстати, у японцев ценится утренний суши, потому что рыба самая свежая. Дневной суши уже так себе, а вечерний — вообще хлам. Но есть избранные рестораны, где и вечерний суши готовится из свежайшей рыбы...

— Брехня это все, — усмехнулась Лариса.

— Почему?

— Нет у японцев никаких суши. Они букву «ш» не выговаривают...

— Ну так, значит, оно у них по-другому называется.

— Как это по-ихнему называется, вслух говорить не будем. Не совсем прилично... Но насчет ресторана... Пожалуй, не откажусь. Только не сегодня. А вообще, звоните...

Лариса снова села на мотоцикл, сделала Даниилу ручкой и затерялась в гуще машин.

Глава семнадцатая

Едва Лариса появилась в отделе, как столкнулась с Волоховым.

— Эй, что с тобой? — спросил он.

— А что со мной? — удивленно повела она бровью.

— Глазки блестят, щечки розовые. Ты случайно не влюбилась?

— Размечтался... Просто информацию интересную раздобыла.

— Колись!

— Я с другом Савицкого разговаривала. Выяснилось, что Дмитрий был знаком с Тихоном Садковым.

— Ну вот, все к одному. Кстати, мы тут тоже не груши околачиваем. Тоже кое-что раздобыли! — торжественно провозгласил Артем.

— А что конкретно?

— При повторном обыске в квартире Долгоносова обнаружен мобильный телефон.

— И что?

— А то, что этот тот самый телефон, с которого он звонил, когда мы за ним пришли. Помнишь, ты же сама говорила, что он со своим патроном советовался, как ему быть. Так вот, время звонка соответствует...

— А номер телефона?

— Ну, я не думаю, что ты сильно удивишься. Тихону Садкову он звонил.

— Напрямую?

— Напрямую...

— Ну вот и все, круг замкнулся... Почему мне не сразу доложили?

— Да сюрприз хотели сделать. Серега сейчас в прокуратуре санкцию пробивает...

— На арест?

— А что тянуть? Возьмем братцев-кроликов за уши. На этот раз они точно расколются... Я сейчас Сереге позвоню, спрошу, как у него там дело движется...

Дело двигалось не очень. Прокурор вроде бы и не возражал против того, чтобы санкционировать арест братьев Садковых. Но возникли какие-то технические причины, из-за которых не получалось подписать постановление. Может, эти причины создавались нароч-

но, может, нет, но санкция светила Сурьмину не ранее
чем вечером.

— Да и ляд с ним, с этим постановлением, — решила
Лариса. — Я с Тихоном сама поговорю, в неофициаль-
ной обстановке...

— Так ты ж его перед фактом поставишь, а задержать не сможешь.

— Рано или поздно санкция все равно будет. Тогда
и задержим.

— А если он этой ночью ноги сделает?

— Тем хуже для него...

До конца рабочего дня оставалось три часа. Почему
бы не использовать его против Садковых?

Возможно, Лариса гнала коней. Но и остановить их
она не могла. На них и примчалась в Товарищеский
переулок.

У пульта охраны на входе в офис стоял молодой паренек в темно-синей униформе. Лариса махнула перед
его глазами удостоверением. И прошла мимо не оста-
навливаясь.

Она стремительно поднялась на второй этаж, стрелой пронеслась через приемную.

Тихон Садков сидел за столом и сосредоточенно
изучал документы. Заслышав шум, недовольно вски-
нул взгляд.

— Ну, здравствуйте, Тихон Сергеевич... — с насмешкой на краешке губ поприветствовала его Лариса.

— Лариса Анатольевна... — сокрушенно вздохнул
Тихон.

— Что-то, гляжу, ты не очень мне рад.

— А чему радоваться? Снова за нами пришла?

— А ты к этому готов?

— Не виноваты мы ни в чем, сколько раз вам это
говорить? Не подстрекали мы Панкрата, не подстрекали...

— И Дмитрия Савицкого ко мне не подсылали?

— Даже не знаем, кто он такой...

— Значит, не хочешь ни в чем сознаваться. Ладно. Факты тебя заставят...

— Какие факты?

— Начнем с того, что сразу после ареста Панкрата Садкова Дмитрий Савицкий уехал за границу. И не один, а с некой Маргаритой Белогоровой, которая, как потом выяснилось, отравила Савицкого... Ты же знаешь, что Савицкого больше нет?

— Ничего я не знаю.

— Знаешь... Так вот, вслед за Савицким погибает и сама Белогорова. В кармане ее куртки обнаружена твоя визитная карточка...

— Я не знаю никакой Маргариты Белогоровой, — продолжал упорствовать Тихон.

— Откуда же у нее твоя визитная карточка?

— Да мало ли откуда. Я этих карточек раздал тысячи...

— Что, не хочешь признаваться? Не хочешь. Надеешься, что твой Долгоносов не расколется...

— Кто такой Долгоносов?

— А ты и его не знаешь? — усмехнулась Лариса.

— Нет.

— Вот тут ты и прокололся, мой дорогой. Валерий Долгоносов работает сторожем на складе торговой фирмы «Садко». Надеюсь, тебе знакомо это название?

— Название знакомо. А Долгоносова я не знаю. В мои обязанности не входит работа со сторожами...

— Зато, видимо, в обязанности сторожей входит работа на тебя... Это ты дал задание Долгоносову убить Риту!

— Не было ничего такого.

— Ладно, сделаю небольшое отступление. Долгоно-

сов не хотел сдаваться, когда его брали. Но после разговора по телефону со своим патроном он пересмотрел
свое решение. Я точно не знаю, что ты ему пообещал,
могу только догадываться. В общем, Долгоносов решил
взять убийство на себя. И сделал чистосердечное признание, в котором про тебя ни слова...

— Лариса, но этот парень не мог про меня ничего
сказать, потому что я никогда не давал ему никаких за-
даний.

Тихон смотрел на нее глазами загнанного в угол человека, не понимающего, в чем его вина. Его непони-
мание было искренним. Или он в самом деле ни в чем
не виноват, или он потрясающий актер.

— Да, как же объяснить тогда, что перед тем как
сдаться, он звонил и спрашивал совета у тебя?

— Что за глупость?

— Глупость. Глупость, которую совершил твой по-
собник. Номер телефона, по которому он звонил, остался в памяти его мобильника. А это был номер твоего
телефона, это тебе он звонил... Что же ты ему такого
наобещал, Тихон, если он так легко взял на себя убийство?

— Я ничего никому не обещал...

— Помнишь, ты говорил мне, что тебя за братка
принимали, потому что твое имя звучало как кличка?
Так ты и на самом деле браток. Вернее, пахан. А вокруг
тебя братва, которой ты рулишь. Дважды судимый Долгоносов из них...

— Лариса, я тебя умоляю! — подавленно вздохнул
Тихон. — Ты меня просто морально растоптала. И это
при том, что все твои обвинения не ко мне...

— Обвинения тебе предъявит прокурор. А я просто
хотела поговорить с тобой, подготовить, так сказать, к
встрече со следователем. Пока не поздно, можно организовать явку с повинной...

— Мне не в чем виниться ни перед тобой, ни перед следователем...

— Тихон, мне кажется, ты не понимаешь, что происходит. Пойми, по делу твоего брата открылись новые обстоятельства. Возможно, нам не удастся доказать, что это ты или вы с Иваном толкнули Панкрата на путь преступления. Но у нас есть доказательства того, что вы подослали ко мне Дмитрия Савицкого, чтобы запудрить мне мозги. А затем, когда мавр сделал свое дело, вы его убрали. Посредством Маргариты Белогоровой и Валерия Долгоносова...

— Я не знаю ни Белогорову, ни Долгоносова, — продолжал упорствовать Тихон.

Лариса услышала, как отворилась дверь. Увидела, как в кабинет вошел Иван Садков.

Ей слегка стало не по себе. Судя по всему, Иван также причастен к гибели Дмитрия Савицкого. Она же развила такую бурную деятельность, заклеймила Тихона, а его брат спокойно перемещается из кабинета в кабинет, так же спокойно может уехать домой или даже напрямую отправиться в аэропорт, прихватив с собой заграничный паспорт... Зря она так лихо вскочила на коня и выхватила из ножен шашку. Надо было сначала обложить зверя флажками, а потом устраивать травлю.

— А-а, какие у нас гости! — натянуто улыбнулся Иван.

— Эти гости хуже татарина, — выдавил из себя Тихон.

— Ну вот, совсем недавно вы на руках меня готовы были носить, а сейчас уже вот так? — усмехнулась Лариса.

Присутствие Ивана ее немного успокоило. Теперь она не даст ему выскользнуть до прихода Сурьмина.

— Как жизнь, Иван Сергеевич?

— Если б не вы со своими фантазиями, было бы все замечательно...

— Это еще вопрос, кто из нас фантазер... Как у Кати дела? Вы ее еще не бросили?

— И не думаю.

— Правильно. После того что сделал с ней ваш безумный братец, вы просто обязаны на ней жениться...

— Это еще почему?

— Да потому что вы заставили его изнасиловать Катю.

— Опять двадцать пять.

— Жалко Катю. Мало того, что ее изнасиловали, так еще и жених уголовник.

— Это кто уголовник?

— Мы с тобой, Иван, уголовники, — горько усмехнулся Тихон.

Иван смотрел на Ларису серьезным взглядом, пытаясь сосредоточиться. Наконец сказал:

— Товарищ капитан, я вижу, что вы на взводе. Прошу вас, успокойтесь. И еще раз объясните, в чем и на каком основании вы нас обвиняете...

Лариса возражать не стала. И более спокойно и подробно изложила свою версию. Иван слушал внимательно, не перебивал.

— Савицкий... Белогорова... Долгоносов... — в раздумье проговорил он. — Мы в самом деле не знаем этих людей... Но я вижу, что у вас есть факты, которые свидетельствуют о противном.

— Может, вы попробуете их объяснить? — предложила Лариса.

— Ума не приложу, как их можно объяснить... Ну то, что Долгоносов работал у нас на складе сторожем, это может быть простым совпадением...

— Москва — не деревня в двадцать дворов, совпадения здесь явление крайне редкое... Как объяснить, что перед арестом Долгоносов звонил Тихону?

— Он мог просто набрать его номер, — после долгого раздумья сказал Иван. — У вас зафиксировано время, в течение которого длился разговор?

— Это пока выясняется.

— Возможно, и не было никакого разговора...

— Зачем же тогда Долгоносов набирал номер Тихона Сергеевича?

— Ну, не знаю... Лариса, вы же умный человек. Вот вы сами подумайте, какой был смысл нам подсылать к вам какого-то Савицкого?

— Чтобы заморочить мне голову.

— Ладно, допустим, мы заморочили вам голову. Но что нам это дало? Вы же все равно вышли на Панкрата... Мало того, призрак в красном и навел вас на мысль, что Панкрат мстит Катерине Лопахиной. Вы нашли мотив, который толкал его на преступления...

Сейчас Лариса не могла отказать Ивану в здравом смысле. По логике вещей выходило, что Дмитрий Савицкий играл не за Садковых, а против них. Но ведь раньше в попытке выгородить своего брата маньяка Садковы чудили как недоумки, не ведавшие, что творят. Одно то, что за Панкрата был выдан Иван, говорило об их недальновидности. И эта идея с Дмитрием возникла внезапно.

— Не спорю, затея с Дмитрием была глупой, — язвительно усмехнулась Лариса. — Такой же глупой, как и вы сами...

— Ладно, мы глупые. Раз вы такая умная, может, скажете, зачем нам нужно было убивать вас?

— Чтобы открылся клад... Вы же психи, господа Садковы. Маньяки подземные... Кстати, сейчас у вас есть возможность меня убить. Я одна, а вас двое... Глядишь, и клад откроется...

— Ваша смерть, Лариса, его не откроет... — с досадой смотрел на нее Иван. — Да нам и не справиться с вами...

— Раньше вы так не думали. Когда подсылали ко мне Панкрата. Думали, что я не справлюсь с ним, погибну от его ножа...

— Лариса, вы думаете, что это мы пытались заморочить вам голову. А мне кажется, что вам кто-то другой морочит голову, до сих пор морочит, — сказал Иван. — Скажите, вам не кажется, что нас просто-напросто подставляют?

— Вас?! Ну вы и насмешили меня, господа Садковы!

— Лариса, а разве вас никогда не подставляли? — хлестко спросил Тихон.

— Представьте себе, было!..

— Вот видите, и нас могли подставить! — ухватился за ее признание Иван.

— Кто?

— А это уже отдельный разговор... — мрачно вздохнул он.

— Лариса, вы как-то спрашивали, есть ли у нас враги... — напомнил Тихон.

— Ну вот, сейчас все на врагов своих валить будете, — усмехнулась она.

— Валить мы на них ничего не будем. Но рассказать про них — расскажем...

Лариса позвонила Сурьмину, спросила у него про санкцию. Оказалось, что постановление на арест подписано и он на всех парах мчится на Таганку. Через час будет, а если не застрянет в пробке, то и раньше. Так что время у Ларисы еще было. И его можно было занять байками о могущественных врагах. А она не сомневалась, что враги Садковых будут выставлены именно такими.

— Хорошо, расскажите про своих врагов, — позволила Лариса. — Это ваши конкуренты?

— Я бы не сказал, что они конкуренты. Эта фирма занимается экспортом цветного и черного лома...

Лариса сразу вспомнила Даниила. Он тоже занимался вторчерметом. И за каких-то три года смог сколотить на этом целое состояние. Видимо, дело это выгодное.

— И какое отношение эта фирма имеет к вам?

— В том-то и дело, что никакого. Но, похоже, ей уже тесно в прежних рамках, поэтому директор фирмы положил на нас глаз. Торговля пищевым оборудованием — дело прибыльное и перспективное. Так что есть за что бодаться.

— С вами бодаются?

— Можно сказать, что да. Фирма «Экспозиция», о которой мы сейчас говорим, предложила нам продать ей контрольный пакет акций плюс здание нашего офиса...

— Ну так что здесь такого? Вам вправе сделать предложение, вы вправе отказаться. Вы отказались?

— Разумеется.

— Вас не устроила цена?

— И это тоже. А потом у нас нет никакого желания терять свой бизнес. Мы его создавали, холили, лелеяли, а какой-то урка хочет его у нас забрать...

— Урка?!

— Так в том-то и дело, что генеральный директор «Экспозиции» в прошлом был уголовником. Четыре года назад вышел из тюрьмы. А сидел он за вооруженный разбой. Он и сейчас разбойничает...

— Он вам угрожал?

— Угрожал, — кивнул Тихон. — Сказал, что, если фирму свою не продадим, по миру пойдем. Сказал, что сделает все, чтобы мы остались ни с чем...

— Он собирался расстроить ваш бизнес?

— Если честно, мы точно не знаем, что именно он собирался сделать. Он просто предупредил, что мы сильно пожалеем. Но мы его не испугались. И на поводу у него не пошли...

— Тогда он решил вам отомстить, да? — с иронией во взгляде спросила Лариса. — Нанял Дмитрия Савицкого, запудрил мне мозги, затем убил его самого, после Риту Белогорову, а все стрелки перевел на вас, так?

— Глупо, конечно, так думать, но события развиваются таким образом, что мы не можем исключить такой вариант...

— А я не могу исключить такой вариант, что мне снова пытаются навешать лапшу на уши. И делают это нагло и напористо... Хватит морочить мне голову, господа Садковы! Я вам уже не верю... То вы пытались выгородить своего брата-убийцу. Теперь пытаетесь прикрыться каким-то мифическим уголовником...

— Он не мифический, — перебил Ларису Иван. — Он существует реально. Зовут его Вячеслав Андреевич. Фамилия — Харитонов. Шестьдесят второго года рождения...

— Кто, Харитонов Вячеслав Андреевич?.. Может, он не просто так преследует вас? Может, он часть вашей семейной легенды?

Лариса спросила об этом в шутку. Но Иван и Тихон обменялись друг с другом самыми серьезными взглядами.

— Я что, угадала? — развеселилась Лариса. — А ну-ка, расскажите мне новую сказку?

— Вы угадали, — обреченно вздохнул Иван. — Это в самом деле очень похоже на сказку. Я бы сказал, чертовски похоже... Дело в том, что наша семейная легенда сохранила имена тех людей, с которыми наши пращуры добывали золото в сибирских краях. Одного из них звали Харитоном... Это были беглые каторжники, уголовный люд...

— Ну и ну! У вашего врага фамилия Харитонов, — догадалась Лариса. — А кличка, вероятнее всего, Харитон...

— Вот именно, — тускло посмотрел на нее Тихон.

— И какая связь между вашей легендой и тем, что происходит...

— Дело в том, что Панкрат Точилин убил своих товарищей — Харитона, Федора и Власа...

— Ух ты! Круто замешано! Аж дух захватывает!.. Значит, погубленные души каторжников взывают о мести! А исполнителем этой мести выступает нынешний уголовник по кличке Харитон...

— Конечно, мы понимаем, что это выглядит глупо, ну а чем черт не шутит?

— Ладно, дорогие вы мои. Считайте, что я вам поверила. И я обязательно помогу вам...

— Поможете? — с надеждой посмотрел на нее Иван.

— Да, помогу. Обещаю вам, что в тюремной психушке вам окажут реальную помощь, а не станут закалывать вас аминазином... Лечить вас надо, господа Садковы.

— Что ж, примерно это я и ожидал услышать, — скорбно посмотрел на брата Тихон.

— Я тоже, — кивнул Иван.

— Браво, господа! Вы осознаете, что у вас не все дома, а это значит, что у вас еще есть шанс на полное излечение...

— Вы нас арестуете?

— Совершенно верно! Вы не просто будете задержаны, вы будете арестованы... Увы и ах...

— Лариса, боюсь, вы совершаете большую ошибку, — роняя голову на грудь, сказал Иван.

Сергей Сурьмин не заставил себя долго ждать. К моменту его появления Иван и Тихон уже были готовы к тому, чтобы без истерики протянуть руки под наручники.

— А можно вы сделаете это в машине? — смиренно попросил Тихон. — Не хотелось бы, чтобы подчиненные видели нас в наручниках...

— Хорошо, — согласилась Лариса. — Только без фокусов...

— Мы не фокусники, — покачал головой Иван. — Мы самые обыкновенные люди... И как у всяких обыкновенных людей, у нас возникают самые обыкновенные желания. Если не возражаете, мы сходим в туалет...

— Я не хочу, — покачал головой Тихон.

— Дорога долгая, — предупредительно заметил Иван.

— Все равно не хочу, — как-то странно посмотрел на брата Тихон.

— Ну как знаешь... — разочарованно пожал он плечами. — А мне, я думаю, разрешат оправить естественные надобности?

— Артем, отвечаешь мне за него головой!

Волохов повел Ивана в туалет. Вернулся минут через десять. Бледный, с трясущимися руками. Лариса сразу почуяла неладное.

— Что случилось? — взвилась она.

— Он... Он ушел...

— Как это ушел? Через дырку унитаза? — ошарашенно посмотрел на напарника Сурьмин.

— Я не знаю... Он зашел, а выходить не выходит. Я взломал дверь, а там его нет...

Лариса лично обследовала директорский туалет.

Помещение размером три на три, стены в дорогом кафеле, импортная сантехника. Окна нет, даже слуховое окошко отсутствовало. Через унитаз и умывальник не убежишь. Оставалась только вентиляционная шахта. Но панель, ее закрывающая, не взломана... Но не сквозь землю же Иван провалился.

— Ну, куда делся твой братец? — спросила она у Тихона.

Сурьмин уже окольцевал его — один браслет на него, другой на себя.

— Его здесь нет, — невозмутимо спокойно сказал Садков.

— Я вижу, что его здесь нет. Где он?

— Ушел... В туалете тайный ход...

— Где? Не вижу!

Тихон не стал запираться. И нажал на потайную клавишу, которая привела в действие скрытый механизм. Высокое, в человеческий рост, зеркало отошло в сторону и обнажило вход в шахту, вертикально спускавшуюся вниз.

— Тут еще был лифт, — пояснил Тихон. — Вернее, площадка, которая опустила Ивана вниз...

— Как нам туда опуститься?

— Никак. Доступ закрыт... Этот лаз выходит на целую систему подземных ходов. Иван в этой системе ориентируется с закрытыми глазами. Так что гнаться за ним бесполезно...

— И ты нам, конечно, не поможешь... — сверкнула взглядом Лариса.

— Разумеется, нет. К тому же время уже упущено.

— Его бегство подтверждает его вину.

— Он ни в чем не виноват. Просто у него нет желания сидеть в тюрьме.

— А у тебя что, есть такое желание? Почему ты не удрал вместе с ним? У тебя же была возможность...

Теперь Лариса понимала, почему Иван звал Тихона в туалет вместе с собой...

— Возможность была, желания не было, — покачал головой Тихон. — Бегство не для меня...

— Вы же братья-близнецы, ваши желания должны совпадать, — предположил Сергей.

— Как видите, не совпали.

— Слушай, ты героя из себя не строй. Лучше скажи, зачем вам потайной ход? — зло спросил Волохов.

— Да ясно зачем, — хмыкнул Сурьмин. — Рыльце-то в пушку. Знали, что за ними придут, вот и подстелили соломки...

— Этот ход существует уже два года.

— Да хоть двести лет...

— И двести лет назад здесь тоже был ход. Его еще Тихон Точилин прорыл. Чтобы клад свой перепрятать. Раньше он его в другом месте держал. А когда новый дом построил, то решил поближе перенести. Но ход был длинный, выходил на систему, так что неизвестно, куда он клад спрятал... Мы под этим домом все перерыли. И ничего...

— Значит, интересует вас золото, — сделала вывод Лариса. — Говорите, что занимаетесь исключительно бизнесом, а сами под землей живете, как кроты. Вот вы и рехнулись. Женщин решили убивать. Руками Панкрата...

— Как бы теперь Иван этим делом не занялся, — вслух подумал Артем. — У него ж теперь руки развязаны...

— Зачем ему это? — удивленно посмотрел на него Тихон.

— А зачем это было нужно Панкрату? Вас, психов, трудно понять...

— У нас с психикой все в порядке.

— Вот в психушке это и объяснишь... Все, пошли!

Вопросов к Тихону было немало. Но разговаривать с ним будут в другом месте и другие люди. Лариса сделала все, что от нее требовалось. Она должна была получить доказательства вины братьев Садковых, и она их получила. И что бы Тихон сейчас ни говорил, она ему верить больше не будет. Он и его брат окончательно вышли из доверия.

ЧАСТЬ ВТОРАЯ

Пролог

Начало 90-х XX века.

Ночь. Москва тонула во мгле. Редкие фонари положения не спасали. А темнота, как известно, друг криминала, который в последнее время разгулялся не на шутку. Обыватели прятались по своим квартирам в ожидании утра, когда взойдет солнце и бросит спасательный круг утопающему в ночи городу. Но Геббельс, Сидор и Валет темноты не боялись. Темнота им только на руку. Потому что они и есть тот самый криминал, и в ночном мире они чувствовали себя вполне комфортно.

Им бы сейчас в кабак завалиться или в баньку с телками. Но без бабок кабатчик не наливает, а телки не дают. Впрочем, они знали, как решить проблему с наличностью. Один барыга задолжал им три штуки баксов. И если он отдаст им сегодня хотя бы половину, жизнь окрасится в светлые тона.

К дому, где жил барыга, братки подъехали на старом расшатанном «БМВ». В Германии такие тачки даже на свалку не принимают.

В окнах свет не горел.

— Спит карась, — злобно осклабился Геббельс.

— Гы, а мы не пожелали ему спокойной ночи! — хмыкнул Сидор.

— Так в чем проблема, пацаны?

Валет первым выбрался из машины, за ним потянулись остальные. Зашли в подъезд. Квартира под номером девять. Деревянная, обитая дешевым дерматином дверь. Два замка хлипкой конструкции. Геббельс достал отмычки, немного подумал, присматриваясь к замкам. А затем быстро вставил «выдру» в одну замочную скважину. Раз, и готово... Второй замок продержался не больше трех секунд. Все, дверь открыта. Внутреннюю цепь сбить не проблема.

Возня за дверью всполошила барыгу, он даже успел добежать до телефона.

— В ментовку, гад, звонишь? — зло спросил Геббельс.

Сидор перерезал финкой телефонный шнур, Валет с размаху навесил барыге оплеуху. Терпила слетел с копыт и сел на задницу. Волосы дыбятся от страха, глаза на лбу, как бы не лопнули...

— Ты чо, жлоб, бабки отдавать не хочешь, да?

— Нет у меня денег, — жалобно проблеял мужик.

— Да все так говорят, — зевнул во весь рот Сидор. — Где у тебя утюг?

— Не надо утюг!!!

— Тогда бабки гони, козел!

— Я же говорю, нет у меня денег... Но я могу сказать, где их можно взять!

— Че? — скривился Геббельс. — Ты чо, в натуре, за лохов нас держишь?

— Нет, я честное слово знаю человека, у которого есть деньги. Много денег!

— Денег много не бывает...

— Бывает, бывает! У него и деньги, и драгоценности!

— У кого у него?

— У Алексея Дмитриевича... Он раньше директором санатория был, ну где партийные бонзы отдыхали...

— И чо?

— Сейчас он на пенсии...

— Да хоть в морге!.. Точно бабки у него есть? Где он живет!

— Я скажу, я покажу... Только не надо утюг!

— Ты, чертила гребаный, если наводка голимая, то я с тебя сначала шкуру сниму, а потом уже под утюг! Ты меня понял?

— Понял, понял, — закивал торгаш.

Безумный страх перед рэкетирами толкнул его на безрассудный шаг. Он не просто показал, где находится квартира знакомого ему пенсионера, но еще сам лично позвонил ему в дверь, которую тот ему и открыл.

Братки вломились в квартиру, жестоко избили хозяина, его жену связали и заперли в ванной.

Квартира разочаровала. Ни тебе дорогой заграничной мебели, ни японского телевизора с видиком. На стенах старые дешевые обои, плохо выкрашенные дощатые полы, в облезлом серванте вместо хрусталя и фарфора — стекло и фаянс.

Геббельс готов был убить барыгу-наводчика. Но это еще успеется. Перво-наперво наезд на владельца квартиры...

— Где бабки, падла? — хватая его за грудки, зарычал он.

— Бабки?! У меня только одна бабка. И ту вы в ванной заперли...

— Ты чо, гнида, издеваешься? Деньги где, спрашиваю!

— В кошельке, но там немного!

— Я тебе сейчас этот кошелек в задницу вставлю! — взбесился Геббельс.

— Ага, сначала кошелек, а потом это! — самодовольно ощерился Сидор и подбросил в воздух «лимонку» с вкрученным запалом.

— А чо, вместо клизмы! — захохотал Валет. — Ща вазелин найдем, и понеслась!

Он нашел баночку вазелина, но пенсионер сломался еще до того.

— Ладно, ваша взяла...— обреченно вздохнул он.

— А наша всегда берет, — ухмыльнулся Геббельс. И заорал: — Бабки где?

— Сейчас...

Пенсионер подполз к дивану, сунул под него руки. На всякий случай Геббельс наставил на него ствол. Вдруг мужик наган вместо бабок достанет... Но тот вытащил из-под дивана деньги. Две пачки сотенных купюр.

— Здесь двадцать тысяч. Больше нет...

За двадцать тысяч, если по госцене, можно было взять три новеньких «жигуля». Деньги большие. Но Геббельсу было мало.

— А мы счас посмотрим, что там у тебя за схрон!

Он ударил пенсионера ногой по голове, отпихнул обмякшее тело в сторону. Валет и Сидор отодвинули в сторону диван, под которым обнаружилась вынимаемый с места отрезок половицы.

— Точно, нычка у него здесь! — осклабился Валет.

Сидор же сорвал половицу, сунул под нее руку.

— Бляха, там еще бабки!

Валет притащил с кухни топорик, вскрыл пол.

— Бляха, да это же целый клад! — очумело протянул Сидор.

Три банковские упаковки сторублевых купюр и небольшая баночка с драгоценными украшениями не шли ни в какое сравнение с двадцатью семью слитками высокопробного золота.

— Бля буду, это ж банковские слитки! — потрясенно хлопал глазами Валет. — Чисто казенка...

— Он чо, банк сделал? — показывая на пенсионера, спросил Сидор.

— Да хрен его знает... Это, он же в санатории работал, да, ну где партийные шишкари оттягивались. А чо, если он с каким-то шишкарем в договоре, ну, типа, золото его хранит...

— Тогда это, пацаны, палево! С партийцами свяжешься — хана! Это ж чекисты подпрягутся...

— Да эти коммуняки уже на ладан дышат. Им самим скоро крышка...

— Кто знает, кто знает...

— Ты чо, Геббельс, в натуре, рыжье здесь, что ли, оставить хочешь?

— Я чо, на клоуна похож? Не, все забираем! А терпилу в расход...

Геббельс выразительно посмотрел на Сидора. Тот, недолго думая, вытащил из-за пояса ствол.

— Нет, заточкой надо работать. И это, с головой...

Пенсионера и его жену они убили одним ножом. Запас времени у них был, поэтому уничтожили отпечатки своих пальцев. Зато заставили наследить барыгу. Затем отвели его в собственную квартиру и повесили на люстре. Окровавленный нож с отпечатками его пальцев оставили валяться рядом с его трупом. Порешил мужик соседа, ограбил, а затем наложил на себя руки — не выдержал тяжести смертного греха...

— Это мы не хило придумали, — уже в машине чесал репу Геббельс. — Менты эту байду схавают. А если гэбисты возьмутся, тогда жопсель... Короче, есть вариант. Наличман мы себе оставляем, рыжье из банки тоже, а слитки надо спрятать. До лучших времен...

— Где спрятать?

— А я знаю одно местечко! — ухарски улыбнулся Сидор.

Знал бы Валет, про какое местечко говорил его кореш, в жизни бы не повелся. А так пришлось спускаться в дождевой коллектор, брести по колено в воде, затем протискиваться в какую-то штольню. Потом они долго шли по темной шахте с железобетонной облицовкой, затем были земляные, местами осыпавшие коридоры, штреки, уходящие вниз. А нужно было идти самому да еще тащить золото — по девять слитков на брата. А в каждом слитке по килограмму.

— Сидор, мать твою, куда ты нас ведешь? — не выдержал Валет.

— Так это, место одно знаю. Туда хрен кто сунется!

— Да мы и так у черта в заднице!

— В заднице. Но не глубоко. А чем глубже, тем лучше. Геббельс, скажи ему!

— Да, братан, да. Нам это рыжье конкретно спрятать надо...

Сидор привел их в подземный город раскольников. Сказал, что места глубже просто не бывает. Мог бы и не говорить. Валет и сам понимал, что через «прямую кишку» подземного хода попал в самую «утробу» к дьяволу. Ему не хватало воздуха, разом давило на все клапаны, перед глазами расплывались круги. И в ушах какая-то какофония — какие-то потусторонние вопли, стоны. При этом никто из пацанов ничего не слышал. Галюны, короче... Даже золото не волновало. Хотелось только одного — бежать, бежать, бежать. Валет так бы и поступил, но боялся заблудиться.

Золото они зарыли в каком-то штреке.

— Как же мы его потом найдем? — спросил Валет.

— Не бойся, я эти места как свои пять пальцев знаю. Я потом карту нарисую, все будет путем...

— Ну смотри, если нас кинешь, я тебя на том свете достану, — пригрозил Геббельс.

— Да ты чо, братуха, век воли не видать! — зарекся Сидор.

К тому моменту как золото было зарыто, Валет малость оклемался. Подземелье давило на него не так уже сильно, и слуховые галлюцинации уже не мучили. На обратном пути он даже старался запоминать дорогу...

Сидор в самом деле отлично ориентировался под землей. Они ни разу не заплутали. И без приключений выбрались на поверхность. Теперь Валет знал, что чувствует потерпевший кораблекрушение моряк, сумевший доплыть до земли... На радостях захотелось напиться.

— Это дело нужно обмыть, — предложил он.

Геббельс был только «за». Сидор не возражал. Бабок у них полные карманы, так что гудеть в кабаке можно целые сутки напролет. Гуляй, братва, веселись...

Но сначала они заехали на квартиру. Переоделись. Сидор начал было малевать карту зарытых сокровищ, но Геббельс оторвал его от этого дела.

— Потом накалякаешь. Мы ж тебе верим, братан!

Они гурьбой завалились в свой любимый ресторан, заказали жратвы и бухла, затем сняли трех размалеванных телок, с которыми можно было потом отправиться в сауну.

Водка пошла хорошо, бабы возбуждали до неприличия, к тому же не ломались. В общем, праздник жизни развернулся широким транспарантом... Братки уже изрядно набрались, когда в кабак вошли какие-то амбалы в кожаных куртках поверх спортивных костюмов. Бритые затылки, каменные лица, холодные, презрительные взгляды.

— Оба-на! Братва подтянулась, — заметил Валет.

— Интересно, чьих они будут? — спросил Сидор.

— А тебе не по хрен! — презрительно скривился Геббельс.

Ему явно не понравились эти самовлюбленные придурки, которые даже на него посмотрели, как на грязь под ногами. Валет разделял эту его неприязнь.

Амбалов было четверо. Они молча уселись за столик в дальнем конце зала, вальяжно развалились в креслах. Потом появились девочки... У Валета даже дух захватило, когда он их увидел. С конкурса красоты они их надергали, что ли. Видать, очень серьезная братва, если перед ними такие красотки стелются, решил он. И недовольно посмотрел на свою подружку — шмара шмарой, никакого шика. Вот если бы с ним была та блондиночка с ногами от ушей... Но как подкатиться к ней, если за ней стоят крутые пацаны? Они ее ужинают, им ее и танцевать... Но зачем человеку голова на плечах? Не только ж для того, чтобы в нее есть...

Валет подозвал официантку, сунул ей бабок и велел передать амбалам на стол бутылку коньяка «Наполеон».

— Смотри, коза, не бренди, а коньяка! — уточнил он.

Амбалы получили бутылку, но как отреагировали! Один из них обернулся к Валету, а когда тот помахал им рукой, презрительно усмехнулся.

— Ты чо делаешь, чудила? — недовольно посмотрел на него Геббельс.

— Счас узнаешь, — пьяно ухмыльнулся Валет.

Немного погодя он поднялся из-за стола и, пошатываясь, направился к амбалам.

— Здорово, браты! — поприветствовал их.

— Здоровее видали, — ответил самый крепкий на вид пацан, похоже, старшой.

Увы, Валет в самом деле не мог похвастать такими габаритами, как у этих качков. Не та комплекция, и все потому, что на казенных харчах особо не зажиреешь.

Он же всего три месяца как отмотал свой первый и, как он надеялся, последний срок.

— Слышь, пацаны, предложение есть. Типа, скорефаниться, да?

— А на фига нам такой кореш? — фыркнул старшой.

Остальные засмеялись.

Валет понимал, что из него делают клоуна. Ему бы закусить губу да повернуть назад. А еще лучше достать шпалер и наглушняк положить всю эту кодлу. Но ему так хотелось отыметь красивую блондинку, которая скалила зубы вместе со своими ухарями.

— А затем, чтобы баб наших трахать... — сморозил Валет. — Давайте баш на баш, мы вам наших телок, а вы нам своих, а, слабо?

— Нам не слабо тебя трахнуть, придурок! — захохотал старшой.

— Чо ты сказал, козел? — взбеленился Валет.

— Это кто козел? — поднялся со своего места амбал.

Валет прекрасно понимал, что на кулаках ему с ним не сладить. Кровь прилила к голове, тело хватанул мандраж. А тут Сидор с Геббельсом образовались, схватили его под руки, потащили к своему столу.

— Пацаны, хорош быковать, все нормально! — откуда-то издалека донесся голос Геббельса.

— Расходимся с миром, пацаны! — сказал Сидор.

Но амбал и не думал останавливаться. И как цунами надвигался на Валета. Рожа красная, глаза налиты кровью. И кулак словно пушечное ядро...

Как будто бомба взорвалась в голове. В нос ударил резкий запах ржавчины, извилины спутались одна с другой, в глазах радужный фейерверк... Валет повис на руках своих кентов, но сознания не потерял. Сквозь вспышки в глазах он видел, как удаляется победитель. Ушей коснулась его снисходительная фраза:

— Теперь порядок!

Геббельс резко отпустил Валета. Тот решил, что его бросают на произвол судьбы. Но Геббельс, наоборот, собирался тянуть за него мазу. И Сидор тоже схватился за ствол. Валет решил не отставать от них...

— Братва, у них волыны! — крикнул кто-то из вражеского стана.

Амбалы также потянулись к оружию. Один за другим клацнули затворы.

— Вешайтесь, падлы! — в бешенстве заорал Геббельс.

И первым нажал на спусковой крючок. Грохот выстрела отозвался звоном в ушах.

Кто-то из качков схватился за живот. Кто-то выстрелил в ответ. Громыхнул пистолет Сидора... Перед глазами у Валета все плыло, казалось, все, что он видел, происходило не с ним, а с кем-то другим. Сейчас он хотел только одного — исчезнуть куда-нибудь, раствориться в воздухе, провалиться под землю в город раскольников. Но судьба-злодейка крепко держала его за яйца и не давала сойти с места. Зато он сумел достать свой «ТТ», дослать патрон в патронник...

Но к тому моменту, когда он достал ствол, все было кончено. Расстрелянные амбалы валялись вразброс вокруг стола. Геббельсу и Сидору тоже не повезло. Один лежал на полу с простреленной головой, второй волчком катался по полу, хватаясь за живот...

Зато оставались девчонки, из-за которых и случился весь этот сыр-бор. Особенно виновата блондинка, если б не она, Валет не полез бы к амбалам... Он не понимал, не хотел понимать, что во всем виноват он и только он. Блондинка здесь ни при чем. Но все фазы в голове были закорочены, приступ неуправляемой агрессии держал за горло, ярость направляла руку с пистолетом...

— Сука!!! — заорал он и надавил на спусковой крючок.

Блондинка схватилась за простреленную шею, стала падать. А Валет продолжал стрелять. Она уже опустилась на пол, безжизненно раскинула руки, а он стрелял, стрелял... Остановился только, когда затворную раму заклинило в заднем положении...

Только тогда до него дошло, что он вляпался в кровавую кашу по самые уши. Сидор уже безжизненно затих. Как и Геббельс. Блондинку тоже не воскресишь. Зато скоро в кабак нагрянут менты, тогда за его жизнь никто не даст и ломаного гроша.

Валет отбросил в сторону бесполезный пистолет, схватился за голову и на негнущихся ногах, словно на автопилоте, побежал на выход. Но удрать он не смог. Откуда-то вдруг выскочили крепкие парни, сбили его с ног и обрушили на него град убойных ударов.

Били его до тех пор, пока не подъехали менты. Валет смутно помнил, как его швырнули в зарешеченный отсек «лунохода», куда-то повезли.

В чувство его приводили в КПЗ — дубинками и тяжелыми берцами. В Бутырку он ехал с такой радостью, будто это был рай земной. Там он вспомнил, что мотал срок по «хорошей» статье, что на зоне у него был достаточно высокий статус воровского бойца. По фене ботал, жизнь по понятиям, и в крови, и в отбитой печенке. Словом, в камере его приняли хорошо. А когда оклемался от побоев, попер на других «пассажиров» буром, дабы закрепить свой авторитет. Через время из «Индии» пришла постановочная малява от воров, среди которых обнаружился очень авторитетный законник — с ним Валету когда-то приходилось париться под следствием в одной бутырской хате. Сейчас воры ставили Валета смотрящим по хате. Это было круто. Столь высокий статус ему был просто необходим. Быки, которых они постреляли, принадлежали к сильной «спортивной» группировке. Да и девчонка, которую он убил, тоже была не последняя. Словом, обиженная братва требовала расправы над Валетом. Но на тюрьме он был в полной безопасности. Никто не смел тронуть ставленника законных воров. И когда он будет на зоне, спортсмены до него не дотянутся...

На следствии Валет откровенно валял дурака. Не знаю, не понимаю, пошли все... Но все это он делал не ради того, чтобы уйти от ответственности, а чтобы подольше задержаться в Бутырке. Но следствие все же доказало его вину. Был суд, был приговор. И пятнадцать лет строгого режима.

Валету повезло. Он попал на черную воровскую зону. Там его приняли сначала не очень тепло. Но затем пришла малява из бутырской «Индии», где Валет характеризовался как правильный воровской пацан. Но, главное, подтверждалось, что на тюрьме он был смотрящим по хате... На зоне он жил чисто по воровским понятиям. С ходу записался в отрицаловку. После нескольких командировок в шизо администрация перестала его трогать. В общем, жизнь помаленьку наладилась...

Через пару лет его поставили отрядным смотрящим. Угловое место в бараке, свои гладиаторы, пристяжь, шныри. Самые смазливые из «мастевых» всегда к услугам. Стиры, марафет, ханка, чифир, сытный грев, короче говоря, не жизнь, а малина. Забот, правда, хватало. Ну так без них было бы скучно...

Годы летели незаметно. Валет так привык к своей жизни, что на волю и не тянуло, если б не золото, которое ждало его в подземном городе староверов...

Срок перевалил за вторую половину, когда Валет стал вдруг чахнуть. Ничем вроде бы и не болел — ни опухолей, ни туберкулеза. А жизни в нем с каждым днем становилось все меньше и меньше. Как будто какая-то злая сила выкачивала из него жизненную энергию. В конце концов его отправили на обследование. Но ничего не обнаружили. Лепилы разводили руками. Только один врач сказал, что Валета или очень сильно сглазили, или отравили ядом замедленного действия. Каким именно ядом, он сказать не мог. Чтобы выявить его следы в организме, требовался сложный дорогостоящий анализ. А кто ж будет тратиться на зэка.

— Не волнуйся, вскрытие покажет, — «утешил» он.

Валета отправили обратно в лагерь. Там он прописался в больничке. Но никакое лечение не помогало — он таял как свеча. В конце концов он понял, что жить ему осталось совсем немного, день-два, а в сознании быть и того меньше.

В одной с ним палате прохлаждались два уважаемых блатаря. Одного звали Харитон, другого Влас. Валет к ним очень привязался. А потому, когда он почувствовал, что навсегда теряет сознание, подозвал их к себе.

— Все, пацаны, ухожу я, — силясь улыбнуться, пробормотал он.

Глаза застилал туман. И в этом тумане он смутно различал лик убитой им блондинки. Она злорадно улыбалась и руками подзывала его к себе. Скоро они встретятся...

— Да ты что, братан! Тебе еще жить и жить... — начал было Харитон.

— Молчи! — одернул его Валет.

У него уже не было сил посмотреть на него. А лик убиенной красотки все ближе и четче.

— Согрешил я в этой жизни, пацаны... Столько мокрого за мной... Здесь за грехи мои с меня уже спросили. Траванул меня кто-то. Знаю, что траванули. За тех амбалов отомстили. И за девку ту... А на том свете с меня спросят. Знаю, что спросят... Браты, вы это, свечки-то за меня ставьте, ладно?

— Да без базара!

— Это вы сейчас так говорите. Потом забудете... Это, чтобы не забывали, я вам одну вещь скажу...

Валет рассказал, как он со своими корешами Геббельсом и Сидором спрятали двадцать семь слитков золота, как мог объяснил, где находится клад. Харитон и Влас верили ему. Но если бы и не верили, ему было бы уже все равно... Красавица блондинка уже вплотную подошла к нему, нежно обняла за шею и вдруг принялась душить...

Глава восемнадцатая

Не так давно Даниил гнался за ней как сумасшедший, чтобы раздобыть номер ее телефона. Но прошло уже три дня, а он все не звонил. Лариса пыталась успокоить себя тем, что ей и без него хорошо. Но душевная затронутая им струнка недовольно гудела.

Когда он звонил ей для проверки связи, на ее телефоне высветился его номер, который затем автоматически перекочевал с дисплея в память. На всякий случай Лариса перенесла его в записную книжку... Мыслимое ли это дело — она первая собиралась ему звонить? Мыслимое! Дело в том, что Даниил проходил по делу о Дмитрии Савицком в качестве свидетеля. Ведь он видел, как его друг разговаривал с Тихоном в районе Беговой улицы.

Так что повод для встречи имелся... Вообще-то, поговорить с Даниилом мог кто-то из ее помощников. Но ей самой хотелось пообщаться с ним. И она готова была проявить инициативу. Служебную, но не амурную. Хотя в данном случае это было одно и то же. Лариса чувствовала, что может увязнуть в Данииле. И не очень-то этого боялась...

Она дозвонилась ему с первого раза. Услышала в трубке приятный баритон:

— Да, слушаю.

— Слушайте, слушайте и не говорите, что не слышали...

— Лариса, привет! — обрадовался Даниил.

— Взаимно... Почему не звонишь?

— Так собирался... — замялся он. — А тут дела...

— Не оправдывайся. Мне твои звонки до лампочки. А вот от моего звонка тебе не отвертеться. Надо встретиться, поговорить...

— О любви?

— Размечтался. Сугубо официальный разговор.

— По поводу?

— Повод есть... А что, без повода нельзя?

— Ну, конечно, можно. Даже нужно... Как насчет суши?

— Ты предлагаешь мне сушить весла?

— Ну, нет, — засмеялся Даниил. — В ресторане, говорю, давай встретимся.

— Хорошее место для сугубо официального разговора.

— Лариса, я счастлив, что ты мне позвонила. Но мне не нравится твой тон. Я не предлагаю тебе сушить весла, но боюсь, что ты предложишь мне сушить сухари, — весело сказал он.

— Ладно, уговорил. Будем сушить суши. Вместе...

К ресторану Лариса подъехала на своем байке. Теплую кожаную куртку она сняла в холле. И осталась в красивом нежно-персиковом джемпере. С которым, казалось бы, не могли сочетаться кожаные брюки в обтяжку и шнурованные сапожки на каблуке. Но в ее одежде сочеталось все, за что иногда она завидовала самой себе...

Даниил ждал ее в зале. Задорный взгляд, белоснежная улыбка, клубный пиджак, водолазка. На столе букет роз, которые он подхватил, едва появилась Лариса. Красиво подошел, красиво подал. Все в нем было красиво.

— А розы с шипами, — с улыбкой заметила Лариса.

— Ну так закон природы. Если роза, то обязательно с шипами...

— Помнится, ты уже называл меня розой.

— Называл, — кивнул он. — Розой. С шипами... Я и сейчас в твоих глазах шипы вижу.

— Не страшно?

— Нет.

— Ну, и отлично. Благодарю за храбрость!

Лариса отдала цветы официанту, чтобы тот поставил их в вазу.

— Заказ я уже сделал, — сказал Даниил. — Скоро подадут... Пока давай разведем официальную часть нашей встречи...

— Что сделаем?

— Разведем... А что?

— Разводят рамсы, непонятки... Блатное, в общем, словечко...

— Ну, в общем-то, да, — в некотором замешательстве кивнул Даниил. — Но блатной жаргон уже давно часть нашего языка. Вон ты как про рамсы и непонятки задвинула, ну, в смысле, сказала...

— Я же в милиции служу, не забывай. Я по долгу службы должна знать язык вероятного противника...

— Ты и смотришь на меня как на вероятного противника.

— Да ты у нас мнительный, как я погляжу. Мерещится тебе.

— А насчет сугубо официального разговора мне тоже померещилось? — настороженно спросил Даниил.

— Нет. Разговор будет. Но не долго... Помнишь, ты мне говорил, что видел своего друга Диму с человеком, которого я показывала тебе на фотографии?

— Помню.

— Мне бы хотелось узнать об этом поподробней.

— Не получится, — натянуто улыбнулся Даниил.

— Почему?

— Потому что я не видел его с тем человеком, которого ты мне показывала.

— Но ты же говорил.

— Я соврал... Лариса, ты же меня не арестуешь? — скорее всерьез, чем в шутку, спросил он.

Теперь она поняла причину его внутреннего напряжения. Но не понимала, зачем он ей тогда соврал.

— Врать-то зачем было?

— Я сказал то, что ты хотела слышать.

— Зачем?

— Чтобы зацепиться за тебя. Вернее, чтобы ты за меня зацепилась. Вот видишь, ты сама напросилась на эту встречу. А так бы ничего не было... Сам знаю, что глупо было. Но тогда кураж был, сам не знаю, что на меня нашло...

— Нашло?! Тогда нашло, а потом отошло. Ты, между прочим, позвонить мне собирался, а не позвонил...

— Обстоятельства были.

— Какие?

— Это допрос?

— Да пошел ты!

Лариса резко поднялась из-за стола и, окатив Даниила презрительным взглядом, направилась к выходу.

Пока она шла через зал, он сидел. Когда исчезла из виду, вскочил, догнал ее на улице, бережно взял за руку.

— Извини, глупо все получилось, — с досадой сказал он.

— Я бы сказала, преступно глупо. Ты ввел меня в заблуждение...

— Да я понимаю. И готов понести наказание.

— Наказание?

— Ну да, можешь арестовать меня. Но только с одним условием. Охранять меня будешь ты...

Его пронзительный взгляд завораживал. Лариса чувствовала себя не в своей тарелке.

— Может, мне еще вместе с тобой в одну камеру сесть?

— Ну, это вообще предел мечтаний!

— Веселишься? Плакать надо, а он веселится... Возможно, из-за тебя мы невинного человека арестовали, а у него шуточки...

— Что, правда человека арестовали из-за меня? — забеспокоился Даниил. — Невинного?

— Ну, я бы не сказала, что он ни в чем не виноват. Но обвинение строилось и на твоих показаниях. А показаний-то, оказывается, нет. Ты хоть представляешь, в какое дурацкое положение ты меня поставил?

— Хочешь, я дам эти показания?

— Какие показания? То, что ты видел Дмитрия Савицкого с человеком на фотографии, которую я тебе показывала?

— Ну да... Ради тебя я готов на все!

— Верится с трудом. Да и лжесвидетельства мне не нужны... Дать бы тебе в лоб, придурок!

— Вау! — обрадовался Даниил. — Лучше дай в лоб, только не злись!.. А кто такой этот человек?

— Не важно. Важно то, что его арестовали.

— Так если б я знал, что все так серьезно. А то ты показываешь мне фотографию какого-то человека, ничего не объясняешь... Вот дернул меня черт за язык... Ты же меня не убьешь?

— Я что, похожа на киллера?

— Нет. Но когда злишься, да... Кстати, помнишь, я предлагал тебе роль.

— Девушки-киллера?

— Именно. Так вот — предложение остается в силе.

— А что за фильм, «Убить Билла — 2000»?

— Почему две тысячи?

— Ну, столько трупов должно быть. Я так поняла, что фильмы про киллеров по таким критериям оцениваются. Нет, Даниил, на Уму Турман я не тяну, да и киллер — не мое амплуа...

— А если я буду настаивать?

— Тогда я в самом деле стану киллером. Угадай, кто будет моей первой жертвой?

— Ну я, понятное дело... Никогда не думал, что киллер вскружит мне голову.

— Ты хотел сказать — скрутит голову.

— Нет, вскружит... Ты вскружила мне голову.

— Почему ж ты тогда мне не звонил?

— А я знал, что ты сама позвонишь мне... Извини, я вел себя как эгоист.

— Ты и сейчас так себя ведешь. Грузишь меня какими-то головокружениями...

— Ну так это ж от души! Давай вернемся? — попросил Даниил.

— Куда, в ресторан? Не хочу...

— Тут недавно аквапарк открылся. Он так и называется «Аква-Рай». Там такие навороты... Короче, пером не описать, ехать надо. Вот увидишь, не пожалеешь...

— У меня нет с собой купальника.

— Это не проблема. Купальник можно купить. Я навязал тебе эту проблему, я ее и решу...

«Аква-Рай» представлял собой огромное крытое сооружение из стекла и бетона. Разнокалиберные бассейны, водные аттракционы на любой вкус, солярии, ресторанно-концертный зал, фитнес-центр, казино и другая всячина. Здесь можно было жить и наслаждаться круглые сутки. Только плати. А вход отнюдь не дешевый. Тем более что Даниил взял билеты в VIP-зону.

Лариса выбрала купальник — нечто среднее между пуританским и откровенно развратным. Даниил купил его, не спрашивая цену.

Они разошлись, чтобы затем встретиться возле бассейна. Даниил откровенно любовался ею. Похоже, ему нравилось, что мужчины оборачиваются ей вслед. Но ей хотелось, чтобы на нее смотрел только он.

Он производил впечатление и в одежде, и без. Широкие плечи, узкие бедра, развитые грудные мышцы, бицепсы. И плавки на нем сидят очень эффектно. Достойный мужчина. В смысле, с приличным достоинством... Лариса не стала выбрасывать из головы шальные мысли. В конце концов, разве она не имела права немного расслабиться.

Они устроились в шезлонге на самом краю бассейна со стеклянным дном, под которым был устроен аквариум с экзотическими рыбами. Красота. На столике фрукты, шампанское. Тепло, комфортно, вокруг расслабляющая и отнюдь не раздражающая пляжная суета. И это при том, что на улице пасмурно и холодно, дождь идет.

— Ну как, не жалеешь? — спросил Даниил.

— Нисколько.

— Классное место. Я только сюда и езжу...

— С кем?

— А-а... Ну, бывает, с девушками...

Лариса почувствовала легкий укол ревности...

— Ну а что здесь такого? Я молодой, не женатый. Подруги постоянной нет. Хотя надо бы...

— В чем же дело?

— Так в тебе дело... Я вот думаю, что было бы здорово, если бы ты стала моей постоянной подругой...

— Послушай, здесь в самом деле как в раю. А в раю ни о чем неохота думать. Так что не заморачивай меня...

Они искупались, пару раз съехали в воду по закрученному желобу. Снова упали в шезлонги. Выпили немного шампанского. Ларисе никуда не хотелось отсюда уходить. И думать ни о чем не хотелось. Разговаривать тоже. Чего не скажешь про Даниила.

— Вот я лежу, балдею, а сам думаю про того человека, которого из-за меня арестовали. У него совсем другая обстановка...

— Мрачно в тюрьме, — кивнула Лариса. — И девушки под боком нет.

— Тем более такой красивой, как ты...

— Между прочим, этот человек нравился мне как мужчина. А я ему нравилась как женщина...

Она не должна была этого говорить. Но сказала. Для того чтобы Даниил ревновал. Дурацкое желание...

— Ты его знала? — недовольно спросил он.

— Знала... Нет, у нас ничего не было... Да и не могло быть... Он проходил по делу своего брата...

— А кто у него брат?

— Серийный маньяк. Насиловал и убивал женщин...

— А тот, которого арестовали, он что, ему помогал?

— Выходит, что так. Хотя я долго в этом сомневалась. Мужчина солидный, порядочный. А оказалось, что у него тоже не все дома...

— Он что, псих?

— Пока что я тебе этого сказать не могу, психиатрическая экспертиза еще не проводилась. Но, судя по всему, с головой у него не все в порядке. Представляешь, три родных брата — и все трое помешаны на каком-то несуществующем кладе...

— А при чем здесь клад и убийства?

— В это трудно поверить, но связь есть. Долго объяснять...

— А Дима здесь при чем? Если бы он в самом деле был знаком с кем-то из тех деятелей, что здесь такого?

— Есть связь. Есть... А теперь эта связь потеряна. Ты же соврал насчет их встречи... Ну да ладно, и других моментов хватает. В общем, арестовали мы его не зря...

— И что ему грозит? В смысле, надолго посадят?

— Сначала вину его нужно доказать, а потом уже сажать...

— А что там за клад был? Интересно все-таки...

— Да сказка одна глупая была, с этикеткой «семейная легенда». Где-то под землей спрятан золотой клад. А достаться он должен братьям, если они отомстят за смерть своих предков, которые погибли из-за этого золота. В общем, чушь собачья...

— Чушь не чушь, а сколько людей полегло!

— Ты-то откуда знаешь, сколько людей полегло? — удивилась Лариса.

Ей совсем не хотелось вникать в смысл разговора, который она сама же и вела. От него вообще хотелось отмахнуться. Так она бы и сделала, если б Даниилу не было интересно.

— А этого я не знаю. Ты ж сказала, что маньяк убивал и насиловал женщин, значит, их было несколько...

— Логично. А почему ты думаешь, что эти женщины из-за золота погибли?..

— Так ты же сама сказала, что между кладом и убийствами есть связь...

— Ну, если говорила...

— Говорила, говорила... Чувствуется в тебе ментовская струнка, — с поддевкой заметил Даниил. — Со мной как с допрашиваемым разговариваешь. На словах поймать хочешь...

— Это автоматически.

— Да вижу, что ты на автопилоте. Разморило тебя...

— И не говори, — легко согласилась Лариса.

— Кстати, я бы и сам мог тебя на слове поймать...

— Попробуй.

— Да чего тут пробовать. Ты про трех братьев говорила. Один маньяк, другой арестован. А про третьего ты ничего не сказала...

— Его тоже должны были арестовать. Не получилось. Ушел. Представляешь, у него в офисе тайный подземный ход был.

— Круто.

— Кстати, бегство подтверждает его вину.

— А что, есть сомнения?

— Уже нет... Даниил, можно я немного вздремну?

— Как ты можешь спокойно спать, когда маньяк на свободе? — в шутку спросил он.

— Маньяк арестован, а сбежал его брат, который ему помогал...

— Как он ему помогал?

— Подсказывал, что делать, наставлял, укрывал... Тебе это интересно?

— Вообще-то, да. Все интересно. Особенно про золотой клад... Они его нашли или нет?

— И никогда не найдут... Что, к поискам подключиться захотелось?

— А почему нет?.. Шучу. Не нужен мне такой клад, из-за которого у людей крыша едет...

— Едет. С шумом и шиферной пылью...

— Может, все-таки объяснишь, как этот клад с убийствами связан?

Лариса объяснила. Рассказала про братьев Садковых, про их семейную легенду, про привидение в красном, которое якобы видел Панкрат, про их чудовищный план мести...

— Да, лихо закручено, ничего не скажешь... — покачал головой Даниил. — Ладно, еще можно объяснить, зачем этот Панкрат женщин убивал. А зачем он их насиловал?

— Совмещал приятное с полезным. Он по натуре своей был сексуальным маньяком...

— А его братья?

— Пудрили ему мозги, заставляли убивать...

— Тогда они такие же маньяки.

— Скорее всего, да.

— Может, они тоже насиловали?

— Исключено. Генетическая экспертиза не подтвердила их участие.

— А может, насиловал этот Панкрат, а убивал кто-то из братьев.

— Одна девушка была изнасилована, но ушла от ножа. По ее показаниям, маньяк был один. Да и я видела только одного Панкрата, когда спасала от него вторую девушку...

— Ты кого-то спасла?

— Да, так получилось...

— А кого ты спасла?

— Девушку, которая должна была стать жертвой маньяка. Представляешь, она больше всего подходила под описание той Катерины, которая жила в Товарищеском переулке двести лет назад. И звали ее Катей... Маньяк думал, что это будет его последняя жертва, после чего клад откроется...

— Так он ее не убил?

— Нет.

— И клад не открылся?

— Нет.

— А если он снова попытается ее убить?

— Я же тебе говорю — Панкрат находится под стражей.

— Но его же брат сбежал.

— Он не насильник.

— Так жертву не надо насиловать. Как я понял, ее достаточно убить. А насилие — это всего лишь прихоть...

Ларису как изнутри встряхнуло. А ведь Даниил прав. В золотом кладе заинтересованы все три брата. Панкрат и Тихон за решеткой, зато их брат на воле. Скорее всего, Иван не повернут на сексе, как его безумный братец. Но в нем присутствует маниакальное желание найти золото. И он может пойти на убийство Кати...

— Э-э, Ларис, ты чего? — забеспокоился Даниил. — Ты сейчас как пантера, которая жертву почуяла...

Похоже, она слишком близко восприняла его предположение. Нельзя так... Иван, может, и сумасшедший, но он не станет подставлять ни себя, ни Тихона. У них еще есть возможность выкарабкаться из ситуации. Но если Катя погибнет, то подозрения падут на Ивана, а вместе с тем и на Тихона. Тогда братьев уже ничто не спасет... Нет, не станет Иван убивать Катю.

Лариса стала успокаиваться. Но чтобы вернуть безмятежный дух, ей пришлось взять телефон и набрать Катин номер. Она услышала в трубке ее голос и отключила мобильник. Достаточно было знать, что та жива и здорова.

Даниил больше не спрашивал про золото. Стал рассказывать ей об интересных случаях из своей жизни. Истории в самом деле были интересными, но его голос звучал так мягко и ровно, что убаюкал Ларису...

Когда она открыла глаза, Даниила рядом не было. Он плавал в бассейне. Увидел, что она проснулась, помахал ей рукой. Затем поднялся к ней, взял на руки и с бесстыжей улыбкой на губах нахально сбросил ее в воду. И она нисколько не возмущалась. Ей было весело...

Она не хотела уходить из «Аква-Рая». К тому же и Даниил предложил ей остаться до самого закрытия. Выложил приличную сумму за вечернюю программу.

В зале погас дневной свет, но зажегся ночной. Приятное мягкое освещение, обволакивающая музыка, интимная обстановка. В какой-то момент Ларисе показалось, что она находится на берегу ночного моря. Она даже уловила шум волны, хотя вода в бассейне была совершенно спокойна. Видимо, это волновалась ее кровь.

Было тепло, одеваться не хотелось, да никто и не требовал. Она сидела в своем шезлонге в одном купальнике. Легкий пластиковый стол куда-то исчез, вместо него появился другой, ресторанный. Официантки в «стрингах» под ультракороткими юбочками-купальниками накрыли его скатертью. Снова дорогое шампанское, но к фруктам добавились более сытные яства — горячее фирменное блюдо, морские деликатесы. Лариса была довольна.

VIP-зал превратился в огромный ночной клуб с бассейном. Свободное пространство ушло под танцпол. Мужчины в плавках и женщины в купальниках танцевали, слонялись из стороны в сторону, кое-кто купался под покровом интимного полумрака. А потом бассейн превратился в стриптиз-сцену. Несколько прелестных див выстроились вдоль бортика, а затем все вместе устремились в подсвеченную снизу воду. Это было синхронное стриптиз-плавание. Ларисе понравилось даже это. Видимо, это действовало на нее шампанское...

— Может, поедем ко мне? — под занавес предложил Даниил.

— К тебе, это куда?

— Домой.

— Понятно, со съемочной площадки к тебе домой...

— Это не съемочная площадка, это аквапарк, — наверное, он решил, что Лариса набралась. — Но если ты хочешь, мы можем побывать и на съемочной площадке, только не сегодня...

— Нет, это и есть съемочная площадка... — упрямо мотнула она головой. — Ты меня здесь снял, чтобы затем увезти домой...

Теперь она и сама поняла, что пьяна.

— А ты не хочешь ко мне ехать?

— Хочу... Но мне страшно, — пошутила она.

— Ты же сотрудник милиции, как тебе может быть страшно?

— Представь себе, я даже забыла, что служу в милиции... Так, вспоминаю...

— Вспомнила?

— Вспомнила... Между прочим, я про тебя ничего не знаю.

— Я тебе столько про себя рассказал.

— И при этом я знаю только, как тебя зовут. А вот фамилию не знаю.

— Так это просто. Зовут меня Даниил, отчество Франкенштейнович, фамилия Потрошителев...

— Тогда тебя не Даниил зовут, а Джек. Джек Франкенштейнович Потрошителев... Боюсь, что я буду вынуждена вас арестовать, господин Потрошителев...

— А если я пошутил? Если на самом деле я Даниил Игоревич Власов?

— И к Джеку-Потрошителю не имеешь никакого отношения?

— Абсолютно никакого!

— А фамилия у тебя Власов... А кличка у тебя есть?

— Кличка? — удивленно посмотрел на нее Даниил. — Я что, собака?

— Ну нет, конечно. Но в детстве у многих были клички. Тебя вот Власом могли называть...

— Называли. А в этом есть что-то зазорное?.. А может, моя фамилия с генералом Власовым ассоциируется...

— Нет, твоя фамилия ассоциируется просто с Власом... Я недавно про товарища одного слышала, Харитонов у него фамилия...

— Ну и что? — непонятно почему озадачился Даниил.

— Харитон, Влас... Еще Федора не хватает...

Лариса вспомнила, что рассказывали ей братья Садковы про своего неприятеля. Харитонов Вячеслав Андреевич. Надо же, как ловко они совместили его с одним из каторжников, которого убил их далекий и такой же сумасшедший предок. Каторжников было трое: Харитон, Влас и Федор... Харитон уже есть. Теперь вот Влас появился...

Возможно, Харитонов и Даниил — звенья одной цепи...

— Федора не хватает? Какого Федора? — изумленно уставился на нее Даниил.

— Дяди Федора из Простоквашино... Кажется, я слишком много выпила, — решила она. — Ты далеко живешь?

— Да не очень, на Николоямской. На Садовое выехать, а там рукой подать...

— Да, от Товарищеского переулка совсем близко.

— При чем здесь Товарищеский переулок?

— Да так, просто подумала... Хорошо, поехали к тебе. Только одно условие...

— Не приставать?

— Угадал. Но, главное, больше мне не наливать...

— Слушаюсь и повинуюсь!

Приставать он будет, мысленно предсказала Лариса. Но это не так уж и страшно...

В аквапарк Лариса ехала на своем супербайке. Но сейчас она чувствовала, что хмель может сыграть с ней на дороге злую шутку. Поэтому мотоцикл остался на стоянке, а она села в машину к Даниилу.

Дорога заняла не более пятнадцати минут. И вот его джип останавливается во дворе элитного дома. Консьерж-охранник в парадной, стены в подъезде облицованы под мрамор, скоростной лифт — все как у белых людей. Нельзя сказать, что квартира Даниила потрясала воображение. Лариса бывала и не в таких апартаментах. Но то, что его жилье соответствовало классу люкс, этого не отнять. Шесть комнат, роскошный ремонт и обстановка в стиле хип-хоп, домашний бар... Что-что, а бар Ларису сейчас не интересовал. А вот в спальню она бы заглянула... Она ясно осознавала, что не прочь была бы провести с Даниилом веселую ночку. И эта мысль не приводила ужас. В конце концов она уже взрослая девочка...

— Если не возражаешь, я приму душ, — сказала она.

— Конечно, дорогая...

В другой обстановке обращение «дорогая» она бы восприняла как пошлость. Но сейчас это слово ласкало слух...

Но так вышло, что холодный душ обрушился на нее, когда она еще не разделась. Он обрушился в виде звонка сотового телефона.

— Лариса, это ты? — услышала она Катин голос.

— Пока что да, пока что Лариса...

— Ты мне звонила?

— С чего ты взяла?

— С определителя номера. Так ты мне звонила?

— Звонила, — призналась Лариса. — Только там что-то оборвалось... Да и давно это было...

— Давно, часа три назад...

— А ты позвонила мне только сейчас.

— Да я бы вообще тебе не звонила... Только тут такое дело... В общем, ко мне парень один в гости едет.

— Какой парень?

— Ну, мы с ним познакомились сегодня. В кафе на Таганской сидели. Он меня провожал. Ушел. А сейчас звонит. Говорит, что ему нужно мне что-то сказать...

— Скажи, пусть завтра приходит.

— Так я ему сказала уже, что жду его.

— Ну ждешь и жди...

— Думаешь, ничего страшного?

— Не знаю... — начала беспокоиться Лариса.

— Я тоже не знаю... — в Катином голосе проскользнули панические нотки. — Я не сразу поняла, что это был твой номер. А сейчас понимаю... Ты же неспроста мне звонила.

— Неспроста... — Тревога усилилась.

— Сейчас мне кажется, что Толик хочет меня убить... Может, это ночь на меня действует. А может, его глаза... У него нормальные глаза. Это со мной. А я видела, как он на парня одного посмотрел. Как на пустое место. И глаза пустые-пустые, только холод... Лариса, это, наверное, фантазии. Но мне страшно...

Ларисе тоже стало страшно. За нее... Что, если этого Толика подослал Иван? Он же мог нанять киллера... Глупо было так думать. Но Ларису встряхнуло так, будто на нее ушат ледяной воды вылили.

— Когда он будет?

— Да вот-вот должен прийти.

— Если придет, дверь не открывай. Жди меня!

Лариса как ошпаренная выскочила из ванной.

— Что с тобой? — удивился Даниил.

— Мне нужно отлучиться... Ненадолго...

— Ты передумала?

— А я что-то надумала?

— Ну мы же собирались... Я же знаю, ты была не против...

Он подошел к ней, нежно обнял за плечи, коснулся губами ее уха. Но ни одна страстная струнка не затрепетала в ее душе. Вот тебе и холодный душ...

— Я и сейчас не против... Только сначала нужно один вопрос решить.

— Какой вопрос?

— Служебный.

— Так ночь же на дворе.

— А у меня ненормированный рабочий день... — одеваясь, сказала она. — Ты не знаешь, почему я не замужем? Да потому что мужики бегут от меня. Кому нужна сумасшедшая жена...

— Я бы от тебя не сбежал. Но ты от меня сбегаешь...

— Размечтался. Ты сбегаешь вместе со мной. Или ты хочешь, чтобы я бегала ночью по Москве на своих двоих?

— Да, ну если ты меня берешь с собой... Не думал я, что когда-нибудь буду работать милицейским водилой.

— Ничего, привыкнешь. К хорошему привыкают быстро...

Даниил легко и с явным удовольствием вошел в роль милицейского водителя. И без зазрения совести нарушал правила дорожного движения. Запросто выехал на дорогу с односторонним движением и пошел против течения. К счастью, течения как такового не было. Плотность потока — одна машина на сто метров, считай, ничего...

Им понадобилось всего три минуты, чтобы добраться

до места. Лариса оставила Даниила в машине, а сама зашла в подъезд. На этот раз она собиралась войти в квартиру к Кате, как это делают нормальные люди, — через дверь.

Оказывается, она была не единственная в своем желании. В квартиру к Кате пытался проникнуть какой-то тип. Дверь была приоткрыта, держалась на цепочке. Голос Кати:

— Поздно уже, завтра приходи.

— Ну мы же договаривались! — возмущенно протянул парень в куртке из грубой кожи.

На вид ничем не примечательный — средней внешности, средней комплекции. На голове «ежик», в руках букет гвоздик.

— Я передумала...

— Возьми хотя бы цветы!

Парень беспрепятственно просунул букет в щель между дверью и косяком. На этом Катя и попалась. Вместо того чтобы вручить ей цветы, он сорвал цепочку и отворил дверь настежь. Затем втолкнул Катю в квартиру и попытался закрыть за собой дверь. Но Лариса вовремя подставила ногу.

— Э-э, ты чего? — озверело посмотрел на нее тип. — Ты кто такая?

— Соседка, за солью пришла...

Думал он недолго. Похоже, его осенила коварная мысль.

— Ну заходи, раз пришла!

Катя сразу успокоилась. На Ларису она смотрела с нескрываемой надеждой... Вот как в жизни бывает. В обыденной обстановке Лариса для нее враг, а как запахнет жареным — друг, товарищ и брат, то есть сестра...

Парень закрыл дверь на замок.

— Зачем закрываешь? — удивилась Лариса. — Я же ненадолго!

— Ты здесь навсегда! — хищно сверкнул он взглядом.

Нож стремительно выскочил из рукава куртки и сам лег в руку. И тут же удар — резкий, размашистый. И профессионально поставленный. Если бы Лариса не увернулась, стальной клинок рассек бы ей горло.

Но она увернулась, перехватила руку, взяла ее на излом — послышался хруст ломаемой руки. Парень взвыл от боли, но тут же стих — добивающий удар подействовал на него как сильнейшая анастезия.

— Ларис, да он убить тебя хотел! — в ужасе воскликнула Катя.

— Да нет, он хотел убить тебя...

— Я как чувствовала!

— Я тоже...

Наручников у Ларисы не было. Пришлось довольствоваться подручными средствами. Катя подала ей кожаный ремешок от старой сумки. Лариса ловко связала преступника. Особо она не усердствовала: у парня и без того сломана рука, а тут еще путы...

— Ларис, что бы я без тебя делала... — скулила Катя.

— Уезжать тебе надо, — посоветовала ей Лариса.

— Как уезжать? Зачем? Разве этого гада отпустят?

— Этого нет. Зато другой может появиться...

— Кто?

— Да хотя бы твой Иван собственной персоной... Это был его человек! — показывая на неподвижное тело, пояснила Лариса.

— Ты уверена!

— А сейчас проверим...

Она привела киллера в чувство.

— На кого работаешь, урод? — чересчур резко спросила она.

— Не скажу, — морщась от боли, покачал он головой.

— А хочешь, я тебе открытый перелом устрою?

— Не надо...

— Так кто тебя послал?

— Тебе не все равно?

— Ты что, совсем тупой? Ты что, до сих пор меня за Катину соседку держишь? Я из милиции!.. Ну так что, будем отвечать?

— Ага, счас!

— Катя! Тащи зубило и молоток!

— Эй, ты чего, в натуре! — в панике вытаращился на нее парень.

— В арматуре... Зубило из арматуры сделано, да, Катя?..

— Да не надо зубила!

— Тогда говори, кто тебе Катю заказал?

Киллер соображал недолго. Чаша весов склонилась на сторону Ларисы.

— Иван... — выдавил он. — Иван Сергеевич... Садков Иван Сергеевич...

Что и требовалось доказать.

— Давно ты на него работаешь?

— Да не работаю я на него. Я сам по себе. А он иногда ко мне обращается. Ну, если там какая беда...

— Где он сейчас?

— Не знаю. Он мне по телефону позвонил, сказал, что проблему нужно решить. Деньги, сказал, по исполнении на мой счет переведет. Он никогда не обманывал...

— И много у него таких вот проблем?

— А хоть убей не скажу. Я ж не дурак статью на душу брать...

— Так ты ее и без того взял.

— Ну так покушение — это не мокруха. И вообще, тебе все показалось... Ты же соли попросила. Значит, что-то готовишь. Так помимо соли тебе и нож нужен, мяса там нарезать. Вот я и хотел дать тебе нож....

— Извини, что не поблагодарила... — криво усмехнулась Лариса. — Спасибо тебе, дорогой!

Киллер услышал только спасибо. Два других слова утонули в шуме надвигающегося забытья.

Лариса вырубила его, затем снова привела в чувство. Не тащить же его в машину на своем горбу. Сам пусть идет...

Даниил исправно ждал ее во дворе. Вышел ей навстречу.

— О! А это кто такой? — удивленно спросил он, показывая на арестанта.

— Жених мой, что, не видишь?

— Ну и шуточки у тебя... — натянуто улыбнулся Даниил. — Куда его?

— К нам в управление отвезем, — решила Лариса.

Можно было вызвать наряд милиции из «Таганского» ОВД. Но тогда ей самой придется давать показания, объясняться. И в своем отделе ей придется пройти через эту церемонию, но это будет только завтра утром. Сейчас ей не хотелось никакой волокиты. Тем более что до управления ехать не так уж и много. А там и дежурный, и кутузка — все как положено.

Она усадила киллера на заднее сиденье, устроилась рядом. Объяснила Даниилу, куда и как ехать. Тот дал газу. Гнал как на пожар. Красный свет для него просто не существовал.

— Ты что, плакаты не читаешь? — спросила Лариса.

— Какие плакаты?

— А которые вдоль дорог... Тот, кто едет на красный свет, рискует расстаться с белым...

— Не, мне больше другой плакат нравится. Там, где

тормоза придумали трусы... Это, конечно, чушь собачья. Но я домой хочу...

— А еще чего ты хочешь?

— Ну, с тобой домой хочу... Ну и не только домой...
Вообще хочу!

— Пошляк... К врачу ты хочешь...

— Да не робей, пронесет!

Не пронесло!.. На одном из перекрестков Даниил
пересекся с таким же джигитом, который летел на всех
парусах. Пытаясь избежать столкновения, он бросил
машину в вираж. Центробежная сила развернула джип
вокруг оси и швырнула на тротуар. Лариса успела увидеть, как на нее с правого борта надвигается бетонный
столб. Затем удар, вспышка и темнота...

Глава девятнадцатая

В себя Лариса пришла в машине «Скорой помощи». Такое ощущение, что голову стягивает чугунный
казан, каждый звук отзывается колокольным звоном.
Тело как будто не свое, каждая клеточка под завязку
заполнена тупой болью. Перед глазами плывут красные круги... На плаву она продержалась недолго. Снова
стала терять сознание. Но не от болевого шока, а от
обезболивающего, которым ее накололи...

Проснулась она в больничной палате. На голове
шапка из бинтов, ребра сжимает гипсовый корсет.
Перед глазами туманная зыбь. Когда хмарь развеялась,
Лариса увидела перед собой Артема Волохова.

— Ты меня слышишь? — спросил он.

Его голос эхом раздавался в ушах.

Лариса хотела кивнуть в ответ, но вдруг обнаружила, что может говорить.

— И слышу, и вижу...

— Нормально!.. Значит, врачи правду сказали, что ты в рубашке родилась...

— Что со мной?

— Ничего страшного. Сотрясение мозга, два ребра сломаны. И все...

— Да, совсем мелочь...

— Так знаешь какой удар был? Машина шваркнулась о столб как раз тем боком, где ты сидела. Да тебя в лепешку могло размазать...

— «БМВ» — надежная машина.

— Надежная, никто не спорит, тем более джип. Но удар какой был, тем более боковой... В общем, считай, что легким испугом отделалась...

— А киллер где?

— Какой киллер?! — удивленно уставился на нее Артем.

— А-а, вы, наверное, не знали, что это киллер...

— Кто киллер, этот, Даниил который?..

— Нет, мы везли киллера в управление...

— Не было никакого киллера. Вас только двое в машине было...

Лариса с досады закусила губу.

— А что, вы правда киллера везли?

— Думаешь, мне приснилось? У Кати Брусникиной спроси, если не веришь. Он ее хотел убить, а ударил меня...

— Чем ударил?

— Ножом.

— Так нет у тебя проникающих ранений.

— Артем, ты меня обижаешь.

— Ах да, извини, ты же у нас неуязвимая...

— Как видишь, уязвимая...

— Я разговаривал с гаишниками, которые с аварией разбирались. У них такое впечатление, что твой Даниил настоящий ас вождения...

— Знаешь, мне тоже так показалось, — саркастически усмехнулась она. — Шумахер отдыхает...

— Не знаю, Шумахер он или нет, но от столкновения с машиной он ушел. И еще один момент. Даниил твой не должен был налететь на этот столб. Не та траектория. А он налетел, да так, что тебя чуть в лепешку не размазало. Как будто нарочно поправку сделал... Мне капитан гаишный в шутку сказал, что, если я вдруг от жены захочу избавиться, надо будет ее в машину к этому кадру сажать, ну, на твое место, чтобы он ее аккурат к столбу приложил...

— Хочешь сказать, что он нарочно ударил свою машину?

— Не знаю, не знаю... Ты-то вот в гипсе, а у Даниила твоего даже синяка нет. И киллер тю-тю... Я тебе верю, что он был. Но его нет. Во всяком случае, когда приехала «Скорая», его уже не было...

— Значит, воспользовался моментом и сбежал.

— А кто момент создал?

— Даниил. Но я не думаю, что он нарочно...

— Тогда почему он киллера не задержал?

— Ну не знаю...

— Вот и я не знаю... Не нравится мне этот Даниил... И ты не нравишься...

— А я-то тебе чем не угодила?

— Ты Даниилу угодила. В аквапарке с ним весь день прохлаждалась. Зачем, спрашивается?

— Ты же знаешь, зачем я к нему ездила.

— Допросить свидетеля дело пяти минут. И для этого вовсе необязательно ехать с ним в аквапарк...

— Он не свидетель.

— То есть как?

— Он мне наврал, что видел, как Савицкий разговаривает с Тихоном Садковым...

— Зачем наврал?

— Это он так мое внимание привлекал.

— А то, что его самого привлекут за дачу ложных показаний, он не подумал? Или он ничего не боится?

— Вот это я и хотела выяснить.

— Для этого и отправилась с ним в аквапарк, да?

— Артем, тебе что, завидно? А может, ты ревнуешь?

— Ларис, ты извини, я не хотел тебя обидеть, но тут такая ситуация. Ты хоть бы пробила этого Даниила, прежде чем на встречу с ним ехать...

— Зачем его пробивать? Он же не подозреваемый, чтобы справки о нем наводить...

— А я вот навел.

— Ну и что?

— Власов Даниил Юрьевич, двадцати шести лет от роду, генеральный директор фирмы «Европа-Мост», по совместительству продюсер на киностудии «Юпитер»...

— Ну так я знаю это и без тебя... Только вот фирма... Чем она занимается?

— Импорт и продажа холодильного оборудования... А раньше он занимался экспортом черного и цветного лома...

— Это я знаю. Он говорил, что в этом бизнесе опасно. Решил заняться чем-нибудь попроще и поспокойней. Получается, он сейчас холодильным оборудованием торгует...

— И по совместительству кино финансирует...

— Ну и что?

— Кино — дорогая штука. Даже для России...

— Это его проблемы. Его деньги, куда хочет, туда пусть и вкладывает...

— Да, но его фильм принес ему убытка в двести тысяч долларов...

— Убытка? Он говорил про прибыль.

— Мало ли что он говорил. В убытке твой Даниил.
И при этом он финансирует новый кинопроект...

— А если он фанат кино? Он актером хотел стать,
не получилось...

— Актером он не стал, а талант остался.

— Какой талант?

— Актерский... Лариса, у тебя же нюх, а ты этого
прохвоста раскусить не можешь. Лично мне кажется,
что с ним что-то нечисто...

— Когда кажется, сам знаешь, что делать надо...

— Да я уже крестился. Когда свечку за тебя ставил...
Да, представь себе, по пути сюда в церковь заскочил,
свечку поставил за твое здравие...

Лариса была растрогана. Но постаралась скрыть
это. Слезы умиления сейчас ни к чему.

— Артем, может, ты просто меня ревнуешь? —
с ехидцей в голосе спросила она. — Потому и Даниил
у тебя в опале...

— Не только у меня... — покачал головой Волохов. — Ты знаешь, почему он актером не стал?

— Нет.

— Потому что его в Щукинское училище не приняли.

— Ну и что здесь такого? Не все нынешние великие
актеры с первого захода поступали...

— Одно дело провалиться, и совсем другое, когда
тебя просто не допускают к экзамену. А Даниила знаешь почему не допустили? Судимость на нем была, поняла?

— Судимость?! — опешила Лариса. — Он мне про
это не говорил...

— Судимость. И не условная, а самая что ни на
есть настоящая. Его в четырнадцать лет осудили...

— Что же он такого натворил?

Как юрист Лариса знала, что уголовная ответственность в отношении несовершеннолетних лиц наступает с шестнадцати лет, но есть преступления, по которым подросток может попасть за решетку и в четырнадцать годков.

— Вооруженный разбой. А до этого попадался на кражах... В общем, мальчик был еще тот. Ему четыре года впаяли. Аккурат под совершеннолетие... Вышел из колонии в восемнадцать... Честно тебе скажу, я не знаю, поступал он в актерское училище или нет. Это я так к слову сказал, что его к экзамену не допустили. Ну, для предисловия... Но то, что у твоего Даниила судимость была, это правда...

— Ты меня ошарашил...

— А ты разве не могла разгадать в нем бывшего зэка?

— Он прилично себя вел, пальцы веером не кидал. И зэковских замашек не наблюдала...

— Он из приличной семьи. Отец профессор МГУ, мать в пединституте преподавала. Между прочим, кандидат наук...

— Педагогических?

— Как это ни странно, да.

— Хорошего же она сына воспитала.

— Да мать здесь, может, и ни при чем. Возможно, гены всему виной. Но это уже детали... В общем, в тюрьму Даниил сел интеллигентным отморозком...

— Он говорил, что в армии служил, — вспомнила Лариса.

— Ну, если вторая отсидка для него армией стала, то я молчу...

— Вторая отсидка?

— Да, Лариса, да. Он через два года снова сел. На этот раз человека покалечил. Один глаз в драке выбил, второй глаз потом сам ослеп... Четыре года строгого режима. Через два года вышел по условно-досрочному...

— С ума сойти. Никогда бы не подумала, что у него две судимости. У него и наколок-то на теле нет...

— А знаешь, какая у него кличка на зоне была? Интеллигент! И он старался ей соответствовать... Кстати, на зоне его уважали. Сумел себя парень поставить. И в обиду себя не давал. Да и с головой дружил. Не зря же наколок зэковских избегал. Знал, что это как клеймо на всю жизнь... В общем, продуманный паренек...

— Интеллигентом, значит, его звали? — задумчиво спросила Лариса. — А Влас — такая кличка не проходила?

— Не знаю, может, и так тоже звали... А почему ты спросила?

— Да мысль дурацкая...

— В нашем деле и дурацкая мысль может оказаться умной... Так что за мысль?

— Даже не просто дурацкая, а идиотская... Он вчера насторожился, когда я ему про Власа, Харитона и Федора сказала... Хотя, может, мне показалось. Я вчера много выпила...

«Может, потому и уцелела в аварии», — мысленно добавила она.

— Влас, Харитон и Федор... — в раздумье проговорил Артем. — Что-то знакомое... Кажется, Садковы про них что-то говорили...

— Про беглых каторжников они говорили, которых потом их предки убили. А еще они про Харитонова говорили, который им сейчас жить мешает...

— Но это же бред сивой кобылы!

— Вот я и говорю, что моя мысль такая же бредовая... Харитон у нас уже есть, теперь вот Влас нарисовался, если еще и Федор объявится, можно смело на прием к психиатру записываться...

— Про Федора мы ничего не знаем. А Влас и Харитон у нас уже в самом деле есть. Равно как Тихон, Иван и Панкрат...

— Кстати, Харитонов занимается вторчерметом. И Власов тем же занимался... Сейчас Харитонов пищевым оборудованием заняться хочет, потому на Садковых наезжает...

— А Власов уже на холодильное оборудование перешел. А это считай и есть пищевое оборудование...

— К тому же Харитонов из бывших уголовников...

— И Власов тоже... Смотри, какие совпадения. Хоть сейчас беги в картотеку, может, они еще и одну зону топтали?

— А вдруг подтвердится?

— Тогда тут не просто совпадение. Здесь заговором пахнет. Против Садковых... Это что ж получается, Садковы воплощают собой братьев Точилиных из прошлого. А эти Власов и Харитонов — загубленных ими беглых каторжников. Снова месть? И снова через века?.. Ларис, если в очередь к психиатру, то я после тебя...

— Сначала давай пробей вопрос, может, Харитонов и Власов и знать друг про друга не знают...

— Пробью, — кивнул Артем. — Обязательно пробью... Не нравится мне эта авария. Подозрительно все. Ты ж погибнуть могла...

— Как видишь, жива. И если верить врачам, почти здорова. Хотя чувствую себя как разбитое корыто...

— Ничего, склеят...

— А как там Даниил?

— Да говорю же, с ним все в порядке. Он же твою дверь под удар подставил, а не свою... Да, скорее всего, в самом деле подставил... Ты сама подумай, куда киллер мог деться?

— Был да сплыл... Руки у него были связаны, а ноги нет. Мог уйти... А Даниил ему не помешал это сделать...

— Еще и помог от пут освободиться... Неспроста случилась эта авария. Твой Даниил настоящий профи, если так виртуозно под удар тебя подставил. Даже машину свою не пожалел, гад...

— Может быть, ты прав, может, авария эта — не случайность. Но зачем Даниилу киллера освобождать?

— А ты сама подумай. Вдруг он с этим Харитоновым заодно. А Харитонову надо избавиться от Садковых. Убийство Катерины — добивающий удар по ним...

— Я уже думала об этом. Я не думала, что Иван Садков решится на такую глупость. В его-то положении...

— Так в том-то и дело! Ему сейчас свою шкуру спасать надо, ему сейчас не до Кати...

— Значит, Катю пытался убить Харитонов?

— Вот-вот, он и подослал к ней киллера, которого ты задержала и попыталась отвезти в управление. Но Власов с Харитоновым заодно, и он знал, что Катю должны были убить, знал, кто и когда должен был это сделать. Разумеется, киллер мог показать на него, тогда ему крышка. А у него сейчас райская жизнь, зачем ему менять ее на тюремные нары? Вот он и подстраивает аварию, чтобы вывести тебя из строя, а киллера освободить...

— Нереально, — покачала головой Лариса.

— Не знаю, не знаю... Кстати, как ты на киллера вышла?

— Катя позвонила, сказала, что с подозрительным парнем познакомилась. Я к ней поехала, чуть не опоздала...

— С кем поехала? С Даниилом? Ночью?

— С ним и ночью.

— И откуда?

— Из его дома... И не надо на меня так смотреть. Я, между прочим, уже половозрелая девушка.

— Ну, твоя личная жизнь меня в принципе не касается... — смущенно протянул Артем. — Но возникает вопрос... Катю собирались убить как раз той ночью, когда ты должна была быть с Даниилом. Уж не для того ли он был с тобой, чтобы обеспечить себе алиби?

— Слишком сложная комбинация.

— Неудивительно, если предполагать, что мы имеем дело со сложным противником...

— Боюсь тебя огорчить, но Даниил здесь ни при чем. Дело в том, что я успела допросить киллера. Он сказал, что его нанял Иван Садков. Между прочим, это было не первое убийство, которое он ему заказал...

— А он не мог тебе наврать?

— Зачем ему это?

— Ну, может, Катю заказал тот же Харитонов, а киллера, в случае чего, обязал валить все на Садкова...

— Нереально, — снова не согласилась Лариса.

— Ну почему нереально? Харитонов — бывший уголовник, возможно, у него сохранились связи в криминальном мире. Он мог пообещать киллеру достойную жизнь за решеткой, если он покажет на Садкова.

— Артем, то, что ты говоришь, нереально. И авария случайная, и киллера нанял Садков, а то, что Даниил сидел, это еще ни о чем не говорит, во всяком случае, для следствия... Да и вообще, достала меня эта чертова легенда, не верю я в нее...

— Я тоже, — кивнул Артем. — Но кое-кто верит, да и события как переплетаются, а крови сколько пролилось...

— Моей крови, между прочим, тоже. Я не знаю, много там ее вытекло или нет, но чувствую я себя неважно. Приходи завтра...

Лариса хотела спать. Но когда Волохов ушел, сон как рукой сняло. Она перебрала в памяти все мгновения, предшествующие автокатастрофе... Даниил вовремя заметил машину, он мог просто остановиться, но его по-

несло на этот чертов столб. И почему-то пострадала одна
только Лариса... Может, он в самом деле нарочно вы-
кинул этот фортель с аварией, чтобы вывести ее, Ларису, из строя, а затем освободить киллера?.. Если так, то
его план сработал. И сам он как бы вне подозрений...
Как бы...

Лариса вспомнила их первую встречу. Вроде бы случайно пересеклись. А если разобраться... Дима Савицкий его друг. Но, видать, не очень хороший друг, если
Даниил отказался снимать его в своем фильме... Что,
если Даниил использовал Савицкого как разменную
карту в игре против Ларисы?..

Вопрос, какой смысл ему с ней бороться? Ответ.
Глупый, неправдоподобный, но ответ — это не Садковы,
а Власов с Харитоновым пытались заморочить Ларисе
голову привидением в красном. Они же натравили на
нее и Панкрата Садкова... Но зачем им это все нужно?
Какой им смысл устранять Ларису?.. А может, они
тоже ищут клад братьев Точилиных? И Панкрат Садков был с ними заодно. Но ведь не было никакой Катерины, похожей на Ларису. Все это вымысел. И незачем убивать Ларису, клад все равно не откроется... А Савицкого зачем было убивать, он-то какое имел ко всему
этому отношение?.. От умственного напряжения за-
кружилась и разболелась голова, перед глазами пошли
круги. Лариса постаралась отключиться...

Включил ее Артем, но уже на следующий день.

— Можешь меня поздравить, я выяснил про Власова и Харитонова. Они сидели в одной колонии...

— Ну и что?

Лариса физически ощутила, как испуганно вздрогнула извилина в голове. Ей вовсе не хотелось вклю-
чаться в решение мистических головоломок...

— А то, что в колонии они оба состояли в пристяжи смотрящего зоны. Ну, есть смотрящий, а есть его свита, это и есть пристяжь. В общем, они были знакомы... Кстати, и освободились с разницей в две недели...

— Значит, они все-таки как-то связаны друг с другом?

— В том-то и дело... Я точно не скажу, но, судя по всему, вторчерметом они вместе начинали заниматься. А потом разошлись по разным фирмам, дескать, каждый сам себе голова. Но общность интересов осталась...

— Разумный ход, — заметила Лариса. — Нельзя волкам из одной кормушки питаться, глотки друг другу перегрызут. А так у каждого своя кость...

— Друг другу глотки они не перегрызли, — кивнул Артем. — Но вцепились в глотку братьям Садковым. Наезжал Харитонов, но за ним маячила тень Власова. Пока это лишь догадки, но я уже забросил сети в этот омут, так что информация будет. А пока что доподлинно известно, что Власов и Харитонов знают друг друга...

— Остался только Федор для полного комплекта.

— Есть Федор, — с гордостью за себя сообщил Волохов. — Федор Павлович Зацепский.

— Тоже уголовник?

— Из них, родимых. Руководит службой безопасности фирмы «Экспозиция»...

— Той, которой заправляет Харитонов?

— Именно.

— Бандитская контора какая-то. Один уголовник в генералах, другой его охраняет... И в компаньонах тоже уголовник...

— И всем троим мешают братья Садковы...

— Харитон, Влас и Федор против Ивана, Тихона и Панкрата... Чертовщина какая-то...

— Спираль времени.

— Что?

— Время, говорю, закручено по спирали. Видимо, мы сейчас находимся на том же витке, что и двести лет назад. Те же действующие лица, только поставлено все с ног на голову...

— Я сейчас свихнусь, — схватилась за голову Лариса.

Мысли в голове копошились, как гремучие змеи, кусали, жалили, отравляли рассудок...

— Может, потом как-нибудь об этом поговорим? — она умоляюще посмотрела на него.

— Это посттравматическая слабость, — покачал головой Артем. — А тебе сейчас расслабляться нельзя.

— Это еще почему?

— А ты сама подумай. Вполне возможно, что Иван и Тихон Садковы ни в чем не виноваты. А настоящие преступники — другие... Отравлен Савицкий, убита Белогорова. Они должны за это ответить...

— Савицкого отравила Белогорова, ее же в свою очередь убил Долгоносов, — вспомнила Лариса. — Пробей Долгоносова, может, он как-то связан с Харитоновым и Власовым... Он, кстати, тоже из урок...

— Ну вот, ты снова пытливая и неутомимая капитан Черкашина, — улыбнулся Артем. — А то нюни распустила... Я все пробью, обещаю...

О своих соображениях и открытиях Волохов доложил не только Ларисе, но и Званцевой. Та дала добро на работу с Власовым и Харитоновым. А заодно и с Федором Зацепским. Выяснилось, что Долгоносов и Зацепский знали друг друга — еще три года назад топтали одну зону.

После очередной отсидки Федор Зацепский приехал в Москву, там он встретил своего старого кента Славу Харитонова, с которым когда-то мотал срок по первой своей ходке. Харитонов к этому времени уже вовсю занимался вторчерметом, приобщил к этому делу и своего давнего дружка — назначил его своим замом по безопасности. А Зацепский в свою очередь мог взять к себе на службу Валеру Долгоносова. Что, по всей видимости, и произошло. Образовался этакий конгломерат уголовников с четкой иерархией, на вершине которой стояли Харитонов с Власовым, чуть ниже Федор, а в исполнителях — Долгоносов и ему подобные.

Какие поручения исполнял Долгоносов, неизвестно. Но если судить по тому, что за каких-то полтора года смог заработать на машину и на квартиру, то мелочовкой он не занимался. Скорее всего, он решал нестандартные проблемы. Одной из которых были Дима и Маргарита... Сторожем на склады фирмы «Садко» Долгоносов устроился за два месяца до гибели Савицкого и Белогорова. Не для того ли, чтобы в последующем тень подозрения пала на братьев Садковых. И перед своим арестом он, возможно, звонил сначала своему боссу Зацепскому. Затем он стер его номер из памяти и набрал телефон Тихона Савицкого...

Да, возможно, братьев Садковых в самом деле подставили. Ивана и Тихона. Но не Панкрата. Тот в самом деле маньяк-убийца... Возможно, это Харитонов и Власов нацелили его на убийства. Они же подставили его братьев — сделали так, чтобы все подозрения пали на них. И все у них получилось. Пиратам только и остается, что захватить корабль, оставшийся без капитана. Выкупят фирму «Садко» по бросовой цене, и все дела...

Информацию об этих предприимчивых уголовниках собирал Артем. Он же делился с Ларисой своими соображениями. Приходил к ней в больницу чуть ли не каждый день.

Зато Даниил ни разу не появился. Только цветы присылал. В корзинке с яркими ленточками. Только Ларису эти букеты радовали примерно так же, как могут радовать покойника венки в его честь... Чем больше она думала об этом прохиндее, тем больше убеждалась, что он герой не ее романа. И мысленно благодарила Катю за то, что она так вовремя вырвала ее из его квартиры.

Артем не только собирал информацию. Он еще и действовал. Дабы расколоть Долгоносова, который не хотел сдавать своего покровителя, он договорился со своим хорошим знакомым из Бутырской оперчасти. Тот должен был устроить ему «райскую» жизнь вплоть до пресс-хаты. Незаконные методы, но как быть, если по-другому проблему не решить?..

Глава двадцатая

Цветы в больницу поступали каждый день. Исключительно розы. И, разумеется, с шипами. И Даниил звонил каждый день, сообщал, что цветы от него. Намекал, что скоро вернется и тогда осыплет ее по-настоящему дорогими подарками. Можно подумать, она только об этом и мечтала...

Знал бы он, о чем мечтала Лариса. Отправить его за решетку — вот о чем она мечтала. Если он, конечно, в самом деле причастен к детективной истории, развернувшейся вокруг Панкрата Садкова. Если он не причастен и его подозревают зря, она просто извинится перед ним.

Даже к тому моменту, когда ее выписали из больницы, она чувствовала себя неважно. Званцева лично приехала ее встречать.

— Выглядишь не очень, — заметила она. — Рано тебе еще на службу...

— Мне бы еще пару деньков отлежаться.

— Этого мало. Дам тебе пару недель по болезни. Есть путевки в подмосковный санаторий МВД, я тебя туда и отправлю...

— А преступников кто будет ловить?

— Ну, если ты считаешь, что, кроме тебя, их ловить некому, то пусть и они отдыхают...

— А если серьезно? Что там по делу Садковых?

Какое-то время Арина Викторовна напряженно молчала. Затем сказала:

— Забудь об этом деле.

— Как это забудь? — не поняла Лариса.

— Как ты думаешь, у нас правовое государство?

— Хотелось бы в это верить.

— А ты не верь... В общем, поступила команда сверху закрыть это дело...

— Как это закрыть?

— Да очень просто. Женщин из Товарищеского переулка насиловал и убивал Панкрат Садков. Его вина доказана, подтверждена его собственными признаниями. То же самое и с Долгоносовым. Он и не скрывал, что убил Маргариту Белогорову, которая в свою очередь отравила Савицкого. Словом, виновные по всем преступным событиям определены...

— Но за ними же кто-то стоял.

— Или Садковы, или эти, Харитонов с Власовым?.. А где убедительные доказательства их вины? Телефон и место работы Долгоносова?! Попытка покушения на Катю Брусникину?!.

— А разве этого мало?

— Может, и достаточно. Но это если брать за жабры простого смертного. А Садковы в бизнесе, у них есть чем и кому заплатить. И они заплатили. В общем, Тихона выпустили, а с Ивана сняли сторожок. Так-то вот...

— Но то, что Иван был в бегах, это уже подтверждает его вину.

— Именно это я начальству и говорила. И все без толку... В общем, откупились Садковы. И пока не будет против них железобетонных доказательств, трогать их не стоит... Кстати, Харитонова это дело очень волнует. Засуетился дядя. Сдается мне, что он тоже руку к освобождению Садковых приложил... Не нравится мне этот тип, ох как не нравится... Но на одних догадках и домыслах к нему не подъедешь. Факты нужны...

— Артем собирался на Долгоносова надавить.

— А разве ты не знаешь? Нет больше Долгоносова. Его вчера утром мертвым нашли. Вены себе перерезал... А я так думаю, что кто-то ему помог... Но ничего не докажешь... Вот так-то Лариса, этот Харитонов совсем не так-то прост. И его зам по безопасности тот еще фрукт. У них и деньги, и связи. И в криминальную тусовку они вхожи. Даже своя зондер-команда есть. Ты понимаешь, о чем я говорю?

— Долгоносов был из этой команды. И тот киллер, который должен был Катю убить... Сколько там еще таких?

— А вот этого никто не знает...

— Так надо узнать.

— Пусть руоповцы этим занимаются. А нам санкцию на разработку Харитонова никто не даст...

— Можно без санкции.

— Можно. Но после звонка сверху нельзя. Пойдем против течения, нас потом по начальству и по судам затаскают, не оберешься лиха... Так что давай не будем искать этого лиха, ладно?

— Зачем его искать? Его и так вокруг этого чертова золота полно. Золота, может, и нет, но лиха хоть отбавляй...

— Не спорю. Но нам лучше не лезть в эти дебри. Поверь мне, я знаю, когда можно идти против начальства, а когда нет. В данном случае надо закусить узду... Ты меня понимаешь?

— Дело ясное, что дело темное... — усмехнулась Лариса. — Ладно, Садковых оставляем в покое, Харитонова, Власова и Зацепского тоже. А как быть с киллером, который на меня напал?

— Возбуждено уголовное дело. Составлен фоторобот. Его ищут. Но им занимается ОВД «Таганское», а не мы...

— А наше дело сторона... Ладно, начальству видней. А за две недели отпуска спасибо. И за путевку тоже... Отдохнуть бы не мешало...

Лариса отдыхала весь остаток дня. Валялась в своей постели с ноутбуком на животе. А утром усилием воли переключилась из фазы «разбитое корыто» в фазу «белка в колесе». И отправилась в управление. Но по пути заехала в офис фирмы «Садко». Хотя это вовсе было не по пути...

Охранник на входе встретил Ларису в штыки. Видимо, у него было хозяйское распоряжение «не пущать» ее. Он даже набрался наглости перегородить ей путь.

— Нельзя!

— Так я к вам пришла, молодой человек! — обворожительно улыбнулась Лариса.

— Ко мне? — удивленно уставился на нее парень.

— Ты удивлен?.. Странно, я думала, что такой красавчик, как ты, привык, когда девушки вешаются ему на шею... Я тебя еще в прошлый раз заприметила...

С этими словами Лариса мягко обвила руками его шею, прижалась к нему всем телом.

Парень выпучил глаза, задышал, как астматик. И после недолгого раздумья сграбастал Ларису в охапку. Возможно, он понял, что его разыгрывают, и решил вышвырнуть ее на улицу. Может быть, он принял ее игру за чистую монету, поэтому хотел затащить ее куда-нибудь в подсобку, дабы дать волю своим разбушевавшимся фантазиям. Так или иначе, он повел себя неправильно, за что и поплатился.

— Помогите, насилуют! — тихо позвала на помощь Лариса.

Сама же ее и оказала. Согнутым пальцем ткнула «насильнику» в точку в районе солнечного сплетения. Парня парализовало. А когда отпустило, Ларисы уже и след простыл.

Тихон был на месте. Иван Садков отсутствовал, но по уважительной причине. Ни у того, ни у другого не было надобности скрываться от правосудия.

Секретарша в директорской приемной даже не пыталась остановить Ларису. Она беспрепятственно прошла в кабинет к Тихону.

— Надеюсь, на этот раз без ордера? — принужденно улыбнулся он.

— Без него. Не знаю, к счастью или к сожалению...

— Все-таки жалеете, что мы на свободе?

— Может, я, наоборот, радуюсь... Меня интересует Вячеслав Харитонов.

— Зачем он вам? — напрягся Тихон.

— Ну, вы же утверждали, что вас подставили.

— Уже не утверждаю.

— А ваш брат?

— Панкрат в психушке. Он вообще ничего не знает...

— Я спрашивала про Ивана. Но раз уж разговор зашел о Панкрате... Вот вы точно уверены, что Панкрат не знает Харитонова?

— Разве в нашей жизни можно быть в чем-то уверенным? — пожал плечами Тихон.

— У Панкрата были друзья, с которыми он вас не знакомил?

— Были друзья. Он жил своей, обособленной от нас жизнью. Но в основном он водился с диггерами...

— Диггеры меня сейчас не интересуют. Меня интересует Харитонов Вячеслав Андреевич. Он был знаком с вашим братом?

— Не знаю...

— Вы же говорили, что Харитонов вас подставил. Неужели вы не допускали, что он просто-напросто мог рулить вашим братом?..

— Зачем ему это?

— Сама бы хотела это знать... До недавнего времени мы думали, что это вы настраивали Панкрата на убийства. Но вполне возможно, что им управлял Харитонов. Стопроцентной уверенности нет.

— Даже боюсь что-то говорить. Вы, Лариса, опасная женщина. Красивая, но коварная...

— Мужчины таких не любят?

— Я этого не говорил...

— А я ни на что не намекала... Хотя было бы неплохо, если бы вы полюбили меня. Для дела полезно...

— Вы просто ошеломляющая женщина! Я не знаю, когда вы говорите в шутку, когда всерьез!

— Боюсь, я и сама не всегда это знаю... Но сейчас я говорю всерьез. Хотя сама себя держу за сумасшедшую. И вас, между прочим, тоже...

— Может, объясните, что вы имеете в виду?

— Давай на «ты»... Помнишь, ты говорил про каторжников, которых убили твои предки? Влас, Харитон и Федор...

— Говорил.

— Так вот, под рукой у нашего Харитона сейчас и Влас, и Федор. И все хотят вам зла...

— Про Власа я не знаю, — нахмурился Тихон.

— Власов Даниил Игоревич, генеральный директор фирмы «Европа-Мост», экспорт холодильного оборудования...

— Да, я знаю такого... Но как он связан с Харитоновым?

— Тесными братскими узами. Братаны они, понял? Конкретные братаны, в натуре...

— Вот оно, значит, как... Значит, все сходится.

— Что сходится?

— Харитон. Влас... Про Федора я знаю. Он у Харитонова безопасностью ведает...

— Безопасностью для него. А для тебя — опасностью...

— Харитонов — страшный человек... Он может нас уничтожить... Тогда, двести лет назад, Панкрат Точилин уничтожил каторжников. А сейчас — наоборот. Каторжники уничтожили Панкрата. Теперь вот наша с Иваном очередь... Харитонов не успокоится, пока не приберет нашу компанию к рукам...

— Как думаешь, это как-то связано с кладом?

— Не знаю... Скорее всего, имеет место быть случайное совпадение. Я бы сказал — катастрофическое совпадение...

— А может, эти совпадения каким-то образом связаны с кладом ваших предков? Может, Харитонов и иже с ним ищут золото?

— Откуда они могут про него знать?

— От Панкрата, например.

— Может быть, — задумался Тихон.

— Разве вы с Панкратом на эту тему не разговаривали?

— Вообще-то нет.

— А как насчет того, чтобы поговорить с ним сейчас? Ты его родной брат, он тебя очень уважает. От тебя у него секретов быть не может...

— Он же под стражей.

— Ничего, я организую вам встречу.

— Ну, если так.

— Я смотрю, ты не в восторге от моего предложения?

— А чему радоваться?.. Ну, допустим, я узнаю, что Панкрат знал Харитонова, и что?

— Как что? Харитонов сделал из твоего брата маньяка и убийцу, а тебе все равно?

— Не полезу же я на Харитонова с кулаками?

— Тихон, он же твоего брата погубил!

— Это еще доказать надо...— буркнул Тихон.

— Погубил, погубил. А вас с Иваном подставил.

— Так в том-то и дело, что он еще раз нас может подставить. Или, чего доброго, — убьет...

— Вау, да у тебя очко играет, мой дорогой... Да и какой ты дорогой? — презрительно посмотрела на него Лариса. — Женщины любят сильных и смелых мужчин, а ты... М-да, не ожидала я от тебя!

— Да что ты понимаешь в жизни?

Его голос прозвучал жалко и неуверенно... Не думала Лариса, что Тихон мог так быстро сломаться. Не так уж и много времени провел он в тюрьме, и Харитонов не так уж страшен, как его малюют. А Тихон тем не менее сдулся. Раньше горой за брата стоял, а сейчас с его губителями поквитаться боится...

— Я понимаю... Хочешь, я предскажу тебе твое ближайшее будущее? Продадите вы с братом свою фирму за треть цены и палец потом будете сосать...

— Не трави душу, и без того хреново, — поморщился Тихон.

У Ларисы не было никакого желания с ним разговаривать... А с Панкратом она поговорит сама. Найдет к нему подход и поговорит...

Она уже собиралась уходить, когда отворилась дверь и в кабинет к Тихону без приглашения вошел крупный приземистый мужчина. Дорогой в полосочку костюм, красный галстук, туфли из крокодильей кожи с серебряными пряжками, пальцы унизаны золотыми перстнями. Такое впечатление, что это был какой-то колхозник, которого выдернули с поля в разгар страды, вымыли, причесали, дали кучу баксов и отправили в бутик, чтобы он там приоделся. Одежду он выбирал сам. Дорого, но ни вкуса, ни стиля. Напористый, нахрапистый. Поглощающая улыбка.

Вслед за этим колоритным типом в кабинет вошел Иван Садков. Заискивающее выражение лица, угодливая улыбка. Он увидел Ларису, на мгновение остолбенел, перевел взгляд на Тихона.

— Безобразие! Почему мне не доложили, что у тебя гости?.. Надо уволить секретаршу...

— Увольнять такую секретаршу? — заинтересованно посмотрел на Ларису гость.

В его глазах появилось узнавание.

— Это не секретарша, Вячеслав Андреевич, — заелозил перед ним Иван. — Это капитан милиции Черкашина!

— Мать моя женщина! — притворно испугался мужик. И тут же растянул рот в улыбке. — И за что ты, Ваня, собираешься уволить свою секретаршу? Такая встреча! Я так рад!.. Разрешите представиться, товарищ капитан! Харитонов Вячеслав Андреевич!

Признаться, Лариса была слегка ошеломлена. Что делает здесь Харитонов? Почему Иван стелится перед ним?..

— Я бы не сказала, что рада нашей встрече, — усмехнулась она.

— Товарищ капитан, ну что вы на меня как на врага народа смотрите? — сокрушенно протянул Харитонов.

— Я вам не товарищ, — огрызнулась она.

— Но так и я вам не гражданин заключенный, — нахмурился Харитонов. — Я свободный человек...

— Чересчур свободный. Чересчур вольно чувствуете себя...

— А как вы хотели? Или я должен ходить перед ментами на задних цырлах... Вы развели вокруг меня какую-то бодягу, а я должен хавать ее? Не получится!..

Вот пришлось задействовать свои связи, чтобы вы от меня отстали...

— А к вам никто и не пристает, много чести...

— Ну и замечательно! Тогда, Лариса, давайте мириться!.. Вот с Иваном и Тихоном мы, считай, помирились. Хотя в принципе даже и не ссорились...

Теперь Лариса понимала, с какой целью Харитонов пожаловал к Садковым в офис. Он понимал, что зашел слишком далеко в своих амбициях. Он только куражится, что не боится милиции. На самом деле боится. Поэтому решил миром разрешить конфликт с компанией «Садко». Пусть все знают, что никого трогать он не собирается... На все готов пройдоха, лишь бы его никто не доставал.

— Зато мы с вами ссорились, — сверкнула взглядом Лариса.

— Разве? — удивился Харитонов.

— А Панкрата на меня кто натравливал?

— Панкрата?! А кто такой Панкрат?.. А-а, Панкрат Сергеевич! Но я его не знаю. И никак не мог его на вас натравливать...

— А киллер, который должен был убить Катю?

— Катю?! Какую Катю?

— Катю Брусникину, — пояснил Иван. — Вячеслав Андреевич, я вам говорил про нее. Я еще жениться на ней собираюсь...

Харитонов и Садковы мирятся, Иван собирается жениться на Кате... Словом, все у них ровно, гладко, сами они хороши, ну прямо загляденье. Только одна Лариса такая конфликтная...

— Поздравляю! — саркастически хмыкнула она. — Всех вас поздравляю!

На любой свой вопрос она получит здесь ложный ответ в подарочной упаковке с розовой ленточкой. Харитонов ненавидит ее в душе, но это не помешает ему петь ей дифирамбы. И Тихон с Иваном добавят елею. Если она сейчас с ними останется и примет правила их игры, они будут стелиться перед ней, признаваться в любви. Но ей не нужна любовь по расчету. Ей вообще не нужна любовь этих трусливых мужей... А она еще в свое время восторгалась ими. Даже думать об этом противно...

Лариса сделала всем ручкой и направилась к выходу.

Из офиса в расстроенных чувствах она отправилась в управление. Но так до него и не доехала. Руки сами завернули мотоцикл к воротам психиатрической лечебницы закрытого типа, где находился сейчас Панкрат Садков.

Лариса знала, что допросить Панкрата будет нелегко. Он может часами рассказывать, как он насиловал и убивал женщин. Но ни за что на свете не признается, кто стоял за ним... Но женская интуиция подсказала ей правильный ход.

Лариса взяла на вооружение собственное обаяние. Для начала она очаровала охранника на КПП. Для того чтобы проникнуть на территорию лечебницы, она должна была иметь на руках специальное разрешение. Но Ларисе хватило одного служебного удостоверения.

В кабинет к главному врачу она вошла без стука. Это был мужчина лет сорока. Свежий, бодрый, ухоженный. Глубокие залысины на голове нисколько его не портили.

— Кто там? — недовольно глянул она на гостью.

Но тут же изменился в лице, захлебнувшись волной ее обаяния. Лариса одарила его ангельской улыбкой, ее светлый взгляд излучал магическую энергию. Врач таял, как воск на июльском солнце.

— Здравствуйте, Георгий Максимович!

Ее голос истекал истомой, как пчелиные соты медом...

Врач не удержался на месте, подал ей стул.

— Спасибо!

Она села, положила ногу на ногу, манерно поправила волосы.

— Капитан милиции Черкашина, — представилась она.

Плавным жеманным движением достала удостоверение, протянула его врачу так, чтобы коснуться рукой его пальцев. Он вздрогнул, как будто по его телу пробежал электрический ток. Взгляд затуманился.

— Я вас слушаю, — пробормотал он.

— Меня интересует подследственный Садков Панкрат Сергеевич...

— Знаю такого.

— Неужели что-то натворил?

— В общем-то, да. Представляете, во дворе он вырыл яму глубиной в человеческий рост...

— Какой ужас!.. Зачем?

— Собирался сделать подкоп...

— Вы в этом уверены?

— Ну, не совсем... Дело в том, что он начал рыть далеко от забора...

— Может, он искал клад?

— Да, да, он говорил, что ищет клад...

— Так он собирался убежать или все-таки искал клад?

— Может быть, и то и другое...

— Он же сумасшедший.

— Или старательно косит под него...

— Вы его наказали?

— Да, пришлось. Немного тизерцина для успокоения... Теперь он смирный, как оловянный солдатик...

— Это от тизерцина?

— Нет, это страх перед ним. Он прекрасно знает, что это лекарство может превратить человека в овощ...

— Или в оловянного солдатика... Значит, тизерцин вселяет в него страх.

— Он хоть и маньяк, но под себя ходить не хочет. Мать родную продаст, лишь бы не кололи...

— Мать родную продавать не надо. А вот если бы он продал тех людей, которые причастны к нескольким убийствам... Мне нужны показания против этих людей. Вы не могли бы посодействовать мне?

— Все, что в моих силах, все к вашим услугам!

Всем своим видом он показывал, что готов звезду с неба для нее достать. Про маньяка и говорить нечего, это само собой...

Панкрата доставили в процедурную в смирительной рубахе. Его трясло от страха, глаза как блюдца, на лбу испарина, губы дрожат. Лариса зашла туда вслед за ним. Изобразила случайную встречу.

— Панкрат Сергеевич, ну и ну!.. А что вы с ним собираетесь делать? — спросила она у медбрата.

— Лечить будем.

— Не лечить, а калечить, — с ударением на последний слог буркнул Панкрат.

— А чем лечить?

— Тизерцин. То же, что и аминазин, только покруче...

— Так вы его в самом деле искалечите...

В процедурную с важным видом вошел главврач, посмотрел на Ларису, расцвел. Поздоровался с ней, поцеловал ручку. Она пожаловалась ему на жестокость в обращении с пациентом. Тот обещал разобраться. И разрешил Ларисе остаться с подследственным. Смирительную рубаху с него не сняли.

Панкрат немного успокоился, но все еще был похож на затравленного зверя. Испуганный, всклокоченный.

— Ну, здравствуйте, Панкрат Сергеевич! — радушно улыбнулась Лариса.

— Здравствуйте, коль не шутите...

— Чего это вас в смирительной рубахе держат? Буяните!

— Нет... Один раз было... Всего один раз... До сих пор мстят... Это заговор против меня, понимаете?

— А кто заговорщики?

— Да все здесь против меня. Врач, санитары, даже уборщицы...

— Ужас какой! А может, вас до смерти хотят заколоть?

— До смерти? — встрепенулся Панкрат. — Зачем до смерти?

— А заговор — это страшно. Заговор, как правило, летальным исходом заканчивается... Только врач и санитары против вас ничего не имеют. Они просто исполняют чужую волю...

— Чью волю?

— А я вам сейчас скажу... Зачем вы Катю Брусникину хотели убить?

— А-а, Катю... Она должна была умереть, чтобы клад открылся...

— Вы пытались ее убить, но не убили. Вас арестовали. Вы уже были здесь, а ее снова пытались убить...

— Кто хотел ее убить?

— Киллер. Хотите знать, кто его послал?.. Мы и сами это не сразу узнали. Дело в том, что киллер не стал называть заказчика. За что и поплатился. Его убили, когда он находился в тюрьме. И убил его заказчик... Словом, заказчик убирает всех свидетелей, и следующим в этом списке будете вы. Нам надо опередить заказчика, пока он не отправил вас на тот свет.

— А кто заказчик?

— Человек, которого вы прекрасно знаете. Человек, который толкнул вас на убийства...

— Я не знаю, про кого вы говорите, — потупился Панкрат.

— Ну не знаете так не знаете... Этот человек, дорогой Панкрат Сергеевич, сделает из вас овощ. Вы будете расти в своей постели, как на грядке — улыбаться солнышку, плакать во время дождя, а испражняться под себя. Не бойтесь, противно вам не будет. Ваше дерьмо будет вам казаться отличным удобрением...

— Прошу вас, хватит, — умоляюще посмотрел на Ларису Панкрат.

— Извините, но я еще не закончила. Вы будете овощем, самым натуральным овощем. И навсегда забудете про Вячеслава Андреевича...

— Про какого Вячеслава Андреевича?! — внутренне встрепенулся Садков.

— А вам лучше знать, про какого. Дело в том, что мы знаем только имя и отчество преступника. Но рано или поздно мы установим его личность... Боюсь, что это случится поздно. А из вас, как я вижу, уже сейчас делают овощ...

— А... а вы лично можете остановить этих извергов? — осторожно спросил Панкрат. — Я видел, вы лично знаете Бормана...

— Кого?

— Бормана. Мы так Георгия Максимовича называем...

— А как вы называете человека, который толкнул вас на убийства?

— Я не могу этого сказать, — замялся Садков.

— Почему?

— Я боюсь... Они могут достать меня и здесь...

— Они вас уже достали, неужели это непонятно? И только вы можете их остановить...

— И все равно я должен молчать...

— Вам надоело жить?

— Нет, я хочу жить. Но не хочу, чтобы Иван и Тихон думали про меня плохо...

— Почему они должны думать о вас плохо?

— Потому что я ничего не рассказал им про клад...

— Про какой клад?

— Я братьям своим этого не сказал. И вам не могу... Но если вы сможете выполнить два условия, тогда может быть... Клянитесь, что никому не скажете про то, что я вам сейчас расскажу...

— Клянусь...

«Клянусь копытами козла!» — мысленно продолжила Лариса.

— Пообещайте мне, что из меня не сделают растение. Не хочу быть шпинатом! Уж пусть лучше убьют, но только не это!

— Обещаю.

На этот раз она даже пальцы не скрестила. Потому что могла выполнить это обещание. Если, конечно, признания Панкрата не окажутся шизофреническим бредом.

— Тогда я скажу...

— Кто такой Вячеслав Андреевич?

— Фамилия его Харитонов... Я вам так скажу — ему даже неизвестно, что я знаю его фамилию, — самодовольно улыбнулся Панкрат.

— А что вы про него знаете?

— Сейчас у него фирма. А раньше у него не было ничего. Раньше его просто Харитоном звали...

— И для вас он был Харитоном?

— Нет, — покачал головой Панкрат. — Его и при мне никто Харитоном не называл. Просто один раз я слышал, как Данила его так назвал. Они не знали, что я слышу...

— Данила — это кто?

— Дружок его... Они вдвоем меня нашли... Давно это было, четыре года назад...

Как раз столько времени прошло с тех пор, как Харитонов и Власов вышли на свободу. Но зачем им понадобился Панкрат?

— Что они от тебя хотели?

— Им нужен был человек, который знал, как попасть в подземный город староверов. Им нужен был проводник...

— А ты знал, как туда попасть?

— Я город знаю как свои пять пальцев...

— Говорят, там страшно.

— Кто говорит?

— Человек один есть. Вернее, уже нет. Убили его. Твои благодетели и убили...

— И много за ними трупов?

— Ты будешь следующим. Только не мертвым, а живым трупом. Редиской или морковкой... Зачем Харитонову нужен был подземный город?

— Я вам вот что скажу, Слава мне объяснил, как можно мой клад найти. Девушек, говорит, надо убивать, которые в Товарищеском переулке живут. Надо, говорит, Катерине Лопахиной отомстить за смерть моих предков. Тогда, говорит, клад и откроется...

— А ты правда Катерину видел?

— Видел.

— Она правда на меня похожа?

— Да я уже не помню, — смятенно пожал плечами Панкрат. — Может, похожа, а может, и нет... Федор сказал, что похожа...

— Федор?

— Ну да, мне Федор в последнее время помогал, ну, Славы друг... Он мне вашу фотографию показал. Спросил, не похожа ли та девушка, которую я видал, на вас.

Я сказал, что нет. А он говорит, ты, Панкрат, хорошенько подумай... Я ему ничего не сказал, но подумал. А потом, когда вы меня с Кати сняли, я понял, что вы в самом деле похожи...

Лариса хорошо помнила тот момент, когда Панкрат метнул в нее нож, а затем выпрыгнул в окно. Якобы ноги сломал. А сам в машину к брату сиганул.

— И брату своему, Тихону, об этом сказал?

— Да, сказал...

Судя по всему, Панкрат попал в полную зависимость от Харитонова, Власова и Зацепского. Они подчинили себе его волю, его разум. Они могли внушить ему что угодно. Гипнозом они его брали или еще чем, но вертели Садковым как хотели...

— Когда Федор тебе мою фотографию показывал?

— Ну, это, после того, как вы охотиться на меня стали... Он сказал, что следит за каждым вашим шагом, так что опасаться нечего...

— И ты ему поверил?

— Поверил... Ему нельзя не верить. Он внушать умеет. Он очень сильный человек. И страшный... Я его очень боюсь... И Слава тоже очень страшный... И Данила... Я их очень боюсь...

— Это я уже поняла. Ты их боишься, потому и не хочешь говорить, зачем им подземный город был нужен. Ты, Панкрат, так и не ответил на мой вопрос. Зачем Харитонову и Власову нужен был город староверов?

— Слава сказал, чтобы я никому об этом не говорил.

— Ты хочешь унести его тайну в могилу? Или в грядку, куда тебя скоро посадят?.. Панкрат, ты взял с меня два обещания. А теперь морочишь мне голову. Нехорошо так...

— Слава... Слава золото искал...

— А чего так робко?.. Золото он искал. Ваше золото?

— Так в том-то и дело, что не наше... Они свое золото искали...

— Свое золото?! Это новость...

— Ну, я так понял, что это было не совсем его золото. Я случайно подслушал, как Слава с Данилой меж собой говорили... Это золото какой-то бандит спрятал. Еще в начале девяностых. Его посадили, а на зоне, я так понял, он умер. А перед смертью тайну свою Славе и Даниле рассказал. Сказал, что есть на Таганке город староверов. Штольня там, сказал, какая-то есть вертикальная, так в ней золото и спрятано... А где эта штольня, толком не объяснил. Мы это золото целых полгода искали...

— Нашли?

— Нашли... — грустно кивнул Панкрат. — Это золото впопыхах прятали. Клад не заговаривали... Не то что наш...

— Прямо подземный Клондайк какой-то... — изумленно протянула Лариса. — И много было золота?

— Да нет, Слава сказал, что всего пара слитков была...

— Ты их видел?

— Нет, я всего лишь им штольню нашел, дальше они сами копали. А когда на клад наткнулись, мне ничего не сказали. Потом сказали. Слава мне десять тысяч долларов дал. Сказал, что это моя часть клада...

— Так клад в золоте был или в долларах?

— В золоте. А золото он продал. Не сразу, месяца два прошло...

Лариса призадумалась. Если Панкрат не врет, то теперь ясно, откуда у Харитонова и Власова взялся первоначальный капитал. У них были криминальные связи, поэтому им было не так уж и трудно найти каналы, по которым было сбыто найденное золото. Но тем не менее ушло целых два месяца, чтобы продать его. Сколько ж тогда было золота? Вряд ли на тридцать тысяч долларов. Скорее всего, Панкрату достались крохи с барского стола...

А может, в самом деле золота было не так уж и много. И свой относительно небольшой капитал бывшие уголовники вложили в экспорт цветного и черного лома. На том и поднялись... Впрочем, без разницы, сколько было золота. Вопрос в том, кому оно досталось. А досталось оно подонкам и негодяям. И убийцам...

— Значит, бандитское золото вы начали искать четыре года назад. Через полгода нашли, Харитонов с тобой расплатился. А что было потом? Разошлись ваши пути-дорожки? — спросила Лариса.

— Нет, Слава меня от себя не отпускал. Его мое, то есть наше с братьями, золото интересовало...

— Ты им легенду рассказывал?

— Да. Им очень понравилось...

— А про каторжников ты им рассказывал?

— Да, рассказывал, — угнетенно кивнул Панкрат. — Про Харитона, про Власа, про Федора... Так они, когда об этом узнали, долго смеялись. Зло как-то смеялись. А потом сказали, что это золото им принадлежать должно. Я, конечно, возмутился. А они сказали, что пошутили. Мое золото, сказали, их не волнует. Но я-то знал, что им тоже хотелось клад найти...

— Искали?

— Поначалу да. Мне помогали. Но потом у них дела свои появились, помогать мне перестали. Но с меня глаз не спускали. Слава ко мне иногда наведывался.

— Куда?

— У меня квартира была на Таганской площади...

— Про эту квартиру я знаю, — кивнула Лариса.

Панкрат сам рассказал следователю про эту квартиру. Лариса там не бывала, но слышала, что квартирка произвела на оперативников не очень приятное впечатление. Старый дом, полуподвальный этаж, квартира однокомнатная — крохотная кухня и комнатушка квадратов десять.

— Не думаю, что тебе там нравилось... — заметила она. — Мог бы что-нибудь получше себе купить. Или братья твои с тобой не делились?

— Делились, — кивнул Панкрат. — И квартиру мне предлагали другую. Но я никуда не хотел... А знаете почему? Потому что квартира у меня особенная. Я прямо из нее под землю спускался. Сам лично шахту отрыл, сто метров длиной, но прямо в систему вклинился...

— Братьям своим тоже ход в систему отрыл?

— Из офиса, что ли? Я! — гордо расправил плечи маньяк.

— А здесь ничего не роешь?

— Да так, по мелочи, баловства ради... Устал я... Не найти мне клада... Надоело все... Пусто у меня внутри. Ничего не хочу...

Каждое его слово было пронизано разочарованием. Но Лариса нашла способ, как его взбодрить.

— А может, и нет больше клада? — спросила она.

— Как это нет? — устало посмотрел на нее Панкрат.

— Да вот так, был клад и нету. Ты ж сколько женщин из Чертова переулка убил, может, клад и открылся. А Харитонов его к рукам прибрал...

— Он не мог ему достаться, — упрямо мотнул головой Садков.

Но в голосе его угадывалось сомнение.

— А если мог?.. Может, твой предок скорбел о погубленных каторжных душах? Может, он не вам, трем

братьям, предназначался, а Харитону, Власу и Федору?
Только ты сначала должен был отомстить за братьев
Точилиных. Ты отомстил, а клад уголовникам до-
стался...

— Этого не может быть...

— Ладно. Ты мне вот что скажи, кто тебе на Диму
Савицкого показал? Кто сказал, что он тоже видел призрак Катерины Лопахиной? Федор?

— Он. Только не сам лично. Валера был, от него
человек...

— Какой Валера? Долгоносов?

— Я фамилию у него не спрашивал...

— Если я правильно поняла, этот Валера был по-
средником между тобой и Зацепским?

— Что-то вроде того... Я его раньше вообще не знал.
Он появился, когда я убивать стал. Расспрашивал меня
обо всем, предупреждал...

— О чем предупреждал?

— Ну, про вас говорил. Говорил, что есть такая капитан Черкашина, которая идет по моему следу. Говорил, что ситуацию он контролирует...

— Он не пытался тебя остановить?

— Нет. Только говорил, что нужно быть осторож-
ным...

Лариса представляла примерную схему, по которой
действовал Харитонов. Пока Панкрат не убивал, он не
брезговал прямым с ним общением. А когда начались
мокрые дела, перешел на контакт через посредников.
Напрямую с Панкратом был связан Валера Долгоносов, который в свою очередь подчинялся Федору Зацепскому. Когда Лариса вышла на след Панкрата, Зацепский и Долгоносов подсунули ей «диггера» Савицкого. Спрашивается, зачем?.. Уж не для того ли, чтобы
вывести следствие на Панкрата, а вместе с тем на его
братьев?.. Возможно, что так. Ведь целью Харитонова

было подставить Садковых. А Панкрат был всего лишь разменной монетой в его игре....

Если так, то можно понять, зачем Зацепский внушил Панкрату, что Лариса похожа на Катерину Лопахину. Возможно, он и не желал ей смерти. Возможно, ему было достаточно покушения на ее жизнь... Харитонов и Зацепский действовали через Долгоносова, который и дал Панкрату наводку на Дмитрия Савицкого.

Лариса вспомнила, как Дима уговаривал ее объяснить Маргарите, что между ними исключительно деловые отношения. Лариса явилась к нему домой, а спустя какое-то время появился Панкрат. Это Маргарита дала знать, что Лариса в гостях у Савицкого, а Долгоносов направил к ней маньяка.

Все просто. И в то же время ужасно сложно. Чтобы подставить Садковых, Харитонов и его сообщники разыграли очень страшную многоходовую комбинацию. Изнасилования, убийства, в эту же схему был вписан и Дмитрий Савицкий со своей сказкой о подземном призраке. Затем было убийство Савицкого, Белогоровой, очередное покушение на жизнь Кати Брусникиной, сама Лариса едва не погибла в автокатастрофе. В тюрьме погиб Долгоносов... Да, судя по всему, нынешние уголовники Харитон, Влас и Федор — очень опасные противники. Они не просто умные, но, возможно, еще и авантюристы по своей натуре. Блатной кураж — материя непредсказуемая...

Вопрос, зачем Харитонову, Власову и Зацепскому понадобилось подставлять Садковых? Вряд ли ему нужен их бизнес, не такой уж он редкостный, чтобы копья из-за него ломать. Возможно, камень преткновения заключен в семейной легенде, где братья Точилины убивают трех каторжников. Поверил Харитонов в эту сказку или нет, но на тропу войны вышел, чтобы отомстить за события двухсотлетней давности. Что это,

если не кураж и авантюра?.. Веселой жизни уголовнич-
кам захотелось. Что ж, надо устроить им веселье...

Лариса долго разговаривала с Панкратом. Подробно обо всем расспрашивала, провоцировала несовпаде-
ния, пыталась ловить на словах. Но, по всей видимости, Панкрат не врал.

— Итак, это Харитонов с Власовым на убийства
тебя науськали, — подвела она итог. — И братьев твоих
они же подставили... Но не все у них складно сложилось, напортачили братцы-уголовнички... Что ж, будем
рвать их слабые звенья...

Лариса не собиралась давать спуску этим подлецам.
Рано или поздно она выведет их на чистую воду. Ей запрещено заниматься этим делом, но ведь у нее есть отпуск по болезни, и она вправе использовать его на свое
усмотрение.

Из психушки она отправилась в управление. Встретилась со Званцевой, но про разговор с Панкратом ничего не сказала. Ей выделили путевку в подмосковный
санаторий. Завтра она должна была ехать в поликли-
нику заполнять санаторно-курортную карту. А послезавтра в путь. Куда она и отправится, но уже завтра.
И санаторий будет находиться не в Москве, а в Крыму.
Кажется, ей предлагали роль в кино...

Глава двадцать первая

У каждого свои секреты здоровья. У Ларисы тоже
имелась своя собственная формула: «Хочешь быть здо-
ровой — будь ею!» Для этого нужно всего лишь забыть
о своих хворях.

Она с самого утра выбросила свои болезни из головы. А чтобы они не вползали обратно, едва продрав
глаза, она забралась под ледяной душ. Затем динамичная
изнурительная тренировка в стиле гимнастики ушу.

Легкий завтрак. После которого она позвонила в аэропорт, заказала билет на Симферопольский авиарейс.

Она уже привела себя в порядок — уложила волосы, навела макияж, — когда зазвонил телефон.

— Лариса, здравствуйте, — совсем не весело поприветствовал ее Георгий Максимович из спецлечебницы.

— Что-то случилось? — насторожилась она.

— Случилось, — вздохнул он. — Панкрат Садков
умер...

— Как это умер?! — опешила Лариса. — От чего?

— Боюсь, что об этом могут спросить у вас...

— Я-то здесь при чем?

— Панкрату Садкову сделали усыпляющий укол...
Ну вы должны знать, как усыпляют кошек и собак...

— Так, понятно... И кто это сделал?

— Боюсь, что подозрение падет на вас...

— Вы хотите сказать, что это я его усыпила?

— Лариса, я так не думаю. Но следователь почему-
то думает на вас...

— Глупый следователь, — возмутилась Лариса.

— Мне тоже так показалось... Он говорит, что вы
занимаетесь маньяками и убийцами, и это наложило
свой отпечаток на вашу психику. Вы ненавидите убийц
и насильников всей душой, поэтому и не смогли смириться с мыслью, что Панкрат Садков ушел от наказания. Поэтому вы его и убили...

— Это бред!

— Я так этому товарищу и сказал. А еще предложил
ему обследоваться в нашем стационаре...

— Георгий Максимович, вы просто душка! Нам
надо обязательно встретиться!

— Не надо нам встречаться, — голос его дрогнул. —
Разве что потом, когда все уляжется... Этот человек настроен очень решительно. Вам нужно немедленно при-

нимать меры, чтобы защититься от него. Боюсь, что в ближайшее время вам будет не до меня...

— Георгий Максимович, спасибо, что вы меня предупредили. Но бояться мне абсолютно нечего, потому что Садкова я не убивала.

— Что ж, попробуйте это доказать следователю. Желаю удачи!

— Георгий Максимович, один вопрос! А кто-нибудь из медперсонала мог усыпить Садкова?

— Вы меня, конечно, извините, Лариса, но перед начальством я буду исключать такую возможность. Но вам я скажу, что убить Садкова мог кто-нибудь из санитаров. Есть люди, которые не внушают мне доверия. Понимаете, зарплата у них маленькая, а на убийствах можно хорошо заработать...

— Вы думаете, что Панкрата Садкова кто-то заказал?

— Скажу вам так: у нас уже были подобные случаи. Так что я ничего не могу исключать...

— Разве что перед начальством, — напомнила Лариса.

— Ну, сами понимаете, перед начальством нужно держать хвост пистолетом... Вы извините, Лариса, но у меня мало времени. Если у вас есть вопросы, можете позвонить мне через часик-другой...

— Спасибо, Георгий Максимович, вы настоящий друг...

Лариса отключила телефон, спрятала его в сумочку. И принялась упаковывать чемодан. Она уже была близка к завершению, когда в дверь позвонили.

Прежде чем открыть дверь, она глянула в глазок. Но увидела только цветы. Все те же розы... Похоже, авиарейс отменяется, решила она. И не ошиблась.

Цветы от Даниила ей мог доставить курьер. Но он предстал перед ней собственной персоной.

— Привет!

Горящие глаза, рот до ушей, зубы блестят как в рекламе «Орбит».

Цветы Лариса принимала с опаской. Как будто в букет был заложен пластидный заряд.

— Даниил, какими судьбами? — изображая радость, спросила она. — Ты же в Крыму должен быть...

— А я одной половиной там, другой здесь...

Лариса провела его на кухню, усадила за стол, сама стала у плиты. Кофе она готовила с безмятежным видом. Но внутренне была собрана в боевую пружину. Она уже знала, кто такой Даниил. И понимала, что появился он у нее неспроста. От него сейчас можно ожидать чего угодно. Поэтому и нужно быть начеку.

— Когда обратно собираешься? — спросила она.

— Поезд сегодня вечером.

— Поезд?! А самолеты что, не летают?

— Летают. Но тебе вредно на самолете летать.

— А с чего ты взял, что я собираюсь куда-то лететь? — изумленно повела бровью Лариса.

— Лететь никуда не надо. Ты поедешь со мной на поезде.

— Какой ты шустрый!

— Я всегда такой, — лукаво подмигнул ей Даниил.

— Между прочим, я на службе...

— Не надо ля-ля! Я звонил в больницу, мне сказали, что тебе должны дать отпуск по болезни. Я решил, что ты дома, и, как видишь, угадал...

— Вообще-то, у меня путевка в санаторий.

— Куда?

— В Подмосковье.

— Ну ты и сравнила — Крым и Подмосковье. В Крыму сейчас хорошо, там еще в море можно купаться. Про санаторий я уже не говорю, этого добра хватает. Сколько у тебя отпуск?

— Две недели.

— Замечательно! Обещаю тебе отличный отдых и лечение...

— Со здоровьем у меня все в порядке... Кажется, кто-то мне роль киллера обещал... — лукаво улыбнулась Лариса.

— А это запросто!

Похоже, Даниил готов был обещать ей все, что угодно, лишь бы увезти ее с собой.

— Что, серьезно?

— Да нет вопросов!

— Так у нас в распоряжении всего две недели, даже меньше...

— А роль небольшая, в два съемочных дня уложимся... — натянуто улыбнулся Влас.

Задорный взгляд, бравурный голос, но за всем этим скрывался страх.

Если Даниил заодно с Харитоновым, а это так, то он должен знать, что Лариса про него думает. Она может согласиться отправиться с ним в Крым, но это будет игра с ее стороны. И это он понимает. Ситуация, как в той схеме: «она знает, что он знает, что она знает...» Но тем не менее он набрался смелости явиться к ней, чтобы увезти с собой. Зачем ему это? Может, он исподволь хочет убедить ее, что все подозрения на его счет не более чем досадное недоразумение? А может... Может быть, он увозит ее из Москвы для того, чтобы она никогда не вернулась обратно...

Лариса согласилась ехать в Крым. И вечером того же дня вместе с Даниилом садилась в поезд. Это был фирменный вагон класса люкс. Повышенный комфорт, два спальных места, телевизор, симпатичная кукла-проводница.

— Ресторан через вагон, — пояснила она. — Но если есть желание, заказ вам принесут в купе...

— Желание есть, — подмигнул ей Даниил.

— Вот с ней и ужинай, если есть желание, — когда девушка вышла, сказала Лариса.

— Ты что, обиделась?

— Даже не думала...

— А я и не думал с ней заигрывать. Зачем мне это?

— Действительно, зачем тебе это, если есть я...

— Вот это правильно сказано. У меня есть ты!

Он вел себя так, будто никаких недоразумений между ними нет и быть не может. Одним словом — актер криминального театра...

— Надейся на лучшее, но будь готов к худшему, — усмехнулась Лариса.

— Это ты о чем?

— А о том, что у нас купе одно на двоих. И сценарий у тебя романтический, если не сказать интимный...

— Ну а кто это скрывает?

— Вот я и говорю, что ты надеешься на лучшее. А я вот возьму да испорчу твой сценарий...

— Это как?

— А сейчас выпью снотворного и завалюсь спать. Аж до самой Ялты...

— Это будет жестоко с твоей стороны.

— А с твоей будет жестоко приставать ко мне. Не забывай, я еще не совсем здорова. Кстати, по твоей милости...

— Спасибо, что напомнила, — уныло вздохнул он.

— Пожалуйста... Впрочем, ужин ты можешь заказать, я не обижусь...

Лариса не отказалась от котлеты по-киевски, но завернула мартини, которое предложил Даниил. Мало ли какую гадость он может ей подмешать. К тому же и просто пьянеть она не собиралась.

— А может, все-таки по одному коктейлю? — спросил он. — Исключительно за твое здоровье...

— Ну зачем по одному? — улыбнулась она. — Можно и много. Сначала выпьем, а потом секс — страстный и безудержный. Но только на обратном пути...

— Ты к этому времени уже поправишься?

— Нет, к этому времени ты снимешь меня в своем кино... Или обманешь?

— Боишься, что если *это* произойдет сейчас, то ты не получишь роль? За кого же ты меня принимаешь?

— Я принимаю тебя за того, кто ты есть! — улыбнулась Лариса.

Он прикусил губу.

Ужин прошел в траурно-торжественной обстановке.

После ужина Даниил лег на спину и уставился в телевизор. К Ларисе не приставал.

Ночью Лариса спала вполглаза. Если Даниил задумал что-то страшное, то свой замысел он постарается привести в исполнение на территории Украины, не раньше. Это по логике. Но Харитонов, а иже с ним и Власов — личности непредсказуемые, с прибабахом.

И все же ночь прошла спокойно. Рано утром поезд пересек границу с Украиной. Общение с таможенниками хлопот не доставило.

С утра Даниил вел себя так, будто между ним и Ларисой не было никакой натянутости. Шутил, улыбался. А потом пропал. Ушел в туалет, а вернулся только через час.

— У стюардессы был? — как о чем-то само собой разумеющемся спросила Лариса.

— Не у стюардессы, а у проводницы, — поправил он. — Стюардессы — это те, которые летают...

— А она что, с тобой еще не летала?

— Пока еще нет...

Куколка-проводница несла свою вахту всю ночь. Сейчас она отдыхала. Лариса слышала, как кто-то стучался в служебное купе ровно через двадцать три секунды после того, как Даниил вышел в туалет. Слух у нее тонкий. Да и здоровье позволяло подняться и тайком выглянуть из купе. Да, это он ломился в гости к проводнице. И, судя по всему, она его приняла. А потом вот отпустила.

— Но роль ей уже пообещал?

— А почему бы и нет?

— Так что быть киллером мне уже не светит?

— Ну так у тебя же проблемы со здоровьем. Я не могу тебя напрягать...

— А ты думаешь, эта куколка подойдет на роль киллера?

— Нет, она подойдет на роль проводницы, которая отдается пассажиру за двести баксов...

— Ну и как, она согласна на эту роль?

— Обещала подумать.

— И когда ж будут пробы?

— А как подумает, так и будет... Но я могу остаться с тобой.

— Даниил, это какой-то дешевый шантаж...

— Как и все то, что вокруг нас...

— Ты заблуждаешься, если считаешь меня дешевкой, — ядовито улыбнулась она.

— Не заблуждаюсь. Потому что считаю тебя слишком дорогой...

— И не романтичной... Кстати, когда у тебя романтическая встреча с твоей проводницей?

— Всему свое время...

— И каждому свое... Иди к своей проводнице, ты ее достоин.

Даниил не ответил. Повернул голову к окну. Он

думал о чем-то тяжелом. Лариса уже физически ощущала исходящую от него опасность.

Через какое-то время он оторвался от окна, лег на спину. А затем, глянув на часы, поднялся и вышел из купе. Лариса проследила за ним. Так и есть — исчез в купе у проводницы.

Ей было бы все равно, если бы Даниил решил просто развлечься. Но она нутром чуяла — что-то здесь не то. Какая-то каверза.

Она не очень удивилась, когда спустя полчаса после очередного его исчезновения в купе втиснулся молодой человек с тонкой стопкой газет в прозрачном пакете.

— Почитать ничего не желаем? — холодно спросил он.

Ей приходилось ездить в поездах, и она уже успела заметить, что все разносчики журналов — глухонемые. Или, вернее, притворяются ими. Этот парень мог быть исключением из правил. Наверняка так оно и было...

— Желаем, — кивнула Лариса.

И полезла в сумочку за кошельком. В этот момент все и произошло. В руках у парня образовался маленький топорик для разделки мяса. И с ним он набросился на Ларису.

У него было крайне выгодное для нападения положения. Но так ему только казалось. Лариса ожидала от него подобных действий, поэтому не позволила застать себя врасплох.

Она увернулась от удара, перехватила руку с топориком, вывернула парня чуть ли не наизнанку и окончательно вывела его из строя рубящим ударом в кадык...

Все-таки случилось то, чего она так опасалась. Ее пытались убить. Киллер неспроста выбрал кухонный топорик, а не финку или даже пистолет. Он собирался зарубить Ларису, забрать у нее сумочку и дать деру. Со

стороны это бы выглядело как банальный вооруженный разбой. Искали бы просто грабителя-убийцу, но не
киллера... А Влас, он как бы и ни при чем. Он же сейчас с проводницей, и она подтвердит, что в момент
убийства пассажир находился с ней и даже на ней.

Поезд замедлял ход. Сейчас будет остановка... Да,
у Власа просчитано все. Даже то, что вагон заполнен
менее чем на треть, а это — минимум возможных свидетелей. Киллер спокойно убивает Ларису, выходит в
тамбур и без помех сходит на перрон, только его и видели...

Лариса закрылась на замок, ловко спеленала киллера простыней. И для большего спокойствия ткнула его
пальцем в «сонную» точку на шею. Спать он будет долго,
пока она его не разбудит. Но все же будет не лишним
заткнуть ему рот кляпом... Затем она уложила парня на
свою постель, накрыла с ног до головы простыней и
облила его кетчупом. Затем она перекочевала в свободное соседнее купе, откуда через едва заметную щель в
двери можно было наблюдать за коридором.

Даниила она ждала без малого полчаса. Вот он про-
мелькнул мимо Ларисы, отодвинул дверь своего купе.
Немая пауза. Сейчас забьет в барабаны. Но Лариса уже
у него за спиной, бьет его костяшками пальцев в шею,
толкает в спину и валит в проход между полками. Одновременно с этим закрывает за собой дверь.

Влас не лишился чувств, но пострадала его ориен-
тация в пространстве и в реальности. Он не понял, кто
оседлал его, кто набросил на его голову одеяло. Но до
него дошло, что холодный металл, коснувшийся его
шеи, есть не что иное, как топор для рубки мяса.

— Аркаша, мать твою! — заорал он. — Я же свой!

Этого Лариса и добивалась.

Даниил предполагал, что Лариса владеет приемами
рукопашного боя. Но никак не мог подумать, что в ее

тонких руках заключена не по-женски могучая сила. Она оторвала его от пола и швырнула на лежак с такой легкостью, будто это был мешок с прелой соломой.

— Ты?!. — потрясенно протянул он.

— Топорно работаешь, Влас! — презрительно ус-мехнулась она.

— Я... Я не работаю... — в панике пробормотал он.

— Как это не работаешь? А кто проводницу трахал, чтобы алиби заработать?.. Теперь я тебя трахать буду!

Лариса крутанула в руке топорик. Раз, второй... С каждым кругом амплитуда оборотов стремительно возрастала. В конце концов топорик у нее в руке начал крутиться со скоростью авиационного пропеллера. От изумления и страха вперемешку Влас потерял дар речи.

— Так, а сейчас топорик превращается в томагавк и летит в тебя! — объявила она.

— Да ты чо творишь, в натуре? — взвыл Влас.

— Ну вот, и на феню блатную пробило! — усмехну-лась Лариса.

Топорик в ее руке крутнулся еще раз, а потом вдруг исчез, как будто его никогда и не было. Но Влас по-нимал, что в любой момент он может появиться вновь, поэтому не дергался.

— Ну так что, утверждаешь меня в роли киллера или нет? — насмешливо и в то же время свирепо спро-сила Лариса.

— Нет... — пробормотал он.

— Но ты же обещал...

И снова топорик закрутился в ее руке.

— Да, да, утверждаю...

— Отлично! Тогда я киллер и должна убить тебя... Да ты не бойся, я тебя не больно зарублю. Раз, два — и готово, ты даже обкакаться не успеешь!

— Стоп мотор! — истерически взвизгнул Влас.

Что так не вязалось с его образом знойного мачо.

— Как ты сказал? — развеселилась Лариса. — Стоп мотор? Ты хочешь, чтобы я умерла от хохота? И не надейся... Хотя настроение ты мне поднял. Помнишь анекдот про циклопа? Кто сможет циклопа рассмешить, тот будет жить, а кто нет, того на вертел. Так вот, ты будешь жить. Но только до тех пор, пока у меня будет хорошее настроение. А если ты меня разозлишь, пеняй на себя!

— Ты не сможешь меня убить... — жалко и неуверенно протянул Влас.

— Легко!.. Ваш выкормыш считает, что мне ничего не стоит убить маньяка. В принципе он прав...

— Какой выкормыш?

— Который сейчас расследует убийство Панкрата Садкова... Я знаю, тебе сейчас так хочется сказать, что ты не знаешь никакого Садкова. Прошу тебя, не зли меня. А то ведь я за себя не ручаюсь...

— Ну знаю Садкова, ну и что? — буркнул Даниил.

— И он тебя знает. Вернее, знал... Зачем его убили? Много знал?

— Знал... И тебя, гад, просветил...

— Влас, ты начинаешь мне нравиться. Не юлишь, как баба...

— А чо толку юлить? Ты же просекла фишку...

— Потому вы с Харитоном и решили меня убрать?

— Соображаешь... Может, слезешь с меня?

— Батюшки! Я на нем так сексуально сижу, а он возмущается. Я тебя что, больше не завожу?

— Русских заводят блондинки...

— А я что, рыжая?

— Французов заводят брюнетки, — не обращая внимания на ее реплику, продолжал Даниил. — А поляков заводит Иван Сусанин...

— Да нет, дорогой, это ты для меня Иван Сусанин.

В Крым решил меня завести. А ведь не было там никакой съемочной группы...

— Ну, не было. Я там просто отдыхал. От тебя...

— Какой ужас! Неужели я больше не возбуждаю мужчин?

— Возбуждаешь, — поморщился Влас. — Но не должен я был на тебя тогда западать...

— Когда тогда, когда друга своего покойного приходил проведать? Как будто ты не знал, что его убили...

— А вот представь себе, не знал... Его Федот, болт ему в рифму, приговорил...

— Федор Зацепский? Зам Харитонова по безопасности?

— Баран беспредельный — вот он кто. Говорил я Харитону, уйми этого отморозка, подставит он нас когда-нибудь. Не послушал...

— Так это Зацепский твоего друга убил?

— Он. Через своих отморозков.

— Отморозки, это кто — Маргарита Белогорова и Валерий Долгоносов?

— Че спрашиваешь, если знаешь?

— Да я-то много чего знаю. Но есть неясные моменты. Например, я не пойму, зачем вам понадобилось устраивать шоу с призраком подземного города?

— Это у Федота призраки в голове, — досадливо скривился Влас. — Я ему говорил, барану, не шути с огнем. А он говорит, что огня-то как раз и не хватает. Ну и сблатовал этого дауна на убийства...

— Какого дауна?

— Так это, Панкрат который, разве он не даун? Дятел редкостный. Где-то яду трупного нюхнул или сам по ходу обдолбился, короче, галюна поймал, типа, баба ему какая-то привиделась. Ну Федот и впарил ему, что это Катька Лопахина была. Через Харитона впарил. Надо, типа, наказать бабу, тогда и клад откроется. Ну этот дебил и разухарился...

— Зачем Зацепскому это было нужно? Чтобы клад Точилиных открылся?

— Ты это с приколом спросила или как?

— Ну почему с приколом? Я человек серьезный. Такой же серьезный, как и вы... Панкрат вас легендой своей семейной загрузил, а вы ее всерьез скушали...

— Да не хилая, скажу тебе, легенда. Столько совпадений...

— Братья Точилины убили каторжников Харитона, Власа и Федора, так? А вы решили повернуть все наоборот... На братьев Садковых потому и наехали?

— Ну, может, и потому. Харитону особняк их понравился. Да и фирма не хилая...

— Хитро вы решили. Панкрата на убийства толкнули, его братьев подставили...

— Да не надо было Харитону вмачиваться в это дело. Нет, вмочил рога и еще этого барана Федю подпряг... Нет, ну надо было такую муть разводить, чтобы какихто вшивых коммерсов подставить...

— Легче было бы их убить, да?

— Я этого не говорил! — встрепенулся Влас.

— Не говорил. Но убивал. Не своими руками, но убивал. И твои дружки убивали. Женщин гробили, Садковых со свету сживали... Повеселились, браты, да?

— Так я же говорю, что это все Харитон с Федотом. У них конкретно башню клинило...

— А у тебя не клинило?

— Да у меня все путем было. Бизнес, с кино там завязки не слабые были... Так и меня в эти авантюры впарили...

— Может быть, ты мне все-таки объяснишь, зачем вы Савицкого с его байками мне подсунули?

— Да я его не подсовывал. Это все Федот... Он мне

потом рассказывал, как все было. Федот Панкрата конкретно вел. Ну, чтобы менты на него не вышли. А они
взяли да вышли на него. Типа, в твоем лице. Федот сразу
просек, что ты Панкрата захомутать можешь. Ну и в
лицо тебя запомнил, да. А ты как-то по Арбату шобла-
лась, не знаю зачем. Ну, в кабак зашла, где Федот с
Димкой зависали. Федот тебя узнал, ну и велел Димке,
чтобы он за тобой шел, ну, чтобы загрузить тебя... Ты
же повелась на его фишку про призрак в красном?
Повелась... А когда ты на Садковых вышла, Федот
решил, что Панкрата сдавать надо. Ну, чтобы он все
на себя брал, а про нас никому и никогда. Он же балбес был, в натуре. Ему любую хрень в башку вдолбить
можно было... Да, кстати, Федот ему одну такую хрень
и вдолбил. Типа, его подземная мисс Галлюцинация на
тебя была похожа. Про Савицкого ему сказал, типа, он
тоже все видел...

— Зачем он это сделал?

— Ну, что бы тебя с Панкратом стравить.

— Чтобы меня убить?

— Ну, не обязательно убивать. Главное, чтобы Панкрат на тебя набросился. Ты ж мент, а за тебя особый
спрос. Да и вообще, натворил Панкрат делов. Короче,
Федот думал, что Панкрата в ментовке убьют...

— Если бы он меня убил, то в ментовке бы не оказался...

— Да Федот бы его по-любому сдал... Баран этот
Федот, гнилую кашу заварил. Теперь вот расхлебывай...

— Вместе расхлебывать будете... Вопрос у меня. Ты
говорил, что Савицкого подослал ко мне Федот. Как
получилось, что они в одном кабаке на Арбате оказались?

— Так это я во всем виноват. Я Димку с Федотом

познакомил, а тот его под себя поставил, ну там поручения всякие...

— Какие поручения? Убийства?

— Да нет... Димка этим не занимался...

— Но на Зацепского работал?

— Ну, в принципе да... Если б я знал, как все получится...

— А как получилось?

— Ну Димку-то убили!

— Кто и за что?

— Федот, придурок, отмашку дал. Испугался, что ты через Димку на него выйдешь. Не доверял он Димке, поэтому и убрал его... Я когда узнал, что Димки нет, сразу понял, кто его завалил. А тут еще ты...

— Что?

— Говорю же, что я не должен был на тебя заморачиваться. Я когда Федоту рассказал, что на тебя замутился, так он на меня наехал. Типа, ты через меня можешь на него выйти. Типа, тогда нас всех повяжут... Пришлось подключаться к общей игре...

— Так ты к ней сразу подключился. Кто сказал мне, что видел, как Савицкий с Тихоном Садковым разговаривает?

— Ну я сказал.

— Значит, ты уже знал, какую игру ведут твои дружки.

— Знал. Я ж не последний человек... Федот сказал мне, что я зря Садкова подставил. Эта деза не через меня должна была идти. Там у него свои заморочки на этот счет были... Пришлось отказываться от своих показаний...

— И от меня тоже, — мрачно усмехнулась Лариса. — Ты же убить меня хотел, когда в столб врезался, или нет?

— Или нет. Случайно все получилось...

— Так я тебе и поверила... Ты же сам сказал, что к

игре подключился. А значит, ты знал, что Катю Брусникину должны были убить. А я Катю спасла и киллера
арестовала. Киллер мог сдать и твоих дружков, и тебя
самого. Ты это понимал, поэтому даже машину свою
не пожалел, чтобы его из беды вытащить...

— Все-то ты знаешь, — затравленно буркнул Влас.

— Все, да не все... Я так и не поняла, зачем Зацепский Савицкого убрал. Ну сказал бы мне Дима, что на
Федота вашего работает, и что?

— Как это что? Вы бы тогда на Федота вышли, на
Харитона. А они ж Панкрата на мокруху толкали...

— А как это доказать? Через Панкрата?

— Да нет. Панкрат в натуре даун. Я ж говорил, что
ему любую хрень внушить можно. Харитон и Федот
внушили ему, что они его лучшие друзья. Он бы не
раскололся...

Похоже, Федот еще тот псих. Считает себя гением,
а сам настоящий кретин... Даже если бы Панкрат убил
Ларису, никто бы не стал его за это избивать до смерти. Хотя бы потому, что дело его достаточно громкое и
так просто его смерть на несчастный случай не списать... Но при всем при этом Федору Зацепскому
нужно отдать должное. Он быстро сориентировался в
обстановке. Панкрата убили в тот же день, когда Лариса его расколола. Вслед за ним должна была погибнуть
и она сама. И не абы где должна была погибнуть, а на
территории сопредельного государства, где за москаля
и шмат сала не дадут...

— Тогда зачем Савицкого убили?

— Так это, вы бы Федота, может, и не посадили, но
глаз бы на него положили... Да и потом Федот на этом
деле Тихона с Иваном развел. Он же давно хотел Садковых подставить, а тут такой случай. Вы же списали
на них Димкину смерть...

— Списали. Потому что твой Федот их подставил...

Интересно получается, сначала вы подставили Садковых, а потом у вас вдруг любовь к ним проснулась...

— Это ты насчет перемирия?.. Харитон понял, что далеко зашел. Заднюю включил... Ты же должна была понимать — нам есть что терять...

— Поэтому вы и убили Панкрата. Кто его убил?

— У Федота в психушке свой человек был. Он там санитара одного прикормил... Я ж говорю — Харитон Садковых закошмарил, а потом заднюю включил. Типа, менты на хвосте, нечего их злить. В общем, миру мир. Он вчера к ним на мировую приехал, а там ты. Я не знаю, что там у вас было, но когда ты ушла, этот, как его, Тихон, да, Тихон Садков тебя вложил. Сказал, что ты с братом его поговорить хочешь. Ну, с Панкратом... Харитон сразу Федоту отмашку дал. Но ты первой на финиш пришла, расколола мужика...

— Но Панкрата вы все равно убили.

— Лично я никого не убивал. Говорю же — Харитон с Федотом воду мутили. А я чисто на бизнесе да на кино сидел. Мне эти заморочки и на фиг не нужны...

— Ай-яй-яй! Ты такой хороший, а я тебя мордой в грязь. Сейчас от стыда сгорю, одни головешки останутся... Если ты такой хороший, зачем тогда в Крым меня повез? Ты же знал, что меня по дороге должны убить...

— Так это, мы с Харитоном одной цепью повязаны. Если корабль потонет, все ко дну пойдем... А так я не при делах был, ну, вначале. Я ж даже не знал, что Димка мой на Федота стал работать. Я ж тогда без понтов к нему домой подъехал, роль ему хотел предложить. А тут такая хрень, типа, нет больше Димки. И тебя за его Ритку без фуфла принял. Я ж тебя в лицо не знал...

— Кстати, как ты мог с Савицким в одной театральной студии учиться, если тебя с четырнадцати лет по зонам носило?

— Так это, мне восемнадцать лет было, когда я в первый раз освободился, да. Я на зоне в художественной самодеятельности был, мне понравилось, да. А когда откинулся, в Москве уже с Димкой пересекся. Он в театральной студии занимался, ну, я с ним заодно. Мне понравилось, думал даже в театралку поступать, а-а... Замели, короче... Таганка, я твой навеки арестант, пропали юность и талант в твоих стенах... — заунывно затянул Даниил.

— Да уж лучше бы твои таланты в самом деле пропали, — оборвала его Лариса.

— Слушай, а чего я такого сделал? — осклабился он. — Ты ж ничего не докажешь...

— А этот? — показала она на киллера.

— Аркаша, что ли? Так это Федот его напряг. Я чисто для заманухи был...

— Заманил Волк Красную Шапочку в лес, надругался и съел...

— Так тебя ж не съели.

— И даже не надругались...

— Ты же об этом не жалеешь?

— Нет, конечно... Если бы твой Аркаша меня убил, ты бы сейчас волосы на себе рвал, рассказывал бы всем, как ты меня любил. А потом бы ты рассказывал, как при этом трахал свое алиби, в смысле проводницу... Ловко вы все придумали, не придерешься. Только гладко было на бумаге, да. забыли про овраги. Все, Данила, приплыл ты, третья ходка на носу...

— Да ты ничего нам не сделаешь... Ну повяжут нас, ну и что? Мы к тюрьме привычные, плакать не станем. А через пару месяцев нас выпустят, а то и раньше... А что ты нам предъявишь? Этого мужика, — кивнул он на киллера, — я не знаю. Его никто не знает. К тому же он жмур...

— Нет, он живой, просто спит...

— Ну и пусть себе спит. А когда проснется, он вам никого из наших не сдаст.

— Почему ты так думаешь?

— Да потому что ему лучше все на себя взять. Тогда у него на зоне клевая житуха будет...

— Если доживет до зоны.

— Ну всяко может быть, — недобро ощерился Влас. — Может и до зоны копыта откинуть. Если варежку свою откроет...

— Ну да, у вас же длинные руки, — мрачно усмехнулась Лариса.

— Хорошо, что ты это понимаешь... Может, разойдемся с миром?

— Да, я смотрю, ты такой же сумасшедший, как и твои дружки. Но я-то не сумасшедшая. Если я тебя сейчас отпущу, завтра же мне организуют встречу с новым киллером, если не сегодня...

— Не, если мы нормально разойдемся, то все будет путем. А вот если ты меня ментам сдашь, тогда твое дело труба...

— Твой Федот такой опасный человек?

— А то! Я тебе вот что скажу: я его и сам боюсь... Если он всерьез разухарится, тогда тебе точно хана...

— Как страшно... И чем же он такой сильный? Денег много?

— Да, с бабками без проблем...

— Что, много золота было в бандитском кладе?

— А-а, так тебе Панкрат и это рассказал... Ну был клад, ну и что?

— И откуда он взялся?

— А братва карася одного реально дербанула. А у того золота тьма...

— Откуда?

— Золото партии... Да ладно, шучу. Я тебе честно скажу: не знаю, чем тот мужик занимался, которого братва поимела. Но на золото они его точно поставили. Ну, а братву потом постреляли, один только и уцелел. Его менты потом повязали и на зону... Больше я тебе ничего не скажу...

— Ты и так много сказал.

— Ничего я тебе не говорил, шутка это была. И золота никакого не было. И Панкрата Садкова мы знать не знаем. И вообще я не понимаю, что здесь происходит... Ты чего с топором на меня бросаешься? Я сейчас шум подниму... Слушай, а может, ну его на фиг все, а? Кому нужны все эти разборки? Ты бросай свою ментовку, а я Харитона на фиг пошлю. У меня счет заграничный. Бабок там немерено. Уедем за кордон, жить будем, как в раю. Я тебе зуб даю, никаких больше проводниц!..

Лариса видела, как замаслились глаза Даниила, почувствовала, как его руки обняли ее за талию. Она считай что сидела на нем. И он воспользовался этим, чтобы прижать ее к себе, дать почувствовать свой боевой настрой. И она почувствовала. Почувствовала, что ей навязывают опасную игру. Что ж, она ее принимает. Только первую скрипку оставляет за собой...

— Что, не будешь мне изменять? Ни с кем и никогда? — спросила она, напуская в свой взгляд страстный туман.

— Говорю же, зуб даю!

— А что еще дашь?

— Все, что хочешь! — Он еще сильнее прижал ее к себе.

Лариса истомленно вздохнула, положила топорик на стол и сделала движение, чтобы снять с себя футболку. Но, к разочарованию Власа, она оголила только животик. Встрепенулась, сбросила с себя страстную хмарь и рывком потянулась к бесчувственному киллеру.

— Кажется, он пришел в себя!

Она отбросила в сторону простыню, повернула на себя парня. И в этот момент Даниил схватился за топорик. Наивный, он думал, что застал ее врасплох...

Лариса даже позволила ему замахнуться. Но на этом все... Она ударила его три раза ногой. Пяткой в солнечное сплетение и ступней отхлестала по щекам. После первого удара Влас выпустил из рук топорик, после двух других погрузился в обморочно-штормовое состояние.

Тело его не слушалось, перед глазами все качалось и плыло, но это не мешало ему видеть, как Лариса взяла топорик и замахнулась для удара. Сказать он ничего не мог, закрыться руками тоже. Он лишь зажмурил глаза...

Но Лариса бить его не стала. Дождалась, когда к нему вернется дар речи.

— Ну и как ты мне все это объяснишь? — сурово спросила она. — Ты же знаешь, что удар в спину не прощается...

— Не убивай... — пытаясь вернуть внутреннее равновесие, пробормотал он.

— А я и не буду тебя убивать... Тебя Аркаша твой убьет. А я его убью. В целях самообороны... Так что мне и отвечать за твою шкуру не придется...

— Как он меня убьет?

— А моей рукой!

— Не надо!.. Я тебе все скажу...

— Ты мне и так все сказал.

— Не все... Ты про золото не знаешь...

— Как это не знаю? Знаю.

— А я говорю, не знаешь... Знаешь, зачем Федот

Панкрата на баб натравил? Чтобы мозги ему запудрить... А его золото мы нашли!

— Ты говорил про бандитское золото.

— Мы нашли сначала это золото. А потом и то, которое от братьев Точилиных...

— Не врешь? — удивленно протянула Лариса.

— Нет... Ты угадала, когда говорила, что Федот псих...

— А я про вас всех говорила.

— Да нам с Харитоном далеко до него... Первый клад мы еще до Федота нашли. Поднялись на нем. А потом Федот с зоны откинулся, Харитон его к себе взял, ну, по пьяни там рассказал ему про все. Еще прикололся, мол, такие вот дела, три брата и три каторжника... Типа, совпадение. Ну Федот тоже прикололся. Посмеялись там да забыли. А потом у него по пьяни мысля идиотская прорезалась. Типа, если братья Точилины каторжников прирезали, то они, типа, перед ними в долгу. И клад их перед ними тоже в долгу. А значит, он должен нам открыться, ну, мне, Харитону и Федору... Харитон даже в дурку Федота хотел отправить. Но не отправил. А вместе с ним же под землю спустился. Ну и я, само собой... Мы этот город, ну которой под землей, уже как свои пять пальцев знали. Целых полгода свое золото искали, да... Короче, спустились под землю, нашли то место, где наш клад был, стали дальше копать... Долго, блин, копали. Хорошо, что пьяные вусмерть были, а то бы сразу это дело похерили... Короче, копали-копали — бах, а там каменная кладка. Кладку ломаем, а там ход. Смотрим, плита. Еле отодвинули, блин. Короче, под плитой нычка, а в нычке... Много там золота было. На тонну тянуло...

— Тонна золота?! А не слишком ли много?

— Не веришь? Ну и не верь. А золота там тьма... Мы сами не верили. Нам Панкрат рассказывал, что братья

Точилины золото из Сибири везли. Они ж беглые были, да, на полицаев там нарваться можно было, как, спрашивается, столько добра можно было с собой увезти? А увезли ж... Да ты я, смотрю, не веришь... Они это золото в слитки выливали. Типа, слитки-самоделки. А на каждом слитке гравировка была. На одних «3Т» выбито было. Я так понял, три брата Точилиных. А на других «Х», «В» и «Ф» стояло. Сама догадайся, что это значило?

— Харитон, Влас и Федор?

— То-то же. Так что не врал Панкрат, на самом деле их предки золото добывали. В одной артели с такими же беглыми каторжниками... Панкрат говорил про какое-то заклятие. Ну, у него то своя версия, да. А лично я так понял, что его предок, который золото спрятал, заклятие на покойников наложил. Ну, чтобы погубленные ими души каторжников его стерегли. И ведь стерегли. Два века этот схрон найти не могли. А нам этот клад открылся. Потому что мы тоже Влас, Харитон и Федор...

Даниил говорил убедительно. Но Лариса ему не верила. Не было никакого золота. А если бы и было, он бы ни в жизнь не признался...

— Не веришь? — догадался он.

— Не верю, — покачала она головой.

— Ну и не надо. А золото есть. Могу даже место показать...

— Ты хочешь сказать, что вы оставили золото на том же месте, где нашли?

— Ну да, на том же месте...

— Вы что, его даже не делили?

— Нет. Пока нет... У нас и без того бабок валом. Так что этот клад типа банковского подземного вклада...

— Совсем ты заврался, браток!

Еще можно было допустить, что уголовники нашли клад братьев Точилиных. Но чтобы они не поделили его и не вытащили из-под земли, в это поверить было невозможно.

— Ну заврался, ну и что? — натянуто улыбнулся Влас.

Он уже окончательно оправился от потрясения. И не очень боялся Ларису. Понимал, что она его не убьет... Так что можно взять свои слова обратно...

— Что ты мне сделаешь?

Действительно, что могла с ним сделать Лариса? Убить. Исключено. Арестовать? Но у нее нет на это полномочий. Да и оснований к тому же тоже нет. Кто видел, как киллер набрасывался на нее? Никто. Мало того, он и сам мог стать жертвой нападения. Скажет, что это Лариса пыталась его убить, ну, например, за то, что у него были несвежие газеты. А Влас это подтвердит. И тогда Лариса сама окажется за решеткой...

— Что-нибудь да сделаю.

Глава двадцать вторая

— Ау-у, просыпайся! — ласковым голосом попросила Лариса.

И легким нежным движением провела по его щеке.

Парень очнулся, открыл глаза. И потрясенно уставился на нее. Лариса смотрела на него пылким влюбленным взглядом. И он никак не мог понять, во сне это с ним происходит или наяву.

— Тебя Аркаша зовут? — спросила она с милой улыбкой на сочных губах.

— Ты откуда знаешь? — настороженно спросил он.

Киллер хорошо помнил, что произошло с ним накануне. Поэтому не дергался, знал, что легко может схлопотать еще.

— Твой сообщник тебя сдал, — показала она на Власа, который спал на своей полке без задних ног.

Лариса не вырубала его, просто накачала снотворным. Спать он будет до самой Ялты, даже атомная бомба его теперь не разбудит.

— Он не мог меня сдать, — недоверчиво посмотрел на нее киллер.

— Откуда ж я тогда знаю твое имя?

— Не знаю...

— Может, ты думаешь, что я угадала? Нет. Если бы я гадала, я бы назвала тебя Ильей...

— Почему Ильей?

— Потому что у меня парень был. Его Ильей звали. Ты очень-очень на него похож...

— Может, он на меня похож?

— Нет, он уже ни на кого не может быть похож. Его убили...

— Кто?

— Киллер его убил. Он в милиции работал так же, как я. А киллер его убил...

— За что?

— А вот ты за что хотел меня убить?

Лариса продолжала смотреть на него влюбленным взглядом. На глазах блестели слезы. Парень был в замешательстве.

— Я не собирался тебя убивать...

— А топорик?

— Так это, я его всегда ношу...

— Аркадий, не разочаровывай меня. Ты сейчас такой красивый, даже мужественный. А когда врешь, становишься таким жалким... Мой Илья никогда не был жалким...

Слеза скатилась по ее щеке, и парень проводил ее ошеломленным взглядом.

— Тем более что Даниил рассказал, за что ты хотел меня убить. Тебя же Федор Зацепский подослал, правда?

— Нет! — чересчур резко мотнул он головой.

— Опять врешь, — разочарованно вздохнула Лариса. — Ты снова такой жалкий...

— Нет, ну ты хоть понимаешь, что это такое брать на себя убийство мента? — словно оправдываясь, спросил Аркаша.

Ну вот, повелся паренек, мысленно отметила Лариса.

— Но ты же меня не убил... — ласково улыбнулась она.

— Так тебя и убьешь... Мне говорили, что ты классно машешься. Но я не думал, что вообще можно махаться, как ты...

— Не говори так больше, ладно? — чуть ли не умоляюще улыбнулась Лариса. — Махаются проститутки, их махают, а они подмахивают... Мне неприятно это слышать...

— Так я не в том смысле! — виновато всполошился парень. — Я в том смысле, что ты профи...

— Это Илья меня всему научил... Вот он был настоящий боец... Но какая-то мразь его застрелила. Из снайперской винтовки... Его убил такой же киллер, как и ты... А может, это ты его застрелил?

— Не, не я, отвечаю! Я вообще не киллер. Меня попросили, а я согласился... Я еще никого не убивал...

— Правда? — с радостью и надеждой посмотрела на него Лариса.

— Да честное слово!

— Честное слово киллера?

— Да не киллер я!

Внутренний детектор лжи подсказывал Ларисе, что парень не врет. Но верить она ему не могла, не имела права. Разве что сделать вид...

— Верю... Такой красивый парень не может быть киллером...

— Это я-то красивый? — зарделся Аркадий.

— Ты не просто красивый. Ты похож на моего Илью... А у тебя случайно нет брата-близнеца?

— Нет...

— А лет тебе сколько?

— Двадцать три...

— Илье было двадцать девять... Он из Питера. А ты откуда?

— Из Москвы.

— Так ты всю дорогу в этом поезде ехал?

— Да...

— И тебе не жаль было меня убивать? Неужели я тебе не нравлюсь?

— Да разве в этом дело?

Аркадий уронил голову на грудь. Хотелось бы верить, что под тяжестью настоящего, а не фальшивого стыда.

— Илья, не расстраивайся, — Лариса нежно провела рукой по его щеке.

— Я не Илья, — слабо возмутился он.

Но она сделала вид, что не услышала его.

— Что же это такое? Ты у меня связанный лежишь. Как же я этого не заметила?

Казалось, еще немного, и она расплачется от жалости к нему.

Лариса развязала Аркашу. Теперь он снова опасен. Как тигр, выпущенный из клетки. Но она его не боится. Потому что она дрессировщица.

— Так я тебе не нравлюсь, поэтому ты хотел меня убить? — она грустно и проникновенно посмотрела на него.

— Да при чем здесь нравишься или не нравишься?

— А я тебе нравлюсь?

— Ну...

— Не нравлюсь?.. Жаль... Ты так похож на моего Илью. А он меня так любил...

Она казалась хрупкой и беззащитной. Но приручаемый зверь не пытался вцепиться ей в глотку. А такой был удобный момент. Поезд подъезжал к какой-то станции, сбавлял ход. Киллер мог обезвредить Ларису и выскочить из поезда, чтобы раствориться на просторах незалежной Украйны...

— Так и ты мне нравишься... Вот ситуация, а...

— Плохая ситуация, — удрученно кивнула она. — Мы с тобой враги. И ты должен убить меня...

— Да пошли они все! — в сердцах махнул он рукой.

— Кто все?

— А кто меня сюда послал...

— Кто тебя послал?.. Хотя нет, не говори. Давай не будем об этом... Давай забудем, что ты меня хотел убить...

Медленно, шаг за шагом Лариса прибирала киллера к рукам. Парень поплыл, закачался на волнах ее чар. А она поддавала жару — ласкала его взглядом, нежно обнимала за шею. А когда она в страстном порыве прижала его голову к своей груди, он чуть не лопнул от нахлынувшего счастья.

— Я знаю, что ты не хотел меня убивать... — говорила она. — Знаю, что тебя заставили... Даниил тебя заставил. Его дружки... Давай так договоримся, не будем говорить, что ты пытался меня убить. Тебя же Даниил заставил?

— Нет, не он. Он всего лишь должен был заманить тебя в ловушку...

— А кто направил тебя? Федор Зацепский?

— Да, Федор Павлович, — признался Аркаша.

— Лично?

— Да, лично.

— Ты работаешь у него в службе безопасности?

— Считай, что работал. Больше не работаю...

— Кем ты у него был?

— Охранником. Просто охранником...

— Но не киллером?

— Нет.

— Тогда почему он тебя послал, а не кого-то другого?

— Долг нужно было отработать.

— Долг?

— Да, тут такая ситуация была, на меня какие-то уроды наехали. Я на своей машине иномарку неудачно подрезал. А оттуда такие мордовороты вышли... Короче, они две тысячи долларов потребовали за ремонт. Ну я же понимал, что меня как лоха разводят. Друзей своих собрал. Поговорить хотел с этими, разобраться. Так они нас чуть не убили. У них же стволы были, а у нас только биты бейсбольные. Короче, меня на двадцать штук баксов поставили. Иначе, говорят, крышка... В общем, я к Палычу напрямую обратился. Он стал этот вопрос пробивать. А когда пробил, сказал, что я на очень серьезных людей нарвался. И его масть, сказал, против ихней не канает. Но он меня все равно выручил. Двадцать штук баксов заплатил. Только я после этого в долгу у него остался. Я думал, что он у меня из зарплаты будет деньги отчислять. А он мне дело предложил...

— Меня убрать?

— Вот именно. Еще и заплатить обещал... А если я откажусь, сказал, то с моей сестренкой может что-нибудь случиться... Он страшный человек, я же знаю...

— А знаешь, что этот страшный человек развел тебя как лоха. Это его люди на тебя наехали. Это он тебя на двадцать тысяч долларов поставил...

— Его людей я почти всех знаю, — неуверенно сказал Аркаша. — А этих не знал...

— Он мог знакомых бандитов попросить.

— Да в принципе мог... Да, наверное, это он меня

тогда развел. Я, кстати, уже думал... Не, вообще-то, я полный дурак. И зачем я только согласился?..

— Как ты к нему на службу попал?

— Да как, дружок один мой давний меня привел... Я сначала офис охранял, ну, на пульте там сидел. Я так понял, Палыч ко мне присматривался. А потом вот серьезное дело поручил...

— Надеюсь, ты этим не гордишься?

— Да нет, конечно. Идиотом себя считаю...

— Не надо так думать, не надо. Ты просто стал жертвой обстоятельств... А мог бы стать жертвой натурально... Ты же сам понимаешь, что за убийство мента большой спрос. И Палыч твой это понимает. Поэтому он не стал подсылать ко мне штатного киллера. Он послал тебя. Почему? Да потому что ты разменная монета. Ты убиваешь меня, а его киллер потом убивает тебя, чтобы все концы в воду... Да что это такое! Илью моего киллер убил. Тебя вот убить могли...

— А ведь могли бы... — в глубоком раздумье кивнул парень.

— Нет, не убьют. Ни меня, ни тебя... Надо бороться, Илья, вместе будем бороться за нас с тобой... Или ты не хочешь быть со мной?

— Да я-то хочу... А что делать?

— Ты правда никого не убивал?

— Да правда! Что я, врать буду?..

Пламенный взор, высоко вскинутая голова, гордо расправленные плечи... Аркаша всерьез и с энтузиазмом демонстрировал силу своего боевого духа и готовность сражаться за правое дело... Ларисе стало неловко. Влюбила в себя парня из служебно-корыстных побуждений. А у нее к нему только оперативный интерес... Ну а в сущности, она поступает правильно. Она не просто морочит парню голову, а наставляет его на истинный путь...

— Тогда, Аркадий, никаких проблем с правосудием не будет. Я скажу, что ты явился ко мне только с одной целью — предупредить о грозящей мне опасности. Разумеется, убивать ты меня не собирался... Так, надо сразу обговорить такой момент: ты передумал меня убивать или ты вообще не собирался это делать...

— Вообще не собирался, — решил он.

— Отлично, так и скажешь следователю...

— Следователю?

— А как ты думал! Мы же должны быть вместе на свободе, а не в тюрьме... Но сначала нам до Москвы нужно добраться...

— Так в чем же дело? Сойдем на ближайшей станции, сядем в ближайший поезд до Москвы...

— Да это не проблема. А вот готов ли ты оправдаться перед законом?

— Я на все готов!

Лариса довела парня до кондиции. Клиент, как говорится, готов. Теперь нужно было поддерживать огонь его благородного порыва. До встречи со следователем...

План ее был прост. Аркадий дает показания против Федора Зацепского и Даниила Власова. Их обоих арестуют, допросят, а там они сдадут своего общего друга господина Харитонова. Главное, чтобы Аркаша дал показания и не отказался от них впоследствии... Да, придется играть в любовь долго и упорно. Но Ларису этим не испугаешь, она же агент 00Sex без страха и упрека...

Оставалась еще одна проблема. Даниил Власов. С собой его Лариса забрать никак не могла... Но ведь в Крыму время от времени отдыхает президент Украины. И есть люди, которые желают его смерти...

Прежде чем покинуть поезд, Лариса изъяла у Власа деньги и документы. Взамен подсунула ему топорик. На станции она позвонила в украинскую полицию и сообщила о том, что в таком-то поезде, в таком-то вагоне и купе едет русский террорист, целью которого является убийство президента. А пока суд да дело, из России прибудут специальные люди, чтобы арестовать и забрать Власа уже по реальному обвинению... Лариса очень надеялась, что так и будет.

Поезд на Москву не заставил себя долго ждать. С документами у Ларисы и у Аркаши все было в порядке, они купили два билета, опять же в СВ. Нужно же было поддерживать огонек в заблудшей киллерской душе...

Еще на станции Аркаша раскошелился и купил бутылку относительно дорогого армянского коньяка. В купе он торжественно водрузил ее на столик.

— Мечта поэта, да? — загадочно посмотрела на него Лариса. — Купе на двоих, красивая девушка, коньяк, легкий флирт, перерастающий в тяжелый секс...

— Как это тяжелый секс? — сглатывая набежавшие слюнки, спросил он.

— А это когда сексом занимаются долго и до полного опустошения. Надеюсь, у тебя есть опыт...

— Есть... То есть нет...

— То есть, то нет — как тебя прикажешь понимать?

— Ну, девчонки у меня, конечно, были. Но такой, как ты, никогда не было...

— Какой такой?

— А то ты не знаешь. Я таких красавиц еще не встречал...

— Да, Илья говорил мне, что я самая красивая. Но ведь это же слова...

— Это не просто слова, это правда...

— Влас говорил мне то же самое...

— Влас?! — закусил губу Аркаша.

— Да, Влас. Еще сегодня утром мы ехали в одном купе как муж и жена...

— Как муж и жена? — нервно переспросил он.

— В том-то и дело...

— Вы с ним спали?

— Он занимался любовью...

— И ты ему дала?

Аркаша задыхался от ревности. А ревность достаточно оправдательный мотив, чтобы Лариса простила ему его грубость.

— Он заплатил за это двести долларов.

— Заплатил? Тебе?

— Нет, проводнице. И сексом он занимался с ней... Ты знаешь, зачем?

— А с тобой у него был секс?

— Я, кажется, спросила у тебя, зачем он спал с проводницей?

— Ему нужно было алиби, — потухшим голосом сообщил Аркаша.

— Ты откуда знал, когда он должен был уединиться с проводницей?

— У нас все было рассчитано по времени... А ты с ним спала?

— Но ты же собирался убить меня не за то, что я с ним спала, — усмехнулась Лариса. — Ладно, успокойся, я с ним не спала. Да и не могла спать... У меня с Ильей не было секса, а ты хочешь, чтобы я с Власом спала...

— Я этого не хочу... А ты что, и с Ильей не спала?

— Нет. Он меня берег.

— Вы собирались пожениться?

— Да... Но берег он меня не для свадьбы...

— А для чего?

— Для очень важной и секретной операции. Я должна была проникнуть в гарем одного султана под видом девственницы...

— Зачем?

— Я же тебе говорю — это секретная операция. Я не могу тебе про нее рассказывать. Тем более что мне скоро отправляться на задание...

— А я?

— Ты будешь меня ждать... Обещаю тебе, что с задания я уже вернусь не девственницей, и мы можем... Это будет тяжелый секс, я тебе обещаю!.. А что ты на меня так смотришь? Если я не девственница, то что, ты на мне не женишься?.. Да ладно, расслабься. Я пошутила. Не будет никакого секретного задания. И султану я не достанусь... Видишь, какое у меня веселое настроение. Это я пьяная. От любви пьяная...

Лариса подсела к Аркаше, нежно обняла его, положила голову ему на плечо. Он прижал ее к себе, рука его легла на коленку...

— Хорошо-то как! — закрывая от удовольствия глаза, на страстном придыхании протянула Лариса.

Его рука поднялась выше. Теперь она уже постанывала от удовольствия. Но когда вторая его рука полезла к ней под блузку, она отстранилась от него.

— Не надо, — изнывающе попросила она. — А то я не выдержу...

— А зачем выдерживать? Ты можешь сдаться...

— Не могу...

— Почему?

— Потому что я на самом деле девственница. А Илья в самом деле берег меня для свадьбы...

Она потянулась за бутылкой, ловко откупорила ее, разлила коньяк по одноразовым стаканчикам и произнесла тост:

— За нашу любовь!

Второго тоста не было: Лариса спрятала бутылку.

— Хорошего понемногу! А то еще приставать начнешь, а я не выдержу... Илья, я же тебя совершенно не знаю. Расскажи о себе! — попросила она.

И он рассказал. Родился и вырос в Москве, учился в политехническом техникуме, служил в армии, в морской пехоте... Этот период жизни Ларису не интересовал. Хотя слушала она его крайне внимательно. Ее интересовала его жизнь с того момента, как он поступил на службу к Зацепскому. Но об этом фактически еще не законченном отрезке времени он рассказывал крайне неохотно. А она информацию клещами не вытаскивала. Не стоило его сбивать с лирического лада. Пока не стоило. Дорога дальняя, она еще успеет поговорить с ним о насущном...

Еще он долго и занудно рассказывал истории из своей жизни. Разумеется, Лариса вся внимание. На самом же деле она уже устала от его болтовни. И предложила выпить.

— Давай по чуть-чуть и в люлю? Но по разным полкам. Пока по разным...

Аркаша согласился. Не мог не согласиться. Лариса полностью подчинила его себе и вела за собой как телка на поводу. Но этот телок все-таки мог взбрыкнуть. Поэтому, даже расслабившись, она следила за ним вполглаза.

А он смотрел на нее во все глаза. И не со злым умыслом, а влюбленно...

Был уже поздний вечер, когда Лариса поднялась со своего лежака, села. Прошло уже несколько часов, как она легла, а парень все не сводил с нее глаз.

— Еще по пять капель? — спросила она.

Аркаша вдохновенно кивнул.

Лариса решила, что не помешает подбросить дровишек в страстный костер. Секса между ними нет и не может быть. Но разговор о сексе должен распалить его вожделенные фантазии и вселить уверенность в скором чуде.

— Хочешь расскажу, как я однажды сексом по телефону занималась? — спросила Лариса.

— С кем занималась? — слегка опешил он.

— А с директором фирмы, который этим делом заправляет. Мне нужно было на работу устроиться, ну, по заданию, а для этого нужно было эротическую речь толкнуть...

— Толкнула?

— Да-а... — голосом девушки с горячей линии протянула Лариса. — Ты так далеко от меня, милый, но я вижу тебя. Какие у тебя красивые глаза, какой мужественный профиль твоего лица... А хочешь, я расскажу, как выгляжу я сама. У меня красивые черты лица, большие кукольные глаза, пухлые чувственные губки, зубки мои совсем не острые и они не причинят тебе вреда, если мы вдруг бросимся в омут французской любви... А еще у меня большие упругие груди, если ты захочешь...

— А если захочу? — спросил Аркаша.

Глаза его пылали, щеки красные, тяжелое, взволнованное дыхание.

— Вот именно об этом и спросил меня шеф, — уже нормальным голосом сказала Лариса.

— И что?

— Получил по морде!.. Ты же не хочешь получить по морде?

— Нет, — улыбнулся он. — А на работу тебя приняли?

— А как ты думаешь?

— Лично я бы принял. У тебя такой голос, я такого не слышал...

— А ты что, занимаешься сексом по телефону?

— Да нет, дорого это, да и баловство... А вот Алекс балуется. И вчера ночью звонил. По мобильнику! Так он еще и мне дал послушать... Представляешь, какой ему счет придет!..

— Так, постой, откуда он звонил?

— Из поезда. Мы же за вами с самой Москвы ехали, я же говорил...

— Говорил. Но ты говорил про себя. А про Алекса не говорил... Так что, ты не один был?

— Нет. Мы с Алексом были. А я разве тебе этого не говорил? — искренне удивился Аркаша. — Идиотизм какой-то. Я должен был тебе сказать... Мы с Алексом из Москвы за тобой ехали...

— Он тебя подстраховывал, так? — спросила она.

— Ну, что-то вроде того. Но скорее он следил за мной, ну, чтобы я с крючка не сорвался... Или чтобы завалить меня, после того как я... тебя... должен был...

— Я так понимаю, Алекс твой в курсе, что твое задание провалилось, — вслух подумала Лариса. — И он, я так думаю, уже связался с Москвой...

Возможно, этот жук вышел из ялтинского поезда вместе с ними, видел, как они садились в московский. Если так, то из пункта «А» в сторону пункта «Б» мчится сейчас вооруженная группа из энного количества братков. Вопрос, в какой точке они встретятся с объектом ликвидации, когда и какими силами нападут... Задачка явно не для средней школы. Такие задачи могут решать только профессионалы...

Поезд Симферополь — Москва прибыл в Белгород глубокой ночью. Три молодых человека ждали его уже второй час. У одного на руках билет в купейный вагон, у других плацкарта. Но условия, в которых им предстояло ехать, никого не волновали. Потому что поездка будет недолгой, до ближайшей остановки. Если все удачно сложится, там они и сойдут с чувством исполненного и хорошо оплаченного долга.

Фальшивые документы соответствовали паспортным данным, проставленным в билетах. Но сонные проводницы проверили только билеты, пропустили пассажиров и тут же о них забыли. На предмет наличия оружия и взрывоопасных предметов их никто не проверял. Не тот вид транспорта, чтобы заниматься этим. К тому же это компетенция сотрудников милиции, а их нет и в помине.

Первое время молодые люди вели себя как обычные пассажиры. Определились с местами, получили у проводников белье, обустроились. Но когда до следующей остановки оставалось полчаса, все разом, в одежде и с вещами, отправились на перекур. Они имели полное право на это. Так что ничего в их поведении не казалось подозрительным. Да никто за ними и не наблюдал.

Молодые люди собрались в тамбуре пятого вагона.

— Остановка через двадцать пять минут, — сказал старший, парень лет двадцати пяти с тяжелым, пронизывающим взглядом. — Как там клиенты?

— Нормально все, — кивнул парень в кожаном плаще. — В окнах света нет, в купе тихо...

— Может, они уже свалили?

— Да нет, Артур, должны быть на месте. Там в их купе дверью куртку прижало...

— Чью куртку? Этой или того?

— Аркаши куртка...

— Не Аркаша он, а гнида... Ладно, разберемся... «Вездеход» на месте? — строго спросил старший у второго своего подчиненного.

Вездеходом назывался ключ, которым надзиратели открывали решетчатые двери вдоль тюремных коридоров. Артур в свое время целых полгода провел в следственном изоляторе. И в память об этом «сидении» называл вездеходом ключ, которым проводники открывали двери купе. Такой ключ у них был.

Была у него мысль решить проблему без подсадки в поезд. Можно было просто разбить вагонное окно и швырнуть гранату в купе, где ехали приговоренные. Но Зацеп велел действовать наверняка. Поэтому нужно было ворваться в нужное купе, расстрелять ментовскую капитаншу и предателя. И вдобавок убедиться, что погибли именно они, а не случайные люди. Осечек быть не должно...

Артур вышел из тамбура первым. За ним двинулись его сообщники. Спокойно прошли в вагон. Поезд уже замедлял ход. Отлично...

Вот и купе. Матвей вставил ключ в паз, вскрыл замок и приоткрыл дверь. Гоша стремительно просунул в образовавшуюся щель изогнутый стальной штырь. Щелк, и нет больше тормозов — дверь нараспашку. И все тихо, без суеты. Пассажиры даже не проснулись.

Артур уже приготовил свой «узи» с глушителем. Без колебаний нажал на спусковой крючок. Он стрелял лежащим людям в голову, чтобы наверняка... Ему говорили, что милицейский капитан — девушка редкой красоты. Но она сейчас накрыта простыней с головой, и не видно, как пули уродуют ее красоту.

Вместе с Артуром стрелял и Матвей. Когда они закончили, Гоша подошел к одному трупу, отбросил простыню в сторону... Артур ожидал увидеть изуродованное человеческое лицо, но увидел лишь свернутое жгутом, изрешеченное пулями одеяло...

— Мать твою!

— Мать твою! — раздался над ухом шипящий женский голос.

Он повернул голову. Перед глазами мелькнул прелестный женский лик, но в тот же момент глубоко в шею впилось что-то острое. Боли он не почувствовал. Не успел...

Имей она дело с какими-нибудь хулиганами, Лариса бы не стала действовать на полное уничтожение. Но перед ней до зубов вооруженный противник, киллеры, профессионалы. Она не могла рисковать, поэтому била наверняка...

Она бесшумно выскользнула из соседнего купе — застала противника врасплох. В толстую бычью шею здоровенного детины впились маникюрные ножницы. Лариса знала, куда бить, поэтому смерть была мгновенной.

Покойник еще не успел упасть, как Лариса толкнула его на второго киллера. В руке у нее тюбик губной помады с секретом в виде мелкокалиберной пули. Промахнуться она не может. Бах! И во лбу киллера образуется маленькая дырочка.

Киллер начинает оседать на пол, но вдруг бросается на Ларису. Это нереально. Но он падает на нее, а вслед за ним из купе выскакивает парень с пистолетом. Это он толкнул на нее труп своего дружка.

На ногах она удержалась, но потеряла драгоценную возможность опережения. Ей нужна целая секунда, чтобы выправить положение. Тогда она сможет дотянуться до него рукой и ударить его перстнем с ядовитым шипом. Но она не успевала. А киллер уже целится в нее из пистолета... Похоже, она имела дело с настоящими профи. Двух переиграла, а третьего нет...

Лариса почувствовала сильный толчок. Но не от пули. Это оттолкнул ее Аркаша. Он не должен был высовываться из купе, но он это сделал. И с прыжка набросился на киллера. Тот отреагировал мгновенно. Пуля ударила Аркашу в грудь. Прикрытая Аркашей как щитом, Лариса дотянулась до киллера и ударила его кулаком в лоб. А на кулаке перстень с выпущенным ядовитым шипом.

Бой завершен. И нет необходимости отвлекаться на противника — связывать, скирдовать. Все мертвы — по факту и по справедливости...

Лариса склонилась над Аркадием. Он был жив. Рана в груди всасывала и выталкивала из себя воздух. Кровь, хрипы, розовая пена на губах. В глазах боль. И счастье. Он радовался, что Лариса жива...

— Ты только не умирай, ладно? — попросила она.

Он обнадеживающе кивнул головой. И закрыл глаза...

— Да шо здесь такое творится? — послышалось со спины.

Позади Ларисы стояла и тряслась от страха проводница. Смелая женщина. Другая на ее месте забилась бы в темный угол и сидела бы без признаков жизни до появления милиции.

— Милицию вызывайте, немедленно! И «Скорую»!

Переступая через трупы, Лариса бросилась в купе, схватила чистое полотенце, сунула Аркадию под свитер — закрыла рану. Он по-прежнему хрипел, только тише. Пульс прощупывался слабо...

Поезд прибыл на станцию. Но через минуту тронулся, плавно набирая ход. Лариса, не раздумывая, бросилась к стоп-крану, рванула рычаг на себя. Толчок, режущий нервы скрип тормозов...

Сначала появился наряд милиции. Пока Лариса объясняла, что произошло, прибыла машина «Скорой помощи» — старая допотопная «таблетка» без намека на реанимационное оборудование. К счастью, врач оказался толковым. Понял, что нет смысла везти Аркадия в местную больницу.

— В Белгород поедем! — решил он. — Дорога не близкая, но выбора нет!

Лариса, не раздумывая, прыгнула в машину.

— Куда? — попытался остановить ее молоденький лейтенант.

— Лейтенант, я тебя понимаю, — с озадаченным видом сказала она. — Но и ты меня, пожалуйста, пойми. Этот парень — важный свидетель. Он готов дать показания против людей, у которых руки в крови по самый локоть. Если его убьют, преступники уйдут от наказания... А за ним охотятся, ты же видишь. За первым покушением может последовать второе. Все очень серьезно, лейтенант, все очень серьезно...

Лейтенант проникся. И не только отпустил Ларису, но и отправил с ней одного автоматчика.

К счастью, плохие прогнозы не сбылись. Аркадия доставили в больницу, в экстренном порядке отправили на операционный стол. Лариса организовала охрану, связалась с местным РОВД, поутру — с прокуратурой. Разумеется, созвонилась со Званцевой, объяснила ей ситуацию...

Аркадий провел в реанимации двое суток. Его организм сам боролся за жизнь, врачи ему лишь помогали. В конце концов смерть помахала ему своей косой и отправилась за новой, более податливой жертвой. Еще через два дня Аркадий сделал признание под протокол и обличил своего босса Федора Зацепского. Этого было достаточно, чтобы возбудить уголовное дело по факту покушения на жизнь сотрудника милиции. Начальник службы безопасности фирмы «Экспозиция» подлежал немедленному аресту...

Глава двадцать третья

Уголовные дела по факту гибели Дмитрия Савицкого и Маргариты Белогоровой еще ранее были объединены в одно дело. Ими занималась городская прокуратура... Савицкого отравила Белогорова, а ее в свою очередь убил Долгоносов, который в конце концов погиб сам. Круг замкнулся. И чтобы его разомкнуть, нужно было установить убийцу Долгоносова. Но ведь он как бы сам наложил на себя руки. Так что дело отправили в архив.

В свете открывшихся обстоятельств дело об убийстве Савицкого, Белогоровой, а также Долгоносова было возобновлено. Теперь в гибели Савицкого, Белогоровой и Долгоносова обвинялся Федор Павлович Зацепский. Он же был обвинен и в покушении на жизнь капитана милиции.

Зацепского следовало задержать и допросить. Также аресту подлежали и сотрудники его службы. Лариса очень надеялась, что через них будет изобличен и Вячеслав Харитонов. Но, увы, Зацепского взять не удалось. Вместе с гоблинами из своей зондер-команды он исчез в направлении Турции. Это случилось еще до того, как Аркадий дал показания...

— У этого лиса потрясающий нюх, — высказалась по этому поводу Званцева. — Вовремя, паразит, учуял запах жареного... И на опережение умеет работать, и киллеры его не зевают, то есть не зевали... Это хорошо, что они на нашу Лару Крофт нарвались, — Арина Викторовна посмотрела на Ларису с нескрываемой гордостью за нее. — А если бы им кто-нибудь попроще попался... да...

— Того, кто попроще, еще бы в самом начале убили, — сказал Сурьмин. — Аркаша бы этот постарался... Кстати, что там с ним, что ему шьют?

— Ничего не шьют, — покачала головой Лариса. — Убийств за ним не числится, во всяком случае пока. На меня он как бы и не покушался...

— Как бы, — хмыкнула Званцева. — Слишком ты

добрая, Черкашина. За шкирку нужно этого изверга брать и лет на десять в казенный дом...

— Между прочим, этот изверг мне жизнь спас. И Зацепского на чистую воду вывел. А вместе с ним и Власова с Харитоновым...

Прокуратура не спешила выдвигать Харитонову обвинения. Но тот не стал пытать судьбу и также смылся за границу. Зато был задержан Даниил Власов. Лариса правильно сделала, что выдала его за террориста. Украинская полиция сняла его с поезда, задержала до выяснения, а потом выдала российскому правосудию.

В своих показаниях Аркадий представил Власова как соучастника готовящегося преступления. На днях Даниилу было предъявлено обвинение в покушении на жизнь сотрудника милиции, сейчас он находился под следствием в изоляторе временного содержания на Петровке. Лариса нисколько не сочувствовала своему так и не состоявшемуся любовнику.

Другое дело Аркадий. Да, он пытался ее убить, но потом спас ее от смерти. А она голову парню заморочила, заставила его поверить в свою любовь, которой не было. Она обманула его в лучших чувствах. Но она же вытащила его из-под «убойной» статьи. Она представила парня как раскаявшегося грешника, который даже не думал ее убивать. После чего он автоматически перекочевал в разряд свидетелей. Так что не сидеть ему за решеткой в темнице сырой, скоро будет на воле орел молодой. Только про Ларису ему придется забыть. А она уже забыла, что обещала его любить...

— Власова сейчас допрашивают, — сказала Званцева. — Но он молчит, ни в чем не признается...

— Так тертый же калач, что вы хотели, — поморщился Артем. — Как-никак, две ходки за плечами...

— И адвокаты к делу подключились, — добавила Арина Викторовна. — Глядишь, и вытянут из ямы...

— Откуда адвокаты? Уж не Харитонов ли нанял? — спросил Сурьмин.

— Запросто. Он хоть и за границей, но связи с Москвой не теряет...

— Вытягивать его нужно из-за границы. И его, и Зацепского...

— А это уже не наши заботы, — махнула рукой Званцева. — Мы свое дело сделали, а дальше пусть прокуратура занимается. У нас и своих дел по горло... Черкашина, как здоровье?

— Не жалуюсь.

— Сегодня и завтра еще отдыхай, а затем давай на службу. Как насчет свободной охоты?

— Как скажете.

— А что так кисло? Надоело за маньяками охотиться?

— Никак нет, — не очень весело отозвалась Лариса.

После совещания Лариса отправилась домой. Но только пересекла черту контрольно-пропускного пункта, как увидела знакомый джип «Гелендваген». Из машины навстречу ей выходил Тихон. С букетом цветов.

Тихон подошел к ней с опущенной головой. Молча протянул цветы.

— А где здрасьте? — снимая шлем, спросила она. — Или вы, Тихон Сергеевич, не хотите, чтобы я здравствовала? А что это за миллион алых роз?

Она смотрела на цветы, но в руки их брать не торопилась.

— Ну, не миллион, — виновато посмотрел на нее Тихон.

— Но число такое же, четное, да?

— Почему четное? Не четное... Лариса, вы вправе растоптать меня и унизить...

— Вы и без того растоптаны и унижены. Мне вас

совсем не жаль... Извините, Тихон Сергеевич, я очень спешу...

Она уже успела вычеркнуть этого хамелеона из своей жизни. И у нее не было никакого желания вписывать его туда заново.

— Мне нужно с вами поговорить, — дрогнувшим голосом сказал Тихон.

Лариса снова сняла шлем, пытливо всмотрелась в его глаза.

— Это интересно... Вы хотите сделать признание?

— Да, — выдавил он.

— Замечательно... Но боюсь, что это не ко мне. Хотите, я отвезу вас к следователю, который ведет дело вашего друга Харитонова...

— Он не мой друг, — обиженно посмотрел на нее Тихон. — И никакой другой следователь меня не интересует. Меня интересуете только вы...

— Ну что ж, тогда добро пожаловать в мой кабинет! — Лариса показала рукой на серое здание управления.

— Мне бы не хотелось официоза.

— А чего бы вам хотелось? Интимной обстановки?

— Можно у меня в машине поговорить.

— Спасибо, мы это уже проходили. Вы, наверное, знаете, что Власов едва не отправил меня на тот свет... Да знаете вы. Наверное, с господином Власовым смеялись над дурехой Черкашиной?..

— Лариса, ну что вы такое говорите! — возмутился Тихон.

— Но вы же спелись с Харитоновым? Спелись...

— Нет, мы не спелись. Просто пошли на взаимные уступки...

— Я вам не верю, господин Садков...

— Да я понимаю, что вел себя непростительно глупо. Но я готов загладить свою вину...

— Да я вижу, что вы готовы. Посадите меня сейчас в свою машину, завезете куда-нибудь в глушь, где меня ждут двое с пистолетом... Так и загладите свою вину перед Харитоновым.

— А мне перед ним виниться не в чем. Он передо мной виноват. И вы знаете в чем.

— Знаю. Он убил вашего брата.

— Вот именно!..

— Вы-то откуда знаете, что это он? Наверняка Харитонов меня во всем обвинил...

Городская прокуратура расследовала убийство Панкрата Садкова. Следствие пыталось найти убийцу среди персонала психиатрической лечебницы. Но безуспешно. Следователи допросили своего коллегу, который пытался обвинить Ларису в убийстве Панкрата. Возможно, он действовал по указке того же Харитонова. Но как и следовало ожидать, преступный сговор не был выявлен. Предполагаемый оборотень остался при своем, но затих, бочку на Ларису больше не катит. И на том спасибо...

— Да, он говорил, что Панкрата убили вы. Но мы с Иваном ему не поверили... Это все Харитонов, я знаю...

— У вас есть какие-то доказательства?

— Нет, доказательств нет, только предположения... Лариса, может, вы все-таки согласитесь выслушать меня. Хотите, посидим где-нибудь в ресторане...

— Или в ночном клубе, куда потом подтянутся киллеры Харитонова.

— Вы делаете из меня какую-то сволочь, — с упреком посмотрел на нее Тихон.

— Ладно, тут есть кафе неподалеку, там и поговорим...

В кафе было тепло и уютно.

— Итак, в чем вы хотели признаться? — Лариса первой начала разговор.

— Ни в чем. Мне не в чем признаваться...

— Да вы прохиндей, Тихон Сергеевич!

— Я так понял, что вы опасаетесь Харитонова. Про киллеров его говорили и вообще... Его в самом деле нужно опасаться. Он очень опасный человек...

— Это я знаю и без вас. А еще я знаю, что Харитонов сейчас за границей. И его персональный каратель там же. Я имею в виду Федора Зацепского...

— А если я скажу вам, что они оба здесь, в Москве? — не без торжественности в голосе спросил Тихон.

— Сказать можно все, что угодно. А у нас есть точные данные, что и Харитонов, и Зацепский вылетели в Турцию из аэропорта Шереметьево-2. Что вы на это скажете?

— Улететь они могли. А затем вернулись...

— Зачем им нужно было улетать, чтобы затем вернуться?

— А чтобы ввести вас в заблуждение. Вы думаете, что Харитонов и Зацепский за границей, будете искать их через Интерпол, а они здесь, в Москве, у вас под носом...

— А откуда вы вообще знаете, что мы их ищем?

— Догадался. Харитонов звонил мне, сказал, что у него проблемы.

— Зачем он вам звонил? — заинтригованно спросила Лариса.

— Он хочет продать мне свою фирму.

— «Экспозицию»?

— Да.

— Вместе с начальником службы безопасности?

— В каком смысле?

— Было бы здорово, если бы он своего Зацепского вам продал, а мы бы его у вас перекупили...

— Ну нет, Зацепского он мне не предлагал.

— Понятное дело... Вы согласились купить его фирму?

— Нам она ни к чему. Иван против, я тоже...

— Харитонов настаивает?

— В том-то и дело, что да. Грозился, что сделает из нас сообщников своих преступлений. Надо думать, что от вас он скрывается не просто так...

— А вы-то как сами думаете?

— Я думаю, что это Харитонов толкнул Панкрата на преступный путь. И эти парень с девушкой, которых убили. Вы же думали, что это наших с Иваном рук дело...

— Сейчас не думаем.

— Но и доверия к нам все равно нет. В чем-то вы нас все равно подозреваете. А если Харитонов скажет, что мы были с ним заодно... В общем, вы сами понимаете.

— Так вы согласились купить фирму Харитонова?

— На словах, да.

— А на деле?

— На деле я пришел к вам. Надеюсь, что вы поможете нам избавиться от предложения, от которого невозможно отказаться... Это же в ваших интересах — задержать Харитонова и Зацепского. В наших с Иваном тем более. Разве можно простить этим скотам смерть Панкрата?

— Да, озадачили вы меня, Тихон Сергеевич, озадачили... Что же мне с этим всем делать?.. Кстати, а вы знаете, зачем преступникам нужен был ваш брат?

— Нет. Я очень жалею, что не отправился тогда с вами к Панкрату... А вы знаете?

— Знаю. Панкрат помогал Харитонову искать золото...

— Чье золото? Наше?! — изменился в лице Тихон.

— Нет, не ваше. Панкрат помогал искать золото,

спрятанное бандитами в начале девяностых годов прошлого века. В подземном городе староверов его спрятали. А Панкрат помог Харитону его найти...

— Мы с Иваном про этот клад не знали.

— А Панкрат знал. Но вам ничего не говорил. Кстати, он боялся, что из-за этого вы будете думать о нем
плохо...

— Как будто после тех убийств мы могли думать о
нем хорошо... — тоскливо вздохнул Тихон. — Эх, Панкрат, Панкрат... Харитонов должен за все ответить!

— Ответит, если вы поможете его взять... Итак,
он предлагает вам сделку. Вы согласились купить его
фирму...

— Говорю же, пока что лишь на словах... Во-первых, нам не нужен его бизнес. А во-вторых, у нас нет
столько свободных денег...

— Сколько он просит?

— Три с половиной миллиона долларов...

— Возьмите кредит.

— Зачем?

— Чтобы расплатиться с Харитоновым.

— Но нам не нужна его чертова фирма!

— При заключении сделки требуется его личное
участие. Или я не права?

— В принципе, да.

— Вот когда он будет подписывать договор, мы его
и возьмем...

Лариса могла бы добавить, что предъявить Харитонову пока что нечего. Пока что обвиняются лишь Власов и Зацепский. Вот если Власов даст показания против
Харитонова... Или Зацепский, когда его возьмут... Если
возьмут и если он расколется...

— Сделку можно заключить и без его личного учас-
тия, — сказал Тихон. — Это достаточно сложный про-
цесс, но Харитонов, я думаю, поступит именно так...

Я не думаю, что его можно взять на сделке. А время идет...

— А что вам время?

— Поймите, Харитонов — очень опасный человек. Если он учует подвох, он пойдет на крайние меры. Он попросту убьет и меня, и моего брата... Ему, как я понял, терять нечего...

— Вы правильно поняли, — подтвердила Лариса.

Пусть Тихон думает, что у следствия есть неопровержимые доказательства против Харитонова. Лариса по-прежнему не исключала возможности, что эти деятели состоят в сговоре друг с другом. Если так, то Тихон нарочно подмазался к Ларисе, чтобы узнать, насколько плохи дела его криминального босса...

— Если Харитонов и Зацепский в Москве, где они, по-вашему, могут прятаться?

— Об этом я и хотел с вами поговорить. Мне кажется, я знаю, где их искать.

— Где?

— В земле.

— В рифму сказано, — заметила Лариса.

— Но они в самом деле в земле. Ну, мне кажется, что они могут там быть... Помните, вы пытались арестовать Ивана, а он от вас ушел? Так вот, он в подземный город староверов спускался...

— И что?

— А то, что он очень удивился, когда туда попал. Раньше там ничего такого не было. А сейчас там настоящий подземный город. Проходы расширены, фанерой обшиты, под сводами провод пущен с лампочками. Сухо. И вентиляция. Там и раньше вентиляция была, ну, еще староверы отводы делали. Но воздух все равно плохо поступал. А сейчас хорошо поступает, видно, воздуховоды расширили, а может, и мотор поставили...

— Кто поставил?

— Да не знаем... Но вы-то говорите, что Панкрат помогал Харитонову искать какой-то клад в подземном городе. Долго они его искали?

— Где-то полгода.

— Не такой уж и маленький срок. Поди, весь город вдоль и поперек излазили. Могли во вкус войти. В смысле, обжить этот город могли...

— А это мысль, — задумалась Лариса.

Она вспомнила Диму Савицкого. Сам он дилетант по части подземных переходов, но как красочно описывал подземные города, которые строил граф Шереметев руками своих крестьян. Особенно много он рассказывал про подземный город староверов. Откуда он все это знал? Федор Зацепский просветил. А у него откуда такая информация? Может, он всерьез интересовался подземными сооружениями и коммуникациями и прежде всего из практических соображений.

— Это еще не все. Иван говорил, что в самую глубину подземного города не попасть, там все перекрыто, бронированные двери стоят. Совсем новые двери... Что, если Харитонов загодя готовил для себя осиное гнездо? Что, если он и сейчас там скрывается?

— В это трудно поверить.

— Но так может быть!

— Иван тоже скрывался в этом городе?

— Ну, первое время — да. А потом в квартире жил в Большом Факельном...

— Это же квартира Панкрата. Она опечатана... Ах да, Панкрат говорил, что там подземный ход...

— Вот именно, — кивнул Тихон.

— Да, хитро придумал ваш Иван.

Что, если он нарочно заманивает ее в подземную ловушку? Мало ли что на уме у преступников. Может, они хотят отомстить Ларисе за свое поражение.

— И когда мы можем спуститься под землю? — насторожённо спросила она.

— Да хоть сейчас!

— Хотелось бы спуститься туда на своих двоих, а не в гробу.

— Ну уж вы скажете, — натянуто улыбнулся Тихон.

— Да черт его знает, что вы задумали...

— А что я мог задумать?.. Поверьте, я не заманиваю вас под землю, чтобы там отдать на растерзание Харитонову.

— А вдруг вам нельзя верить?

— Да, хорошего вы обо мне мнения... Лариса, это ваше право мне не верить. Но я вас не обманываю, это правда... Если вы думаете, что под землей вас ждет ловушка, возьмите с собой взвод спецназовцев. Уж взвод Харитонову не одолеть...

— А сколько человек он может одолеть? Какие у него силы?..

— Да я откуда знаю? Может, человек десять. Может, меньше, может, больше... Как я могу знать, сколько человек в подчинении Харитонова?

Тихон говорил убедительно. Но Лариса ему не верила... Но его предложение все равно казалось таким заманчивым.

— Ладно, я организую взвод спецназовцев, — в раздумье сказала она. — Но на это уйдет время.

— Да, я понимаю. Но не обязательно же лезть в подземелье сегодня...

— Я тоже так думаю... В общем, оставляйте свой телефон, созвонимся.

Лариса понимала, что не должна оставлять Тихона. Если через него можно выйти на Харитонова и на Зацепского, то его нужно держать под постоянным наблюдением. Для этого она должна была сейчас вцепиться в него руками и ногами. Но сегодня у нее не было никакого желания быть агентом 00Sex без страха и упрека, не хотелось внедряться в окружение объекта разработки, быть тайными ушами и глазами. Не то сегодня настроение. Наверное, она очень устала за последнее время. Может, стареет. А может быть, Тихон Садков просто не вдохновлял ее на шпионские подвиги.

Она холодно попрощалась с ним, оседлала свой мотоцикл и уехала.

Лариса должна была ехать домой, но она вернулась в управление, поставила Званцеву в известность о состоявшемся разговоре.

— Возможно, Садков искренне хочет нам помочь, — сказала она. — Но я ему не верю...

— Я, если честно, тоже... Но спецназ мы все же организуем. Спустимся под землю, осмотрим этот чертов город...

— Разве ж он чертов? Там староверы раньше жили. А они в бога верили.

— Но сейчас-то там черти живут, — резонно рассудила Арина Викторовна.

— Если живут.

— А это мы проверим... Да и город этот охота посмотреть. Уж больно интересно...

— Власов говорил, что там у них золото спрятано, — подстегнула ее интерес Лариса. — Золото братьев Точилиных...

— Когда он тебе такое говорил? — еще больше оживилась Званцева.

— Когда я его допрашивала, еще в поезде. Он сказал, что они нашли не только криминальный клад, но и золото братьев Точилиных...

— Может, соврал?

— Я тоже так подумала.

— А если не соврал?

— Тогда нам точно нужно спуститься под землю и осмотреть город.

— Ух ты!.. Все, будем выбивать спецназ...

— Может быть, задействуем ФСБ, Сурьмин говорил, что у них там есть специальные подземные команды...

— Да, тогда нам и Садков не нужен... Да, наверное, мы его брать не будем. Что, если он в самом деле в ловушку загнать нас хочет?.. Давай договаривайся с ним на послезавтра, а мы организуем вылазку завтра!

Званцева с энтузиазмом взялась за подготовку к подземной зачистке. Созвонилась с фээсбэшниками, затем отправилась к ним в контору лично договариваться о совместном мероприятии. Ларису она оставила в отделе. Да она и не собиралась никуда ехать. Нужно было подобрать соответствующую экипировку для себя и своих помощников — Сурьмина и Волохова. Ни о каком отдыхе и думать не хотелось.

Глава двадцать четвертая

Лариса основательно подготовилась к завтрашнему выходу в подземные лабиринты. Бесшумный автомат «Вал», пистолет «ПММ», четыре ножа в комплекте «Смерш», бронежилет «Забрало», защитный шлем, водонепроницаемый костюм и обувь, портативная рация, приборы ночного видения и навигации, индивидуальный источник тепла, маскировочный макияж... Экипировка забрала уйму времени, к тому же все снаряжение пришлось оставить в отделе. А на улице ночь, холод и моросящий дождь. Впрочем, Лариса могла воспользоваться своим легким и теплым мотокостюмом. С собой она захватила и табельный пистолет скрытого ношения...

Она вырулила на Садовое Кольцо, положила стрелку спидометра на отметку сто двадцать. Приятное волнение, завораживающее ощущение полета. Сейчас домой, а завтра бой... Зацепский вал, Павелецкий вокзал, Краснохолмский мост... Сейчас будет Таганская площадь. Лариса на скорости промчится мимо нее. А вот завтра ей придется обследовать подземелья этого района. Но сейчас домой, домой...

Таганская площадь, проехать чуть дальше — будет Товарищеский переулок, пересекающийся с Большим Факельным... А в этом переулке находится квартира покойного Панкрата Садкова. Там скрывался его брат. Там... Как будто электрический ток прошел по мозговым извилинам. Лариса внутренне встрепенулась. А что, если в этой квартире и сейчас кто-то есть!

Она уже мчалась по тоннелю под Таганской площадью. Но еще не поздно свернуть в Факельный переулок. Она попадет в него через Николоямскую набережную. Задумано — сделано...

К дому Лариса подъехала без шума и на малой скорости. В окнах панкратовской квартиры свет не горел. Но это еще не значит, что там никого нет. Возможно, там находятся головорезы из кодлы Зацепского — охраняют вход в подземелье. А может, там сейчас отдыхают их боссы. Как ни хорошо под землей, но наверху лучше. Или эти гады сейчас превращаются в оборотней, чтобы выйти в мир на ночную охоту...

Лариса оставила мотоцикл в неприметном месте, сама направилась в подъезд. Но только она туда зашла, как послышался шум подъезжающей машины.

Она остановилась, шмыгнула в тамбур между двумя входными дверьми. Осторожно высунула голову, чтобы глянуть на машину, которая остановилась аккурат возле подъезда.

Это был джип «Чероки», из которого вывалился крепкий парень в теплом кожане. Он шустро открыл заднюю правую дверцу, резко впихнул свои руки внутрь салона. И так же резко отлетел назад, когда его лягнула чья-то нога.

Из машины выскочил высокий широкоплечий мужчина, с ходу набросился на парня и стал топтать его ногами. Руки задействовать он не мог, поскольку те были сведены за спину — или веревками связаны, или стянуты наручниками.

В этом мужчине Лариса узнала Ивана Садкова. Он-то как здесь оказался?.. Из машины выбежали еще два крепыша, со спины набросились на Ивана, сбили его с ног, мощным ударом по голове вышибли из него сознание. Резво подхватили под руки и потащили в подъезд.

Избитый парень быстро поднялся на ноги, метнулся к машине, вытащил оттуда какую-то девушку. Уж не Катю ли?..

Ларисе некогда было выяснять, Катя была это или нет. Два парня с Иваном на буксире стремительно приближались к ней.

Она пропустила их в подъезд. И напала со спины. Действовала она быстро и решительно. Крепыши и понять ничего не успели, как оба вповалку валялись на полу. Иван лежал под ними. Его нужно было приводить в чувство, но не сейчас...

Катя — а это была она — находилась в каком-то обморочном состоянии. Голова безвольно лежит на груди, ноги подкашиваются. Если бы не конвоир, она не смогла бы удержать равновесие и обязательно упала. Но парень держал ее крепко и тащил к подъезду. Тащил, но не дотащил...

Или он слышал, как укладываются штабелями его дружки. Или просто заметил в темноте их лежащие тела. Или у него обостренное чутье на опасность. Так или иначе, он почуял неладное, отшвырнул от себя Катю. И бросился наутек. Лариса кинулась вслед за ним. Но парень бежал очень быстро. И чтобы его догнать, требовалось время. А что, если она недостаточно надежно вырубила его дружков? Что, если за это время они придут в себя и тоже обратятся в бегство? А если перед этим они убьют Ивана и Катю?

Лариса не стала терять времени. Вернулась к Кате, оторвала ее от земли, втащила в подъезд, усадила на пол.

— Лариса, ты... — жалко и беспомощно улыбнулась девушка. — Ты точно мой ангел... Я знала, что ты не дашь им меня убить...

Лариса слушала ее вполуха. Она приводила в чувство Ивана. Его похитителей она не трогала. Допрашивать их ни к чему. И без того ясно, что это люди господина Зацепского. А зачем им понадобился Иван, об этом она спросит у него самого.

Иван открыл глаза.

— Где я? — спросил он.

В подъезде было темно — он мог видеть только силуэт Ларисы.

— Иван, это свои, — прояснила обстановку Катя. — Это Лариса...

— Люди какие-то валяются... А-а, это те скоты...

— Зачем они вас похитили? — спросила Лариса.

— Все очень просто. Мы не хотим покупать фирму Харитонова. Он взял нас в заложники, пока Тихон не заплатит...

— Как попасть в квартиру?

— Я не взял ключи. Да и замки они наверняка сменили...

Ключи нашлись в кармане у одного из похитителей. Кроме того, Лариса изъяла у них и оружие — два пистолета «Астра». Иван открыл дверь, а Лариса стремительно нырнула в образовавшийся проход. Перекатилась через голову, из положения полулежа пистолетом на изготовку просканировала пространство. Но стрелять ни в кого не пришлось. Потому что в квартире никого не было.

Головорезов Харитонова связали, сунули в ванную. Катю уложили на диван. Иван и сам еле держался на ногах, но не стал даже садиться.

— Не слышу поздравлений, — насмешливо посмотрела на него Лариса.

— Какие поздравления? — не понял он. — С тем, что ты нас спасла? За это, конечно, спасибо...

— Я думала, ты меня поздравишь с прибытием в телепортационный пункт. Я же знаю, что из этой квартиры можно переместиться в подземелье...

— А-а, да, есть такое...

— Тихон мне рассказывал про подземный город, который ты обнаружил... Похоже, там сейчас в самом деле обитает Харитонов. Тебя же туда утащить хотели?

— Скорее всего, да.

— А пойдешь туда своим ходом?

— Зачем?

— Покажешь мне этот город.

— Я не думаю, что это будет безопасная прогулка.

— А если меня тянет на приключения?

Лариса понимала, что в самом ближайшем времени Харитонов и Зацепский узнают о фиаско, которое потерпели их подопечные. Об этом их может известить сбежавший головорез. Словом, некогда было дожидаться завтрашнего дня, чтобы спуститься под землю при поддержке спецназа. Преступники просто-напросто могут покинуть подземный город...

— Ты не шутишь?

— Я такая же серьезная, как и Харитонов. Он же не шутил, когда натравливал на тебя своих отморозков... Сегодня тебе повезло, а что будет завтра? Тебя снова похитят, если не убьют... В общем, выбирай, или ты помогаешь мне, или тебе уже никто не поможет...

— Я выбираю первое, — после недолгого раздумья решил Иван.

— Тогда держи, — Лариса протянула ему трофейный пистолет. — Стрелять умеешь?

— Само собой...

Прежде чем отправиться в подземное путешествие, Лариса привела в чувство одного пленника. Узнала от него, что Зацепский в самом деле находится под землей. И Харитонов, по всей видимости, тоже там. Лариса могла взять крепыша с собой. А если он нарочно заведет ее в какую-нибудь ловушку? Нет уж, лучше воспользоваться услугами Ивана.

Вход в подземную шахту находился на кухне. Чтобы в него проникнуть, достаточно было отодвинуть подвижную платформу, на которой стоял холодильник.

На кухне было натоптано, возле холодильника комьями лежала сухая и еще только подсыхающая грязь. Судя по всему, преступники довольно часто пользовались этими воротами в подземный мир. И не утруждали себя уборкой помещения...

На кухонном столе лежали три шахтерские каски с мощными фонарями с проводами к блоку питания. Иван включил один — в потолок устремился мощный, расширяющийся кверху луч света.

— Отлично, — прокомментировал он.

Лариса водрузила на голову каску, подцепила к поясу блок питания. Иван проделал то же самое. Третий фонарь он снял с каски, взял с собой про запас. Мудрое решение.

Иван одной рукой отодвинул холодильник, обнажил высокий, в человеческий рост, и довольно широкий проем в стене.

— Лифта здесь нет, — предупредил он. — Прошу!

— С удовольствием! — покачала головой Лариса. — Но только после вас!

Ивану она доверяла, но ненастолько, чтобы держать его за спиной. К тому же он должен показывать путь.

Впрочем, если бы Иван желал ей зла, он запросто мог подстрелить ее, когда они по железным скобам спускались вниз по вертикальной шахте. Но он этого не сделал.

Спуск был долгим. Шахта тянулась вниз метров на двадцать, не меньше.

Они спустились в такой же по ширине, но уже горизонтальный тоннель. Метров пятьдесят в длину. Оказывается, и эту шахту прорыл Панкрат. Поистине человек-крот...

Шахта выходила в длинный сырой тоннель, облицованный диким камнем.

— Этот штрек до самого метро тянется, — пояснил Иван. — Работа прошлого века. Чекисты постарались. Объединили старые ходы новыми — получилась подземная паутина. Сильная вещь. Если бы немцы вошли в Москву, диверсанты бы их достали. Да и вообще, раньше чекисты по этим ходам то и дело шастали. А сейчас затихло дело. ФСБ — это тебе не КГБ, не дотягивает оно до подземного уровня... Но карты подземные остались. Под статусом «Совершенно секретно». Мы с Тихоном пытались до них добраться, без толку. Впрочем, у нас своя карта есть. Сами составляли...

— И где эта карта? — не удержалась от праздного вопроса Лариса.

— И на бумаге есть, и в голове...

Иван в самом деле отлично ориентировался на подземной местности. И уверенно вел Ларису к подземному городу староверов.

— У этого города три уровня было, — рассказывал он. — Москва строилась, корнями в землю врастала. Первый уровень совсем считай уничтожили. Канализация, ливневки, трубопроводы, все такое. Второй уровень сохранился плохо. Подземные хранилища, бомбоубежища, сталинские бункера, линии метрополитена. В общем, наломали дров. Зато третий уровень хорошо сохранился. И сохранился, и совершенствуется...

— Тихон мне рассказывал, где ты от нас прятался.

— Но сейчас-то мы вместе, правда?

— Очень на это надеюсь... Еще Тихон говорил, что ты на третьем уровне двери бронированные обнаружил?

— Там... Неплохое там, скажу тебе, место. Удивительно, но там даже вентиляция есть. Ну не совсем хорошая, но есть. А сейчас там с этим делом еще лучше... Раньше на этом уровне Панкрат обитал... Тихон тебе не говорил, что у него там что-то вроде подземной квартиры было?

— Нет.

— Была у него там нора. Нормально, скажу тебе, наш братец устроился. Кабель электрический туда протянул, телевизор с видео у него там был, даже холодильник. Ну и кладовка, где НЗ хранился... Но я туда так и не добрался. Кто-то обосновался в этом жилище, двери железные поставил. Теперь-то я знаю, кто...

— Неужели не страшно жить под землей? Тем более так глубоко?

— Честно тебе скажу, когда я первый раз там ночевал, так чуть не умер от страха... Да ты и сама сейчас узнаешь, каково это. Мы уже довольно глубоко...

Иван остановился, застыла на месте и Лариса.

— Пять минут молчания, хорошо? — шепнул он. — И свет выключим...

Лариса молча кивнула, выключила свет.

Сначала ничего такого она не почувствовала. Ну темно, ну тишина до звона в ушах. А потом появилось ощущение, будто воздух прессуется вокруг нее, все с большим трудом входит в легкие. И свободное от земли пространство вдруг стало сужаться — тихо, медленно и неотвратимо. Страх быть заживо погребенной леденящей струйкой проникал в душу, впитывался в кровь. Умом она понимала, что ничего страшного не происходит. Но природные инстинкты били тревогу. Была бы она кошкой, она бы сейчас бросилась отсюда прочь в поисках безопасного места. Так происходит с животными в предчувствии стихийного бедствия. Тишина уже не просто давила на уши, она проникала глубоко внутрь, ватными щупальцами скребла по нервам. И предупреждала о грядущей опасности. В конце концов Лариса услышала шум надвигающегося водного потока, который мог закружить ее в смертельном водовороте... Сознание подсказывало, что это всего лишь слуховая галлюцинация. Но страх был самый что ни на есть настоящий. Какой-то животный страх...

— Ну как? — первым нарушил тишину Иван.

Его голос и вспыхнувший свет разогнали кошмарную иллюзию.

— Впечатляет, — облегченно вздохнула она.

Кровь стучала в висках, сердце учащенно билось, даже на лбу выступила испарина...

— То-то же... Ничего, привыкнешь.

— Я уже привыкла.

Они продолжили путь. Они продирались через подземные горизонтально-вертикальные лабиринты до тех пор, пока не оказались в небольшой пещере с купольными сводами.

— Здесь у раскольников молельня была, — пояснил Иван. — Давно это было.

Лариса поймала себя на мысли, что ее душа желает услышать пение церковного хора. Сама обстановка располагала. Но ничего она не услышала. Жаль...

— Когда отсюда ушли староверы? — спросила она.

— Трудно сказать. Говорят, что жили они здесь лет двести. Верится с трудом, но не зря же говорят. А ушли они под землю во второй половине семнадцатого века. Значит, во второй половине девятнадцатого века они еще были здесь...

— А Тихон Точилин зарыл клад в начале этого века. Как он мог спрятать его, если здесь обитали староверы?

— А с чего ты взяла, что клад спрятан здесь? — удивленно посмотрел на нее Иван.

— Ну, Панкрат же здесь его искал.

— Где он его только не искал... Кстати, Тихон мог зарыть клад и здесь. В его времена подземных раскольников было не так уж и много, если они вообще были...

— А вы с Тихоном где клад искали?

— Под домом купца Баулова, ну, где наш офис, и под Яузской больницей, где раньше была усадьба Баташева... Кстати, из усадьбы Баташева сюда можно попасть прямым ходом... Да, вполне возможно, что Тихон Точилин спрятал золото здесь. Только где именно? Да, может, и не было никакого золота...

— Как не было и кладовых духов, — усмехнулась Лариса.

— О мать моя женщина! — ошеломленно протянул Иван. — Что это!

Луч его фонаря тянулся вдоль узкого коридора, выходящего из молельни, расширяющегося и под прямым углом упирающегося в другую шахту. И в этом пространстве стояла какая-то молодая красивая женщина с белокурыми волосами. На ней было кроваво-красное платье. От нее исходило красное сияние...

Лариса была так ошеломлена, что первые несколько секунд не могла поверить в реальность происходящего. А когда поверила, женщины уже не было...

— Что это? — зачарованно спросила она.

— Может, галлюцинация? — Иван потрясенно смотрел вдаль.

— С ума сходят по одиночке...

— Значит, дух Катерины Лопахиной, — решил он.

Способность трезво мыслить осталась где-то наверху, в Большом Факельном переулке. Измотанный подземной тяжестью разум готов принять на веру любую бредятину.

— Чертовщина какая-то, — мотнула Лариса головой. — Доказано же, что не бывает никаких призраков...

— Здесь другое измерение, здесь другие доказательства...

— Скажи еще, что этот призрак показал место, где находится клад.

— И скажу.

— А я тебе скажу, что ваш клад давно уже нашли.

— Кто? — ошалело протянул Иван.

— Харитонов нашел. И его дружки. Теперь ваш клад принадлежит Харитону, Федору и Власу...

— Кто тебе такое сказал?

— Влас...

— Как они могли найти наше золото? — голос Ивана дрожал от возмущений, как колокол после удара.

— Случайно... А может, дух Катерины подсказал...

Лариса осознавала, что несет какую-то чушь. Осознавала, но очень смутно... Возможно, она сходила с ума.

— Я в это не верю, — сказал и стиснул зубы Иван.

— А я верю... Ведь братья Точилины украли это золото у каторжников. Теперь все наоборот. Выходит, справедливость восторжествовала...

— Ладно, разберемся!

Иван решительно схватил ее за руку и потащил за собой. Они втянулись в шахту, где каких-то несколько минут стояла женщина в красном. А может, с этого момента прошла целая вечность...

— Странно, здесь уже свет должен был быть, — сказал Иван.

И для достоверности направил фонарь на потолок, под которым в самом деле тянулся провод. Лампочки были, но света не давали.

— Ничего, нам не привыкать.

Он повел Ларису в глубь тоннеля, стены которого в самом деле были выложены фанерными листами. Кто-то ж постарался... Они шли, пока не уткнулись в железную дверь. Иван с силой схватился за ручку, дернул на себя. Но дверь и не думала поддаваться.

— Жаль, что ты гранатомет не захватила, — ожесточенно посетовал он. — Ладно, зайдем с другой стороны, — решил Иван.

И направился в обратную сторону, шагов через двадцать свернул в ответвление, которое упиралось в такую же бронированную и тоже наглухо запертую дверь.

Третью дверь он тоже нашел сразу, но добираться до нее пришлось минут десять. Иван снова схватился за ручку, снова потянул дверь на себя. Но, увы, результат был тот же — отрицательный. Он дергал на себя ручку до тех пор, пока спрессованную тишину подземелья не разорвал чудовищно громкий, пронзительно-истерический смех. Он шел отовсюду, проникал в каждую клеточку, наполнял кровь леденящим страхом.

Чтобы не слышать этот жуткий хохот, Лариса закрыла уши руками. Но все тщетно. Казалось, что смех исходит из глубин ее сдвинутого набок сознания...

Наконец изматывающие децибелы пошли на убыль. Смех стихал медленно, но все же стих. Так же медленно Лариса выходила из бредового состояния...

— Подземное солнце... — пробормотал Иван.

— Какое солнце? — спросила Лариса.

— Подземное солнце... Подземные староверы верили в подземное солнце...

— Что за чушь?

— Подземное солнце — это страшно. Подземное солнце пробуждает нечистый дух. Тогда появляются вурдалаки, упыри...

— Ты их когда-нибудь видел?

— Нет. И никогда в них не верил...

— А сейчас веришь?

— Сейчас верю... Может, и нет никакого Харитонова, нет никакого Власова... Есть только Харитон, Влас, Федор — те самые, которых убил Панкрат Точилин. Они не люди, они призраки из тех времен. Они преследуют нас...

Иван натурально бредил. А ничто так, как чужой бред, не вселяет веру в собственный разум... Усилием воли Лариса перевела свое сознание из сумеречной зоны в область здравого смысла. Это далось ей нелегко. Но когда она снова увидела женщину в красном, она поняла, что к призраку Катерины Лопахиной она имеет такое же отношение, как ныне здравствующий Харитонов к сгинувшему двести лет назад каторжнику Харитону...

Женщина не стояла на месте, а медленно плывущей походкой приближалась к Ларисе. За ней шли два человека в старинных камзолах, треуголках и с обнаженными саблями в руках. По всей видимости, они должны были изображать ее отца и мужа, которые в свое время погубили братьев Точилиных. А может, они должны были воплощать собой тех самых каторжников... Должны были. Но не воплощали. Лариса уже ясно осознавала, что чуть не стала жертвой чудовищной мистификации, которую навязал ей авантюрист Харитонов и его персональный гестаповец Зацепский...

Что ни говори, а театральное представление удалось, если даже Иван тронулся умом, для которого подземелья — дом родной. Виной всему чудовищный хохот. То же самое должно было случиться и с Ларисой. Но не случилось. Ее разум не подавлен, воля не парализована.

Красавица «Катерина» и ее сообщники неотвратимо приближались к Ларисе. Похоже, они верят в то, что смогли деморализовать ее и обезопасить. Им ничего не стоит подойти к ней и зарубить ее своими старинным саблями.

Ивану грозила та же участь. И, похоже, он даже не думал сопротивляться. Но Лариса уже вышла из транса. И пистолет уже наготове...

«ПСС» стрелял бесшумно. Зато громко заорал человек, которому пуля попала в колено. Взвыл и второй злодей. Но не от боли, а от злости. Он быстро выбросил саблю и резким, стремительным движением перевел на бедро пистолет-пулемет. У Ларисы не оставалось выбора, кроме как стрелять на поражение. Третий выстрел прикончил врага.

Женщина в красном истерично завизжала, развернулась на сто восемьдесят градусов и задала стрекача.

Ларису озарила блестящая мысль. Она схватила Ивана за руку и вместе с ним бросилась за женщиной в погоню. Но едва свернула за угол, остановилась и повернула назад. Это интуиция подсказала ей, что сейчас за ее спиной откроется дверь, через которую вслед за ней устремятся отморозки Зацепского. И если она не повернется к ним лицом, они смогут отомстить ей за своих погибших дружков.

Она отдала Ивану один из двух трофейных пистолетов. И велела ему бежать за Катериной и догнать ее.

— Это не Катерина! — мотнул он головой.

— Что, прозрел?.. Все равно догони!

Лариса очень надеялась на эффект внезапности. Еще больше она рассчитывала на свои боевые способности. И очень верила, что ее надежды оправдаются на все сто...

Спектакль был расписан как по нотам, рассчитан до мелочей. Техническое обеспечение соответствовало требованиям. Любовница Зацепского изобразила Катерину Лопахину, незримые стереодинамики выплеснули на уши загодя записанный на пленку демонический смех.

Федор Зацепский обожал такие импровизации. И натурально балдел, когда они достигали результата. Он и сейчас верил в успех, но допускал возможность, что гости устоят перед натиском рукотворной мистики. Поэтому подстраховался. К тому моменту, когда капитан Черкашина бросилась за его удирающей любовницей, он готов был выслать ей вслед трех своих бойцов. Это были его последние люди. Все, что осталось после встреч с проклятой милицейской бестией...

Лариса не ошиблась в своих расчетах. И смело выскочила из своего укрытия. Стреляя с двух рук, устремилась навстречу противнику.

Стреляла она быстро и точно. До того как отморозки смогли открыть по ней прицельный огонь, она застрелила двоих. Затем ловко упала на землю, пропуская пули над головой. И двумя синхронными выстрелами расправилась с третьим.

Среди убитых она не обнаружила ни Харитонова, ни Зацепского. Значит, игра еще не закончена. Что ж, она готова к продолжению. А готовы ли к этому господа уголовники?

Дверь уже почти закрылась, когда она подскочила к ней. Рвать её на себя не стала. А просто разрядила в сужающуюся щель пол-обоймы многозарядной «Астры». Сдавленный вскрик сигнализировал о том, что есть попадание.

Лариса с силой рванула на себя дверь и тут же отскочила в сторону. И вовремя. В дверной проем хлынул свет и одновременно свинцовый дождь. Лариса вскрикнула и сбросила на пол каску с работающим фонарем. Пусть противник думает, что его пули поразили цель. Видимо, он так и подумал. Поэтому так неосторожно вышел из своего укрытия. С автоматом наперевес...

За дверью оставались Зацепский и Харитонов. Одного она убила. А Харитонов встретил ее свинцовым ураганом. Лариса могла захватить его живым. Но это риск. А умирать из-за какого-то уголовника не хотелось. Да и не стоило с ним церемониться. У этого типа деньги, связи, адвокаты — все это рано или поздно подставит подножку правосудию. А правосудие должно торжествовать на земле. В данном случае — под землей... Лариса выскочила из укрытия и, не давая Харитонову опомниться, выстрелила в него.

Пуля угодила вооруженному преступнику в грудь. Он упал, выпуская автомат из рук. Стоны, хрипы... Лариса подобрала оружие, перевела его в положение «на ремень», с пистолетами на изготовку обследовала подземную «хижину».

Было видно, что в обустройство центральной части подземного города вложено немало денег. Стены обшиты пластиком, на полу хоть и дешевая, но прочная плитка, освещение, вентиляция, в подземных кельях ковры, мебель, техника. Следы пребывания людей.

Лариса вернулась к Харитону. Он уже не хрипел и

не стонал. Но все еще был жив. И умоляюще смотрел на нее.

— Спаси меня... — хватая ртом воздух, еле слышно попросил он.

— Не будет тебе спасения, — покачала она головой. — Ни на земле, ни на небе...

— Я во всем сознаюсь. Но сначала в больницу...

— Что, жить охота? А мне, думаешь, не охота? Меня хотели убить твои гоблины, да и ты сам в меня стрелял...

— Это не я, это Федот...

— Хорошо, когда есть на кого свалить. Твой Федот приказал долго жить. Только, боюсь, что ты его приказ не выполнишь. Не буду я тебе помогать. Подохнешь как собака...

— Ну, пожалуйста!.. Я заплачу!..

— А мне твои поганые деньги не нужны... Где ты прячешь золото?

— Какое золото?

— Братьев Точилиных...

— А-а... Есть золото...

Харитон был в таком состоянии, что даже не пытался увиливать от ответа. Он был готов отдать все, лишь бы жить...

— Где оно?

— Мы его перепрятали... Там... Моя комната... Там под ковром... Код восемь-четыре-пять-восемь...

Он хотел сказать еще что-то. Но рот его перекосился, губы застыли, глаза безжизненно остановились и стали стекленеть. Правая нога несколько раз конвульсивно дернулась, тело изогнулось дугой и окоченело... На всякий случай Лариса пощупала пульс. Ноль. Все, нет больше господина Харитонова. Душа его отправилась вслед за своей братвой. Путь не будет долгим. Потому что от этого места до адских глубин совсем недалеко...

Лариса не знала, какую комнату занимал Харитонов. Но догадалась, что она самая просторная, что в ней самые дорогие ковры, самая дорогая мебель и техника. И точно, в самом богатом отсеке под пышным персидским ковром она обнаружила стальную крышку люка. Замок с наборником кода. Лариса набрала комбинацию цифр. Бравурный писк сообщил об открытии доступа. Она облегченно вздохнула. Вместо этого сигнала она могла услышать и прочувствовать на себе мощный взрыв тротилового фугаса. Но нет, никакого подвоха.

Свет в открывшемся погребе включился автоматически, едва открылась крышка люка. Лариса по ступеням спустилась вниз и оказалась в узкой шахте. Ни золота, ни отсеков, где оно могло находиться. Но и шахта не заканчивалась тупиком, а тянулась вдоль земных пластов, извиваясь как змея. Лариса шла по ней, пока не уткнулась в обрыв. Это был штрек, вертикально уходящий вниз. Не о нем ли говорил Влас, когда рассказывал, как они с Панкратом искали бандитский клад...

В колодец можно было спуститься по железной приставной лестнице. Одолеваемая любопытством Лариса так и поступила. Но на дне колодца она обнаружила лишь сырую, хорошо утоптанную землю. И лопату. Должно быть, она не зря здесь стояла...

К любопытству присоединился азарт кладоискателя. Недолго думая, Лариса схватила лопату и вогнала ее в землю на глубину штыка. Минут через пять послышался скрежет: лопата воткнулась в какой-то металл... Это был слиток потемневшего от времени золота. С гравировкой «ЗТ». Когда-то этот слиток принадлежал братьям Точилиным.

Лариса вытащила второй слиток, третий... Судя по всему, золота было очень много. Но стоит ли его сейчас трогать? Лариса вернула слитки на место, засыпала их землей, утоптала. Поднялась наверх, по подземному коридору добралась до комнаты Харитонова. Закрыла за собой крышку люка. И едва накрыла ее ковром, как в келью вошел запыхавшийся Иван.

— Вот ты где! — обрадовался он.

— А где наше привидение?

— Отдыхает... Связал я ее, отдыхать оставил... Лихо ты с этими гадами разобралась...

— Аплодисменты потом, в Кремлевском Дворце съездов, — отшутилась она.

— А это идея! Мы с Тихоном в честь тебя банкет организуем в Кремлевском Дворце...

— Такой банкет дорого встанет.

— Никаких денег не пожалеем!

— Это ты сейчас так говоришь. На радостях... Хотя чему радоваться? Харитонов знал, где находится золото-то братьев Точилиных. Знал, но помер. Как теперь золото найти?

— Откуда он мог знать, где оно?

— А ты сам подумай, кому принадлежало это золото...

— Нашим предкам.

— И не только. Оно принадлежало и каторжникам, которых ваши предки убили... А как каторжников звали? То-то же... Тогда, двести лет назад, все золото Точилиным досталось. А сейчас... Вряд ли это можно назвать торжеством справедливости, но факт есть факт — золото вернулось каторжанам...

— Этого не может быть! — ошеломленно мотнул головой Иван.

— А вот и может... Я не знаю, ставил ли ваш далекий предок зарок на свой клад. Но если ставил, то никак не на Катерину Лопахину. Возможно, он ставил его на покойных каторжан. Возможно, для целости и сохранности. Возможно, таким образом он сглаживал вину перед ними. А может, и не было никакого зарока...

— Ну как это не было! Был зарок! Золото должно было достаться трем братьям спустя два века... Это нигде не записывалось, передавалось из поколения в поколение, но тем не менее...

— А может, Тихон Точилин собирался передать золото государству, да не успел?

— Государству?! При чем здесь государство?

— Ну как при чем? Где было добыто золото? В Сибири, на русской земле. К тому же ни у тебя, ни у Тихона нет права наследования, так что даже если вы найдете золото, то должны будете передать его государству... Закон есть закон. А я этот закон представляю...

Иван понял, к чему клонит Лариса. Разволновался, занервничал.

— Ты знаешь, где клад?

— Нет, но я его найду. И двадцать пять процентов мои.

А почему бы и нет? Почему-то считается, что если ты служишь в милиции, то должен жить бедно. Служить закону нужно бескорыстно. Ха! В Конституции не записано, чтобы ты рисковал жизнью за одну лишь благодарность от высшего начальства, которое, кстати, совсем не бедствует...

— Но это нечестно! — возмутился Иван.

— Нечестно, — легко согласилась она. — Нас же было двое. Ты тоже рисковал своей жизнью. Так что двадцать пять процентов поделим пополам. А там вы уже сами с Тихоном разбирайтесь...

— Но!..

— Если ты не согласен, то государству отойдет все золото, все сто процентов. Выбирай!

— Хорошо, я согласен...

— И правильно, лучше что-то, чем ничего, — подмигнула ему Лариса.

Она связалась со Званцевой, доложила обстановку. Но оперативно-следственная бригада прибыла на место не скоро. Слишком необычным было это место и не так уж просто было до него добраться.

Трупы были убраны, любовницу Зацепского отправили в изолятор. Лариса предоставила соответствующее объяснение своим действиям, было назначено служебное расследование, которое постановило, что применение оружия было оправданным и целесообразным. Так закончилась история с маньяком-убийцей и бандой бизнесменов-уголовников. Но история с золотом братьев Точилиных продолжалась...

После всего случившегося Лариса вместе с Иваном снова спустилась в подземелье, где уже не было ни мебели, ни бытовой техники, ни ковров. И крышка люка с кодовым замком была взломана. Зато нашлась благоразумно спрятанная лопата, с помощью которой Иван благополучно вскрыл тайник с золотом.

Лариса и Иван Точилин честно отдали клад государству. И так же честно получили свои законные двадцать пять процентов, которые поделили пополам. На том и расстались... Лариса нашла применение своим деньгам. Но это уже совсем другая история...

Литературно-художественное издание

Колычев Владимир Григорьевич
ПОДСАДНАЯ ТЕТКА

Ответственный редактор *С. Рубис*
Редактор *В. Алексеев*
Художественный редактор *С. Лях*
Технический редактор *Н. Носова*
Компьютерная верстка *В. Фирстов*
Корректоры *М. Пыкина, Е. Сырцова*

ООО «Издательство «Эксмо»
127299, Москва, ул. Клары Цеткин, д. 18, корп. 5. Тел.: 411-68-86, 956-39-21.
Home page: www.eksmo.ru E-mail: info@eksmo.ru

По вопросам размещения рекламы в книгах издательства «Эксмо»
обращаться в рекламный отдел. Тел. 411-68-74.

Оптовая торговля книгами «Эксмо» и товарами «Эксмо-канц»:
ООО «ТД «Эксмо». 142700, Московская обл., Ленинский р-н, г. Видное,
Белокаменное ш., д.1. Тел./факс: (095) 378-84-74, 378-82-61, 745-89-16,
многоканальный тел. 411-50-74.
E-mail: reception@eksmo-sale.ru

Мелкооптовая торговля книгами «Эксмо» и товарами «Эксмо-канц»:
117192, Москва, Мичуринский пр-т, д. 12/1. Тел./факс: (095) 411-50-76.
127254, Москва, ул. Добролюбова, д. 2. Тел.: (095) 745-89-15, 780-58-34.
www.eksmo-kanc.ru e-mail: kanc@eksmo-sale.ru

Полный ассортимент продукции издательства «Эксмо» в Москве
в сети магазинов «Новый книжный»:
Центральный магазин — Москва, Сухаревская пл., 12
(м. «Сухаревская»,ТЦ «Садовая галерея»). Тел. 937-85-81.
Москва, ул. Ярцевская, 25 (м. «Молодежная», ТЦ «Трамплин»). Тел. 710-72-32.
Москва, ул. Декабристов, 12 (м. «Отрадное», ТЦ «Золотой Вавилон»). Тел. 745-85-94.
Москва, ул. Профсоюзная, 61 (м. «Калужская», ТЦ «Калужский»). Тел. 727-43-16.
Информация о других магазинах «Новый книжный» по тел. 780-58-81.

В Санкт-Петербурге в сети магазинов «Буквоед»:
«Книжный супермаркет» на Загородном, д. 35. Тел. (812) 312-67-34
и «Магазин на Невском», д. 13. Тел. (812) 310-22-44.

Полный ассортимент книг издательства «Эксмо»:
В Санкт-Петербурге: ООО СЗКО, пр-т Обуховской Обороны, д. 84Е.
Тел. отдела реализации (812) 265-44-80/81/82/83.
В Нижнем Новгороде: ООО ТД «Эксмо НН», ул. Маршала Воронова, д. 3.
Тел. (8312) 72-36-70.
В Казани: ООО «НКП Казань», ул. Фрезерная, д. 5. Тел. (8432) 78-48-66.
В Киеве: ООО ДЦ «Эксмо-Украина», ул. Луговая, д. 9.
Тел. (044) 531-42-54, факс 419-97-49; e-mail: **sale@eksmo.com.ua**

Подписано в печать с готовых диапозитивов 17.12.2004.
Формат 84х108 $^1/_{32}$. Гарнитура «Таймс».
Печать офсетная. Бум. тип. Усл. печ. л. 20,16. Уч.-изд. л. 15,9.
Тираж 17 000 экз. Заказ № 4502036.

Отпечатано с готовых монтажей
на ФГУИПП «Нижполиграф».
603006, Нижний Новгород, ул. Варварская, 32.

АДВОКАТ МАФИИ

ВАЛЕРИЙ КАРЫШЕВ

Адвокат и писатель Валерий Карышев в курсе подробностей многих громких уголовных дел. Он выступал защитником известных криминальных авторитетов, обвиняемых в заказных убийствах и руководстве преступными структурами. Его детективы написаны на основе реальных документов или личных бесед со скандально известными клиентами.

Также в серии: